ARTEMİS YAYINLARI

YAYIN NO: 1879

ÜÇ KIZ KARDEŞ
İclal Aydın

Editör: Yeliz Üslü, Tolga Meriç
Grafik Tasarım: Asmin Ayşe Gündoğdu

104 - 105. Basım: Şubat 2022
1. Basım: Şubat 2018
ISBN: 978 - 605 - 304 - 324 - 9
Sertifika No: 43949

ARTEMİS YAYINLARI
Ticarethane Sokak No: 15 Cağaloğlu / İstanbul
Tel: (212) 513 34 20-21 Faks: (212) 512 33 76
e-posta: editor@artemisyayinlari.com – www.artemisyayinlari.com

Baskı ve Cilt: Melisa Matbaacılık
Çiftehavuzlar Yolu Acar Sitesi No: 4 Bayrampaşa / İstanbul
Tel: (212) 674 97 23 Faks: (212) 674 97 29 Sertifika No: 45099

Artemis Yayınları, Alfa Yayın Grubu'nun tescilli markasıdır.

İCLAL AYDIN

ÜÇ KIZ KARDEŞ

BENİ BIRAKIP GİTME BİR YERE

KİMSE GELİP BİR BAŞKASININ HAYATINI DEĞİŞTİREMEZ, ÖYKÜSÜNÜN SONUNU YAZAMAZ. HERKES KENDİ YOLUNUN İŞÇİSİ.

ARTEMİS YAYINLARI

Birlikte büyüdüğüm canım kardeşim Hilal ve bana arkadaşlıktan çok kardeşlik yapan ve bu aidiyete inancımı varlıklarıyla güçlendiren bütün "kız kardeşler"e ve bir de Meriç'e...

Bu hikâye boyunca candan destekleri için önce Cunda ve Ayvalık'ın şahane insanlarına, sabırları için kızıma ve eşime, yakın arkadaşlarıma, yüreklendiren, güçlendiren, yön veren yorumlarıyla bana âdeta kanat takan Tolga ve Yeliz'e...

Zaman zaman tıkanan yolumu şarkıları, besteleri ve şiirleriyle açan bestecilere, şairlere, büyük roman yazarlarına, Reşat Nuri Güntekin'in büyük anısına, sevdiğim bütün yerli filmlere ve oyuncularına, bire bir tanıdığım ve tanımadığım ama sözleriyle, mektupları, mesajları, gülümseyişleriyle güç veren sevgili okurlara...

Bir anlatıcı, bir dokumacı olduğuma belki de benden çok inanan Ilgın'a...

Müteşekkirim.

Yazdığım her hikâye, kişi, yol, ev ve ağaçla beni ertesi gün karşılaştıran, şaşırtan, sevindiren, işimi kolaylaştıran, ağlatan, güldüren ve bitirebilmeme neden olan o ilahi büyük güce, varlığımın kaynağına şükrederim...

Dilerim bu kitabı okuyan herkes, yarına bir meyve bırakacak ağacı dikebilen bahtiyar kişilerden olur.

İclal Aydın
17 Aralık 2017

PROLOG

Defne telefonu kapadı.

Kendini zorlayarak yaptığı telefon konuşmasının ardından sanki üzerine demirden bir pelerin bırakmışlar gibi bir ağırlık hissetti. Kürek kemiğinden göğsüne doğru bir ağrı saplandı. Derin bir nefes aldı.

Evet... Bu gece, nihayet o büyük yüzleşme yaşanacaktı.

Hayır... Korkmuyordu. Derin bir nefes daha aldı.

Korkması gereken biri varsa o, Defne değildi! Yine de bu gece o restorana gitmek, o kadınla o masaya oturmak, yıllardır içini kemiren o öfkeyi bastırarak o konuşmaları yapmaktansa hiçbir şey düşünmeden derin bir uykuda kaybolmayı tercih ederdi.

Bir süre boş gözlerle etrafına baktı. Küçük odası, masasının üzerindeki kitapları, yatağının yanında yerde duran su bardağı, hepsi sanki bir başkasına aitmiş, orada, o mekânda bir yabancıymış gibi hissetti kendini bir an.

O demirden pelerin sanki daha da ağırlaştı. Büyük bir bezginlik çöktü üzerine. Bu saatte teyzesi, Türkiye'de derin uykudaydı muhtemelen. Oysa o anda onu arayıp içini dökmeyi, gece kiminle buluşacağını söylemeyi ve "Neden son anda verdin bana bu emaneti?" diye sormayı, onunla konuşup rahatlamayı çok istiyordu.

Boynunu sağa sola çevirdi, sırtını rahatlatmaya çalıştı. Teyzesi ve emaneti aklından çıkmıyordu.

"Belki vazgeçecekti, belki vazgeçmekten korktu, belki de en çok bana güvendi," dedi kendi kendine.

Aslında biliyordu. Nedenini, nasılını, sonucunu...

Yok, olmuyordu. Evde duramayacaktı. Oturduğu yerden kalktı. Birkaç haftadır yazmakta olduğu defteri çantasına atıp dışarı çıktı.

Oturduğu sokağın köşesindeki kahve dükkânına doğru yürümeye başladı. Aslında gelir gelmez, kendi dilinde konuşup dertleşebileceği, içini dökebileceği iki iyi dost edinmişti. Fakat şu dakika, içinden geçenleri, öfkesini, biriktirdiklerini yeni tanıdığı birileriyle konuşacak hâlde değildi...

Birkaç saat kimseyle konuşmasın, kimse ona bir şey sormasın, bir köşeye kıvrılıp uyur gibi, kendi dünyası içinde kaybolsun, yazsın, yazarken tıpkı teyzesi gibi kendi şifasını bulsun istiyordu.

Kahve dükkânı tenhaydı. Kahvesini aldı ve 2. Cadde'ye bakan masalardan birine oturdu. Çantasından defteri çıkardı. Daha önce yazdığı sayfalara hızlıca bir göz attı. Anlattıkları ya çok zamansızdı ya da sırasız. Hayır, hayır, böyle başlamamalıydı... Yazdığı sayfaları yırttı, defterin dikiş yerindeki küçük kâğıt parçalarını temizledi, birkaç kez kalemiyle masaya vurdu ve yazmaya başladı.

*

Annem ve teyzelerim...

Üçüne de hep çok hayrandım. Birbirlerine benzemezlerdi. Farklı karakterleri vardı. Fakat buna rağmen bir araya geldiklerine sanki tek bir bedende yaşarlardı.

Kişiliklerindeki zıtlıklar onlar bir araya geldiğinde kaybolurdu. O zıtlıklarla birbirlerini tamamlar, bir bütün olurlardı.

Gündüz ve gecenin birbiriyle kavuşup bir tam gün etmesi gibi...

Buraya, New York'a geleceğim gün Dönüş teyzem, uçağa binmeden önce sırt çantama bir defter sıkıştırdı. Annem görmesin diye çok özen gösterdi. Ne annem ne de ailemin diğer fertleri fark etti. Teyzem çantamın fermuarını kapattı ve "Artık hepsi sana emanet," dedi.

Ayrılık vakti gelmişti. Dedem ve babam, iki koca adam birbirlerine tutunarak ağlıyordu. Annem ve teyzelerim onları teselli etmeye çalışırken hiç ağlamadılar, ağlayamadılar.

Tam da kendilerine yaraşır bir güç, dirayet içinde, aynı anda arka arkaya tembihlerini sıralıyorlardı:

"Aman yavrum, kimseye güvenme oralarda. Soğuk olurmuş aniden. Sıkı giyin. Yemeğini ihmal etme. Bilmediğin yerlere gitme. Kimseden çanta, paket, bir şey alma. Bizi sık sık ara. Hem ara hem de yaz. Gider gitmez haber ver. Geceleri sokağa çıkma. Sağlığına çok dikkat et. Evine kimseyi çağırma. Orada Türk arkadaşlarınla buluşunca da haber ver bize. Onların numaralarını da gönder."

Onlar gülümsüyor diye ben de tebessüm ediyordum ama boğazımda giderek büyüyen bir yumru vardı.

Pasaport kuyruğuna girmeden önce dedem, "Bir kez daha öpeyim seni... Belki döndüğünde artık burada olmam," dedi ve kalbime öyle bir sızı bıraktı ki...

Hiçbir şey söyleyemiyordum. Dedem bana sarılıp saçlarımı koklayarak defalarca öperken babam hıçkırarak ağlamaya başladı. Annem, "Ama yeter hayatım, çocuk altı ay sonra dönecek, yapma şöyle!" diye fırça attı babama.

"Ama ya dönmezse, ya birini severse, ya orada kalırsa?" dedi babam, bir çocuk gibi.

"Kaç kere söyleyeceğim babacığım, söz sana, döneceğim," dedim sarılıp. Sonra hepsini bir kez daha öpüp sıraya girdim.

"Haydi gidin artık," dedim ama boşuna.

Giderler mi hiç? O uzun kuyruk boyunca, güvenlik kordonunun dışında beklediler.

Sonra pasaport polisi pasaportumu uzatıp "Güle güle, iyi yolculuklar," dedi.

İşte gidiyordum.

Dönüp bir kez daha baktım arkama.

Kalabalığın içinde, beni görmek için uğraşan annem, babam, teyzelerim, büyük halam, eniştelerim, kuzenlerim...

Hem el sallıyor hem de "Güle güle git, çabuk dön, bizi unutma!" diye bağrışıyorlardı.

Hayatımın en unutulmaz fotoğraf karesi oldular o anda.

Kalbimde asılı kaldılar.

Ağladığımı görmesinler diye başımı eğdim, uçağa bineceğim kapıya koşmaya başladım.

Sonra doya doya ağladım. Uçağa bindiğimde ağlamaktan yorgun düşmüştüm.

Oysa sevinçli bir yolculuktu bu. Kısa bir süre için bile olsa ilk defa hepsinden bu kadar ayrı kalacaktım. Zor kazanılan bir sınav sonucunda hak ettiğim ve çok istediğim bir eğitime gidiyordum.

Uçakta anladım neden o kadar ağladığımı.

Dedemin vedasıydı gözyaşlarımın sebebi.

"Belki seni bir daha göremem," deyişi...

Sonra teyzemin çantama sıkıştırdığı defter geldi aklıma. Okumak için çıkardım. Rastgele bir sayfa açtım.

"Herkes kendi yolunun işçisi. Kabul et artık. İstediğin gibi olmadı işte. Edebiyat okuyamadın. Hayal ettiğin hayatı yaşayamadın. Annem öldü. Ayvalık yok artık. Bir çocukluk aşkıydı Serdar. Belki onu sen terk edecektin. Belki bambaşka birini sevecektin. Belki hayatının zindanı olacaktı. Belki en büyük hayal kırıklığın olacaktı. Annem yaşasa belki ondan kaçmak için hiç sevmediğin biriyle evlenecektin. Yaşayamadıkların, arkanda kalanlar, ölenler için güzelleme yapmayı bırak..."

İşte bu satırlardı ilk karşıma çıkan. Sonra bir başka sayfa açtım.

"Keşke onun gibi, 'Yaralı mısın kardeşim, acıdı mı canın? İyi misin? Sen iyi ol kardeşim,' diyebilseydim. Keşke onun gibi ağzımdan bir *kardeşim* çıktığında kelebekler uçurup kuşlar cıvıldatabilseydim. Keşke onun gibi günahsız olabilseydim... Benim 'keşke'lerim zift gibi bir yol kalbimde. Ve biliyorum ki, yaşadığımca duracak o yol..."

*

Bu satırları okuduğumda anladım ki, teyzem bana itiraflarını, hayallerini, hayal kırıklıklarını ve belki de bütün hayatını emanet etmiş. Bu defter herhangi bir defter değil yani...

Benim bir kardeşim olmadı. Bir acıyı, bir sevinci benim kadar, benim gibi yaşayabilecek bir hayat ortağım olmadı. "Beni bırakıp gitme bir yere," diyecek kadar seveceğim bir can parçam olmadı... Belki biraz da bu yüzden annem ve kız kardeşlerinin hayatını anlatan bu hatıra defteri benim için çok kıymetli.

O yolculuk boyunca defteri okudum. Ağladım, güldüm, özendim, heyecanladım.

Emaneti aldım, kalbime sakladım. O son fotoğrafın yanına koydum...

Ne güzel ki, ben de Türkân, Dönüş ve Derya'nın öyküsünün bir parçası oldum. Teyzemin defteri ve bizim güzel hikâyemiz:

Ayvalık'ta başlayan çocukluğun İstanbul kıyılarına vuran hüznü...

BİRİNCİ BÖLÜM

MAVİ YILLAR

Gençlik...
Zamanın ağır ve uzun uykusuyla buruşan ipek bir çarşaf. Bu yüzden, aynaya baktığımda şimdi gördüğüm, vaktiyle pürüzsüz bir suretin kırık, buruk, yorgun yansıması sadece. Gençlik hikâyemiz değil kırık olan, bizdeki anısı.

“Anne bir daha anlatsana, Mesut paraları nasıl yaktı?”

“Yaktı işte oğlum, biliyorsun ya. Anlattım kaç kere.”

“Olsun, sen bir daha anlat.”

“İşte, bir sabah uyandık ki, bütün paramızı yakmış.”

“Ya anne, öyle değil. Nasıl yakmış? Zarftan başla anlatmaya.”

“Mesut zarf biriktirirdi. Zarfı her zamankilerden büyük görünce, zarfı almış, parayı da yakmış.”

“Ama anne... Güzel anlat. Evinizi, dedemi anlat. Mesut’a kızmadığını anlat. Ne olur anne, hadi... Paraların nasıl yandığını, İstanbul’a nasıl geldiğinizi, bana nasıl kavuştuğunu anlat...”

“Peki... Bir zamanlar, bir ülkenin en güzel denizine bakan bir evde üç kız kardeş yaşarmış. İsimleri Türkân, Dönüş ve Derya imiş. Babaları Sadık Bey ve anneleri Nesrin Hanım’la birlikte geceleri kucak kucağa oturur, gelecekte onları bekleyen şahane yılların hayallerini kurarlarmış.”

“Masal gibi anlatma anne... Gerçek gibi anlat...”

"Anne, gerçek gibi anlat," dediğinde, "Gerçek nedir?" diye soruyorum kendime. Sorumun kısmi yanıtı oğlumun vurguladığı o *gibi* kelimesinde saklı aslında. Yani diyor ki, korkuyu, acıyı, üzüntüyü atlama, saklama anlatırken. Onları geçiştirme. Yeniden yaşa, yaşayarak anlat, bana da yaşat. O kötü şeyler yokmuş gibi yapma. Bana masal anlatma, hayatını anlat, diyor...

O hayatı bir masalın içinden geçirmezsen anlatmaya değecek bir etkisi olmaz ki, diyemiyorum elbette.

Zihnim öyle dağınık ki bugünlerde... O dağınıklık içinde yönümü kaybetmiş gibiyim. Hatırladıklarımın ne kadarı gerçekti, ne kadarını kendim tamamladım ve tamamladığım o bütüne ben ne kadar inandım, şu anda bilemiyorum.

Kendim için de en başından başlamalıyım belki. Hikâyemizi hiç bilmeyen birilerine anlatıyormuş gibi anlatmalıyım.

Bu defter...

Yıllardır bir çekmecede duran turkuaz deri kapaklı, çizgili, kalın defter.

Ayvalık'tan İstanbul'a taşınmamızdan birkaç yıl sonra almıştım aslında. Yine böyle masalda mı, gerçekte mi olduğumu bilmediğim bir anda uzanmıştı elim kapağına. Kalbim onca zaman sonra Serdar'la karşılaşmanın şaşkınlığıyla gümbürdüyordu o gün. Karşılaşma deyince... Yolda burun buruna geldiğimizi zannedebilir bunu duyan ama hayır, öyle olmadı. Serdar, halamın bahçe kapısından içeri ağır adımlarla girdi ve "Merhaba," dedi, sanki en son dün görüşmüşüz gibi. Ona yanıt vermek yerine, dönüp kahvaltı masasında oturan halama, babama ve kardeşlerime bakmıştım.

İşte o *merhaba*'dan sonra gerçek hayatla ve şimdiki zamanla tüm bağımın koptuğu birkaç gün geçirmiştim. Dalgındım. Sancılıydım. Geçmişteydim. Yazarsam belki bir şeyleri toparlarım diye düşünmüştüm. O ağır hatıra bulutunun içinde yönümü bulmaya çalışırken bu defteri aldım ama hiç yazamadım.

Sonra onlarca yıl bir fotoğrafmış gibi duran hayatım, geçmişin acısını çıkartırcasına hareketlendi ve hiç akmadığını düşündüğüm zaman, yetişemediğim bir şekilde hızlandı. Olmaz dediklerim oldu. Geçmez dediklerim geçti gitti. Gidenler döndü, kalanların bazıları öldü. Sonra tam her şey yoluna girdi, mutlu sona az kaldı derken beklenmedik bir fırtına çıktı. Ama biz alışkındık fırtınalara. Kaç kez bu gemiyi sağ salim yanaştırdık karaya.

Oğlum, annesinin yaşadıklarından habersiz, her gece uykuya dalmadan, daha önce defalarca dinlediği hikâyeleri tekrar tekrar anlatmamı istiyor son zamanlarda. İçimi mi okuyor nedir, düşündükçe beni mutlu eden taş döşeli dar sokaklarımızı, o sokaklarda birbirine dayalı yaşamaya çalışan harap Rum evlerini, ışıklı denizi, büyüdüğümüz mahalleyi, çam ağaçlarını, hiç görmediği anneannesini, mutfağımızda pişen yemekleri, arka bahçemizdeki odunluğu, ön bahçedeki odacığı, turuncu arabamızı, Mesut'u anlattırıyor...

Ve ben içinden koşarak, durarak, itişerek, çok kavga ederek ama birbirimizi hep çok severek geçtiğimiz yılların en eski kısımlarından, en güzel günleri seçiyorum ona.

Oğlumun, çocukluğumu dinlemek için ısrar edişleri çok zaman önce unuttuklarımı da hatırlatıyor bana. Paylaşacak yeni anılar ararken, hafızamın bir kenarında kalmış şahane neşeli günler çıkıyor ortaya.

Üzerimizde annemin diktiği kırmızı beyaz çizgili mayolarımız, Ege plajında bütün aile bir arada, rahmetli Köfte Nurettin'in servis yaptığı karpuz ve kızarmış patatesleri yememiz mesela. Sadece birer tane içmemize izin verilen Çamlıca gazozunun, gazı burnumuzdan çıkarken gözümüzden yaş getirmesine kıkır kıkır gülmemiz. Okula başladığımız o ilk gün ayağımızda pırıl pırıl parlayan siyah rugan ayakkabılara deliler gibi sevinmemiz. Sonra anneme bir yılbaşı ikramiyesi ile alınan o çok kıymetli yeşil, yılan derisi ayakkabıyı gizli gizli giyip topuğunu kırdığımızda kardeşim Derya ile birbirimize sarılıp felaketimize ağlayışımız... Şimdi o ağlayışımızı düşünmek bile içimi ısıtıyor.

Çocukluğumuz Ayvalık'ta geçti.

Akşam şehrimize öyle güzel inerdi ki, "Gökte yangın çıktı yine!" diye ellerimizi çırpardık ufka bakarken. O alev alev, pembe-eflatun-turuncu gökyüzü, yerini yıldızlarla bezeli kızıl-lacivert, derin bir kubbeye bırakırdı. Evlerin ışıkları teker teker yanarken, denize açılan balıkçı teknelerinin *pata pat*'larına önce akşam ezanı, sonra annemin bizi yemeğe çağıran sesi karışırdı.

Yaz sonları, serin ama güneşli sonbaharlar demekti. Erken inen akşamlar, okuldan döndüğümüzde evimize sıcacık bir huzurla dolardı. O evin unutulmaz kokusu şu an bile burnumda. Limon, sabun ve hayatım boyunca başka hiçbir yerde duymadığım, duymayacağımı bildiğim bir toprak kokusunun harmanıydı.

Üç kardeştik ve ne güzel hayallerimiz vardı. Ne sevinçli oyunlar, ne güzel kitaplar ve ne benzersiz şarkılarla kaplıydı hayatımız.

Ah! Hüzünlü ama tatlı bir rüzgâr gibi doluyor ciğerlerime o günlerin hatırası.

Kendi kendime gülümsediğim bu anları yakalayan oğlum, küçük elleriyle yüzümü kendi yüzüne çevirip "İşte o güldüğün şeyi anlat şimdi!" diyor ve başka bir eski günün içinde kayboluyoruz. Sefa Çamlık Mahallesi'ndeki evimizden çıkıyor, Sakarya İlkokulu'nun sıralarına oturuyoruz birlikte.

Ama o en çok, İstanbul'a taşınmaya karar verdiğimiz vakit satılan evimizin bedeli olan paraların yandığı sabahı dinlemeyi seviyor. Bir tomar paranın sobada alev alev yanmasını hayal etmek hoşuna gidiyor olmalı. "Gerçek gibi" dediği, onu ne kadar uzak tutmaya çalışsam da ateş ve dehşet dolu çizgi filmlerden gördükleri. Fakat parayla doğru dürüst bir ilişkisi olmayan ufaklığımın gözlerindeki heyecan beni yeniden anlatmaya teşvik ediyor. Elbette ona gerçeği olduğu gibi anlatamıyorum. Zaten babamın tapuda teslim aldığı paralarla eve geldiği o akşamı anlatmaya geçemeden uykuya dalıyor.

O derin soluklar alırken, yastıktaki masum yüzüne bakıyorum ve... İçimde bir yer var... Orada bir sızı, ince bir ağrı beliriyor. İşte gerçek bu!

Ya bensiz kalırsa bir gün? Nasıl büyür? Kim çocukluğunu anlatır ona?

Kimseye söyleyemediklerim uzun, kara bir tren olup geçiyor o ağrının üzerinden. Zamanın azaldığını düşünmek, bana verilmiş ömrü ne kadar iyi yaşayabildiğimi sorgulatıyor bugünlerde. İyi ve güzel anılarımın yanında boşa geçmiş, yanlış yaşanmış yıllarım karmakarışık duruyor. O dağınıklık beni telaşlandırıyor.

Onlar öyleydi, ben böyleydim, haklıydım, haksızdım, yanlıştı, doğruydu, o yaptı, ben yapamadım derken nasıl da çarçur ediyormuş meğer insan hayatını.

"Size ayrılan sürenin sonuna geldik," diyen televizyon sunucusuna, "Daha anlatacaklarım vardı ama..." diye konuşmasını hızlandırarak ve bağırarak kalan zamanı son saniyesine kadar kullanmaya çalışan, elindeki notları iyice birbirine karıştıran konuşmacılar gibi hissediyorum kendimi bazen. "Daha bir şey anlatmamıştım oysa, süre de çok kısaymış," söylenmelerinin üzerine jenerik akarken, "Bir dahaki programda inşallah," diyecek bir sunucu da yok karşımda. Bir dahaki program yok zira.

Oysa o sürenin bir bitimi olduğu başından belli de, unutuveriyor insan. Mutfaktaki duvar saatinin sesi, küçük bir ırmağın akışı gibi. Tik tak yok, sanki çocuksu bir aceleyle akan bir su sesi. Akıyor... Akıp gidiyor. Bir zamanlar -bütün sevdiklerim yaşadığımız şehri ve beni birer birer bırakıp gittikten sonra- zamanın hiç geçmediğini düşünürdüm.

Şimdi, şu dakikada, yarın için her zamankinden daha umutluyum aslında. O bilinmezlik bana korku vermiyor, aksine kıymetini hatırlatıyor. Çünkü dünden kalanlar bugün çok daha başka anlamlar buluyor içimde. O yüzden, akıp gideni durduramasam da, ardında kalanları kayda geçirmeye çalışıyorum. Bir an önce zihnimdeki şu karmaşayı toplamak istiyorum.

Bir süre önce doktorum, "Ciddi bir sorunumuz var," diye konuşmaya başladığında, ağzından dökülenlerin beni yerle bir edeceğini zannetti elimi tutan eşim. Elimi öyle sıkıyordu ki, düşmekten korkanın o olduğunu anladım. Ter içinde kalmıştı elleri.

Doktorun muayenehanesinden çıktığımızda yüzündeki o sonsuz karanlık, duyduklarımdan daha çok etkiledi beni.

"Üzülme yahu. Hallederiz biz bunu," diye ben teselli vermek zorunda hissettim kendimi. "Hadi gel, seni güzel bir yemeğe götüreyim," dedim. Ne desem, ses çıkarmadan başını sallayarak kabulleniyordu. Akşam olmak üzereydi. Boğaz'a çok yüksek bir binanın tepesinden bakan sevdiğim bir restorana gittik. Henüz hiç müşteri yoktu. Bize gösterilen masaya oturduk.

"Ne yapacağız?" diye sordu yorgunluk içinde.

Bilsem... Ama bilmem gerekiyordu demek ki. Bana soruyordu çünkü.

"Öncelikle kendimizi bırakmayacağız herhâlde, öyle değil mi? Böyle gamlı baykuş gibi oturmayacağız ve kimseye söylemeyeceğiz," diye yanıtladım.

"Ablan, kardeşin? Onlara da mı söylemeyeceğiz?"

Durdum. Onlara söylemeli miydim? Kafam işte o anda karışmaya başladı.

"Bilmiyorum," diye mırıldandım.

"Ben bu meselede yalnız olmak istemiyorum," dedi.

Hasta olan bendim ama eşim sanki kendisi için korkuyordu. Kırılsam mı, kızsam mı? *Belki başka bir şey söylemek istiyor*, diye düşündüm. Ama yine de sitem etmeden duramadım.

"Nasıl yani? Yalnız olmak mı? Bana mı söylüyorsun bunu?"

"Bak... Bu senin tek başına yaşayacağın bir şey değil. Hepimizin meselesi. Bu benim de hastalığım, anlıyor musun? Bugün hep birlikte olmayacaksak, ne zaman olacağız? Ameliyatını saklayacak mısın? Kemoterapiler ne olacak? Saçların döküldüğünde nasıl saklayacaksın neler yaşadığını?"

Doğru söylüyordu.

"Babama söylemeyelim ama... Çok üzülür. Bir de yani şimdi insanların *geçmiş olsun*'larını, doktor ve tedavi önerilerini duyarak iyice bunalmak istemiyorum," dedim.

"*Yine kabuğuma çekileyim, her şeyi tek başıma yaşayayım, ben kendi yaramı kendim yalayarak iyi ederim*, diyorsun yani. Biz yine dışarıdayız, öyle mi?"

"Hayır, tam olarak öyle değil de... Ya biliyorsun işte. Sevmiyorum insanlarla içi dışlı olmayı böyle durumlarda."

"İnsanlar dediğin ailen; ablan, kardeşin, baban, halan, eniştelerin... Bütün dünyaya ilan edelim demiyorum. Ama bu akşam onların bunu öğrenmesi gerekiyor. Daha geç değil."

O anda bütün gücüm çekildi içimden. Öyle bir yorgunluk ki... Hiç takatim yoktu konuşmaya.

"Sen ara o zaman. Ben çok hâlsiz hissettim şimdi kendimi. Sorulara yanıt verecek, uzun uzun konuşabilecek gücüm yok, inan."

Çenemi okşadı.

"Kendimizi bırakmayacağız diyen sendin. Biz arkanda kale gibi duralım ki, senin bu hâlsizliğin çabucak geçsin, yıkılma."

Başımı salladım.

Saçlarımı okşadı.

Garson menüleri getirdi o sıra. Eşim telefonunu ceketinin cebinden çıkardı. "Sen seç, ne istersen söyle. Benim için fark etmez, ne olsa yerim. Ben kızları arayıp geleyim hemen," diyerek aceleyle kalktı masadan. Gözleri dolmuştu ve görmemi istemiyordu, anladım. Telefon bahaneydi.

Garsondan en sevdiğim sufleden iki tane getirmesini istedim. Tatlıyı bu kez önden yiyecektim. Ana yemeğe iştahımız ve vaktimiz kalırsa yerdik artık. Garson uzaklaştı. Eşim restoranın terasına çıkmış, korkuluklara yaslanmış, arkası bana dönük, telefonla konuşuyordu. Yüzünü göremiyordum. Ne diyordu acaba? Nasıl anlatıyordu ablama? Önce hangisini aramıştı? Derya'yı mı, Türkân'ı mı? Hemen dönerim demişti ama çok uzun konuştu.

Garson, yapımı epey vakit alan sufleleri getirirken o da terastan çıkıp bana doğru yürümeye başladı.

Daha terasın kapısından içeri girdiğinde, o mesafeden anlamıştım. Ağlamıştı. Yanıma henüz oturmuştu ki, telefonuma Derya'dan mesaj geldi.

"Oraya geliyoruz. Ablamları da alacağız yoldan. İyi ol. İyi olacaksın. Sen bizim biricik Dönüş'ümüzsün. Sakın ağlama!"

İşte o an ağlamak istedim.

Sonra o ağlama isteği bir daha hiç uğramadı bana. Ameliyatım başarılı geçti. Artık zorunlu bir menopoz başlıyordu. Doktorum iki aylık önemli bir sürecin beni beklediğini ve mümkünse kendimi bir parça koruyarak, kalabalıktan uzak tutarak yaşamam gerektiğini, sonrasında başlayacak olan ağır ilaç tedavisine hazırlanmamı söylediğinde başta biraz canım sıkıldı elbette. Ama şimdi bu sürenin, hatta şu hastalığın bile bir hediye olduğunu anlıyorum. O ilaç tedavisi için önümüzde birkaç haftam var. Günün belli saatlerinde kendimi çok iyi hissediyorum. Sonra birden o dağınıklık, dalgınlık ele geçiriyor beni. Ama kendimi zorluyorum, teslim olmuyorum. Oğluma anlattığım o güzel anıları kendime sakladığım gerçeklerle birleştirerek yazıyor, yazdıkça da zihin dağınıklığımı toparlamak için bundan daha güzel bir fırsat bulamazdım diye düşünüyorum.

Bu defter demek bugünü bekliyormuş ve uyuyan güzelin uyanma vaktiymiş.

Her şey zamanına nasıl da ilahi bir nefesle kavuşuyor. Bir kenarda sabırla, sessiz bir uyku hâlinde, sırası gelene dek gizemini koruyor.

Defteri elime alıp yazmaya başladığımda, satırlara gelip yerleşen o neşeli çocukluk anılarımla kırıklarımı yapıştırıp kendimle barışır gibi olduğumu fark ediyorum. Hikâyemin, hayatımın güzelliğiyle yeni tanışıyorum sanki. Düşündükçe her şey yerli yerine oturuyor. Belki de en çok bu yüzden yazmalıyım. Kendimden geriye bir şey bırakma kaygısı umutsuzluk taşıyormuş gibi geliyor. Oysa her şeyi yerli yerine koymak, derleyip toparlamak yeni bir başlangıca hazırlanmak demek değil mi?

Ameliyata gireceğim sabah hemşire beni hazırlamak için odaya girdiğinde çıt çıkmıyordu hiçbirimizden. Ablam, Derya ve eşim, hep birlikte sessizce hemşireyi izliyorduk. Önce bağcıklı bir önlük giydirip yatağa yatırmıştı beni. Sonra alyansımı çıkarmamı söyledi. Çıkarıp eşime uzattım. Hüzünle uzanıp aldı, avucunda tuttu. Sonra hemşire damar yolunu açtı. "Birazdan sakinleştirici bir ilaç vereceğim. On dakikaya gelip sizi götüreceğiz," dedi ve odadan çıktı. Ablam ve Derya, ikisi iki elimden tutmuş, bana cesaret vermeye çalışırlarken eşim alnımdan öptü. Yüzündeki endişe, gözlerindeki korku bana babamın şefkatini hatırlatıyordu.

"İyi ki evlendik. İyi ki kocam sen oldun. İyi ki beni, seni sevdiğim kadar sevdin," dediğimde o güzel gözleri buğulanmış, "İyi ki sen ben sevdin... Hadi bir şarkı dinleyelim. Ne istersin?" diye sormuştu, gözlerini kaçırarak.

"Gidemem..." demiştim.

"Şarkı dinlersen mi gidemezsin?" diye dönmüştü şaşkınlıkla.

Gülmüştüm. Hatta öyle içten bir kahkahaydı ki içimden çıkan...

"Sezen'den çal... *Ben hiç kimseden gidemem, gitmem...*" deyince, Derya elimi bırakmış, "Ya senin şu melankoli sevdan beni öldürüyor, yemin ederim. Çocuk neşeli bir şey çalayım demek istiyor. İstediğin şarkıya bak!" demişti her zamanki tatlı asabiyetiyle.

Türkân ablam, "Tamam Deryacığım, kız ne istiyorsa onu dinlesin," dedikten sonra eşime dönmüştü. "Senin telefonunda yoksa eğer, bende var, ben çalayım."

Ablam hepimizden daha sessiz duygusallık taşırmış içinde. Nasıl da başka biri olmuştu şu on yılda... Demek telefonuna şarkılar indiriyordu?

Dördümüz odayı dolduran şarkıyı dinlemeye başlamıştık ki, hemşire yeniden girdi içeri. "Hazırsanız ilacınızı veriyorum," dedi. İlacı damara zerk ettiği sıra, *hayatımın belki sonu, belki de yeni başlangıcı şu an*, diye düşünmüştüm. Hastabakıcılar tekerlekli yatağı asansöre doğru iterlerken "Sizi çok seviyorum. Oğlum önce Allah'a, sonra size emanet," dedim. Asansörün kapısı kapanırken gördüğüm son şey, Derya'nın ağlayarak ablamın kolunu tutması oldu.

Ameliyathaneye girdiğimi de hatırlıyorum hayal meyal. Tatlı bir uyuşukluk her yanımı sararken gözlerimin önünde Ayvalık'ın sonbaharı vardı. Sonrası derin bir uyku...

Ah, o her yanı zeytin ağacı dolu mavi yeşil çocukluğum, ilk gençliğim...

Hayattan daima alacaklı kaldığıma inandığım o mavi yıllar ve ben...

Ben babamın anlayışlı kızı, sağ kolu, ona en çok benzeyeni. Ortancası...

Dönüş... Yetmişli yıllarda gurbete gidenlerin çocuklarına koyduğu ve büyük özlemi taşıyan isim. Çok severdi babam ismimi. O seviyor diye ben de çok severdim. Kendine benzediğimi söylemesinden çok gururlanırdım. Dünyalar benim olurdu. "Demek ki ablam Türkân ve kardeşim Derya'dan daha yakın buluyor beni kendine," derdim. Ortanca çocuk olmak her evde biraz böyle değil midir? Hep bir emin olamama hâli içinde geçti çocukluğum, gençliğim. Gerçekten seviyor muydu beni babam?

O zamanlar dokuz on yaşlarında olmalıyım. *Annemden çok babama benziyorum aslında. Derya'dan daha çok benziyorum. Burnum, gözlerimin rengi, bir de bazı huylarım aynı babam*, diye düşünürdüm aynaya bakarken. Oysa Derya ile sadece boy ve kilo farkımız vardı. Kaşımıza gözümüze, burnumuza bakan bir yabancı, aynı aileden olduğumuzu rahatlıkla anlayabilirdi.

Ama hayır, ben katiyen ona benzemediğime inanıyordum. Huylarımız benzemiyordu bir kere. O çok yaramazdı, ben uslu... O matematikte iyiydi, ben Türkçede... O hayvanları çok severdi, ben bitkileri, çiçekleri... Böyle böyle uzar giderdi aramızdaki farklılıklar listesi.

Türkân ablam, annemin kızıydı zaten. Buna inanırdım çünkü Derya ile ben annem için *bu ikisi*'ydik. Bizi de öpüp koklar, sarıp sarmalardı ama ablama bir sanatçının, ilk eserine duyduğu hayranlığa benzer bir hayranlık beslediğini saklayamazdı. Bu yüzden babamın büyük sevgisi Derya ile ikimize kalıyordu. Kendimce babam da sadece beni sevsin istiyordum.

Türkân ablamın güzelliği dillere destandı. Annemle babam, kızlarının Türkân Şoray'a benzemesini çok istemişler. Gerçi babam, Fatma Girik'i de severmiş ama Türkân ikisinin ortak noktası olunca ablama bu isim verilmiş. Biz kardeşim Derya ile annemin diktiği mayolarla denizde oyunlar oynarken o, halamın İstanbul'dan hediye getirdiği, güzel saçlarının ışığını daha çok ortaya çıkaran buz mavisi mayosuyla kumsalda güneşlenir, babamdan gizli "Beyaz Dizi" aşk romanları okurdu. Babamın en sinirlendiği şeylerden biri, ablamın o zamanlar pek meşhur olan Gelişim Yayınları'ndan çıkan "Beyaz Dizi" aşk romanları ve ucuz fotoromanlar okumasıydı. Ablam aşk, ihtiras ve ızdırap dolu bütün o cep kitaplarını Peyami Safa'nın perişan olmuş *Dokuzuncu Hariciye Koğuşu* roman kapağının içine koyup öyle okudu. Babam ne zaman baksa, ablam hep *Dokuzuncu Hariciye Koğuşu*'nu okuyor olurdu. O kitap yıllarca bitmedi.

Ablam *Dokuzuncu Hariciye Koğuşu*'nun içinde kim bilir hangi aşk hikâyesinde kaybolurken, tatilci delikanlılar onun dikkatini çekmek için önünden defalarca geçer, top oynar, babamdan çekindiklerinden belli bir mesafeyi koruyarak olabildiğince ona yakın, göz göze gelebilme ihtimalini yakalayabilecekleri bir noktada sözde güneşlenirlerdi. Bu beyhude çabaları çok uzaktan izleyen akranı gençlerin, dışarıdan gelenlerden yana içleri rahattı. Türkân kafasını kaldırıp kimseye bakmazdı nasılsa. Kültürlü kızdı bir kere ve en sevdiği yazar Peyami Safa'ydı. O asla hoppa olamazdı. Sesini duyan bile o kadar azdı ki. Çok konuşmazdı, belli belirsiz tebessüm ederdi sadece. Gençler gereksiz endişelere kapılmazlardı bu yüzden. Belki Türkân gerçek bile değildi onlara göre. O kadar güzeldi yani.

Ablam, annemle babam evlenir evlenmez doğmuş. "Gençlik tomurcuğum," diye severdi annem onu. Kendi güzelliğinin, gençliğinin tüm özünü ona verdiğini düşünürdü. Bir kız çocuğunun ilk oyuncak bebeğiyle oynaması gibi büyük bir hevesle büyütüp süslemiş ablamı. Hatta yedi sene boyunca ikinci bir çocuk istememiş. İlkokul öğretmeni bir kadın, memur bir koca, zaten bütün gün çocuk gürültüsü içinde geçiyor... Koşullar ağır, zordu mutlaka... Nasıl bir çocuk daha yapsınlar? Durumları da pek iyi değilmiş... Ama Eskişehir'de çalıştıkları son yıl ben sürpriz yapmışım bizimkilere.

Annemin hamileliğinden henüz haberdar değilken, devlet memuru olan babamın tayini Ayvalık'a çıkmış. Eş durumundan annemin de naklini istemişler ama annem babamdan farklı bir yere, Milli Eğitim Bakanlığına bağlı olduğundan biraz zaman almış bu.

Annemin birkaç ay daha beklemek zorunda olduğu ortaya çıkınca babam o zaman yedi yaşında olan Türkân ablamı alıp Ayvalık'a önden gitmiş. İşbaşı yapması gerekiyormuş. O sonbahar okula başlayacak olan ablamı, *yaz geliyor, çocuk okula başlamadan son tatilini yapsın, arkadaşlar edinsin, doya doya oynasın, Ayvalık'a alışsın iyice* düşüncesiyle beraberinde götürmek babamın fikriymiş. Annemi bir başına bırakmak zorundayken omzuna bir de çocuk sorumluluğu yüklemek istememiş. Annem çok gönüllü değilmiş bu ayrılığa ama koşullar mecbur bırakınca birkaç aylık hasrete dayanmayı göze almış. Çok ağladığını anlatırdı. Ablamın hırkasını koklarmış. Babamın hesabına göre ayrılıkları çok sürmeyecekmiş. Oturacakları evi ayarladıktan sonra annem eşyaları gönderecek, tayini çıkana kadar da bekâr bir öğretmen arkadaşının yanında kalacakmış. "Hepi topu birkaç ay," diyormuş babam. Ama anneme yıllar gibi gelmiş.

Ayvalık'a gittikten çok kısa bir süre sonra babam, "Ev buldum, tuttum," diye haber gönderince annem eşyaları bir kamyona yükletip göndermiş ve kendisi de bekâr bir öğretmen arkadaşının yanına geçmiş. Fakat kendinde bir tuhaflık hissediyormuş. Üzüntüden hastalandığını sanmış. "Asabım bozuktu çok. Hep mideme, bağırsaklarıma vururdu sıkıntım. Baygınlık hissim filan sinirsel sanıyordum," diye anlatırdı. Güzel annem tayin, taşınma telaşı, ablamın özlemi derken, hamileliğini neredeyse dördüncü ayına girdiğinde fark etmiş.

Tam bir sürprizmişim yani. Zor bir hamilelik olmuş elbette. Kocasından, kızından uzak, o hâliyle bir başkasının evinde kalmak annem gibi titiz bir kadını çok bunaltmıştır, tahmin edebiliyorum. Ve o sıkıntılı bekleyiş döneminin son bombası, benim dünyaya erken gelişim olmuş. Annem hamileliğinin yedinci ayında beni babamdan ve tüm yakınlarından uzaktayken tek başına kucaklamış. Bir gece aniden gelivermiş suyu. Evinde kaldığı arkadaşı zor yetiştirmiş annemi hastaneye.

Doğduğumda o kadar küçükmüşüm ki, doktor, anneme, "Çok umutlanmayın, yaşaması zor," demiş. Bir doktorun yeni doğum yapmış, yalnız bir kadına bu kadar sert bir açıklama yapmasını annem hayatı boyunca unutmadı. Ama güçlü kadındı. Öyle kolay kolay teslim olmazdı zorluklara. Elbette doktorla inatlaşmış. O hâliyle, "Bu çocuk yaşayacak, ben de sana bunun hesabını soracağım!" demiş ve ertesi sabah kalkmış yataktan. Bazen gerçekten içinde bir çelik omurga olduğunu düşünürdük. Orada babamı çok sayıp seven bir astsubayın arabasıyla beni kaptıkları gibi Ankara'ya götürmüşler. Adam, annemle beni Ankara'ya bırakıp aynı gece geri dönmüş Eskişehir'e. Zaten babam da hemen annemin yanına yetişmiş o ara.

"Eski insanlar başkaydı. Hesapsızdı ilişkiler, dostluklar. Samimiyetle koşardı herkes birbirinin yardımına. Allah o adamcağızdan razı olsun. Yaşıyorsa ayağına taş değmesin, öldüyse Allah rahmet eylesin," derdi annem her andığında. Ankara'da birkaç hafta kalmışız. Meşhur bir yenidoğan doktoru varmış Ankara'da, Güngör Bey. Babam, annemin beni Ankara'ya götürdüğünü duyunca, Ayvalık'taki çocuk hekimi Metin Bey aracı olmuş, o doktorun beni görmesini sağlamış. Güngör Bey, "Evelallah, yaşar yavrumuz," demiş annemle babama. Onu da çok dua ve hürmetle anarlardı. Çok sürmemiş, birkaç hafta içinde her şey yoluna girmiş. Bizimkiler kucaklarında ikinci kızlarıyla nihayet Ayvalık'a dönebilmiş. Sonrasında Metin Bey haftalarca çok ilgilenmiş benimle. "Üzülmeyin Nesrin Hanım. Çok narin ama dirayetli bir kız olacak bu. Belli mi olur, gelin alırız belki," dermiş hep. Onun da oğlu yeni doğmuş çünkü o vakit. "Herhâlde seninle ilgilendiği kadar kendi çocuğuyla ilgilenmemiştir," derdi annem. Her bayram, yılbaşı Doktor Metin Bey'e özel hediyeler hazırlanırdı. O hepimizin kahramanı Doktor Metin amcaydı.

Biz annemle Ayvalık'a gidene kadar geçen süre babam için de kolay olmamış elbette. Ailesine, karısına çok düşkün olan Sadık Bey'in o dönemi büyük telaşlarla geçmiş. Annemi Eskişehir'de bıraktığı için çok üzülürmüş. Bir tanecik karısı gelene kadar onu mutlu edecek şeyler yapmak için didinmiş durmuş. Onun çok seveceğini düşündüğü Sefa Çamlık Mahallesi'nin üst sokaklarında bir ev kiralamış, hazırlıklar yapmış. Ankara'dan yola çıkacakları sıra, annemin evinde kaldığı o bekâr öğretmen arkadaşının ölüm haberini almışlar. Büyük bir yıkım olmuş annem için. Bir daha Eskişehir'e dönmemişler. Zaten annem doğum izninde olduğu için doğruca Ayvalık'a gelinmiş. Daha sonra babam gidip annemin kalan eşyasını almış gelmiş.

Annem, babamın hazırladığı evimizi görür görmez çok sevmiş. İçeri girmeden önce kapının önünde oturup ağlamış bir süre. O kadar yorgun ve mutsuzmuş ki, kederi eve girmesin, yeni hayatına sinmesin istemiş. "Hava kararana kadar ağladı, dua etti. Emel Hanım nasıl asil bir kadın ve komşu olduğunu o gün gösterdi. Annenin yanına oturdu ve annen kalkana kadar kalkmadı. Sonra nasıl teselli ettiyse, birlikte kol kola girdiler eve. *Bu evde her şeye yeniden başlayacağız. Geçirdiğimiz bütün o kötü günler bize yeni hayatımız için bir bedel olsun*, dedi annen. *Olsun... İnşallah öyle olsun,* dedim. Kapıdan girdik ve sonra pek mutlu olduk. İsmet ve Emel Hanım da bu mutlu günlerimizin ortağı oldular," diye neşeyle bitirirdi hikâyeyi babam.

Elektrik şefi İsmet Bey, babamın çocukluk arkadaşıydı. Eskişehir'de kaldıkları ilk yıl Ayvalık'a tatile gittiklerinde, sonradan üzerine evimizin yapılacağı arsayı ve yanındakini birlikte almayı teklif etmiş babama. Fakat babama hayatı kayıplarla dolu ailesinden hiçbir şey kalmadığından, memur maaşıyla cesaret edememiş borca girmeye. Zaten daha ne istediklerinden de emin değilmiş. "Döner miyiz, dönmez miyiz buraya, bilmiyorum İsmetçim," demiş. Babamın bir gün geri döneceğini İsmet amca biliyormuş aslında. Fakat çok ısrar etmemiş.

İsmet amca önce bizim evin olduğu arsayı, sonra da kendi oturdukları evin arsasını almış. Borcu bitince bir oda, bir oda daha derken, ilk katı bitirmiş. Sonra ikinci katı çıkmışlar. Bir sonraki yıl da bitişik bahçemizde, kendilerinin oturduğu, pencere çerçeveleri mavi, bahçesi rengârenk çiçeklerle dolu evi yaptırmış.

Babam Ayvalık'a dönünce İsmet amca o kadar sevinmiş ki, "Biliyordum. Vallahi biliyordum. Gençlik hayalimiz bari şimdi gerçek olsun, çocuklarımız beraber büyüsün. Gel benim evi sana kiralayayım," demiş. Babam çok sevinmiş bu teklife.

İsmet amca ile komşulukları ve kardeşlikleri bütün Ayvalık'ta örnek gösterilirdi. Hatta babam benim doğumumdan sonra, Ankara'ya annemin yanına gittiğinde Türkân ablama İsmet amcayla Emel teyze bakmış. Oğulları

Hakan bizim erkek kardeşimiz gibiydi. Ablam ve benim aramda ikinci çocuk sayardı babam, Hakan abiyi.

İsmet amca da yardım edince babam evi saray gibi yapmış. Evimiz iki katlıydı ama çok büyük değildi. Hemen her odada manzaramız aynıydı. Çamlar arasında Cunda Adası görünürdü. Babamın İsmet amcayla diktiği mandalina, limon, leylak ağaçları, morsalkımlar, filbahriler, acemboruları, asmalar bizimle beraber büyüdüler. Hele sonbaharda patlayan o narlar yok mu... "Oh, evimizin bereketi bunlar, şifamız bahçemizde çok şükür!" dualarıyla bir kısmı toplanır, birkaç tanesi de dalda patlasın diye bekletilirdi. Çevremiz çam ağaçlarıyla doluydu. Çam kokusu sabaha karşı keskinleşip yayılır, âdeta bütün bitkilerin üzerini kaplardı. Yazları, evimizin arka tarafındaki uçsuz bucaksız çam ormanına bakan odunluğun önünde sabahtan akşama dek evcilik oynardık. Gazinoculuk, öğretmencilik, doktorculuk.

Sokaktakilerle beraber sayısız kedimiz, köpeğimiz, kuşumuz olmuştur ama evimizin son mensupları, köpeğimiz Değerli ile kedilerimiz Tom ve Jerry idi. Üçü de isimlerini çok sevdiğimiz çizgi film kahramanlarından almıştı. Karakterleri de tıpkı onlara benziyordu. Jerry çizgi filmde kedi Tom'u çıldırtan farenin adıydı aslında. Bizim Tom da küçük Jerry'den beş yaş büyük bir kediydi ve yavru Jerry sürekli Tom'la oynamak istediği için onu asla rahat bırakmaz, sonunda patiyi burnuna yer ama yine de adam olmazdı. Bu kaç-kovalayı seyretmeye bayılırdık. O yüzden isimlerini Tom ve Jerry koymuştuk.

Babama aşırı bir bağlılık duyan köpeğimiz Değerli ise işten dönüş saatlerinde onun sesini duydu mu çılgına döner, gözü hiçbirimizi görmezdi. Çok kıskanç bir köpekti. Kimse babama dokunmasın, sarılmasın isterdi. Babam işe gittiğinde eğer bir hainlik peşinde değilse ona ait bir ayakkabı tekini ya da terliğini kaçırır, babam gelene dek ağzından bırakmazdı. Babama yürekten bağlı köpeğimiz o işe gittikten sonra tam bir haydut olurdu. O yıllarda televizyonda gösterilen, sadece kendisine bakan yaşlı kadına iyi davranıp geri kalan herkese muzırlık yapan ve her yaramazlığının ardından *kıh kıh kıh* diye sinsi sinsi gülen çizgi köpeğe hepimiz bayılırdık. Bizimki adını ondan aldı. Babam kimsesiz gördüğü her canlıyı bağrına basanlardandı. Değerli'yi de bir bacağı kırık, inlerken bizim yokuşun başında bulmuş, eve kucağında getirmişti. Değerli kısa sürede iyileşmiş, bizi benimsemiş ve "Bugün de sabah oldu, yaşasın, kalkın, kalkın!" havlamaları ile bizi sabah horozlarından önce uyandırır olmuştu.

Şahane bir hayvan kahramanımız daha vardı. İsmet amcaların çok ama çok yaşlı papağını Damat. İsmet amcanın dedesinin papağanıymış. "Bunadı artık bu hayvancağız. Geceleri uyutmuyor bizi. Atsan atılmaz, satsan satılmaz, kıyılmaz," derdi İsmet amca. Papağan bazı geceler herkes uyuduktan sonra aniden İsmet amcanın dedesinin sesiyle "Olmaz öyle şey, kapıyı açın!" diye bağırmaya başlar, yediye kadar sayarmış. Onları uyandırana dek kapıya vurma sesi çıkarır, ardından da, "Kim o, kim o, kim, kim kim?" diye çığlıklar atarmış. Biri uyanıp yanına geldi mi hemen susar, pat diye uyurmuş. Hakan abi bizi güldürmek için çok sevdiği bir türküyü söylerdi. Papağan o türküyü duydu mu kanatlarını açıp bir o yana bir yana sallanırdı. Derya o papağana âşıktı.

Bütün hayvanlar Derya'nın kahramanlarıydı. Saatlerce karıncaları seyreder, yuvaları, yolları bozulmasın diye kendince ipten, taştan önlemler alırdı. Eğer arkadaşlarımızdan biri bir hayvana bilerek zarar verirse Derya o çocuğu tövbe ettirene kadar kovalardı. Hayvanlara aşırı düşkün kardeşim, insanlara tam tersi bir aksilik içindeydi. Babam son kız çocuğunun adını Fatma Girik'e duyduğu sevgi nedeniyle Fatma koymak istemiş ama annem, "Türkân tamam da, Dönüş gibi modern bir isimden sonra çocuğa Fatma demeyelim. Onun gözleri gibi maviyi çağrıştırsın, mesela Derya olsun," diye ikna etmiş babamı. Yine de nüfusa Fatma Derya diye yazdırmışlar kardeşimi. Sinirini, tavırlarını Fatma Girik'in meşhur filmi Şoför Nebahat'taki hâllerine benzetir, kızdırmak için, "Ağır ol Erkek Fato," derdik. Aman ne sinirlenirdi.

O güzel filmler, hikâyeleri, yönetmenleri, müzikleri, oyuncuları, velhasıl her detayıyla bizim için çok kıymetliydi. Annem ve babamdan kaynaklıydı sanırım. İkisi de çok severdi Yeşilçam filmlerini. Annemle tatlı çekişme mevzuları o dünyadan çıkar, biz de bayılırdık onların tatlı iddialaşmalarını izlemeye.

"İzzet Günay yakışıklı mı, yoksa iyi oyuncu mu? Belgin Doruk zayıflama ilaçları kullanmasa bir dünya yıldızı olabilir miydi? Ayhan Işık mı, Cüneyt Arkın mı? Yok artık!

İkisinin kıyası yapılır mı? Şarkılı filmler iyi de, senaryolar artık kötüleşmeye başladı. Şarkıcılar film çekmesin mi yani? Emel Sayın çeksin, diğerleri çekmesin. Tarık Akan pek öyle Kadir İnanır kadar başarılı değil galiba?"

Evimizin ön tarafında, kırmızı kareli muşamba örtü serili bir masamız vardı. Akşam yemeğimiz, kahvaltılarımız yaz boyu o masada, asma koruk altında işte bu tür konuşmalarla, o günümüzün hikâyeleri, dertleri, neşeleriyle yenirdi. Babamın arada bir uyukladığı sallanan koltuğun yanında mangalı dururdu. Sorumluluğunu babamın üstlendiği, evimizin önemli nesnelerinden biriydi. Temizliği, kullanımı, çırası, kömürü... Her detayıyla o ilgilenirdi. Hiçbirimiz elimizi sürmezdik. "Mangalcıbaşı Sadık iş başında hanımlar beyler!" diyerek maşasını iki üç kere tıngırdatır, etleri pişirirken keyifle şarkılar söylerdi.

Komşularımızla samimiyetimiz, kendi hayatlarımızın mahremiyetini koruyan tatlı bir ölçü içindeydi. Babalarımız bizlerle geçirecekleri vakti hep öncelikli ve özel tutardı. Mutluluklarımızı paylaşır, aile içi sorunlarımızı kendimize saklardık.

Yıllar içinde pembe çiçekli sarmaşıklarla kapanmış bir çit, hassas bir duvar olmuştu İsmet amcalarla aramızda. Çok samimi olmamıza rağmen biz onların yemek masasını görmezdik, onlar da bizimkini... Ama özel bir yemek piştiyse mutlaka birer tabak değiş tokuş yapılırdı. Komşu hakkı çok çok önemliydi.

Ayda bir, iki aile aynı sofrada toplanırdık. Babam ve İsmet amca, Ayvalık'taki erkeklerin genelinin aksine pek içki sevmezlerdi. Aile sofrasında uygun bulmazlardı içki içmeyi. "Samimiyetin dozu kaçar, laubaliliğe ulaşırsa eşlere, çocuklara mahcup olunur, aile masasına içki konmasa iyi olur," derdi babam. Ama Sarımsaklı'ya, plaja gittik mi, eğer Köfte Nurettin, "Bu akşam saz var, yemeğe kalın," derse, hanımlarından izin ister, arkadaki masaya geçer, yemekten önce birer kadeh içerlerdi.

Hanımlar yanlarına gitmezdi ilk kadehlerde. Biz o sırada oynamaktan yorgun düşmüş, aç kurtlar gibi annelerimizin yanına gelmiş olurduk. Yemekten önce kabinlerin önündeki beşli duşlarda tuzumuz aksın diye bizi hızlıca yıkar, sonra kabinlere gönderip ıslak mayomuzu çıkarıp temiz elbiselerimizi giymemizi beklerlerdi. Eğer o gün onlar da denize girdiyse ve akşam çıkacak şarkıcı ile saz takımı dinlemek istedikleri birileriyse, arkadaki motellerden iki oda tutulurdu. Hanımlar orada hazırlanır, sonra kocalarına eşlik etmek üzere mis gibi kokular içinde masaya otururlardı. O gece motelde kalacak olmak bizi havalara uçururdu. "Yedik, içtik, eğlencemize baktık. Çoluk çocuk bir aradayız, Allah muhafaza!" der, böyle gecelerin ardından katiyen araba kullanmazdı babam.

Birer kadeh de annemle Emel teyzeye verilirdi. İki yakın arkadaş önce bizi doyurup oyun oynamaya gönderir, sonra şarkıları dinlemeye başlarlardı. Hakan abi başımızda dururdu. Ben uzaktan annemi izlerdim. Emel teyze annemin komşusu değil, neredeyse kız kardeşiydi. Annem akrabalarından yakın tutardı onu. İkisi de Ayvalık'ta büyümüş ama komşu olduktan sonra yakınlaşmışlardı. Annem çalışan bir kadındı ve ev hanımı olan Emel teyze, annemi bir kardeş gibi kollardı. O gecelerde iki kadın şarkılara başlarını sallayarak eşlik eder, beylerin sohbetine çok katılmazlardı. Önlerindeki kadehler yarıyı bile bulmazdı.

Sonra bilirdim ki o şarkı gelecek ve annem, Emel teyzenin gözlerine bakacak. İkisi hiç konuşmadan acı acı tebessüm edecek ve kadehlerini birbirine vurup küçük birer yudum alacak, uzaklara bakıp şarkıya mırıldanarak eşlik edecekler.

O şarkı içimde o kadar büyük bir merak uyandırırdı ki...

Şarkıcı, "*Duydum ki unutmuşsun, gözlerimin rengini / Yazık olmuş o gözlerden sana akan yaşlara,*" derken neden gözleri doluyordu ikisinin de?

Babamla İsmet amca eşlerine döner, "Geldi bizimkilerin şarkısı. Hadi biz de eşlik edelim!" diyerek teselli edercesine takılmaya çalışırlardı. Demek benim gördüğümü onlar da görüyordu yani? Peki neden kızmıyor, kıskanmıyor, merak etmiyorlardı? Basbayağı annem de, Emel teyze de efkârlanıyordu!

Yıllar sonra, ikimiz koca dünyada baş başa kaldığımızda, bir gün kol kola Cunda sahilinde yürürken, babam çocukluğum boyunca o çok merak ettiğim sorunun yanıtını verdi. Sahildeki lokantalardan birinden Neşe Karaböcek'in sesi geliyordu. Annemin şarkısını söylüyordu:

"*Duydum ki unutmuşsun, gözlerimin rengini...*"

Babam yüzünü güneşe vermiş, "Annen çok efkârlanırdı bu şarkıyla," demişti. "Gençliğimizde birbirine sevdalı iki arkadaşımız vardı. İkisi de mübadele ile gelmiş ailelerin çocuklarıydı. Biri Giritli, diğeri Midilli Adası'ndan gelmiş bu iki aile birbirini sevmez, beğenmezdi. Öyleydi o vakitler. Midilli Adası'ndan gelen erkek aileleri Girit'ten gelen ailelerin kızlarını istemez, Girit'in iki ayrı yakasından gelenler de birbirlerini beğenmezdi. Velhasıl kızın ailesi razı olmadı. İzmir'e gelin ettiler. Kız, annenin arkadaşıydı. Delikanlı Güzel Sanatlar'da okuyordu Ankara'da. Ayvalık'a bir döndü ki, sevdiği başkasıyla evlendirilmiş. Bu tek başına bir sebep miydi, yoksa zaten bir hastalığı mı vardı, bilinmez ama zaman içinde iyice kötüledi delikanlı. Melankolik biriydi. Sabahtan akşama dek elinde bir mendille, şiir okuyarak, yeni bankanın mermer duvarlarını silmeye başladı. *Gözlerimin rengi derdin, hani beni severdin, sen nasıl gittin,* diye kendi kendine konuşurdu. Annen onu her gördüğünde çok üzülürdü.

"Bir gün Emel teyzenle annen bahçede arkalarını dönüp İsmet amcanla ikimize, *bizim gözlerimiz ne renk, hadi söyleyin,* dediler. Haydaaa... Soru mu şimdi bu? Söyledik. Meğer eksik söylemişiz. Birininki güneşte elaya çalıyormuş da, öbürünün gözünde de mavi gibi yapraklar varmış... Evlenmişiz de uğruna ne diller döktüğümüz sevgililerimizi karı etmişiz kendimize, sonra güzelliklerini görmez olmuşuz. İkisi bir olup canımıza okudular. Artık gönüllerini alana kadar ne dil döktük bilsen...

"Sevildiğini sık sık duymak ister insan. Kediler bile gelip gelip sev beni diye bacaklarımıza dolanırlar. Annen de benden sık sık duymak istermiş meğer. Söylediğimi, belli ettiğimi sanırdım. Ne güzel günlerdi… Ah, annenin o tatlı kaprisleri!.. Şarkılarla dolan o güzel gözleri... Biliyor musun, biz nişanlıyken annen bir ara nişanı atmaya kalktı. Artık ne yaptıysam, sevgimi az mı ifade ettim, ne oldu bilemiyorum… Bana bir mektup yazmış, *bu iş buraya kadar* diye. Mektubu alınca vallahi çok kızdım. *Yüzük öyle atılmaz, böyle atılır!* demek için bastım, yanına gittim. Ama onu görür görmez yüreğim eridi. Gülüverdi beni görünce. Yanında öğrencileri vardı. Hepsini kovaladım. Tuttum kolundan... Neyse işte, sonra yıldırım nikâhı yapmak zorunda kaldık. Ablan doğdu."

Nasıl mutlu anlatıyordu annemi. Demek annemin ablama bu denli düşkün olmasının ardında başka hınzır gençlik anıları da vardı? Babam, annemi ne kadar sevdiğini onu kaybettikten sonra daha sık dile getirir oldu. Annemin iyi bildiğini düşündüğü bu gerçeği her gün söyleme gereği duymadığı için üzülürdü. "Annem bunu biliyordu baba. İnan bana, çok iyi biliyordu," diye teselli etmeye çalışırdım onu.

Babamla İsmet amcanın o genç kahkahalarını, annemle Emel teyzenin fısıldaşmalarını, gülüşmelerini anımsadığımda o eski huzur birkaç saniyeliğine bütün bedenimi kaplıyor. Kısa ama benzersiz bir mutluluk bu.

Ayvalık'ta herkesin geçmişi hemen hemen birbirine benzerdi. O benzerlikten olsa gerek, uzaklardan göçerken getirdikleri kültüre ve birbirlerine çok bağlıydılar.

O güzel evde yaşananlar, arkadaşlıklar çok kıymetliydi babam için. Evimizin sessiz kaldığı yıllarda, ikimiz de hiç konuşmadan o eski zamanları düşünüp özlüyorduk, buna eminim. Bir evi ev yapan, içindeki sesler ve yemek kokularıdır. Sesler azaldıkça, pişen yemekler de azalıyormuş meğer...

Ayvalık'ta bizim evinki kadar büyük mutfak pek yoktu. O yüzden annem çok severdi mutfağını. İsmet amca kendi evlerine öyle büyük bir mutfak yaptırmadığı için hayıflanır, kışları bize çok özenirdi. Annemin, Balya ilçesinin köylerinden birinden gelen ve bizimle yaşayan yardımcısı Zekiye abla hem evin temizliğinden hem de yemeklerden sorumluydu. Annem onun çeyizine bizimkilerden daha çok özenirdi çünkü onun kimsesi yoktu. Bize bir kaşık alsa, bir örtü işletse, ona ikişer tane düşerdi.

Zekiye abla da annemin bu sevgisine ve özenine çok kıymet verir, bir dediğini iki etmezdi. Evimize kendi evi gibi bakardı. Zeytinyağını erken hasat ister, evi sabunaltı suyuyla temizler, bütün otları tanır, bize de tek tek anlatırdı. Kendisi gider zevkle toplar, sonra da güzel salatalar, zeytinyağlılar yapardı. Hele bir arapsaçlı kuru fasulye yapardı ki parmaklarımızı yerdik. Sabahları hepimizden önce uyanıp biz okula gitmeden kahvaltımızı hazırlar, eğer kışsa önce mutfağımızdaki kuzineyi yakardı. O kuzinede hem yemeklerimiz pişerdi hem de sayesinde, akşamları toplanıp televizyon izlediğimiz küçük oturma odamızda bir güzel ısınırdık. Mutfağımızın kapısı bu yüzden hep açık olurdu. Kuzinemiz alt katı bir solucan gibi dolaşan borularıyla kışlarımızın en önemli eşyası olurdu. Yazları mangal, kışları kuzine.

Yatak odalarımız üst kattaydı ve ne yazık ki alt kattaki mutfak ve oturma odası kadar ısınmazdı. Kalın pijamalarımız ve çoraplarımız olmadan yatağa giremezdik. Ablam ve ben kışı hiç sevmezdik. Dört gözle yazın gelmesini beklerdik. Derya için fark etmezdi. O kafasını eğer bir şeye takmadıysa hemen uyur, mevsimi, soğuğu, sıcağı hiç umursamazdı. Ablam İstanbul'daki, Ankara'daki, musluğundan haftada bir, hatta iki gün sıcak su akan kaloriferli evlerden bahsederdi hep.

"Bazı zenginlerin evlerinde hamam bile varmış," derdi. Evin içinde hamamı aklım pek almazdı doğrusu. Ama ablamın anlattığı o zengin hayatları dinlemeye de bayılırdım. Okuduğu kitaplar onu bu konuda bilgili yapıyor diye düşünürdüm.

Babam bazen ablamın bu anlattıklarını duyduğunda, "Kızım Ankara'nın, İstanbul'un evlerinde çeşmelerden su kesintisiz aksa, tadını çıkarırlar ama ne gezer. Onlar suyu kovayla görüyor şimdi. Geceleri kalkıp su dolduruyorlar. Sizse çok şükür, suların, bereketin içindesiniz. Sahip olduklarınıza sevinin. Kıyasınız kendinizden zenginlerle olursa her zaman mutsuz yaşarsınız. Şükürler olsun cennet memleketimize!" derdi.

Babam mecburi hizmet bittikten sonra Ayvalık'a dönerken, "Memleketimiz, memleketimiz!" diye seviniyor, "Rahat ederiz, akrabalarımız, arkadaşlarımızla bir arada oluruz," diye düşünüyormuş ama annem o uzak akrabalarla içli dışlı olmaktan, sık görüşmekten pek hoşlanmazdı. Çocuklarına öğretmenlik yaptığı zamanlarda duyduğu laftan sözden, ricadan, ayrıcalık isteğinden, yaşadığı sürece çok ama çok mutsuz oldu. Akrabalarla yakın olmak öyle pek de iyi bir şey değildi ona göre. Küçük yer sevmiyordu aslında. Herkesin herkesi tanıması iyi bir şey değildi.

"Her şeyin dedikodusunu yaparlar. İnsanın mutluluğuna, iyi gününe bile sevinmez, sevinemezler. Akrabalar hele, en çok onlar. Kendini meşgul edemeyen insan, başkasının hayatıyla meşgul olur. Bunlarınki de bu. Başkasının utancıyla ayıbını kendilerine abdest suyu yapmaya kalkar, kınaya kınaya kendilerini ak ettiklerini zannederler. Siz o kadar temiz yaşayın ki kızım, asla kınanmaktan korkmayanlardan olun," der ve neredeyse onlar yokmuş gibi yaşamayı tercih ederdi. O uzak akrabaların on tanesi bir araya gelse bir Emel teyze etmezdi annem için. O çok özlediği, sevdiği ve şükürlerle döndüğü Ayvalık'ı akrabaların lafı sözü nedeniyle bazen bırakıp gitme hayali kurardı.

Babam, "Tamam da Nesrinciğim, bayramda seyranda görüşüyoruz zaten. Onu da yapmazsak şu küçücük yerde nasıl birbirimizin yüzüne bakarız?" sözleriyle karısını sakinleştirmeye çalışsa da, "O bayramda seyranda bile birikmiş dedikodularını aktarmadan, laflarını iliştirmeden gitmezler ki. Vallahi bazen çarşı içinde karşılaşınca yolumu değiştiriyorum. Ay zaten küçücük yer, oradan değilse, buradan çıkıyorlar karşıma. Kimsenin malı mülkü, düğünü, mutsuzluğu ilgilendirmiyor beni Sadıkçığım. Keşke Ayvalık'ta değil, İstanbul'da yaşasaydık. Şöyle kaloriferli bir evimiz olsaydı," diye hırkasına sarınırdı annem. "Mesela Moda'da büyük bir daire olsaydı. Oh, düzayak, sıcacık, in çık yok.

Kadıköy çarşısından alışverişini yaparsın. Tiyatro izlersin. Yabancı insanlarla bir arada, oh, kimse kimseyi tanımıyor. Ah, büyük şehir başka," diye anlatırdı da anlatırdı. İstanbul annemin içinde tatlı bir özgürlük hayali olarak kaldı hep.

Sanırım bu yüzden, liseden mezun olur olmaz Türkân ablamı İstanbul'a gelin isteyen zengin bir aile çıkınca hepimizi çok şaşırtarak "Benim kızım okuyacak," demedi. Babam da, *altı yılda* Dokuzuncu Hariciye Koğuşu*'nu bitiremedi, üniversiteyi hiç bitiremez*, diye düşünmüş olmalı ki, içine çok sinmese de ailenin ziyaret isteğine fazla itiraz etmedi. Zeytinyağı, zeytin, sabun, fıstık işleme fabrikaları ve uçsuz bucaksız zeytinlikleri olan Özer Beylere de hayır denmezdi zaten.

Özer Bey de, eşi Rüçhan Hanım da Körfez'in en zengin ailelerine mensuptu. Rüçhan Hanım'ın babasının Küçükkuyu'dan Ayvalık'a kadar uzanan servetini herkes bilirdi. Tek çocukları olmuştu. Yurt dışında okuttukları oğulları Somer, yurda döndükten sonra İstanbul'da yaşamak isteyince, ona orada bir kozmetik fabrikası kurulmuştu. Rüçhan Hanım, ablamı annemlerle gittiği bir Cumhuriyet balosunda görüp çok beğenmiş. Oğullarını bir şekilde topraklarına bağlamak için kendi seçtikleri kızla evlendirmek istemiş, bunu da hiç saklamamışlardı.

Rüçhan Hanım evimize İzmir'den getirtilmiş glayöl buketi ile giriş yaptı. Sivri burunlu, sivri topuklu ayakkabılarıyla! Bir gün özel bir misafir gelir diye alınmış ve kapalı dolapta yıllardır nadide bir hanımın ayaklarıyla buluşmayı bekleyen siyah misafir terliği Zekiye ablanın elinde kaldı. Rüçhan Hanım terliği görmezden geldi ve topuklarını mozaik taşta tıklatarak annemin kıymetli Uşak halısının üzerine bastı sonunda. Hepimiz Rüçhan Hanım'ın ayakkabılarına bakıyorduk. Küçük salonumuzdaki iki berjerden birine geçti ve ayak ayak üstüne attı. Annem kapının yanında Rüçhan Hanım'a kıpkırmızı bir yüzle bakan Zekiye ablayı bir göz işaretiyle mutfağa gönderdi. Derya ile ikimiz, tertemiz giyinmiş, bir kenarda uslu uslu kadını izliyor ve olacakları merakla bekliyorduk.

Siyah, şık döpiyesi içinde, pırlanta yüzüklerle bezeli elleri kahve fincanına uzanırken, annem kadının kararlılığını hemen anlamış ve ilk etapta çok belli etmese de kendi içinde bu teklifi memnuniyetle kabul etmişti. Rüçhan Hanım elini tutup "Ne dersiniz Nesrin Hanım, biz sizinle akraba olsak fena mı olur?" diye sorduğu anda annem ikna olmuştu bile. Biz iki küçük kız, annemin yüzündeki her ince çizginin, değişimin ne anlama geldiğini çok iyi bilirdik. Birbirimize baktık. Ablam bu aileye gelin olacaktı galiba.

O sırada Rüçhan Hanım, "Aslında kadın kadına anlatmak istediklerim vardı," diye babama hafifçe tebessüm edince babam hemen, "İzninizle hanımlar, on dakika müsaadenizi istiyorum," diye kibarca yanlarından ayrılmıştı. Babam çıkarken annem bize de gözüyle üst katı işaret etti. İstemeye istemeye kalktık yerimizden. Koşmadan sakince çıktık merdivenleri. Ama odaya girer girmez ikimiz de yere yatıp kulağımızı yere yapıştırdık. Tahtalar gıcırdamasın diye heykel gibi duruyor, konuşulanların tek kelimesini kaçırmamak için birbirimizin gözüne bakıyorduk. Hayır, birimiz anlamazsa, diğerimiz kesin yakalar diye düşünüyorduk galiba.

Emel teyze o gün mutfaktaki gizli güçtü. Hiç görünmeden her şeyi o idare ediyordu. Kahveyi yapıp ablamın eline tutuşturan, çayı, böreği organize eden hep oydu. Annem sanki hep uşaklarla büyümüş bir konak kızı gibi, mutfaktaki gizli güce güvenle, koltuğundan hiç kalkmadan Rüçhan Hanım'la sohbet ediyordu. Emel teyzenin zamanlaması olağanüstüydü. İkramların her birinin Rüçhan Hanım'ı mest ettiğini övgü dolu sözlerinden anlıyorduk. Ablamın zarifliğine, iş bilmesine, tepsiyi tutuşuna, gülümsemesine giderek daha çok hayran kalıyordu kadın. Babam bahçeye çıktıktan sonra Rüçhan Hanım bir süre sustu. Derya ile kafamızı yere yapıştırmaya aynı anda karar verdik. Kulağımızı tahta döşemeye dayarsak daha iyi duyarız diye aynı anda hamle edince küt diye kafadan çarpıştık. Ya Allah'ım o nasıl bir acıydı öyle! Gözümüzden yaş geldi. Çarpışan kafalarımızın sesi aşağıya gitmiş midir diye Derya ile dehşet içinde birbirimize baktık, gözümüzden akan yaşlara rağmen gıkımızı çıkarmadan ve hiç vakit kaybetmeden tahta döşemeye yatıp kulağımızı yapıştırdık.

Rüçhan Hanım boğazını temizledi.

"Nesrin Hanım... Ben fikrini saklayanlardan değilim. Bu tavrımın her zaman faydasını gördüm diyemem ama şu dakika en açık konuşmam gereken zamandır kanaatindeyim. Ailemizi tanıdığınızı düşünüyorum. Fakat şu andan itibaren saklamadan anlatacağım her kelam size emanettir. Size güveniyorum," dedi.

"Elbette, o nasıl söz. Ebediyen bende kalacak," diye yanıtladı annem.

"Ben mutlu bir evlilik yapamadım Nesrin Hanım. Babalarımız karar verdi nikâhımıza. Kayınvalidem beni hiç istemedi, hiç beğenmedi. Oğlu için çirkin buluyordu beni. Oğlunu da etkiliyordu. İstenmediğimi yaşadığı sürece her gün, her dakika hissettirdi. Oğluna çok sevdalıydı. Eşim akşam yemeklerini ölene dek annesinin evinde yedi. Çok yakındılar birbirlerine. Kayınvalidem çeyiz olarak hatırı sayılır bir toprak getirmiş. Kayınpederim akıllı adam, o toprakları çok iyi değerlendirmiş. Söz sahibi kayınpederim olsa da kayınvalidem oğlunu, kocasına meydan okurcasına çok şımartmıştı. Gelin olduğum ilk aylar kendi ailemin desteği olmasa o evde duramazdım. Benden değil ama ailemden çekiniyordu. Fakat bana hayatı zehir etmek ona büyük bir haz veriyordu. Hamile kaldığımı öğrendiğinde oğluyla küstü..."

Biz Derya ile annemin korkusundan kıpırdamıyorduk ama annem de büyük ihtimalle kadının anlattıkları karşısında buz kesmiş, kıpırdamıyordu. Rüçhan Hanım bir sigara yaktı. Bizim ev için çok anormal bir durumdu bu ama Rüçhan Hanım'a bir şey denmiyordu tabii ki... Hiç kullanılmayan kesme kristal küllüklerine Rüçhan Hanım kül serptikçe anneciğimin aklı gitmiştir, eminim.

"Çok şükür bir oğlum oldu. Kayınpederim havalara uçtu. Ama ben ne gelinliğimde ne lohusalığımda kayınvalidemden ufacık bir yakınlık, ilgi görmedim. Hatta bunu söylerken mahcup olacağım ama bu kadar anlattım, bunu da anlatayım... Kayınvalidem, eşime daima yeni gelin adayları buldu. Beni boşatmak değildi bu çabasının nedeni. Oğlunun hovardalığını, çapkınlığını, canını yaktığı kadınları ulu orta anlatmak hoşuna giderdi. Beni aldatıyor olması garip bir şekilde mutlu ediyordu onu ve oğlunu sürekli buna teşvik ediyordu. Ne kadar zor seneler geçirdiğimi tahmin edersiniz. O yıllarım gözyaşıyla geçti. Ahdettim, bir gün bir gelinim olduğunda, Allah bana o günü gösterirse eğer, onu evladım gibi seveceğim, oğlumdan çok kıymet vereceğim, dedim. Sonra da, bir daha beni üzmesine izin vermeyeceğim, dedim ve kocamı sevmekten vazgeçtim. Ne yaparsa yapsın umurumda olmayacaktı, olmadı da. Bütün alakamı oğluma verdim. Onunla Avrupa'ya gittik, İngiltere'de bitirdi tahsilini. Haklı olarak buraya dönmek istemedi. İstanbul'da yaşamaya razı oldu. Ben de onu destekledim, ne yalan söyleyeyim. Babası gibi hoyrat bir toprak adamı olmasını istemedim. Ama şimdi oğlumun bizden, kökümüzden kaydığını, iyiden iyiye ecnebilere benzediğini düşünüyor, endişeleniyorum. Onu korumak isterken buralara, bize, değerlerimize yabancılaştırdım pişmanlığındayım. Nihayetinde bunca mal mülk, toprak onun olacak. Buradan iyi yetişmiş bir genç kız onu toparlayacaktır."

Annem bir şey söylemesi gerektiğini düşünmüş olmalı ki, "Bir çay daha içer misiniz?" dedi birden.

Derya ile iki küçük çocuk olmamıza rağmen Rüçhan Hanım'ın sözünü kesti diye anneme kızdık.

"Ne dedi annem?" diye fısıldadı Derya aksi aksi.

"Çay içer misiniz diye sordu!" dedim aynı aksilikle.

Kulaklarımız ağrımıştı. Kafamızı ters tarafa yatırdık.

"Yok içmeyeyim, teşekkür ederim. Vaktinizi aldım. Söylemek istediğim şudur Nesrin Hanım. Ben çok çektim. Gelinimi pamuklara sarmaya yemin ettim. Türkân'ı o kadar beğendim ki, kalbim ona o kadar ısındı ki, işte benim kız evladım bu pırlanta olmalı dedim. Bir kayınvalide eğer gelinini sever, evladı gibi benimserse o yuva kanatlanıp uçar. Oğlum da çok beğendi fotoğrafını. Ne dersiniz? Bu işin oluru var, değil mi? Sizden bir gram eksik seversem Türkân'ı, sabaha çıkmayı nasip etmesin Rabbim. Siz etraflıca düşünün. Hayırlı haberlerinizi bekliyorum," dedi ve izin isteyip gitti.

Rüçhan Hanım'ın ardından hepimiz saklandığımız yerlerden fareler gibi fırladık. Biz konuşulanları odamızdan dinlerken ne macera yaşadıysak, belli ki mutfakta Emel teyze ile Zekiye abla da aynısını yaşamışlardı. Biz iki bilmiş ufaklık, ablamızdan daha heyecanlıydık. O her zamanki sakin hâliyle ayakta bizi izliyordu. Emel teyze ve annem ikna olmuştu. Tanışabilirdi çocuklar.

Annem ayakta bekleyen ablama, "Ne diyorsun, ister misin?" diye sordu bir ara. Sorusu aslında *evet* demesini telkin eden bir baskı taşıyordu. Üstelik ablam İstanbul'a, Florya'ya, Moda kadar güzel ve zengin bir semte gelin gidecekti. Rüçhan Hanım kendi geçmişini anlatmadan evvel uzun uzun bu detayları vermişti anneme.

Annemin hayalini kurduğu o konforlu hayat, daha 19 yaşındayken sunuldu yani ablama. Ablam, "Babam da uygun görüyorsa olur anneciğim," dedi. Babama Rüçhan

Hanım'ın eziyet dolu gelinlik yılları özet geçildi. Kadın iyi bir kayınvalide olacaktı kesin. Ablamı koruyup kollayacaktı.

"İyi de," dedi babam, "ya delikanlı, babasına çektiyse?"

Annemle Emel teyze içlerinden geçen ama dillendirmedikleri o korkuyu babamın ağzından duyunca birbirlerine baktılar.

"Evet, öyle ya. Ya çocuk, babası gibiyse?"

"Sanmam," dedi annem tereddütle. "Avrupalarda okumuş. Babası gibi buranın zeytinliklerinde büyümemiş ya. Medeniyet görmüş insan aynı şeyleri yapmaz canım." Sonra da can havliyle, *tut elimden, bir şey söyle* der gibi Emel teyzeye bakmıştı. Emel teyze can arkadaşından gelen pası havada yakaladı ve doğruca kaleye yolladı.

"Yapmaz tabii. Öyle olsa gelir, burada babasının bıraktığı yerden ağalığa devam ederdi. Kendi işimi kuracağım diye tutturmuş. Belli ki o da hoşlanmıyor bu geçmişten. Yok yok, bu çocukta umut var. Lisan biliyor, iş biliyor. Kadına saygıyla yaklaşır Avrupalı insan. Yani nihayetinde İngiltere'de okumuş onca zaman."

Annem destek gücün isabetli atışlarından mutlu mesut babama döndü. Babam dudağını büktü ama çok da itiraz etmedi. Ablamsa nihayet o romanlardaki gibi yakışıklı ve zengin bir gençle evlilik yolu göründüğü için olsa gerek, mutlu mutlu gülümsüyordu. Oysa o delikanlının sadece fotoğrafını görmüştü. Rüçhan Hanım'ın sevecenliği, istekli hâli ve asaleti belli ki ablamı da büyülemişti. Hiçbirimize bir yorum yapmadı. Ama annem, Rüçhan Hanım'ın etkisinde, ablamın adına da konuşuyordu.

Böyle bir kadının gelini olmak kim bilir ne kadar görkemli bir hayatı getirecekti beraberinde. Tabii tersi de olabilirdi ama üzerinde düşünmeye değer bir kısmetti. Hayatta her şey olacağına varıyordu. Sonradan pişman olacağımız bir karar vermemeliydik. Fakat kadın çok akıllı, çok değerli bir kadındı. Oğlunu da iyi yetiştirdiğine şüphe yoktu. İstekli olmasa bu kadar döküp saçmazdı geçmişini. Ay neler anlatmıştı öyle?

"Kocası aldatıyormuş demek. Herkesin bildiğini eşler bilmez derler ama kadına bak, biliyormuş demek. Ne güçlüymüş fakat? Helal olsun. Dobra da hem. Ben severim dobra insanları, bilirsiniz. Saklayandan, sinsiden korkarım. Kadını çok sevdim vallahi. Yok, yok bu kadının oğlu asla babasına çekmiş olamaz..."

Annem kendi soruyor, kendi yanıtlıyor, arada Emel teyzeden onay istiyor, bizi de ikna etmek için çırpınıyordu sanki. Derya ile ikimiz bu işin içindeki *olmaz parçayı* babamın gözlerindeki dalgınlıktan ve nemden anlıyorduk. Biz iki çocuk bile anlıyorduk ama ablam bizden gidiyordu...

Türkân ablamı istemelerinden birkaç yıl önce Lady Diana, Prens Charles ile evlenmiş ve anaokulu öğretmeni olan 19 yaşındaki Diana, İngiltere Kraliyet Ailesi'ne girmişti. En sevilen film yıldızlarından bile daha ünlü, merak edilen ve peşinen sevilen bir yıldız olmuştu. Bütün genç kızların kalbindeki masalın *gerçek* kahramanıydı. Ablam, Diana'nın, gördüğü her fotoğrafını kesip saklardı. O çok beklenen düğünü televizyonda yayınlanırken hepimiz soluğumuzu tutmuş, delice merak ettiğimiz gelinliği görmeyi beklemeye başlamıştık. Çay demlenmiş, Zekiye abla otlu böreği fırından çıkarmış, herkes, hatta kedilerimiz bile televizyon karşısındaki yerini almıştı.

Ekrana kilitlenmiştik. Nihayet Diana atlı düğün arabasından inmiş, ağır ağır kiliseye doğru yürümeye başlamıştı ama gelinliğin tamamını görmek bir türlü mümkün olmuyordu. O nasıl bir kuyruktu öyle? Derken merdivenlere ulaştı ve gelinliğin tamamını görebildik.

Ablam hayal kırıklığı içinde, ondan hiç beklenmeyen bir çıkışla, "Gelinliği buruş buruş olmuş anne!" diye feryat etmişti. Annem üzüntüyle ablamın elini tutmuş, sanki gelinlik onlar için o anda dünyanın en önemli meselesiymiş gibi, "Tüh, yazık olmuş! Hiç mi akıl yok bunlarda? İnsan böyle bir kumaş seçer mi? Ne bu? Tafta mı?" diyerek ablamın hayal kırıklığına soruları ve samimi üzüntüsüyle yürekten eşlik etmişti. Emel teyze, annemi, "Ama çok güzel bir modelmiş!" diye teselli etmişti hemen. Kumaş taftaydı, evet. Gelinliğin eteği buruşmuştu ama o bitmeyen duvak dakikalar içinde her şeyi unutturmuştu bile. Ablamın uzun bir duvakla gelin olmaya o anda kesin bir karar verdiğine eminim. Üstelik o, Diana'dan daha güzel taşırdı öyle bir gelinliği. Çünkü ablam kısa saçlı prensesin aksine saçlarını asla kestirmezdi.

Diana'nın düğününden sonra ablam gelin olacağı günü büyük bir sabırsızlıkla beklemeye başlamıştı bence.

Birkaç haftanın sonunda Rüçhan Hanımlara olumlu yanıt gönderildi. Ablam evlenmeye hazır, annem dünden razı, babam anneme bağlıyken aksi beklenemezdi. Rüçhan

Hanımlar söz kesmeye âdeta bir orduyla geldiler. Fakat hepimizi çok şaşırtan bir şey oldu. O ordunun içinde damat yoktu. Nasıl yani, ablamı damat olmadan mı isteyeceklerdi? Ablam hiç görmediği bir adama mı söz verecekti? Hepimiz şaşkın ve kaygıyla gelenlere bakarken Rüçhan Hanım gayet ikna edici bir üzüntüyle oğlunun son anda İngiltere'ye önemli bir iş görüşmesine gitmesi gerektiğini söyledi. O da çok üzgündü. Müstakbel eşine sevgisini, kayınvalide ve pederine hürmetlerini iletmişti. Artık oğlunu teselli etmek de yine Rüçhan Hanım'a düşmüştü. "Sen işlerini bitir gel oğlum. Şöyle güzel bir mutluluğu hak et," demişti. Zaten nişan yapılmayacak, hemen düğün hazırlıklarına başlanacaktı nasılsa... Bu geceki söz faslı tamamen kaynaşma ve resmiyeti ilan etme amaçlıydı. O büyük orduyu annem en büyük destekçisi Emel teyze ile birlikte o eve, o bahçeye nasıl sığdırdı, o ikramı üç kadın nasıl kusursuz sunabildiler, hâlâ aklım ermez.

Rüçhan Hanım'ın eşi Özer Bey hiç de öyle beklediğimiz gibi biri çıkmadı. Biz binici çizmeli, kırbaçlı bir adam bekliyorduk. En azından benim kafamdaki adam *Milliyet Çocuk* dergisinde okuduğum, resimli *İnce Memed* romanındaki Abdi Ağa gibiydi. Ama o çizgilerin tam aksine, karşımıza Amerikalılara benzeyen, gözlüklü, güleç bir adam çıktı. Rüçhan Hanım'a gayet saygılı, bize karşı son derece sıcaktı. Rüçhan Hanım çok mutluydu o gece. Kocası belki de ilk defa onunla aynı fikirdeydi ve aynı mutluluğu bütün kalbiyle paylaşıyordu. Ablamı içtenlikle kucakladı. Babam gözleri yine nemli, iki eliyle Özer

Bey'in elini kavramış, "İlk göz ağrımız, artık sizin onurunuz oluyor," demişti.

Söz akşamı her şey çok güzel geçti. Annemle Emel teyzenin günler süren hazırlıkları ve Zekiye ablamın gece gündüz hiç şikâyet etmeden yerine getirdiği bütün talimatların sonuçları konukları mest etti. Rüçhan Hanım, anneme sarılıp sarılıp "Artık bir kardeşim yok demem. Çok şükür Allah'ıma! Bana hem sizin gibi bir kız kardeş hem de bir kız evlat verdi," diyordu. Annem çok mutluydu. Rüçhan Hanım'ın azameti karşısında ezilmemiş, konukları fevkalade ağırlamıştı.

Rüçhan Hanım ablamı o kadar seviyordu ki, her isteğini anında yerine getiriyordu. Söz gecesinden önce şoförleri eve büyük bir bavul getirdi. Bavul açıldığında hepimizin soluğu kesilmişti. Ablam paketleri her açtığında içlerinden gözümüzü kamaştıran bir elbise, ayakkabı, çanta, parfüm çıkıyordu. Rüçhan Hanım, ablama Paris'ten mavi, midye gibi pelerini olan şifon bir elbise getirtmişti. "Dior ayol bu!" dedi Emel teyze hayretle. Derya, ben ve Zekiye abla aval aval ona baktık. Ablam ses çıkarmadı ama eminim o da anlamaya çalışıyordu bu hayretin nedenini.

"Amerikalı film artistlerine filan özel dikim yapan Avrupalı bir modacı bu. Öyle herkese yapmıyor. Ajda Pekkan bile sıraya giriyormuş. Ay kim bilir ne para dökmüştür bu elbiseye," dedi Emel teyze. Zekiye abla hepimizden önce anladı.

"Ajda'nın kıyafetini mi almış Türkân'a?"

Zekiye ablaya gözünü devirerek baktı Emel teyze.

"Ay, yok be kızım. O kadar pahalı ki bu elbiseler, onu diyorum. Ajda'nın elbisesi değil. Ajda bile sıraya girip giyiniyormuş oradan. *Gong* dergisinde okumuştum."

Ablam elbiseye gülümseyerek bakıyordu. Şifon pelerini okşadı. Elbiseyle giymesi için alınan ayakkabıyı kutusundan çıkardı. O kadar güzel taşlarla süslenmiş bir ayakkabıydı ki içinden çıkan, hayranlık nidalarımız birbirine karıştı.

Bavuldan çıkan paketler sadece ablam için değilmiş, üzerine iliştirilen notları okuyunca anladık. Anneme bir parfüm ve makyaj seti, Derya ile ikimize sarı, şifon elbiseler yollanmıştı. Babam için bir gömlek ve kravat, Zekiye abla için de bir fular vardı. Şoför söz akşamından sonra düğüne kadar sürekli eve bir şeyler taşıdı durdu. "Görünce kızıma yakışır dedim aldım" notlarıyla ablama yepyeni bir dolap hazırladı Rüçhan Hanım. Ama o kadar zarif yapıyordu ki bunu, bizi de ihmal etmiyor, ağzımızın suyunu akıtan çikolatalar, şekerlemeler de gönderiyordu beraberinde.

Rüçhan Hanım düğün için bütün hazırlıkları Avrupa'dan yaptı. Paris'e bizzat gitti defalarca. Her dönüşünde mutlaka bize geliyor, "Türkân kızım, müthiş bir porselen takım aldım. Bayılacaksın. Perdelerin kumaşını İtalya'dan getirtiyorum," gibi kendince küçük, bizim içinse akıl almaz haberler veriyordu. Diana'nın karpuz kollu gelinliği de neymiş? Türkân istiyorsa âlâsı yaptırılırdı elbette. Florya'daki gelin evi saray gibi olmuştu. Hepimiz meraktan ölüyorduk. Rüçhan Hanım'ın prensesi de ablamdı. Ablam evliliğine müstakbel eşiyle değil, kayınvalidesiyle hazırlandı. İstanbul'daki düğüne kadar tuhaf bir şekilde ablam dâhil hiçbirimiz, meşguliyeti nedeniyle damadı göremedik.

Düğünde gördüğümüz damat nazik tebessümünü yüzünden hiç düşürmeden herkesle tokalaştı, selamlaştı. Babasına benziyordu. Pek konuşkan biri değildi belli ki. Babamın ve annemin elini, bizim yanaklarımızı öptü. Nikâhtan sonra da ablamın duvağını açtı ve bizi öptüğü gibi onu da iki yanağından öptü. Oysa ben alnından öpmesini bekliyordum.

Düğünde bizim davetliler Ayvalık'tan özel otobüsle gelmişti. Şehir dışından gelen davetliler o gece düğünün yapıldığı otelde kalacak, ertesi gün kahvaltıdan sonra dönüşe geçilecekti. Rüçhan Hanım, oğlu için gazetelere çıkacak, senelerce anlatılacak, hiçbir masraftan kaçınmadığı muazzam bir düğün organize etmişti. Sahnedeki şarkıcı söyledikçe davetliler coştu. Herkes çok eğleniyordu. Ablamsa gelin masasında her zamanki gibi zarif, sessiz gülümseyişle, eğlenenleri izleyerek oturuyordu.

Biz Derya ile düğün salonunda, otelin koridorlarında dört dönüyorduk. Bayılmıştık mermer merdivenlere, kristal avizelere. Yarım saatte bir mis kokulu tuvalete gidiyorduk. Derya limonataya doyamıyordu. Her bardağın ardından, "Hadi tuvalete gidelim," diyordu. Tuvalette çişini yapan Derya'yı beklerken büyük, parlak aynaları, altın yaldızlı çerçeveleri seyrediyordum hayranlıkla. O sırada iki kadın girdi tuvalete.

"Niye bu kadar içiyorsun anlamıyorum," dedi sarışın olan. Esmer olan sallanarak tuvalet kapılarından birini itti.

"Kasabalı Rüçhan'a bak sen ya... Ne yaptı etti, kendi arazisine uygun bir kızla evlendirdi oğlunu," diyerek içeri girdi.

Arkadaşı aynada rujunu tazelerken, "Prenses Diana'm diyormuş gelinine senin Rüçhan. Ayvalıklı Diana!" dedi.

Arkadaşı içeriden yanıt verdi, "İyi! Prensesi bulmuş o zaman Charles'ını. Hayırlı olsun. Doğurur şimdi bu köylü hemen. Doğursun aman. Somer sonunda yine bize kalır. Çocuk daha bu be! Sana bir şey diyeyim mi, bence kız biraz geri zekâlı. Görmüyor musun koyun gibi bakıyor herkese oturduğu yerde."

Ablam için söyledikleri şeylere inanamıyordum. "O benim ablam, ne biçim konuşuyorsunuz siz!" demek istedim ama o sırada Derya tuvaletten çıktı. Ellerini yıkadı. "Hadi gidelim," dedi.

Birbirimize hiçbir şey söylemeden çıktık tuvaletten. Eminim o da duymuştu. Duymamış olması mümkün mü? Ama hiçbir şey söylemiyordu. "Ablama dediklerini duydun mu?" diye sordum. Yanıt vermedi. Sessizce düğün salonuna girdik. Masaya oturduk. İkimizin de bütün neşesi kaçmıştı. Tuvaletteki kadınlar içeri girdi. Rüçhan Hanım'ın yanına gidip kahkahalar atarak bir şeyler anlatmaya başladılar. Rüçhan Hanım kızlara sarıldı. "Sarılma Rüçhan teyze onlara. Onlar yılan!" demek istedim ama diyemedim. Derya'yla ikimiz için düğün çoktan bitmişti. "Artık gitsek," diyordum içimden sürekli. Derya başını masaya dayayıp uyudu. Düğün bitti. Ablamın çok merak ettiğimiz evini göremedik. Onlar balayına gitti ertesi sabah, biz de Ayvalık'a döndük.

Tuvalette ablama *köylü, koyun* diyen kadınları kendi aramızda bile hiç konuşmadık. Kimseye de söylemedik.

Ah, annem duysa ölürdü. Çünkü öyle gurur duyardı ki ablamın güzelliği, zarifliği, hanımlığı ile...

"Türkân'ım başkadır!" derdi bizim alınacağımızı hiç düşünmeden. "Onun asaleti bu ikisinde yok. Bunlar, ne bileyim, daha hareketli, daha yaramazlar... Halalarına çekmiş ikisi de."

Derya hiç tınmazdı. Oysa ben hem alınır hem de annemin bu lafını sakınmaz hâllerine hayret ederdim. Halama benzediğim filan da yoktu ama niye böyle şeyler söylüyordu ki?

Ablam bizden büyük olduğu için Derya'yla kapışmalarımıza, kavgalarımıza hiç karışmaz, uzun saçlarını savurarak odasına kapanır, radyonun başına gömülür, Rana-Selçuk Alagöz kardeşlerin şarkılarını beklerken kendi hülyalı dünyasında kaybolurdu. Annemle ablamın uyumu mükemmeldi. Bizim yaramazlıklarımız, çığlıklarımız annemi çileden çıkarır, "Ay vallahi ben Türkân'ı büyütürken çocuk büyütmemişim. Anlamamışım bile nasıl büyümüş. Bu ikisi bitirdi beni!" diye başlar, kendi sesinin dolduruşuna kendi gelir, daha da sinirlenirdi. O sinirin boyutunu tizleşen sesinden anlar, deliklerimize kaçardık. Babamsa nutukların adamıydı. Sakin ses tonuyla uzun uzun konuşur, hatamızı anlatırdı. Annem daha pratikti. Küçük ve nedense biraz da komik cezaların insanıydı. Ben babamın uzun konuşmalarını tercih ederdim, Derya annemin cezalarını. Genç kızlığımızda, "Aman işte, annem daha kısa yoldan sonuca varıyor. Bedelini ödüyor, kurtuluyorsun. Babamın lafı sözü bitmek bilmiyor. Ölesim geliyor," derdi.

Derya içimizdeki en hazırcevap, en dobra kişiydi. Açık sözlülüğünü annemden almıştı, hayvan sevgisini de babamdan. Tamam, fiziği Nezahat halama birazcık benziyordu, kabul. Benden daha çok benziyordu bence. Nezahat halamın çok çok güzeliydi ama. Nezahat halam da gençken güzeldi kesin. Ama Derya'nın huyları bütünüyle annemden geçmişti. Tavrı, edası, kafasını bir şeye taktığı zaman gözünün hiçbir şey görmeyişi, birini zor sevip sonra ondan asla kopamayışı, güç ikna oluşu, plan program takıntısı...

Annem, İstanbul'da bir konakta yaşadığını söyleyen Nezahat halamıza karşı nedenini bilmediğimiz bir şekilde mesafeliydi.

Hikmet enişteyle halamın hiç çocuğu olmamıştı.

"Olsun, vardır Rabbin bir bildiği, bütün çocuklar bizim," dedikleri, zaman zaman çocuk esirgeme kurumlarını ziyaret ettikleri ve Anadolu'da hiç tanımadıkları kimsesiz kız çocuklarını okuttukları söylenirdi. Evlat edinmek istemişler ama bir şekilde onlara çocuk verilmemiş. Galiba beklerken ilerleyen yaşları nedeniyle fırsatı kaçırmışlar. Annem, halama uzaktı ama onun çocuk özlemini, iyi kalpliliğini de ayrı bir yere koyardı. "Allah'ın hikmetinden sual olunmaz. Kimine anne nasip etmez, kimine evlat. Neyin neden olduğunu bir bilseydik keşke. Ben anlaşamam, sohbetinden sıkılırım ama çok merhametli, çok iyi kadındır aslında," derdi.

Halam ve eniştem ziyaretimize gelirken bize meyve şekerlemeleri, resimli kitaplar, renkli kalemler getirirlerdi. Evimizdeki misafirlikleri Ayvalık'ta yaşadığımız sürece yılda bir haftadan fazla sürmedi. Biz geldiklerinde çok sevinirdik ama annem pek memnun olmazdı. Nezaket ölçüleri içinde görümcesini ağırlar ama katiyen kendisiyle özel bir diyaloğa girmemeye çalışırdı.

O, görümcesine, "Nezahat Hanım" derdi. Nezahat halam da ona ilk gün, "Nesrin canım", ikinci gün "Nesrin", üçüncü gün "Nesrin Hanım" diye cevap verirdi. Soğuk bir diyalog hiç mi değişmezdi? Hiç değişmedi. Her gelişlerinde hep aynı şeyleri, aynı sırayla yaşadık. Halam, anneme yakın olmak isterdi ama annem dediğim gibi halamı uzak tutardı kendinden. O da iyi niyetle başlayan her ziyaretinin sonunda anneme uyar, iğneli yorumlara aynı tondan karşılık verir, "On gün diye geldiydik ama gidelim artık, İstanbul'u özledim," der, bavullarını toplardı.

Annem onlar gittikten sonra gözle görülür biçimde rahatlar, Derya ile ikimizi alır, Canlı Balık'a öğle yemeğine götürürdü. Orada karşılaştığımız her eşe dosta, "Aldım güzel kızlarımı, bir keyif yapalım dedim," diye bir açıklama yapardı. Sanki bütün Ayvalık'a, "Bunlar Nezahat'in yeğenleri değil, benim kızlarım!" demek isterdi. Aradan bir hafta ya geçer ya geçmez, annem bize sinirlendiği ilk anda, "Bunlar da aynı halaları!" diye başlardı söylenmeye.

Babam ikisinin arasına hiç girmedi. O, Hikmet eniştemle bir kenarda demli çaylar içerek geçmişe yanıp geleceğe efkârlanmayı tercih ederdi. Sanırım o anlarda Hikmet eniştemi, Amerika'ya gidip bir daha kimseyi arayıp sormayan hayırsız erkek kardeşinin yerine koyuyordu.

"Sen kıymetli bir kardeş oldun bana Hikmet. Allah sana uzun ömür versin. İşte birini alıyor, yerine başka birini koyuyor," derdi.

Çocukluğumuz boyunca adını duyduğumuz ama kendisini hiç görmediğimiz bu amcamız bize hikâye kahramanı gibi gelirdi. Sadece halam anlatırdı o hikâyeyi. Üç kardeşmiş babamlar. Halam ve babam arasında bir, babamla amcam arasında sekiz yaş varmış. Anne babaları erken yaşta vefat edince abla ve ağabeyden daha fazlası olmuşlar, küçük kardeşlerinin üzerine titremişler...

Nezahat halam evlenip İstanbul'a gitmiş. Hikmet eniştemizin ailesiyle birlikte oturuyorlarmış o vakitler. Durum böyle olunca annemle babam Eskişehir'de görev yaparken amcam çok kısa bir süre onlarla yaşamış. Genç delikanlı, tek başına kalamaz Ayvalık'ta, haylazlık yapar diye endişe ederlermiş.

Ele avuca sığmaz biriymiş. Liseyi zar zor bitirmiş. Askere gitmekten çok korkuyormuş. Tek derdi öyle ya da böyle kapağı Amerika'ya atmakmış. Kendini o tarihlerde genç kızların bayıldığı, erken yaşta ölen Amerikalı aktör James Dean'e benzetirmiş. Ne yapsalar, ne etseler yanlarında tutamamışlar.

Babamlarla yaşarken artık ne sorun çıkardıysa, Hikmet eniştemle Nezahat halamın yanına çıkıp gitmiş bir sabah. Halam kardeşini karşısında görünce çok şaşırmış. Zaten eşinin ailesiyle yaşadığı için amcamı babamın yanına göndermek zorunda kaldığından ne yapacağını bilememiş. Babam askere gitmesini istiyormuş ama halam, babama sormadan düğününde takılan bileziklerini satıp ona Hollanda'ya bilet almış. O zamanlar Türkiye'den Avrupa'ya vizesiz seyahat ediliyormuş. Amcam oradaki şirketlerin Amerika'ya öğrenci gönderebildiğini, onlar aracılığıyla gideceğini söylemiş. Halam da onun söylediklerine inanmış, bileziklerden kalan parayı da cebine koymuş, kardeşini göndermiş. Yüksek bir meblağ değilmiş ama o günlerde sınırlı parayla gidilebiliyormuş yurt dışına zaten. Çok ağlamış halam arkasından. "İstanbul'da tutamazdım yanımda. Kendi ayrı evim olsa haydi neyse ama ben de gelin gitmişim yani. El kızıyım nihayetinde. Korkuyordum eli silahlı adamların arasında, siyasete miyasete karışır, kurtaramam diye. Dönem çok kötüydü," diye anlatırdı. *Belli ki abimi de çok üzmüş Eskişehir'de. Düzenini bozmuş Nesrin'in. Madem bu kadar istiyor, istikbali orada demek ki, gitsin Amerika'ya*, diye düşünmüş. Amcam yemin etmiş giderken, "Orada okuyacağım, sana borcumu yollayacağım," diye.

Üç dört gün içinde olup bitmiş her şey. Halam kocasının ailesine mahcup olmamak için, bir hadise çıkmasın diye kardeşi ne isterse hemen yerine getirmiş, apar topar göndermiş Hollanda'ya ama babama sormadan bunları yaptığı için büyük tartışma kopmuş. Babam bir hafta sonra kardeşini almak için İstanbul'a geldiğinde olanları öğrenince halamla bir süre dargın kalmışlar.

"Ne yapsaydım yani? En doğru şeyi yaptığımı düşündüm," diyordu halam.

Kardeşleri gitmiş ama ne okula girdiğinin ne de doğru dürüst bir iş bulduğunun haberi gelmiş. Birkaç kez halamdan para istemek için Avrupa'nın çeşitli ülkelerinden yazmış. Sonra kesilmiş mektupları. Birkaç yıl sonra, Almanya'da çalışırken tanıştığı Amerikalı bir kadınla evlenip nihayet Amerika'ya gittiğini ve bir benzincide çalıştığını duymuşlar. Ayvalık'tan birileri haber vermiş halama. Sonra bir daha bir şey duymamışlar. Kimseye yazmamış. Hayatıyla, olup bitenle ilgili haber vermemiş. Ailesini yok saymış sanki. Bütün bağını kesmiş. Çok üzülmüş babam ve halam. Yıllar geçmiş. Sadece bir Noel kartı gelmiş halama. Babama bir selam bile yokmuş içinde. "Onu da kendisi değil, karısı göndermiştir," derlerdi. Amcamızı bir daha gören, ondan haber alabilen olmamış. "Ölse duyardık," derdi halam bir umut.

Bu konu açıldığı vakit annem çok sıkılır, sinirlenir, "Tamam, rica ediyorum kesin bu mevzuyu! Konuşmayın, anmayın şu adamın, hayırsızın adını artık. Öldü o bizim için. Sil sen de gözünün yaşını Sadık," der, babamın kardeş hasretini boğazına tıkardı. Annemin evimizin kapısından girerken unutmaya yemin ettiği o kötü geçmişi hatırlatmak için uğraşan kişi sadece halammış gibi ona karşı iyice terslenirdi.

Nezahat halam hiç ses çıkarmaz, kocasıyla göz göze gelir, başını önüne eğerdi üzüntüyle. Bu konuşmalara tanık olduğumda anneme çok kızardım. Babamı ve halamı çok üzdüğünü düşünürdüm. Gidip babamın boynuna sarılmak, onu teselli etmek isterdim ama annemden çekinirdim. Ben babama sarılmak isterken Nezahat halam gelip beni kucağına alır, o bana sıkı sıkı sarılırdı. Hiç konuşmadan birkaç dakika öyle kalırdık. Sonra Hikmet eniştem beni halamın kucağından indirir, başımı okşar, cebinden çıkardığı parayı uzatıp "Koş, gofret al gel," derdi. Karısının gözyaşlarını öperdi.

Bunlar her sene, hiç değişmeden tekrar etti.

Hikmet eniştem, karısını çok severdi. Gözyaşlarını, gülüşünü, çocuksu tepkilerini... Halam da eniştemi... Birbirlerini incitmekten korkar gibi yaşardı ikisi de. Kendi aralarında özel bir dilleri vardı. Her dakika bir şeylere güler, sürekli el ele dolaşırlardı. Dans dersi alıyorlarmış herkesten gizli. Ablamın düğününde öyle bir dans etmişlerdi ki, herkesin ağzı açık kalmıştı. Nezahat halam, içinde Arjantinli bir tangocu yaşatırmış meğer. Aman, aldıkları o alkış ne mutlu etmişti ikisini de. Bir gün Roma'ya gitme hayalleri kurarlardı. Roma için sakladığı bilezikler hayırsız kardeşinin Amerika hayali için gözden çıkarılmıştı. Hikmet eniştemin anne babası vefat ettikten sonra, onlardan kalan evde yaşamaya devam etmişlerdi. Onun ağzından hiç duymadık ama o evin eski bir konak olduğu söylenirdi. Bize hediyeler getiriyorlar, konakta oturuyorlardı ama Roma'ya gidebilecek kadar rahat değildi demek ki eniştemin eli. Müfettiş maaşıyla ancak yaşıyor olmalıydılar. Ama Hikmet eniştem söz vermişti, bir gün mutlaka Roma'ya götürecekti biricik karısını.

Lakin ömrü yetmedi.

Bir akşamüzeri alışveriş yapıp evine dönerken, hızla çarpıp kaçan bir araba eniştemizi hayatından etti. Babam bir kardeşini daha kaybetmişti. Çok ama çok üzüldü. Halamın biricik eşi, memleketi Manisa'da toprağa verildi. Annem, görümcesi Nezahat'in İstanbul'daki o çok merak ettiği meşhur konağını bu vesileyle de göremedi. Fakat Manisa'dan çok üzgün döndü. Nezahat halam cenazede annemin boynuna sarılıp "Ben onsuz nasıl yaşarım Nesrin?" diye hıçkıra hıçkıra ağlayınca annemin bütün kalkanları inmişti. Cenazeden sonra babamla eve döndüklerinde annem yatak odalarına çekilip bir süre ağlamış, akşam yemeğini hazırlarken o gün ilk defa benimle bir yetişkinle konuşur gibi konuşmuştu.

"Onlar tanıdığım, birbirine kavuşabilmiş, en mutlu çiftlerdendi. Çok erken bir ayrılık bu. Çok... İyiler çok yaşamaz, derler. Doğru mu, ne? Nezahat toplayamaz bir daha kendini. Ne kadar yazık..." demişti dalgın dalgın. Benimle değil de, kendiyle konuştuğunu düşünmüştüm.

Birkaç gün sürdü üzüntüsü. Nezahat halama mı, Hikmet enişteye mi, yoksa nadir bulunan bir mutluluğun erken bitmesine mi üzülüyordu? Kim bilir... Fakat o gün, gençlik arkadaşının yarım bıraktırılan aşkına şarkılar tutup efkârlanan annemin, eniştemle yaşadıkları gerçek aşka rağmen halama karşı hep korumuş olduğu mesafe aklıma gelmiş, nedenini asla anlayamayacağımı düşünmüştüm.

Yine de yaşadığı sürece, "Aynı Nezahat bu kızlar!" cümlesini o kadar çok kurdu ki, Derya liseyi bitirir bitirmez Nezahat halama daha fazla benzememek için hem perma yaptırdı hem de saçını sarıya boyattı. Benim için muhteşem bir gündü. Uzun zamandır gülmeyen yüzüm o gün güldü desem yeridir.

Lise son sınıfta ağır bir zatürre geçirmiştim. İyileşmem hayli zaman almıştı. Üç kardeşin içinde en kolay ve sık hastalanan ben olduğum için ilk günlerdeki ateşim ve öksürüklerim "Yine mi Dönüş, ah Dönüş!" diyerek çok önemsenmedi.

Doğruyu söylemek gerekirse ben de bir parça mahcubiyetle onlara hak verdim. Öksürüğüme, hâlsizliğime rağmen bir süre daha okula gidip geldim. Fakat günler geçtikçe iyice kötüleşiyordum. Sonunda bir sabah yataktan kalkamadım. Ateşim çok yükselmişti. Yarı baygın, annemin sesini duyduğumu hatırlıyorum. "Bu böyle olmayacak Sadık. İzmir'e götür çocuğu," dedi. Babam apar topar Ege Üniversitesi Hastanesine götürdü beni. Hemen yatış işlemi yaptırdılar. Türkân ablam İstanbul'daydı artık. Uzaktaydı. Derya okulda, babamsa neredeyse her gece yanı başımdaydı.

Annem hastaneye hiç gelemedi. Onlarca ilkokul çocuğundan sorumluydu, işini bırakamazdı. Babam böyle söylüyordu ama içimdeki gücenikliğe pek teselli olmuyordu bu kelimeler. "Birinin de evde durması gerek kızım. Öğrencileri bırakıp gelemez ki buralara," dedikçe daha çok üzülüyordum.

Hastaneden çıkıp eve döndüğümde annem iş saatleri dışında haftalarca başımdan ayrılmadı. Beni hastanede yalnız bırakışının suçluluk duygusunu gidermeye çalışıyor, yokluğunu telafi etmeye çabalıyor sanırdım. Geceleri baş ucumda bekler, uykusuz uykusuz okula ders vermeye giderdi. O hâline, alnımı okşayan eline minnetle dolardı içim ama bir keçi inadı taşıdığımdan, kadıncağıza hiç güzel bir tepki vermezdim. Beni hastanede annesiz bıraktığı için onu affetmemeye kararlıydım. Şimdi bunu düşününce o kadar canım acıyor ki... Niye üzmüştüm kadıncağızı o kadar? Bu sevilme, çok sevilme isteğimin nedeni neydi acaba?

Duygularımın hiç değişmeyeceğinden ne kadar emindim o yaşlarımda. Hayat hızla akarken o emin oluştan ne kalabilirdi ki geriye?

Bizim zamanımızda lise üç yılda biterdi. Hastalığım nedeniyle devamsızlığım öyle bir hâle geldi ki, son sınıfı tekrar etmem gerekti. Sınıfta kaldım yani. Böylece liseyi Derya ile beraber aynı yıl bitirdik.

O zamanlar iki basamaklı olan üniversite sınavı için hazırlanmamız gerekiyordu. Birinci basamağı kazanabilen ikincisine girme hakkı elde ederdi. Birinciyi kazanırdık da, ikincisiydi asıl mesele. O yıllarda İzmir'deki Büyük Dershaneye gidebilen öğrencinin istediği üniversiteye girebildiği söylenirdi. Sınıf arkadaşımız güzel Önem, kaydını ağustosta yaptırmıştı. Cuma öğlen okuldan çıkacak, üzerini değişip Sebat Turizm otobüsüyle İzmir'e gidecek, pazar akşamı Ayvalık'a geri dönecekti.

Hakan abi o yıl Dokuz Eylül Üniversitesi Hukuk Fakültesini kazanmıştı. Hakan abi, Önem'e çok âşıktı. İzmir'e dershaneye gitme fikrini de kafamıza o sokmuştu.

Böylece, sayemizde Önem'i rahat rahat görebilecekti tabii. Önem, "Siz gelirseniz bizimkilerin de içi rahat eder. Yalnız gidip gelmemiş olurum. Hem anneannemin evinde üçümüz birlikte kalabiliriz," diyordu.

Derya da ben de çok istiyorduk ama sadece birimizin dershaneye gidebileceğini biliyorduk. Bütçemiz ikimizin masrafını asla kaldırmazdı.

Derya, "Dönüş, Ayvalık'tan İzmir'e öyle her hafta otobüslerle gidip gelemez ki baba. Tam iyileşmedi zaten. Yine hasta olacak. Hem benim de bir yılım yanmasa keşke. Bari ben gideyim, o evde çalışsın. Kazanamazsa seneye de o yazılır dershaneye," deyiverdi kolayca.

"Aslında mantıklı bir şey söylüyor Derya. O yolları şimdi gidip gelmek kolay ama bunun karı var, kışı var. Dönüş daha yeni iyileşti. Hastalanmaması lazım," dedi annem. "Hem Derya matematik ağırlıklı tercih yapacak. Mühendislik, mimarlık okumak istiyor. Çok problem çözmesi, deneme sınavlarına girmesi lazım. Dönüş madem edebiyat fakültesi istiyor, o hâlde evde de çalışabilir. Zaten gayet bilgili."

İçim cız etmişti. Korku dolu cümleler arka arkaya sıralanıyordu zihnimde.

"Üniversiteye gidemezsem... Eğer gidemezsem... Ankara'ya da gidemem. Ankara'ya gidemezsem Serdar'ı senelerce göremem..."

Büyük aşkım Serdar... Kimselere söylemeden gizli gizli sevdiğim, çok sevdiğim, üzüm gözlü, kıvırcık saçlı, uzun boylu, kaderim olduğuna inandığım Serdar...

Büyürken her hastalığımıza derman olan, benim hayatta kalmam için çok uğraşan çocuk doktoru Metin Bey'in oğluydu. İlk ve son kalp ağrımdı. Senelerce düşündüm, neden o kadar severdim onu?

Bana anlatılanlar yüzünden miydi acaba? Babası bir kahramandı ya bizim aile için. Belki o yüzdendi? Bebekliğimde anneme teselli vermek için söylediği "Çok narin ama dirayetli bir kız olacak bu. Belli mi olur, gelin alırız belki," cümlelerini duyduğumda hoşuma gittiği için mi içimde böyle bir hikâye kurmuştum acaba? Serdar'ın bana herkesten farklı davranışının bir etkisi var mıydı? O da benim gibi aynı şeyleri duyarak büyüdüğü için mi kimseye hissetmediğim şeyleri hissettirecek kadar yakın davranıyordu bana? Kim bilir? Belki de bir nedeninin olması gerekmiyordu. Kalbim onu seçmişti ve ben onu sevmeyi çok sevmiştim, bu kadar! Onu sevmek, çocukluğumun, ilk gençliğimin ve sonraki yıllarımın en güzel eylemi, en saf hatırası oldu.

Dört yakın arkadaştık. Dilek, Okan, Serdar ve ben. İlkokulu, ortaokulu beraber okumuştuk. Babası, Serdar'ın liseyi İzmir'de okumasını isteyince yollarımız ilk kez o yıl ayrılmıştı. Serdar'ı özlemeyi o zaman öğrendim işte. Ama hafta sonları o kadar güzel geçerdi ki... Özlemek nasıl da güzelleşirdi. Yokluğu büyütüyordu ona olan aşkımı.

Bir de biz başka çocuklardık. Diğerleri gibi değildik. Öyle annemin sandığı gibi fingirdemiyorduk. Bizim arkadaş grubumuz farklıydı. Biz şiir okurduk. Kitap değiş tokuş ederdik. Konuştuklarımız yaşıtlarımızınkine benzemiyordu. Bu yüzden ayırırdık kendimizi onlardan. Pek aralarına girmez, dert ettikleri meseleleri umursamazdık.

Ortaokuldaki Türkçe öğretmenimiz Nilhan Hanım ve kocası Ahmet abi çok etkilerdi bizi. 150 Evler Mahallesi'nde küçücük bir evleri vardı. O evde, yeraltı edebiyatı diye bir türün var olduğunu, Avrupa sinemasının alternatif dünyasını, politik tiyatronun hedeflerini, dünya ekonomi modellerinin biz büyüyene kadar çok daha vahşi bir toplum yaratacağı savını ilk defa o iki genç insandan duymuştuk. Onlar anlatır, biz hayran hayran dinlerdik.

Sonra sorular sorarlardı bize.

Fikret Mualla'nın Ayvalık'ta resim öğretmenliği yaptığı yılları biliyor muyduk? Niye kaçmıştı acaba? Zorunlu göçlerle buraya gelenler, buradan "Yunan"a gidenler neler yaşamışlardı? Gönderilen büyük sanatçılar orada da eserler verebilmiş miydi? Buradaki gibi sevilip sayılmışlar mıydı? Müzikleri daha mı güzelleşmiş, birbirine yakınlaştırmıştı onları, yoksa tersi miydi? Mizah mı, yoksa şiir mi daha politikti?

Günlerce düşünürdük de düşünürdük. Ayda bir pazar, bulduğumuz yanıtları konuşmak üzere onlara gitme izni isterdim. Annem biraz tereddüt eder ama her defasında izin verirdi. Pastaneye gideceğimize oraya gitmemizi tercih ediyordu galiba.

Ahmet abi çok güzel film anlatır, çok güzel şiirler okurdu. Karı koca her işi birlikte yaparlardı. Çok özenirdik onlara. Üstelik Ahmet abi, evi temizlerken Nilhan Öğretmen'e yardım ederdi. Ah! Hayalimdeki çift onlardı. İkisi de Ankara'dan gelmişti.

Ankara...

Serdar'ın en büyük hedefiydi Hacettepe Tıp Fakültesi. Öğretmenimizin evinden çıktığımızda gelecek planlarını anlatırdı coşkuyla. Ankara'ya gitmeyi takmıştı kafasına. Bizi de ikna etmeye çalışırdı.

"Baksanıza, nasıl güzelmiş öğrencilik orada. Tiyatrolar, konserler öğrencilere neredeyse bedavaymış. Kocaman, kalabalık bir şehir. Okul çıkışı gençlerin Kızılay'da oturduğu kafeler, kitapçılar! Ankara Sanat Tiyatrosunun oyuncularını biz de görebiliriz belki," diye başlar, öyle güzel anlatır, bizi geleceğe öyle heveslendirirdi ki...

Serdar'ın heyecanına hayrandım. Okuduğu kitapları okumak, dinlediği müzikleri dinlemek isterdim hemen. Aslında o da benim ne okuduğumu merak ederdi. Tatlı bir yarış vardı aramızda. Varsa yoksa kitaplar. Lisedeydik. Zülfü Livaneli, Yaşar Kemal'in *Yer Demir Gök Bakır* romanını filme çekmişti. Nasıl merak ediyorduk. Serdar, İzmir'de izlemişti. Anlata anlata bitiremiyordu. Bir arkadaş grubu da orada vardı. Biraz huzursuz oluyordum. Bensiz bir şeyler yapması bile canımı sıkıyordu, içim sıkışıyordu o anlattıkça. Ama sonuçta her hafta sonu bizimleydi ve orada erkek arkadaşlarıyla yatılı okuyordu. Öyle flört, kız mız işleri ona göre değildi. Onun dünyası Ankara, sinema, müzik ve kitaplardan oluşuyordu. Bana romanı hediye etmişti. Ne kadar sevinmiştim. Ama Dilek'e de gofret almıştı. Allah'ım, o gofret! Bize niye almamıştı? Gofret özel bir şey miydi yoksa? Yok yok, bana kitap aldığı için ayrımcılık olmasın, ayıp kaçmasın diye ona da bir jest yapmak istemişti mutlaka. İşte o ne yapsa, benim kalbim ağrırdı. İyi de olsa, kötü de olsa, olsa da olmasa da...

Ankara'dan başka şey düşünmez olmuştuk. Ben Dil Tarih'i seçmeye karar vermiştim. Edebiyat okuyacaktım. Serdar babası gibi doktor olacak ama o, Doğu Anadolu'ya gidecek, oradaki kimsesiz, yoksul halka derman olacaktı.

O böyle tatlı tatlı anlatırken ben onu yeşil bir parka ve lacivert botlarıyla, kitapları kolunun altında hayal ederdim. Kar yağarken Ankara sokaklarında, adını çok sık duyduğum Sıhhiye'de el ele dolaşacaktık. Öğrenciliğimiz bitecekti. Ben Çalıkuşu Feride gibi Anadolu'da öğretmen olacaktım. Ama onun gibi aşksız, yalnız kalmayacaktım. Benim Kâmran'ım benimle gelecekti ve üstelik okuttuğum çocukları kabakulak olmaktan kurtaracaktı.

Ama tabii bunun için, yani el ele tutuşmamız için onun da beni sevmesi gerekiyordu. Henüz benim onu ne kadar çok sevdiğimden haberi yoktu. Belki de vardı? Olsa öyle arkadaş olamazdık ama. Bazen aklım çıkardı. Ya farkındaysa? Ya belli ediyorsam? Ediyorsam ölürdüm. Yok yok, biz öyle değildik. O zaman için öyle değildik ama oraya gidince büyümüş ve üniversiteli olacaktık.

İç sesim duyulmasın diye hemen bir sohbet başlatırdım. Genellikle, hafta sonunu geçirmek için bizim oralara geldiği söylenen bir yazarı ya da ressamı gören var mı diye bir soru olurdu ortaya attığım.

Derya hayallerimi Serdar'dan önce öğrenmese iyiydi. Aslında ben bütün bunları günlüğüme yazmasam belki daha iyiydi. Çevresinde olup biten hiçbir şeyle ilgilenmeyen Derya'nın yazdıklarıma günü gününe gösterdiği ilgiyi yıllar sonra öğrendim. O zamanlar, canımı o kadar yakabilecek zayıflıklarımı nasıl bilebildiğine, nasıl olup da daima en doğru yere isabet edebildiğine inanamazdım. Günlüğümü öyle bir saklıyordum ki, okuyabilmesi mümkün değil sanıyordum.

Serdar liseyi İzmir Atatürk Erkek Lisesi'nde okurken hafta içi bitmek, hafta sonu da gelmek bilmiyordu benim için. Cuma akşamları Sebat Turizmin İzmir'de okuyan öğrencileri taşıyan otobüsü Ayvalık Garajına yaklaştığında mutlaka oralarda olurdum. Otobüsün kapısından inişini en iyi görebileceğim bir yere geçer, oyalanır, o kapının açılacağı anı beklerdim. Serdar otobüsten inerken içimde *Çalıkuşu* dizisinin jenerik müziği çalmaya başlardı. Ah ya, ah! Feride'nin Kâmran'ı sevdiği gibi seviyordum Serdar'ı. Onu görmek bile ağrıtıyordu kalbimi.

TRT renkli yayına geçmişti. En sevdiğim kitabın kahramanı Feride, Aydan Şener'le ekranda öyle güzel hayat bulmuştu ki... Öldürseler televizyonun başından kalkamazdım o dizi yayınlanırken. Annemin sesini bile duymazdım. Feride'nin aşkından daha büyük bir aşk yoktu benim için. Feride nasıl vazgeçmediyse aşkından, ben de vazgeçmeyecektim onu sevmekten.

Cumartesiler ve pazarlar benim renkli günlerimdi. Hafta içi siyah beyaz akardı. Hafta sonu evden izin alabilirsem onun da içinde olduğu arkadaş grubumuzla birlikte Piknik Kafede uzun bir öğleden sonra geçirebiliyordum. Alamazsam, "O lazım mı, bu lazım mı?" diye evden türlü bahanelerle çıkıp gizli gizli Odak Pastanesine göz atıyor, eğer Serdar da oradaysa onlarla yarım saat oturabilmek için gözümü karartıp giriyordum içeri.

Odak Pastanesine gitmemize annem çok kızardı. Çünkü kızlar sevgilileriyle orada buluşurdu. Dışarıdan geçenler içeriyi çok iyi göremediği için dedikodu olmaz diye düşünürdü gençler. Lakin pastanenin nihayetinde tek bir kapısı olduğu ve o kapıdan girmek kadar çıkmanın da bir sonucu olabileceği akıl edilmezdi. Çoğu genç kız, ailesine o kapıda yakalanırdı.

Her zaman göze alıp orada oturamasam bile Serdar'la bir yerde karşılaşma ihtimalimiz vardı ya, yürürken görsem, ayaküstü laflasak bile yeterdi bana. Bir de, ayda bir cumartesi sinema iznimiz vardı. "İki film arka arkaya" izlerdik. O zamanlar öyleydi, öyle söylenirdi, bir bilet karşılığında tek film gösterilmezdi. Bir yerli, bir yabancı film. Eğer grupça gittiysek, arkadaşlarım film izlerdi, ben de Serdar'ı... Doğrudan bakamadığım için yan gözle her hareketini takip ederdim. Diyorum ya, ben onu sevmeyi seviyordum.

Bir keresinde yan yana oturduk. Offf! O nasıl bir heyecandı Allah'ım. Kalbimin sesi, filmin dublajını bastırıyordu. Ağzını açıp kapayan oyunculara boş boş bakıyordum. O gün izlediğimiz o iki film hangisiydi hâlâ hatırlamıyorum. Hayatım boyunca, kalbimi hop ettirdiği o ilk günden bu yana aynı saflıkla sadece Serdar'ı sevdim.

Bir tek onu.

Hastalığım nedeniyle arkadaşlarımdan geri kalınca Serdar bir önceki yıl üniversiteyi kazandı, Ankara'ya gitti. Hacettepe Tıp Fakültesine dereceyle girmeyi başarmıştı. Hayalini gerçekleştirmişti.

Birlikte büyüdüğüm herkes Ayvalık'tan ayrılıyordu. Okan, İstanbul'a; Dilek, İzmir'e gidecekti. Ve ben hâlâ oradaydım.

O gün Derya, babama dershane konusunda dil dökerken büyük bir umutsuzluğa kapılmıştım. Galiba hep öyleydim. Çok çabuk moralim bozulurdu. Hemen çökerdim. O gün de o büyük karamsarlık gelip yerleşivermişti içime. Belki de hep orada, Ayvalık'ta kalacaktım. Dershaneye giden Derya olursa hayatta kazanamazdım sınavı. Kesindi bu. Hem kazansam, bu sefer de "İkinizi birden nasıl okutacağız?" mı diyeceklerdi? İzmir'e ikimizi birden dershaneye gönderemezken, aynı anda şehir dışında okuyan iki öğrencinin masrafını babam nasıl karşılayacaktı ki? Ahhh... Derya gidecekti, ben kalacaktım.

Üstelik Serdar da Ankara'ya iyice alışmış olacaktı. "Ya birini severse? Ya biri onu çok severse? Ya koparsak iyice?" diye içim içimi yiyordu.

Derya dershaneye neden kendisinin gitmesi gerektiğiyle ilgili gerekçeleri çatır çatır saymaya devam ediyordu ama benim iki ses telim birbirine vurup da bir nida, bir hece çıkarmayı beceremiyordu. Telaş içinde ne söylemem gerektiğini düşünüyordum ama tek kelime edemiyordum. Umutsuzluk, bataklık gibi çekiyordu beni içine.

"Konuşsana! Baban okumak istemiyorsun sanacak. Hadi sen de bir şeyler söyle!" diye kendimi yüreklendirmeye çalışsam da, aslında çok zaman önce Derya karşısındaki yenilgimi kabullenmiştim galiba. Onu alt edebilmenin imkânı yoktu. Bunu çocukluğumdaki binlerce tecrübemden biliyordum. Derya hep üste çıkardı. Ben kavgadan çekilirdim. Yine öyle oldu.

Dershaneye o gitti.

Ve Serdar o sıra mektup yazmayı bıraktı.

"Nasılsa sen de katılacaksın aramıza. Bu yıl iyileş. Sağlığın her şeyden önemli. Hem ne çok okudun bu vesileyle. Sakın üniversite hayalimizden vazgeçme. Hem sen gelene kadar ben de Ankara'yı iyice öğrenmiş olurum," diyordu oysa ilk mektubunda.

Ben hastalanmadan önceki yıl artık biraz daha büyümüştük, hayatı algılayışımız, aktarışımız değişmeye başlamıştı ve bu da arkadaş grubumuzu küçültmüştü. Her hafta sonu mutlaka görüşen dört kişiye düşmüştük. O bizi bir arada tutandı, bense o nerede olursa olsun yanında durmak isteyendim. Onunla bir gün evleneceğimiz hayalini üçüncü sınıfta birlikte temizlik kolu seçildiğimiz gün kurdum: Benim kalbim Serdar'la doluydu. Evlenecektik ve evimizi beraber temizleyecektik.

Ne garip bir çocukmuşum. Sevmeye ve sevmemeye karar verilir sanıyordum. Kalbimi yönetebileceğime nasıl inanabiliyordum?

Hastanede yatarken verdiğim annemi affetmeme kararı, annemin cenaze töreninde yandığım ateşten çok önce kül olmuştu aslında. Hastane sonrası beni iyi etmek için uğraştığı o gecelerde tatlı, hırçın ama minnet dolu bir sevgiydi anneme hissettiğim. Onu üzmenin, ilgisini çekmenin bir yolu olduğunu sanıyordum belki de. Ellerinin alnımdaki sıcaklığını şu an bile hatırlıyorum.

Annem hiç alıştırmadı bizi gidişine. Hastalanmadı. Çok yaşlanamadı bile. Öyle aniden, bir sabah sessizce gitti. Tıpkı Hikmet eniştem gibi.

Annemin gidişi aniden oldu.

Serdar'ın yokluğu kalbimde liseden itibaren yavaş yavaş büyüdü.

Annem edebiyat fakültesine gitme fikrime baştan beri çok bayılmamıştı.

"Ne yapacaksın edebiyat okuyup, öğretmen mi olacaksın?" diye sormuş, yanıtımı dinlerken yüzüme dalgın dalgın bakmıştı. Sanki beni dinlemiyor da başka bir şey düşünüyor gibiydi. Kendimce bir şeyler anlattım. Bir süre daha bana bakıp hiçbir şey söylemeden çıkmıştı odadan.

Oysa ben edebiyat fakültesinde okuyup Reşat Nuri Güntekin'in *Çalıkuşu* romanı gibi bir roman yazacaktım. Annem o romana ve Feride'ye düşkünlüğüme tam anlamıyla sinir oluyordu. Kendisi de öğretmen olan annemin, bir öğretmenin Anadolu macerasına neden o kadar sinir olduğunu anlayamazdım.

"Münasebetsiz romantizm bunlar. Anadolu'da öğretmenlik öyle kolay bir şey değil efendim. Yaşamayan bilemez!" derdi. Türkân ablamı değil de beni romantik bulması tuhaftı. Ablam bir prensle evlenmek istemişken ben annem gibi öğretmen olmak, üstüne bir de kitap yazmak istiyordum. Niye görmek istediğim desteği esirgiyordu ki benden?

Hiç tanımadığımız amcamın bahsi geçtiğinde nasıl sinirleniyorsa öyle sinirleniyordu annem, ben her *Çalıkuşu* dediğimde.

Annem odadan çıktıktan sonra, "Üniversiteye gitmene gerek yok o zaman. Otur burada yaz romanını," dedi Derya. Ne zannediyordu bu kız kitap yazmayı?

Biz bu konuşmaları yaparken henüz hastalanmamıştım. Arkadaşlarımla beraber üniversite sınavına girebileceğimi sanıyordum. Ama olmadı. O yıl ben evde yatarken onlar sınava girdi. Hastalanıp sınıfta kalmak içime oturdu. Onlar üniversiteye başlarken ben lise son sınıfı bir daha okuyacaktım ve çok utanıyordum.

Serdar, "Sık sık yazarım ben. Bu grup hiç dağılmayacak, anladınız mı? Kimse ihmal etmeyecek yazmayı. En kötü, kartpostal atın," dedi giderken ve sonra sadece iki kısa mektup yazdı. Bir daha hiç ses çıkmadı. Okan, Dilek'e yazmış birkaç kez. Çok yoğunmuş, çok ders çalışıyormuş. Haberlerini Dilek üzerinden alıyordum. Serdar'dan hiç ses yoktu. "Onun okulu hepimizinkinden zor. Vakit bulamıyordur belki. Hiçbirimize yazmıyor," diyordu Dilek. Zaten sadece Dilek yazıyordu bana. O da İzmir'i, okulunu, arkadaşlarını anlattıkça içim daha çok yanıyordu. Ama Dilek hep Ayvalık'ı özlüyordu. Ne olup bitiyorsa yazmamı istiyordu. Yazıyordum. Hep aynı şeyler oluyordu.

Her sabah, belki bugün Serdar'dan bir mektup gelir diye uyanıyordum. Ama gelmiyordu.

O yarıyıl tatilini, Serdar'ın Ayvalık'a döneceği günü içim içimi yiyerek bekledim.

Serdar gelmedi.

İngiltere'ye dil okuluna gitmiş diye duydum.

Sonra ilkbahar geldi. Bitti. Yaz başladı. Okullar tatil oldu. Üniversite için Ayvalık dışına gidenler dönmeye başladı. Serdar hâlâ ortalarda görünmüyordu. O olmayınca grubumuzu bir arada tutan da kalmamıştı. Bir kez buluştuk ama hiç tadımız kalmamıştı. Okan belli ki Dilek için gelmişti buluşmaya ama Dilek hiç oralı değildi. İkisi de aslında kendi dünyasındaydı. Koca bir yıl geçmişti. Ne bir ses ne bir haber vardı Serdar'dan. O yaz benim için bitmek bilmedi. Serdar'ı gören olmadı.

Ve kardeşimle benim girdiğimiz üniversite sınavının sonuçları açıklandı. Derya kazanmıştı, İstanbul'a gidiyordu. Annemin hayaline bir kızı daha ulaşmıştı işte. Ben başaramamıştım.

Ayvalık'ta kalıyordum.

"Seneye inşallah kızım, kimse senden büyük bir şey beklemiyor zaten," diyerek güya teselli etti annem beni. Bu nasıl bir laftı öyle? Ne demekti yani şimdi bu? Bir kıymetim yoktu galiba gözünde. Önce Türkân, sonra Derya, sonra da belki ben geliyordum. Zekiye abla ve babamın manevi oğlu Mesut bile benden öndeydi kesin.

Derya... Kardeşim mi, rakibim mi bilememiştim çocukluğumdan beri. Doğumum bile âdeta *kazara* olunca, "Madem bu oldu, öbürü de hemen olsun," diye acele etmiş bizimkiler.

"Çocuk dediğin hep masraf! Birlikte büyür giderler hiç değilse," demiş annem. Ama tabii Derya'yı beklerken daha özenliymiş ikisi de. Annemin bana hamileyken geçirdiği sıkıntılar ve doğuma bile yalnız gitmesi yüzünden babam hep çok üzülmüş. O kötü günleri hatırlatmamak için çok uğraşmış. Bu yüzden daha bir titremiş annemin üstüne, balla börekle beslemiş karısını. Annemin Derya'ya hamileliği, ilişkilerinin en güzel günleri olmuş. Kesinlikle öyle olmuş. Yoksa Derya bu kadar semirmez, benden daha çabuk büyüyüp uzayamazdı. Bu evin talihsiz ördeği bendim. Her geçen gün daha çok inanıyordum buna. Her talihsizlik benim başıma gelirdi. Hep ben hastalanırdım.

"Dönüş anne sütü alamadı. O yüzden çok hastalanıyor," derdi annem.

Büyük olan ben olmama rağmen hiçbir zaman benim eskilerimi giymedi Derya. Hep benden uzun oldu ve ben onun eskilerini giydim. O bereketli bir fasulye gibi uzarken ben daha yavaş boy attım.

Derya'nın İstanbul Teknik Üniversitesi Mimarlık bölümünü kazandığını, belgesi Öğrenci Seçme Yerleştirme Merkezinden gelmeden önce biz *Milliyet* gazetesindeki listeden okumuştuk.

Annem o hiç sevmediğini sandığımız akrabalarımızın neredeyse hepsine haber verdi, gördüklerini tek tek öptü, sıkı sıkı kucakladı, iki yana sallanmayı ihmal etmedi. Tebrikleri abartılarla, gerine gerine kabul etti. Her hayırlı olsuna gelene de, "Kızlarımın hepsi maşallah bir başka marifete sahip. Derya benim gibi matematikçi! O konuda aynı ben, bana çekmiş. Dönüş mü? O da aynı babası, sözelci. Seneye de onun sırası olur inşallah. Çocuğum zaten zor iyileşti. Doğrusunu isterseniz kıyamıyoruz onu evden göndermeye. Biraz daha iyileşsin, dur bakalım. Oralarda hasta masta olur maazallah. Vallahi dostlar, şu dünyada bir büyük kızımın mutlu evliliğini, bir de küçüğümün üniversiteyi kazandığını gördüm ya, çok şükür Allah'ıma! Üçüncü bir dileğim daha var. Onu da görmeden gitmem inşallah bu dünyadan," dedi.

"Aaa, maşallah maşallah, neymiş o üçüncü dileğin Nesrin Hanım?" diye sorduklarında, öne doğru eğilerek, sanki babam duyarsa çok kızacakmış gibi eliyle ağzını kapatır gibi yapıp "Türkân'ımın bebeğini de görsem yeter bana. Ama diyorum ya, o da bana çekmiş. Geç gelecek galiba bebeği. Dönüş ile ikisinin arasında yedi sene var. Artık olmaz diyorlardı. Ama sonra ne oldu? Pat pat, iki tane doğuruverdim," diye dizlerine iki kere vurdu.

Annemin böyle teatral anlarına tanık olduğumda hayrete düşerdim doğrusu. Onu saygın bir öğretmenden çok, eski bir romanın entrikalarda usta bir mahalle kadınına benzetirdim. O ellerini dizlerine vurmak, *pat pat doğuruvermek* de neydi? Bana kıyamıyormuş da, üniversiteye yollamak için acele etmiyormuş! İnsan üçüncü dileğim de kızımın üniversitesi der, roman yazması der, istedikten sonra der de der. Fakat büyüdükçe daha iyi anladığım bir şey vardı. Annem bu hâllerini genellikle akraba takımı konuşsun diye onlara bilinçli olarak bir konu vermek istediğinde takınıyordu. Sanki mutsuzluktan beslenen o insanları mutluluğuyla zehirlemek ister gibiydi. Neyse ki böyle durumları sık olmuyordu.

Herkese gururlanarak anlattığı Türkân kızının evliliğinin gerçek yüzünü bilseydi ne yapardı acaba? O dünyalar güzeli evladının, o prensesinin, o hiçbir iş yaptırmadığı bebeğinin dört duvar arasında neler yaşadığına dair bir fikri yoktu elbette. Hoş, o tarihlerde hiçbirimizin yoktu. O şatafatlı düğünde abartılı pırlanta setler takıldıktan, balayından dönüp Florya'daki Atlı Spor Kulübü büyüklüğündeki evin kapısından girdikten sonra neler olmuştu acaba? O yakışıklı, İngiliz tavırlı ve bir kez bile Ayvalık'a gelip ellerini öpmeyen damadı neler yaşatıyordu acaba sevgili kızına?

Belki Derya'yla ikimiz biraz daha büyük olsaydık ablam bize bazı şeyleri anlatabilirdi. Ama o gelin gittiğinde ben 12 yaşındaydım, Derya da 11...

Yıllar sonra Derya baş başa kaldığımız bir akşam, "Ablam çok mutsuz, görüyor musun sen de?" diye soruvermişti bana. Ablam pek konuşmaz, şikâyet etmez, çok şey paylaşmazdı. Kendi sessiz dünyasında her şey yolundaymış gibi yaşar giderdi.

Annem o tarihlerde kızının evliliğinde bir sorun olmadığından emindi. Emin olmak istiyordu. Bazı şeyleri de duymak, göğüslemek işine gelmiyordu sanırım. Ablamın hayatının aslında bir zindan olduğunu öğrendiğimiz vakit annemin hayatta olmadığına şükretmiştim. İyi ki bizim duyduklarımızı duymamış, gördüklerimizi görmemişti. Başka bir şey değil, bu evliliği çok destekleyerek o acı dolu yıllara sebep olduğunu düşünmek öldürürdü annemi.

Çocukları söz konusu olduğunda bir kartala dönüşen ve bana dalgın dalgın bakarak "Öğretmen mi olacaksın?"

diye soran annem çok ama çok iyi bir öğretmendi. Veliler çocuklarını onun sınıfına yazdırmak için kaymakamı bile aracı koyar, olmadık hediyeler gönderir, binbir baskı yaparlardı. Kaymakam istedi mi yapacak bir şey yoktu. Annem, "Sınıfım çok kalabalık oluyor," diye itiraz etse de Müdür Bey, "Emir demiri keser hocanım, mecburuz," diye yanıt verirdi. Asla hediye kabul etmez, akraba çocuklarına iltimas geçmesi istendiğinde çok kızardı. "Nesrin Öğretmen'in okuma yazma öğrettiği çocuk hatip, aritmetik öğrettiği profesör olur," derdi herkes ve çok çekinirlerdi annemden.

Ben aslında Derya'nın perması diyordum, nerelere geldim.

Kardeşimin İstanbul'a gitmek için hazırlandığı, benim o küskün, suskun ve özlemden bir deri bir kemik kaldığım günlerde patladı bu perma meselesi.

Bütün dünya kıvırcık salata gibi dolaşıyordu. TRT Türk Halk Müziği sanatçısı Şakir Öner Günhan için de perma yaptırmış dediler bir gün. Televizyonda onu gördük mü pürdikkat permasını yakalamaya çalışıyorduk ama hayır, annem kesinlikle iftira olduğunu söylüyordu. Bu adam böyle gelmişti, böyle yakışıklı gidiyordu işte. Ne permasıydı canım?

Babam, olmayan saçının intikamını bıyıklarından alan adamlardandı. Annem, Şakir Öner Günhan'a övgüler yağdırınca, babamın elleri bıyıklarına giderdi.

Derya'nın gündemi artık tamamen İstanbul'du. Bu küçük şehre bir daha asla dönmemek üzere hazırlık yapıyordu. O bavullar haftalar öncesinden çıktı ortaya. Bitmeyen "yapılacaklar listesi" giderek daha çok sıkıyordu canımı. "Bir an önce toplansın, binsin otobüse, kavuşsun şu İstanbul'una!" diye söyleniyordum. Fakat zalimin hazırlığının sonu bir türlü gelmiyordu. İstanbul'a gitmeden önce yapması gereken son bir şey kalmıştı.

Bizimki günlerce, uyudu uyandı yalvardı, harçlığını ayırdı, böldü ekledi, babamla ayrı, annemle ayrı tartıştı ve sonunda babamdan o büyük izni aldı. Saçlarını boyatabilecekti.

"Perma nasılsa kolay. Herkes yaptırıyor, Şakir Öner Günhan bile yaptırdıysa ben de yaptırırım, ne var ki?" diyordu. "Asıl iş boya. Babamı ona ikna edeceğim, görürsün."

Ve başardı. Etekleri zil çalarak Ayvalık'ın meşhur kadın kuaförlerinden birine gitmek üzere sabah erkenden çıktı evden.

Nezahat halama benzer bütün yanlarını öldürmek için gitmişti ama bir adet Rüstem dayım olarak döndü.

Annem kapıyı açıp da karşısında Derya'yı neredeyse kel, tepesinde bir tutam yanık sarı saçla gördüğünde az kalsın bayılıyordu.

Babam, "Yavrum sen ne yaptın kendine?" dedi dehşet içinde. Derya eve dönerken yol boyu, başına gelenleri nasıl açıklayacağını düşünmüş ve konuşmasının provasını yapmıştı:

"Baba, anne... Öncelikle size böyle veda etmek istemezdim. Hayat acı ve tatlı tecrübelerle şekillenir. Bu tecrübem sonucunda şunu söylemeliyim ki, permadan sonra saçları sarıya boyamamak gerekiyormuş. Siz şimdi, *kuaför seni uyarmadı mı*, diyeceksiniz ama kendimle ilgili bir özeleştiri vermek istiyorum. Uyardı, çok uyardı fakat ben direndim."

Babam kıpkırmızı olmuştu. "Ulan, Devrimci Parti konseyi mi burası, özeleştiri veriyorsun? Direneceksen, seni senden etmeye, başkasına benzetmeye ikna eden düzene diren! Kime benzemek istedin de böyle oldun evladım sen?"

Derya başı dik, hiç tereddüt etmeden ve pişmanlık duymadan cevap verdi:

"Kim Wilde'a baba. Kendisi çok güzel bir yabancı şarkıcıdır."

Uzun zamandır susuyordum. Çok uzun zamandır hem de. Herkes uzaklara giderken ben orada kalıyordum. O kalış, gittikçe büyüyen suskunluğumla daha da ağırlaşıyordu. Nasıl çıktı ağzımdan bilmiyorum. Ama söyledim.

"Yalnız, aynı Rüstem dayım olmuşsun!" dedim.

Annem gözleri yuvalarından çıkarak yerinden kalktı. Sonra tekrar oturdu. Sonra yine kalktı. Sonra eline böğrüne vurarak babama döndü. "Katiyen, katiyen bizim aileyle ilgisi yok. Rüstem dayı böyle değil! Değil yani. Sarışın değil bir kere!"

Acımasız Derya'nın gözleri dolmak üzereydi. O buz gibi bakışlarını bana çevirdi.

"Rüstem dayıya benzeyebilirim ama İstanbul'a ben gidiyorum, sen kalıyorsun!" diyordu o bakışlar.

Alttan almamaya, hatta söylediğimi pekiştirmeye karar verdim o anda.

"Valla bak. Askerden döndüğü günkü resmi var ya, işte onun aynısı!" dedim.

Babam sinirle bahçeye çıktı. Annem arkasından koştu. Derya, annemle babamın arkasından baktı bir süre. Uzun bacaklarını iki yana açmış, savaştan yeni dönmüş bir asker gibi duruyordu karşımda.

Adı üstünde, o benim için *Acımasız Derya*'ydı. Hiçbir savaş meydanından yenik çıkmazdı. Bakışlarından Rüstem dayı benzetmemin intikamını alacağını anladım ama artık meydandan kaçamazdım. Gözlerini gözlerime dikti. Gözlerimi kaçırmadım. Derya tetiği çekti.

"Serdar gelmiş Ankara'dan. Dolmuşta iki önümde oturuyorlardı. Yanındaki kıza sarılınca fark ettim o olduğunu..."

Kalbimden tak diye vurdu beni. "Yanındaki kıza sarılınca..." dedi.

Ve ben Serdar'ı bir kez bile göremeden, yanındaki kız kimdir, nedir bilemeden, Ankara'ya döndüğünü öğrendim.

Derya, İstanbul'a yeni hayatına gitti. Dilek, İzmir'e ikinci sınıfı okumaya.

Sonra annem de gitti... Temelli. Dönüşsüz. Tek yöne...

Gidenleri o kadar özlüyordum ki, hayatımıza yeni bir gelen var mıydı, görmüyordum bile. Bir yıla yakın süre uykuda gibi geçti. Sonra üniversite sınavına bir kez daha girdim. İçimde hiçbir istek duymadan, girmem gerektiğini düşündüğüm için, öyle dedikleri için.

Soruları çözerken oturduğum yere güneş vuruyordu. Hiç unutmuyorum. O pembe kutucukların üzerinde silginin topakları duruyordu. Bir soru için pek emin olamayarak D şıkkını işaretlemiştim. Sonra silmiş, sonra yine D'yi işaretlemiştim. Çok sıcaktı. Birden midem bulandı. Ellerim terliyordu. Kalemi ve silgiyi sıranın üzerine bıraktım.

Derin bir nefes almaya çalışarak ellerimi sıranın üzerine koydum. Başımı kaldırıp birlikte sınava girdiğim gençlere baktığımda hepsi gözüme çocuk gibi göründü. Hepi topu iki yaş büyüktüm onlardan, belki üç... Ama sanki aramızda yıllar varmış gibiydi. Onlarla o sınava girmekten hiç hoşlanmadığımı düşünmüştüm. Derya üniversite birinci sınıfı bitirmek üzereydi. Serdar ikiyi bitiriyor, üçüncü sınıfa geçiyordu. Ve ben belki bu yıl da kazanamayacak, iyice çoluk çocukla kalacaktım. Şu *tıfıllarla* mı üniversite okuyacaktım yani? Tabii kazanırsam? Peki ben gidince babam ne yapacaktı tek başına? Belki o da gelirdi benimle... İyi de Mesut ne yapardı o zaman? Hem Derya'nın okulu hem benimki nasıl olacaktı sahi? Kazanırsam hangi parayla gidecektim? Derya'nın gidişi, ablamın doğumu derken emektar turuncu arabamızı bile yok pahasına satmıştık. Hadi bir yolunu bulduk, gittim diyelim. Babam bu yaştan sonra ek iş mi bulacaktı? Belki Türkân ablam yardım ederdi. Ama yok, bunca yıl bir şey yapmayı teklif dahi etmemişken biz mi diyecektik destek ol diye? Kendimi bu düşüncelerden uzaklaştırmaya çalışmalıydım. Sınava odaklanmalıydım. Fakat sıcak giderek yükseliyordu. Avuçlarımı açıp açıp kapadım. Dişlerimi sıktığımı ve bulantımı bastırmaya çalıştığımı anımsıyorum en son. Kalbim çarpıyordu. Sakinleşmem gerektiğini düşünüyordum ama yapamıyordum bir türlü.

İşte yine aynı şey oluyordu. Geçen yıl Derya ile ikinci basamak sınavına girdiğimizde de aynı şeyleri yaşamıştım. Oysa kolayca çözebileceğim sorulardı hepsi. Ama o mide bulantısı, o cehennem sıcağı izin vermiyordu soruları okumama. Sınav kâğıdının yarısını bile doldurmamıştım. Devam edemeyecektim. Kalbim sanki bedenimin içinde onlarca at koşuyormuş gibi atıyordu. Yok, yok, hayır, devam edemeyecektim. Beynimde biri sürekli konuşuyordu. "Kazanırsam ve dershane mevzusunda olduğu gibi ikinizden biri derse annemle babam? Nasıl kabul ederim? Asla affedemem, asla! Yok, yok yapamayacağım," demiş ve kâğıdın yarısını doldurmadan sınavdan çıkmıştım. Aradan geçen bir yılın sonunda aynı atlar, aynı sesler içimde yine dört dönüyordu. Midem ağzıma geldi. Dişlerimi tekrar sıktım. Kafamı sıraya yasladım. Sınav gözetmeni hemen yanıma geldi.

"Kusacağım galiba," dedim.

"Kâğıdını teslim et ve çık!" dedi sertçe.

"Ama kusacağım, çok kötüyüm."

"Kâğıdını teslim et ve çık!"

Dönüşü yoktu. Ya gözetmenin ayaklarına kusacaktım ya da bir kez daha sınavı geçemeyecektim. Kabullendim. Üniversiteye gidemeyecektim ben. Kâğıdımı teslim ettim. Sınav salonun kapısından çıkamadan kusmaya başladım. Herkesin gözü önünde! Bir daha asla sınava girmeyeceğimi orada anladım.

Sonra Derya çok ısrar etti. Bir kez daha gir diye çok yalvardı ama kendime bir hayat seçmiştim sanki. Ya da aslında hiç beğenmediğim, hiç istemediğim, hayalimin çok uzağındaki bu hayatı kabullenerek, o kabuğun içine iyice yerleşerek kendimi cezalandırdım. Belki de korkuyordum.

Ayvalık güvenli kafesimdi.

Ve hepsi gittikten, annem öldükten ve ben bu kafesi kabullendikten sonra yazmaya başladım. Onların hayatı hızla akarken, onlar değişirken ve ben hep aynı yerde, bıraktıkları gibi kaldığımı, onlar kadar cesur olamadığımı düşünürken onlarca defter doldurdum. Annemden sonra ışığı azalan, duvarları, boruları çürüyen, eskidikçe eskiyen evimizde, babam televizyon başında uyuyakalırken yazdım. Köpeğimiz Değerli öldüğünde, kedimiz Tom bir gün ortadan kaybolduğunda, bahçemiz çiçek değil de çürük yaprak kokmaya başladığında, hayat hızla değişirken, Sarımsaklı bozulurken, arkadaşlarım evlenirken, çocukları doğarken, mevsimler gelip geçerken, bütün tanıdıklarım hayatına yeni yollar, şehirler, başlangıçlar eklerken ben olduğum yerde sadece yazdım.

Yazmak kendimle arkadaşlığımın en vazgeçilmez yolculuğu olmuştu. Onlar yaşamış, ben hayal etmişim. Sonra hayallerimin asla gerçek olmayacağını kabullenmiştim. Kabullenişimi yazmıştım. Şarkılar dinleyip yazmıştım. Denizi, kuşları, babamı, geceleri dinleyip yazmıştım.

Şimdilerde, zamanın hızından yakınıp, bize ayrılan ömrün neresinde olduğumuzu bilmediğimi söylediğim anlarda, "Ne kadar zamanımızın kaldığını kim biliyor ki Allah aşkına? Ben biliyor muyum? Babam biliyor mu?" diyor Derya. Doğru söylüyor.

Eskiler, "Kalbini şimdi ölecekmiş gibi, evini misafir gelecekmiş gibi temiz tut," derlerdi.

Kimin kalbi o kadar temiz kalabildi ki? Belki bir tek Mesut'un... Mesut gibilerin... Yolcuğumun orta yerinde "Ya hakkınca bitiremezsem bu yolu?" diye telaşa düşünce, kalbimi yazarak mı temizlemek istedim? Kızgınlığımın, kırgınlığımın içimde bıraktığı tortuyu yazarak kazıyabilir miyim? Çocukluğumdaki saflığı yeniden bulup Mesut gibi hep o saflığın içinde kalabilir miyim?

Ya da yeni bir "ben" yolculuğuna çıkabilir miyim gerçekten?

Yolculuk. Ne güzel kelime... Ne umut dolu, sürprizlere gebe bir kelime...

Oysa İstanbul'a taşınma kararı verdiğimiz ve hazırlıkları sevinçle, heyecanla yaptığımız o günlerin aksine, Ayvalık'tan İstanbul'daki yeni hayatımıza doğru yola çıktığımız o sabah bizim için umuttan eser kalmamıştı. Bütün planlar bir anda altüst olmuştu. Bir sabah, beş dakikada değişmişti kaderimiz. O gün biraz daha erken uyansam, biraz daha çabuk inseydim o merdivenleri, belki her şey bambaşka olacaktı. Fakat her şeyimizi kaybetmiş bir hâlde otobüse bindiğimizde bizi bekleyen günler bilinmezlik doluydu.

Mesut nasıl da iki gözü iki çeşme ağlayarak koşuyordu otobüsün arkasından. Üzerinde babamın devetüyü paltosu... Ayvalık Garajından çıkarken, hayatımız arkamızda kaybolurken, Mesut'u tutmaya, teselli etmeye çalışan eski komşularımız da onun ardından koşarken ve otobüsümüz Ayvalık Mezarlığının önünden geçip İstanbul'a doğru yol alırken içimde bir volkan ha patladı ha patlayacakmış gibi bir ateş çıkıyordu kalbimden. Ama güçlü olmalıydım. Çok güçlü olmalıydım. Babam için hiç olmadığım kadar güçlü olmalıydım...

Babam evinden, bahçesinden, dostlarından, memleketi Ayvalık'tan hatta annemin kabrinden ayrılmaktan dahi değil, Mesut'u bırakmış olmaktan dolayı perişandı. Yol boyu, bir çocuk gibi, durup durup ağladı. Burnunu çeke çeke, beyaz bıyıklarına dökülen yaşları sile sile hıçkırdı.

"Perişan olacak tek başına. Alabilseydik yanımıza... Bizimle gelebilseydi iyi olacaktı... O şimdi daha da kötüye gider biz yokken. İyiden iyiye yitirir kendini. Para bilmez, hesap bilmez. Ya yabancı birileri gelir de kandırırlarsa onu, ya yalnız bırakırsa bizimkiler?" diyordu.

Anlıyordum. Biliyordum. Haklıydı. Ama yapacak hiçbir şey yoktu o sıra. Daha bir ay önce, büyük umutlarla planladığımız hayat kül olup gitmişti işte ve bir evimiz yoktu artık Ayvalık'ta. Bir bahçemiz, dikili bir ağacımız, hiçbir şeyimiz kalmamıştı.

Kardeşim Derya'ya, "Mesut evin parasını yakmış sobada," dediğimde susup kalmıştı telefonun diğer ucunda. Çığlık atmamış, "Eyvah!" dememiş, biraz susmuş ve gayet sakin bir tonla, "Nasıl yakmış?" diye sormuştu. Sanki bizim evde her sabah yüz bin dolar para soba tutuşturmak için kullanılan kâğıt parçasıymış da, tek sorun bizim o gün, o hafta nerede kalacağımızmış gibi, "Nerede kalacaksınız siz şimdi? Bizim ev olmaz. Zaten çocukla zor sığıyoruz. İki oda. Ablamlarda da kalınmaz. Bir karışık onlar bu ara. Ablamın ne olacağı belli değil. Siz halamın yanına geçeceksiniz. Sonra da çaresine bakacağız," dedi. Oysa büyük bir dehşet içinde titreyerek, sanki dünyanın son günüymüş gibi aramıştım onu. Sakinliğine inanamamıştım.

Ama şimdi biliyorum ki, o hepimizden farklı ve hızlı olarak dört beş basamak sonrasını görüp düşünürmüş. Onun o düşünme hızı olmasa biz babamla Ayvalık'taki otobüs yazıhanelerinin önünde oturup günlerce ağlardık. Oysa Derya, bir şey olup bittikten sonra, olana üzülmek yerine, şimdi ne yapmalı, ona bakarmış. Annemin her güzel parçası üçümüze eşit dağılmış meğer. Derya'ya düşen o soğukkanlılığa bir gün şükredebileceğim aklıma gelmezdi oysa...

Annem hayattayken, kirada oturduğumuz bu evi satın alabilmek kısmet olmuştu. Annemin dedesinden kalan büyük zeytinlik yakın bir akrabaya satılınca, iki katlı, eski evimizi annemin payına düşenle satın almışlardı İsmet amcadan. Ne mutlu bir gündü. Gerçi annem o güzelim, baba yadigârı zeytinliğin satılmış olmasından dolayı gizli bir burukluk da yaşıyordu bence. Ama aile sevincimizi gölgelememek için duygularını kendine saklamıştı. Öte yandan, bir başka kaygısı daha olduğunu düşünüyorum bugün. Babam parası olsa o değerli toprağı anneme asla sattırmazdı ve annem bunu çok iyi biliyordu. Bu ısrara kısmen boyun eğişin altındaki durum nedeniyle de babam çok üzgündü. Annem bunun da farkındaydı. Büyük bir inşaat şirketi çok ciddi bir para teklif edince, hisse sahibi amca çocukları çok ısrar etmiş, annem de pek direnememişti. Evet, o çok sevdiğimiz evimizi alabildikleri, artık memleketlerinde iyi kötü bir temelleri olduğu için mutluydu ikisi de ama otel inşaatı yükseldikçe o mutluluk büyük bir hüzne ve pişmanlığa dönüştü. Babam, *inşaat izni alamazlar nasılsa*, diye düşünüyor, teselli ediyordu kendini. Ama nasıl olduysa adamlar inşaat iznini aldılar. Meğer zeytinlikleri tek elden bir otele satmayı baştan hesaplamışlar. Sonradan öğrendik. Bizi şaşırtan çok şeyden yalnızca biri olarak kaldı bu inşaat izni de...

Yıllar geçti.

Annem gitti ve gün geldi, babam evimize annem olmadan katlanamaz oldu belki de ve İstanbul'a taşınma kararı alındı. Babam o çok sevdiği, annemin anılarıyla dolu evi de satışa çıkardığımız sabah bu kadar üzüleceğini hiç düşünmediğini söylemişti. "Kararı almak kolaydı da kızım, şimdi zoruma gitti sanki," dediğinde öyle anlamıştım ki onu... Ama bu kararı o kadar kolay almamıştık zaten. Evler artık çok ama çok eskimişti. İsmet amca birkaç yıl önce vefat etmişti. Hakan abi de Önem'le evlendikten sonra babasının evini kiraya vermiş, Emel teyzeyi de alıp Çamlık'ın daha yukarı tarafında, daha büyük ve çok daha güzel manzarası olan yeni bir eve taşınmıştı. Artık eski komşularımız da, eski tadımız da yoktu. Yan ev boş, bahçe boş, evin içi boş...

Geride kalan yılları yazarken doğumdan çok ölümler olduğunu fark ediyorum şu anda. Ne çok güzel insan gelip geçmiş hayatımızdan. Yaşarken canımızı acıtanlar, üzerinden zaman geçince nasıl da kolay yazılır, anlatılır olmuş. Gülümseyerek anabildiklerimiz en değerli anıları bırakanlarmış daima. Evet, acıtsa bile öyleymiş.

Annemin ölümünden sonra uzun bir süre toparlanamadı babam. Daha o acıyı atlatamamışken bir de yakın arkadaşı İsmet amca gidince babamın günü, güneşi ebediyen çekildi sanki. O çok sevdiği bahçesi bile bir anlam taşımıyordu artık. Haklıydı. Bahçe o neşe dolu bahçe değildi artık. Annem yoktu. Türkân yoktu, Derya yoktu... Komşuları, arkadaşları, çiçekleri, kedileri, köpekleri... Gidenlerin yasını sanki babamdan çok ben tutuyor gibi görünsem de, babam yavaş yavaş hayattan vazgeçiyor gibiydi. Bahçeyi bakımsızlığa, kendini yaşlanmaya teslim etti. Akşamları zorla bir iki lokma yiyordu. Sonra hemen uyuyordu. Gece, gündüz, onu bıraktığım her yerde uyuyakalıyordu. Uyuyarak dayanıyordu zamana. Mesut hiçbir yere ayrılmıyor, babamın uyanmasını, ona gülmesini bekliyordu dizinin dibinde ama artık Mesut'un varlığı bile gülümsetemiyordu babamı. Annemin özlemi babamı hızla yaşlandırıyordu.

Bir şeyler yapmam gerekiyordu ama ben de ne yapacağımı bilemiyordum. Sanki kullanılmadıkça işlevini yitiren bir kas, bir uzuv gibiydim.

Sonunda Derya'nın da ısrarıyla İstanbul'a gitmeye karar verdiğimizde nispeten toparlanan babam, satışa çıkardığımız sabah evin ederini de duyunca iyice yıkıldı. Bugün satsak yeri nedeniyle çok ciddi bir maddi karşılığı olurdu muhakkak ama o tarihlerde o ev babam için taşıdığı anlam kadar para etmiyordu. Üstelik evimizin önünde yükselen yeni bina, Cunda'nın bütün ışıklarını almıştı bizden. Bütün manzaramızı ve güneşimizi kapatan yeni apartmanın sakinlerinin depo olarak kullandıkları arka balkonlara bakıyorduk artık.

Fakat o para bizim için yine de önemli bir nakitti nihayetinde. Ayvalık'a yeni tayin olan banka müdürü, Derya'nın eşinin bir arkadaşıydı ve evimizi o satın almıştı. Evin eskiliğini de pek sorun etmediler. "Tadilat yapacağız zaten," dediler. Evden ziyade bahçeydi onların kalbini çelen. Eski manzaramızı, bahçenin geçmişteki hâlini bilmedikleri için ve belki balkonlara bakan evlere alışık olduklarından hiç mevzu etmediler önümüzdeki çirkin yapıyı.

Yine de bizim yanan paralar bir anda bütün Ayvalık'ın diline düşünce telaşlandılar. Evin yeni sahibi yalandan bir geçmiş olsun dedikten sonra, "Eşyalarımız geliyordu Ankara'dan, çıkabilecek misiniz vaktinde?" diye babamın karşısına dikildi. Babam, "Sözüm söz oğlum. Eşyalarını anlaştığımız tarihte sokarsın eve. Bir toplayalım kendimizi," demiş ve manevi değeri olan ufak tefek eşyamız dışındaki her şeyi fakir fukaraya dağıtmıştı. Değerli ölmüş, Tom kaybolalı çok olmuştu. Artık sadece yaşlı Jerry bizimleydi. Onu da Hakan abiler aldı. Hiç olmazsa o orada, ait olduğu yerde kalıyordu. O hâldeyken, bizim bile nereye sığacağımız belli değilken kitaplarımı otobüse yükleyip götürmem imkânsızdı. Birilerine vermeye de kıyamadım. Kutulara doldurup çocukluk arkadaşım Dilek'in kömürlüğüne emanet bıraktım.

Ah, Dilek ne çok ağlamıştı kitapları alırken.

O şiirler okumaya doyamayan dört kişilik grubumuz sis içinde bir çocukluk hatırasıydı artık. Ortaokuldayken okuldan çıkıp sahilde yürürdük bazen. Evlerimiz aynı istikametteydi. Serdar ve Dilek, Çamlık'ta, daha zengin ailelerin oturduğu kısımdaydılar. Okanlar bize daha yakın bir sokaktaydı. Bizim aramızda öyle aşk meşk meseleleri konuşulmazdı. Dedim ya, biz farklıydık. Bu yüzden, Serdar'ı sevdiğimi anlarlarsa diye aklım çıkardı.

Dilek, annemin öğrencisi olmuştu. Çalışkan, örnek bir öğrenci olduğu için onunla arkadaşlığımdan memnun olurdu annem. Babası çok düşkündü ona. Biz iki babacı kız onların sözünden çıkmadan yaşardık. Dilek üniversiteden sonra Ayvalık'a geri dönmüştü. İzmir'den dönene kadar babası beni her gördüğünde ağlamıştı. Oturur, uzun uzun Dilek'ten konuşurduk. Benimle konuştukça hasret giderdiğini bilirdim.

Uzun, siyah saçlı, narin bir genç kızdı Dilek. "Kimse aklını çelmeden, diplomasını alıp bir gelse," diye dört gözle yolunu bekliyordu babası. Tek bekleyen o değilmiş ki, Dilek, Ayvalık'a döner dönmez, yakışıklı eczacı Musa abi nişan yüzüğünü takıverdi parmağına. Kızı uzağa gitmesin, dizinin dibinde dursun diye babası, Musa abiye hemen evet demişti. Demek Dilek'in de gönlü vardı Musa abide. Demek o yüzden gözü kimseyi görmüyordu. Hiç ama hiç fark etmemiştim. Nişanı çok uzatmadılar. Altı ay sonra düğün yaptılar. Berk Otel'deki görkemli düğüne, bir umut, Serdar da gelir mi diye bekledim ama gelmedi.

Gidiş o gidişti aslında.

Derya o acı haberle, "kıza sarılınca..." diyerek kalbimi vurduktan sonra sadece bir kez görmüştüm Serdar'ı. Uzaktan.

Bacaklarım tutmamıştı. Oracıkta kalakalmıştım. Geçip gidişini izledim. Saçlarını kestirmişti. Koyu mavi bir gömlek giymişti. Ayağında beyaz spor ayakkabıları vardı. Sarıldığı kız kimdi acaba? Kimseye soramadım. Biri olsa, bir sevgilisi, nişanlısı, Ayvalık'taki arkadaşlar arasında mutlaka konu olur, konuşulurdu. En azından Dilek bilir, söylerdi. Kimse tek kelime etmeyince, bu konu hiç gündeme gelmeyince Derya'nın canımı yakmak için, sırrımı bildiğini bilmem için uydurduğu bir yalan olduğunu düşündüm. Ona da bu konuyu bir daha açmak istemedim. Gururuma yediremiyordum.

Sonra Ayvalık'a bir daha hiç gelmedi Serdar. Anne babası da Ankara'ya taşındı. Yıllar içinde, boş kalan evlerinin kapalı panjurları yağmurda, rüzgârda yıprandı, koptu, kırıldı. O güzelim bahçe bozuldu, tarumar oldu. "Doktor Bey hastalanmış, çalışamıyormuş artık. O yüzden Ankara'ya gitmişler," dendi. Ayvalık'takiler bir süre sonra onları unuttu. Ben unutmadım. Annem hayatta olsa o da unutmazdı, biliyorum. Mutlaka arayıp sorardı onları.

Dilek'in düğünü, şiir seven kitap sevdalısı dört gencin belki bir kez daha bir araya gelebileceği son ihtimaldi. Dilek elindeki adrese Serdar için davetiye yolladığını ama bir cevap gelmediğini söyledi. "Belki sürpriz yapıp gelir," dedi.

Okan üniversiteden sonra İstanbul'da iş bulmuştu. Artık orada yaşıyordu. Ama geldi. Bir zamanlar Dilek'i çok sevmesine rağmen geldi. Fakat o da Serdar'la kopmuştu, nerede, ne yaptığını bilmiyordu. Düğünde karşılaşırdık belki.

Bekledik.

Serdar gelmedi.

Okan düğün boyunca gülümsedi. Ona bakarken o güzel yıllara gittim. Biliyordum, o da aynı günleri düşünüyordu. Bir ara göz göze geldik.

İlk aşkının gelin oluşunu izleyen Okan'da kendi yalnızlığıma benzeyen bir şeyler aradım. Gülümsedi.

"Herkes mutlu olsun be Dönüş. Sen de mutlu ol," dedi.

"Ne güzel çocuklardık," dedim.

"Çok..." dedi.

Dilek'in arka arkaya iki kızı oldu. Kendisi gibi çok güzel iki kız. Herkes gittikten sonra çocukluğumdan kalan tek arkadaşım oydu Ayvalık'ta. Arada evine uğrardım. Çocuk ağlamaları arasında bir çay içimi laflardık. Ama hiçbir şey eskisi gibi olamıyordu artık. Başka telaşlar, çocuklar, aile sorumlulukları, benim boş hayatım... Anlıyorduk birbirimizi. İzin isteyip kalkıyordum yanından. Onu mamalar ve kirli önlüklerle bırakıp babamla ve Mesut'la sürdüğümüz üç kişilik tenha hayatımıza geri dönüyordum.

Dilek'e içimi hiç açmamış olsam da, Serdar'ı sevdiğimi bilirdi. Benim, Okan'ın onu çok sevdiğini bildiğim gibi. Serdar konusu sadece bir kez kısmen açılır gibi olmuştu. Dilek, İzmir'de okurken bir mektup yazmıştı bana.

Sezen Aksu'nun yeni kaseti çıkmış. Bir şarkısı var, adı *Gülümse*. Dinlemişsindir. Ben bu sözleri nereden biliyorum diye düşünüp duruyordum. Dün derste birden hatırladım. Serdar'ın İzmir'e yatılı gittiği ilk yıldı galiba. Hafta sonu evci gelmişti. Cumartesi sabahıydı. Ya Hatipoğlu Pastanesindeydik ya da Enver Örnek'in yerinde. Serdar yeni çıkmış bir edebiyat dergisi getirmişti. Açıp bir şiir okumuştu içinden. Niye hatırlıyorum, biliyor musun? Şiiri sana bakarak okuyordu. Ama sen başını yerden kaldırıp bir türlü ona bakmıyordun. Okan'la ikimiz Serdar'ın sana bir şey söylemek istediğini anlamıştık. Her defasında o kadar güzel "gülümse" diyordu ki... Çok kızmıştım sana içimden; niye gülmüyordun ki? Dün birden hatırladım. Evet, bu şarkı o gün dinlediğimiz şiirden bestelenmişti. Doğru hatırlıyorum, değil mi?

Evet, o şiirdi.

Serdar o gün kalbimi ağrıta ağrıta okuyordu...

İlk defa duymuştuk. Şairi de, şiiri de.

"Kemal Burkay yazmış, ne de güzel yazmış, bak... *Belki şehre bir film gelir, bir güzel orman olur yazılarda,*" diyordu. "*İklim değişir, Akdeniz olur, hadi gülümse...*"

Ama ben ağladı ağlayacak durumdaydım. Başımı kaldırırsam her şeyi belli ederdim. Onu ne kadar özlediğimi, o "Hadi gülümse," diyen sesini duydukça göğsümde kanat çırpıp dışarı çıkmaya çalışan kuşu nasıl zor tuttuğumu, "Bana mı bakıyor yoksa?" merakıyla gizliden yükselen bir sevinci bastırdığımı, Okan'ın kalbinin Dilek için attığını bildiğim hâlde, "Serdar ya Dilek için okuyorsa?" diye korkuya kapıldığımı, o korkunun beni o anda perişan ettiğini... Hepsini, her şeyi belli ederdim. O yüzden hiç bakmadım yüzüne. Biz iyi arkadaşlardık. Birbirimize öyle aşk meşk filan... Biz iyi çocuklardık.

Ah keşke, ah keşke baksaydım...

İyi çocuk olmanın, bir aşkı platonik yaşamak, sır gibi tutmak olduğunu sanmasaydım keşke. Ama Okan da saklıyordu işte...

Saklamasak ne yapacağımızı bilmiyorduk ki. Aşk, kalbimizde utangaçlığımıza, korkumuza rağmen büyüyen kocaman bir ağaçtı. Kocaman bir zeytin ağacı. Yazı kışı olmayan, hep yeşil kalan...

O gün Dilek'in evine kucağımda götürdüğüm kutuların içinde, çok kıymetli kitaplarım haricinde, annemden kalanlar ve Serdar'ın o gün okuduğu şiirin basılı olduğu dergi de vardı. Kutuları kapının önüne, yere bıraktım.

"Musa akşam gelince naylonla kaplayıp kaldıracak güzelce. Sen hiç merak etme," dedi Dilek.

Başımı salladım. "Etmem..." diye fısıldadım.

İşte gidiyordum.

Hislerimi kelimelere dökmemiş olsam da, en büyük sırdaşımdı Dilek. Gözlerimin içine baktı. Bir şey söyleyecek gibi oldu. Ama yutkunmakla yetindi.

Yine tek kelime etmeden binlerce şey söyledik birbirimize. Gözlerinden yaşlar boşandı boşanacak bir hâlde ellerimi tuttu sıkı sıkı.

"Ah, Dilek, yapma ne olur!" diyordum içimden. "Sakın ağlama. Ağlarsan çok ağlarım. Kendi gözyaşımda boğulurum. Saklayamam daha fazla. Ah, en güzel günlerimin tanığı arkadaşım, çocukluğum, genç kızlığım, hoşça kal..."

Birbirimize baktık son defa. Tam kucaklaşmıştık ki, kendini daha fazla tutamadı. Hıçkırarak ağlarken, "Bir gün çok mutlu olacaksın!" dedi.

Boğazımda bir yumru, ayrıldım arkadaşımdan...

Dışarı çıktığımda yağmur çiseliyordu. Bu sokaklardan son kez geçiyordum. Ben ağlayamıyordum ama Ayvalık'ın çocuk göğü ağlıyordu işte. Arkadaşımdan başka arkamdan bir ağlayanım daha vardı.

Eski duvarların, sarmaşıkların, bisikletlerin, taşların ve kedilerin önünden geçtim.

Denizin göründüğü dar yokuşları, annemin hatırasını ve Serdar'ı sevmeyi burada bırakıyordum. Kitaplarım gibi.

Fakat defterler? Her günü, her duygumu kaydettiğim satırlarım?

O defterler artık bir yük olacaktı bana. O an öyle düşündüm. İstanbul'a götüremezdim.

Mesut gelemiyorsa, ona bir yer yoksa, defterler de benimle gelemezdi.

Yağmur durmuştu. Babamın eski mangalına kalan son kömürleri döktüm ve bütün o yılları tek tek yaktım. Sobada yanan paralar gibi, geleceğimiz gibi, geçmişimi de yaktım. Her şey kül oldu.

Şimdi öyle pişmanım ki...

Serdar'ın gözlerine o gün bir kez bile bakmadığım için, defterleri yaktığım için, her şeyi daima kabullendiğim için, sormadığım, sorgulamadığım, aramadığım, geri çekildiğim, hep ama hep vazgeçtiğim için...

Sınavdan çıktığım, korkularıma teslim olduğum için...

Korkularım ve kaygılarım beni yönettiği için...

Neşemi, coşkumu susturduğum için.

Oysa yıllar sonra ilk defa yeniden başlama heyecanı duymuştum. Bu kararı almak kolay olmamıştı elbette. Ama bir kere yola çıkmaya niyetlendikten sonra, her yeni gün daha da ısınır olmuştuk bu fikre.

İstanbul yeni umutlar taşıyordu. Belki Derya'nın kızı Gülce büyüdükten sonra bir işe girerdim. Belki birini tanırdım, beni sevebilecek biri çıkardı karşıma. Bu çocukluk kasvetinden kurtulmak, yeniden neşelenebilmek için bir başlangıç olacaktı taşınmamız. Evet, evet hazırdım hayata. Evimiz küçük olurdu, denizi, ormanı görmezdi ama ben kardeşlerimi daha sık görürdüm. Hem babam daha mutlu olur, o mutlu olunca ben de kendim için bir hayat kurmaya cesaret bulabilirdim artık. Gitmek iyi olacaktı. Ve her şey bizimle İstanbul'a gidecekti o zamanki hesabımıza göre. Kitaplar da, annemin porselen takımları da, anılarımı günü gününe kaydettiğim o defterler de... Ve tabii Mesut da gelecekti.

İçimde büyüyen umut babama da iyi geliyordu. Her akşam masa başında planlar yapıyorduk. Öyle eve kapanmak yoktu. İnsanlar dünyanın ta nerelerinden kalkıp İstanbul'u görmek için geliyorlardı. Biz de her hafta bir yerlere gidecektik.

"Hafta sonları belki kurslara gidersin," diyordu babam. "Çok güzel yazarlık kursları varmış. Birine yazılırsın. Pahalı değildir herhâlde. Kurs çıkışı biz de Mesut'la gelip seni alırız. Bir yerlere gideriz."

Seviniyordum. Babam şevkle İstanbul'u anlatıyordu Mesut'a. Güzel olacaktı, güzel. İyi gelecekti bize taşınmak. Evin parası ve babamın yıllar içinde zar zor biriktirdikleriyle yüz bin dolar toparlamıştık. Derya üzerine kredi çekecekti ve onlara yakın bir sokakta küçük bir ev alacaktık. Annemin hayali kısmen gerçekleşecekti. Moda'ya değilse de İstanbul'a gidiyorduk sonunda.

Kendimizi bu gidişe ikna etmek ister gibi defalarca gerekçelerimizi sıralıyorduk birbirimize. Evet ya, evimiz çok eskimişti artık. Sobalıydı hem. Zor oluyordu. Ev çok bakım istiyordu. Ben çalışmak istiyordum fakat babamı bırakamıyordum. O ise torunlarını, çocuklarını, arkadaşlarını görmek istiyordu. Evet, evet, doğru karar vermiştik.

Öte yandan bir yaşına giren çocuğuna bakacak birini bulmak Derya için artık imkânsız hâle gelmişti. Kimseye güvenmiyordu. Büyük bir inşaat şirketinde çok başarılı işler yapan kardeşim, kariyerine kaldığı yerden, hatta daha da ötesinden hırsla devam etmek arzusundaydı. Kızı altı aylık olduğunda işinin başına dönmüştü ama çocuğunu, evini emanet edebileceği, güven veren bir bakıcı bulamıyordu. Bir akşam telefonda, "Buraya gelin de içimiz rahat etsin artık. Bak, yıllar geçiyor. Siz orada, biz burada, ayrı yaşıyoruz. Allah korusun, bak tansiyonun inip çıkıyor sürekli. Aklım sende kalıyor. Hem yazık, orada tüm sorumluluk Dönüş'te. Burada olsanız çocuğa da göz kulak olursunuz. Dönüş'ten başka kimseye güvenemem, biliyorsun. Böyle ayrı yaşayacağımıza, gelseniz mi siz buralara acaba? Hem artık Ayvalık nereye kadar? Kimse kalmadı. Bütün arkadaşların ya vefat etti, ya hasta. O evi yeniden adam etmeye para harcayacağımıza bize yakın bir yerde ev alalım. Kaloriferli. Sobayla filan uğraşmayın artık baba bu zamanda. Hem halama da yakın olursun. Çocukların burada. Torunların burada. Hem çocuklar büyüdükten sonra Dönüş burada bir işe girer. Yazları yine gideriz Ayvalık'a... Ama o ev çok eskidi artık," dedi ve biz o gece İstanbul'a taşınmaya karar verdik.

Ben evde kalmış teyzeydim zaten. Babamın yaşlılığa teslim oluşuna, çürümeye yüz tutan hayatımıza bir çare bulmaya çalışan ama bulamayan ortanca çocuk. Derya'nın çocuğuna benden iyi bakacak kim olabilirdi ki bu hayatta? Şikâyetçi miydim? Asla! Ablamın kızı Defne ve Derya'nın bebeği Gülce, düşünü kurup da kavuşamadığım iki muhteşem melekti benim için. Ayvalık'taki hayatımı Gülce bebeğin o mis kokusu, yumuk elleri için terk etmeyi seve seve kabul ettim. Zaten, herkes gitti, bir ben kaldım diye şikâyet etmiyor muydum? "Tamam," dedim ben de. "Hadi gidelim."

Dedim ya, sonra da umutlarımızı büyütmeye, bu gidişe sevinçle hazırlanmaya başladık. "İstanbul yeni hayatımız olacak," dedik.

Ama paralar sobada yandı.

Nezahat halamın evinde geçici bir süre, bir çözüm bulana kadar kalmak üzere yola çıkmıştık. Halam telefonda,

"Ama Mesut için yer yok yavrum," dediğinde, artık hayal kırıklığından ve üzülmekten o kadar yorgun düşmüştüm ki, "Tamam hala, onun için bir çözüm buluruz," deyip telefonu kapamıştım. Mesut'a burada bir yer, bir çatı bulurduk bulmasına da, bunu nasıl söylerdim babama? Babam nasıl söyleyecekti Mesut'a? Yok yok, babama yükleyemezdim bu işi.

"Gel bakkala gidelim," dedim Mesut'a. Sevdiği portakallı gofretlerden aldım. Yemedi, cebine koydu. Anlamıştı, kötü bir şey söyleyecektim. Önümüzdeki dik yokuşa baktım. Çıkamayacaktım. Kaldırım taşına oturdum. Yanımı gösterdim Mesut'a, "Gel otur sen de," dedim. Ürkek ürkek oturdu.

"Mesut, işler değişti. Biz önden gideceğiz, sen biraz burada kalacaksın. Sonra döneceğiz," dedim bir nefeste. Hiç ses çıkarmadı. Onu cezalandırdığımı düşündü, eminim. Dönmeyeceğimizi, o büyük ayrılık vaktinin geldiğini anladı.

"Ama zarfı çalmamıştım ben, soracaktım abla," dedi.

"Biliyorum Mesut... Bilmez miyim? Sen Müdür Babanı seviyor musun?"

"Müdür Babamı çok seviyorum."

"Müdür Babanı seviyorsan üzülmesini istemezsin, değil mi?"

"İstemem."

"Tamam o zaman. Şimdi biz hep beraber gidecektik ya. Evimiz olacaktı orada. Ama artık bu mümkün değil. Buradaki evimizi de sattık. Satın alanlar gelip oturacaklar.

Biz şimdi İstanbul'da Müdür Babanın kardeşinin yanında kalacağız. Onun evi uygun değilmiş. Biz işleri düzene koyana kadar sen burada kalacaksın. Müdür Baban senin burada kalacağını bilmiyor daha. Senden daha çok üzülecek ona söyleyince."

"Üzülmesin, çünkü ben zarf çalmadım. Söz verdim. Çalmadım. Üzülmesin Müdür Babam," dedi Mesut.

Gözlerindeki o yaşlara ne diyeyim ben şimdi Mesut?

Kaldırımda Mesut'un dökülmesin diye mücadele ettiği o gözyaşları benim boğazımda demirden leblebi olmuştu.

"Çalmadın, biliyorum," derken omzunu okşamak istedim. Ürkerek kafasını eğdi.

O kadar üzüldüm ki o anda... Korkuyordu artık benden. Ona vuracağımı, onu bir kez daha inciteceğimi düşünmesi kahretti beni.

Biz otobüse binip yola çıkana kadar da bir daha hiç bakmadı bana.

Biz gidiyorduk, o kalıyordu ya biliyordum, yüzünü küskünlükle çevirdiği ben değildim aslında, hayattı.

Babamın otobüste İstanbul'a gidene dek bitmeyen ağlaması da tuz biber oldu açık yarama.

"Baba üzülme, bak hem Musa abi hem Hakan abi söz verdiler, hep göz kulak olacaklar Mesut'a. Gökmen abi ne dedi? *Cunda'da benim yanımda durur, evin altındaki oda onun olur,* dedi. Parası da var bankada. Hakan abi başında duracak parasını çekerken. Mesut kimsesiz değil, parasız pulsuz değil. Konu komşu yalnız bırakmaz onu. Bir yere gitse Savaş abi dedektif gibi takip eder. Hakan abiyi haberdar eder her dakika. Üzülme babam, ne olur. Ağlama artık. Her şey yoluna girdiğinde ziyaretine gideriz. Belki kendi evimizi kurduğumuzda onu da yanımıza alırız," diye teselli etmeye çalışıyordum.

"Alırız, değil mi?" diyor, ceketinin cebinden kumaş mendilini çıkarıp burnunu silerek, içini çeke çeke ağlamaya devam ediyordu. İçim parçalanıyordu o öyle ağladıkça.

"Aaa! Koskoca PTT Müdürü Sadık Bey! Seni böyle ağlarken görseler neler der komşular? Ama yeter babam. Önümüze bakacağız artık. Hele bir gidelim İstanbul'a. Gün doğmadan neler doğar."

Bunları söylüyordum ama Dilek'in kapısında bile bırakmadığım, ömrüm boyunca biriktirdiğim bütün gözyaşları bir başlasa uzun bir yol olup akar giderdi. Ve o gözyaşı yolu Nezahat halamın evini bizden önce bulurdu.

Ah Mesut... Ah, canım Mesut...

Mesut, Ayvalık'ta ilk görüldüğünde on beş on altı yaşlarındaymış. Eski taş limanda, kayıkların dibinde yatıp kalkıyormuş. Balıkçılar önce anlamamışlar. "Kim bu? Hırlı mı, hırsız mı?" diye kuşkulanmışlar. Sonra delikanlının uysallığından olsa gerek, bir sabah içlerinden biri kahvaltı ederlerken yanına çağırmış. Bizimki korka korka gitmiş yanlarına. Çay, ekmek ikram etmişler. Utanmış, almak istememiş önce.

Babam, "Boyu posu on beş on altı yaşında gösteriyordu ama aklı taş çatlasın yedi sekizdi," derdi. Mesut'un hikâyesini, onu ilk gördüğü günü anlatmayı çok severdi.

Bakmışlar ki bu mahcup çocuk pek zararsız, pek efendi, yanlarına almış balıkçılar. Çok da çalışkanmış. Her denileni yapar, her işe koşar, "Gel, ye," demedikçe hiçbir lokmaya elini sürmezmiş. "Neredensin, kimsin?" diye sorduklarında "İsmim Mesut," dermiş. O kadar. Ne köyünü, ne soyadını, başka hiçbir şeyi söyleyemiyormuş. Gel zaman git zaman, bir yıl geçmiş geçmemiş, iyice bizim oranın insanı olmuş.

Lakin bir yaramazlığı varmış bu Mesut'un...

Babamın her zamanki gibi odasında oturduğu bir gün postacı İrfan titreyerek içeri girmiş.

"Müdürüm, benim posta çantasını boşaltmış namıssızlar! Mektuplar felan, her şeyi almışlar!" dediğinde o herkesin pek sevdiği iyi adam Sadık Bey'den eser kalmamış elbette. Kısa bir şoktan sonra uzun bir öfke nöbetine kapılmış.

"Polis silahını çaldırınca ne olur İrfan? Bir söyle bana, ne olur? Postacı mektupları çaldırırsa, bu da aynı şey değil midir İrfan?"

Babamı gürlerken, İrfan abiyi titrerken düşünüyorum şimdi. Babam öğle yemeklerini genelde evde yerdi. Nadiren sefer tasıyla yemek götürürdüm postaneye. İrfan abi bisikletin yanında hazır olda bekliyorsa, anlardım ki o gün babam gök gürültülü. İçerideyse, ilişkileri kuş ötüşlü...

Babamın yıllar sonra gözyaşları ve kahkahalarıyla bezeyerek anlattığı bu hikâyenin uzun süre kendisinin bile bilmediği tek tanığı bendim.

Mektuplar çalınıyordu ve hırsız bunu haftalık bir düzene oturtmuştu. Gününü bir tek o biliyordu. Ama her hafta mutlaka bir çanta mektup çalınıyordu. Babam deliriyordu.

"Çantayı bisiklette bırakmak yok, asılı kalacak boynunda İrfan!" diye gürlemesine ve İrfan abi de o çantayı değil öğle yemeğinde kenara bırakmak, helaya bile boynunda götürmesine rağmen hırsız bir şekilde yolunu buluyor, her hafta o çantayı boşaltıyordu.

Babam ve İrfan abi haftalık çaresizlikleriyle ne yapacaklarını düşünürken, hâlâ çözemedikleri bir şekilde çalınan mektuplar sadece zarfları çıkarılmış ve bir kese kâğıdına doldurulmuş hâlde İrfan abinin evinin kapısına bırakılıyordu. O zamanlar mektupların içinde para gönderme âdeti vardı. O paraları bile almıyordu hırsız. Sadece zarfları çalıyordu.

Babam ve İrfan abi sorumluluklarını yerine getiremeyip mektupların çalınmasına neden oldukları için bu suçun iki ortağı kabul etmişlerdi kendilerini. Derken, mektupların İrfan abinin kapısına bırakılmasından hareketle ufukta bir çözüm görür gibi olduklarında çocuk gibi sevinmişti ikisi de. Fakat bu, İrfan abiye bir işaret miydi? Ona bir şey mi demek istiyorlardı? İstiyorlarsa onlar kimdi? Devrimci gençlerin filan işi olmasındı?

Bu soruların yanıtlarını ararken, bir taraftan da mektupları tek tek okuyor, hangisinin kime ait olduğunu çıkarmaya çalışıyor, yeniden zarflara yerleştiriyor, üzerine adresleri yazıyor ve bu gizli bilgiyi aralarında tutmak için her seferinde Kur'an üzerine yemin ediyorlardı. Ölene dek ikisi arasında sır olarak kalacaktı ve tek şahitleri Allah'tı.

Onlar hep öyle sandı. Oysa bu hırsızlık meselesi babamın öğle yemeklerini evden ziyade sıklıkla postanede yemesine neden olacaktı. Bu da benim her öğlen evden sefer tası taşımamı gerektirecekti. Ve tabii ki, postanede geçirdiğim zaman, bu hikâyeyi eksiksiz tamamlayabileceğim tanıklıklar, keşiflerle dolup taşıyordu. Babam bize mektup hırsızı hikâyesini anlatırken bir gün bile, "Ben bunları ta en başından beri biliyordum," demedim. O, bu hikâyeyi hep son bölümüne tanık olduğum kadarıyla bildiğimi düşündü. Öyle güzel, öyle yaşayarak anlatırdı ki...

İşte o öğlen yemeği servislerinden birinde postaneden içeriye girdim. Babamın odası arka taraftaydı. Öğle tatili olduğu için postanede yine kimse yoktu. Telefonları bağlayan memure herhâlde tuvalete gitmişti. Ben de sessizliğe uyum sağladım ve ayaklarımın ucuna basarak babamın odasına doğru yürüdüm. Kapı tam kapanmamıştı. Aralığından baktığımda babamla İrfan abiyi yere bağdaş kurup oturmuş, ortalarında bir çuval mektup, iki genç kız gibi hızlı hızlı sayfaları evirip çevirirken gördüm.

Babam gözlüklerini takmış, elindeki mektubun muhatabı kimdir anlamaya çalışırken İrfan abi gevrek gevrek güldü: "Müdürüm, rahmetli Naci abinin karısı Gülseren Hanım yok mu? O valla *Genç Kız Kalbi* dergisinin çöpçatan servisine mektup yazmış. Saydım, üç tane cevap gelmiş maşallah. Bak bak, taliplerinden biri diyor ki, *ben de 26 yaşındayım. Ben de* diyor! Gülseren Hanım 26 yaşındaysa annemin 12 yaşında olması lazım!"

Babam elindeki mektubu sinirle indirdi.

"Bırak insanların dedikodusunu yapmayı. Özel hayatlarına karışma, ayıptır!" diye azarladı İrfan abiyi ama sonra dayanamayıp müjdeli haberi paylaştı, "Kasap Mustafa'nın Almanya'daki kızı da hamileymiş, iyi sevinirler şimdi."

Sonunda, o zamanların küçük Ayvalık halkının özel hayatına iyiden iyiye ortak olmuştu ikisi de. Babam neyse de, İrfan abi okuduklarını unutamıyordu bir türlü.

Bir gün annem, manifaturacı Salim'e fermuar almaya göndermişti beni. Ama annemin istediği demir fermuarı tozlu kutuların içinde bir türlü bulamıyordu Salim amca. Derken İrfan abi girdi kapıdan içeri.

"N'aber Dönüş?" dedi bana. Sonra yüzüne çok yapmacık bir üzüntü ifadesi yerleştirip "Başın sağ olsun abi," diyerek mektubu uzattı ve hızla çıkıp gitti. Salim amca arkasından şaşkınlıkla bakarken, *babam olsam bir tane vururdum şunun ensesine*, dedim kendi kendime. *Zevzek İrfan abi! Mektubun içinde ne yazdığını nereden biliyorsun da adama başsağlığı diliyorsun?*

Babam personelini iyi tanıdığı için sık sık uyarıyordu onu. "Oğlum İrfan, insanlara çok belli etme. Anlayacaklar. Ağzını sıkı tut, topla şu sırıtmanı."

Ama İrfan abi kendini tutamamış olmalı ki, o zamanlar pek çok genç kızın kalbini yakan ünlü bekâr eczacımız Musa abi, babamı bir gün yolda görünce, "Şu İrfan'ın kulağını bir bükseniz Müdür Bey. Haddini aşıyor. Mektupları teslim ederken, *sen de birini seç artık Eczacı Bey*, dedi. Müşterilerin, hastaların yanında üstelik. Olacak iş mi? Tamam, farklı isimlerden bana mektup gelebilir ama bu postacıyı ne ilgilendirir? Bir gün gerçekten sabrım taşacak!" demiş. Babamın beti benzi atmış tabii. Musa abi belli ki o kızlardan hiçbirini seçmemiş, gönlünü bir süre sonra arkadaşımız Dilek'e kaptırmıştı. Sonra da karısına çok bağlı bir eş ve muhteşem bir baba olmuştu. Babam bu anıyı her anlattığında o da kahkahalarla gülerdi.

Bizimkiler birkaç fire dışında mektupları sahiplerine ulaştırmayı başardılar sanırım. O yıllarda bütün dünyayı, ki benim dünyam *Kocaman Ayvalık*'tı, en ince detayına kadar izliyor, insanların sohbetlerini ilgiyle dinliyor, ilçemizin günlük rutinini şaşırtan her aksiliği, değişikliği büyük bir coşkuyla karşılıyor, etrafımdan akan hayatı eksiksiz kayda alıyor ve babamın yanından ayrılmıyordum.

Mektup hırsızlığı meselesinin ve babamla İrfan abinin Allah huzurunda verdikleri yeminin o damağımı gıdıklayan, göğsümü sıkıştıran şahitliği bende uyku durak bırakmamıştı.

İrfan abi yüzünden babam bütün itibarını yitirecek, silahını kaybeden polisler gibi meslekten atılacak, biz eş dost dolu bu Ayvalık'a, Ayvalık ne, koca Balıkesir vilayetine, hatta bütün Türkiye'ye rezil olacaktık. *Bulvar* gazetesi bizi "İşte bu ahlaksızlar! Milletin mektuplarını kaybeden PTT Müdürü'nün, Nezahat halalarına benzeyen kızları!" diye yazacaktı.

Ben bu hırsızı ne yapıp edip bulmalıydım. Namusumuzu, şerefimizi kurtarmalıydım. Ben babamın ona benzeyen, kendisine çeken tek kızıydım. Ah, benim onurlu babam... Seni gidi salak İrfan abi! Şapşal İrfan abi! İnsan halkın mektuplarını kaybeder mi? Polis silahını kaybediyor mu? Yoksa bu İrfan abi babamın yerine müdür mü olmak istiyor? Ya mahsustan kaybediyorsa mektupları? Ya yalandan "Çaldırdım müdürüm," diye ağlıyorsa? Öyle ya, niye bizim kapıya değil de İrfan abinin kapısına bırakılıyordu bu mektuplar? Bu işte bir iş vardı.

Geceler boyu içimden İrfan abiye söyleniyor, bana eskisi gibi şakalar yaptığında gülmüyor, ona Derya'nın kötü bakışlarıyla bakmak istiyordum ama yapamıyordum. Kafamı öbür yana çeviriyordum hep.

Zekiye abla sefer tasını hazırlarken, "İrfan'ı görürsen bunu da ona ver, yazık, akşama kadar taban tepiyor adam, o da yesin, günahtır," diye bir şeyler sıkıştırırdı mutlaka. İrfan abi bilirdi ki, sefer tası geldiyse kesin ona da bir şeyler vardır. O kadar kızgındım ki, Zekiye'nin İrfan'a gönderdiklerini, koca arayan dul Gülseren Hanım'ın yaşlı köpeği Kocabaş'a yedirdim. İrfan da öyle bakakaldı. Oh olsun! Bakarsın öyle! Mektup kaybedilir mi İrfan abi?

Sonunda bir gece uykuya dalmadan önce kendimce plan yaptım. Derya horul horul uyuyordu. Yaz tatilinin bitmesine on gün kalmıştı. Okul başladığında bu meseleyi takip etmem imkânsızdı. Sabah kahvaltıdan sonra kimseye haber vermeden evden fırladım. Annem bir süre fark etmezdi nasılsa. Derya zaten öğleye kadar uyurdu. Bütün gün İrfan abiyi takip edecektim. Kararlıydım. Ya İrfan abiyi suçüstü yakalayacaktım ya da hırsızı. O hırsız gerçekten vardıysa tabii!

O sabah İrfan abide bir tuhaflık vardı. Bir garip yürüyor, ikide bir duruyor, sanki ayakkabısının bağcığı çözülmüş gibi eğiliyor, bağları düğümlüyor, ani sıçramalarla arkasına dönüyordu. Etrafına sinsice bakışları, her zamankinden fazla terleyişi, evlerin avlusuna girip bir türlü çıkmayışları filan normal değildi.

Bir de babam sanki ona, "Oğlum mektup çantasını bisiklette bırakma, boynuna as," dememiş gibi, çantayı sürekli bisiklette bırakıp ortadan kayboluyordu. Hey Allah'ım ya... Şimdi yine çaldıracaktı mektupları. *Bulvar* gazetesine düşecektik. İrfan abi bir eve girip de çıkmayınca, çaktırmadan, bisikletin mümkün olduğunca yakınına gidip nöbet tutuyordum. Bir gelen giden olmuyordu. İrfan abinin ayak sesini duydum mu koşarak bir kapı ya da ağacın arkasına sığınıyordum. Üçüncü evin önüne geldiğinde, bisikleti kabak gibi yolun ortasına bırakıp gitti. Arkasına saklanacağım bir ağaç da yoktu etrafta. Mecburen bisikletin dibine kadar yaklaştım. İrfan abi aniden gelir de beni görürse, *dolaşıyorum, der, sonra yine takip ederim*, diye düşündüm. Amacım hırsızın postamızı çalmamasıydı.

Ben bisikletin başında kahramanca beklerken, "Pissst!" dedi bir ses. "Pisssst!"

Sağa sola baktım, hiçbir şey göremedim. Herhâlde hırsız oralarda bir yerdeydi ve dikkatimi dağıtmak için *pist şişt hişt* sesleri çıkarıyordu. Kim korkar hırsızdan be! Ama yine de keşke yanımda Derya olsaydı. Döverdi belki adamı... Bütün cesaretimi toplayıp biraz daha yaklaştım bisiklete. Bisikletten cesaret alıyordum aslında. Birden babam, İrfan abinin girdiği evin karşısındaki çöp varilinin arkasından çıkıverdi. Üzerinde devetüyü paltosu vardı. Yakalarını kaldırmış. Bir de kasket giymiş. Güneş gözlüğü bile var. PTT

Müdürü Sadık Bey, ağustosun son gününde kışlıklarını giyerse tanınmayacağını düşünmüştü herhâlde. Kolumdan tutup varilin arkasına çekti beni.

"Ne dolaşıyorsun böyle sabahtan beri peşimizde. Bütün planı berbat edeceksin!" dedi sinir içinde. İrfan abi karşı evin kapısının ardından, gözlerini kısmış bize bakıyordu.

"Plan ne baba?" dedim.

"Hey Allah'ım ya Rabbim. Bu çocuk hangimize çekti bilmiyorum ki!" dedi alnındaki teri silerek.

"Sana!" dedim. Sinirle gülmeye başladı.

Ve tam o sırada Mesut yıldırım gibi koşarak sokağa girdi. Bisiklete doğru hamle yapıyordu ki, İrfan abi beklediği yerden ok gibi fırladı ve Mesut'un üstüne atladı. Babamla ikimiz varilin arkasından çıktık. İrfan abi, Mesut'u yere yatırmış, kolunu da kıvırmış, "Sadık Müdürüm, yakaladım hırsızı, işte burada, teslim edelim karakola da görsün gününü!" dedi hırsla.

Babam taş gibi kalakalmıştı. Yerde yatan Mesut'a bakıyordu şaşkınlıkla. Bense babam, Mesut ve İrfan abi arasında hangisine bakacağımı bilemiyordum.

Derken babam gözlüğünü, kasketini, paltosunu çıkardı yavaşça. Yüzüme bakmadan bana uzattı. İrfan abiyi Mesut'un üzerinden aldı. Çok sakindi. Hiçbir şey söylemeden Mesut'u yerden kaldırdı. Üzerindeki tozları silkeledi eliyle. Hiç konuşmuyordu. Mesut'sa mahcup, üzgün, sessiz sessiz ağlıyordu. Babam saçlarını düzeltti onun. Pantolonunun cebinden kumaş mendilini çıkardı. Yüzünü sildi. Elinden tutup kaldırıma oturttu. Kendi de yanına oturdu. Mesut bu sefer hıçkıra hıçkıra ağlamaya başladı. Üçümüz bir süre onun ağlamasını seyrettik.

İrfan abi sakinleşmiş, babam ne yapacak, ne diyecek diye bekliyordu.

Babam, İrfan abiye döndü, "Hadi sen git dağıt postalarını oğlum, öğlen olacak neredeyse," dedi. İrfan abi hiç ses çıkarmadan bisikleti kaldırdı yerden, üstünü başını toparladı. Asıldı pedala, toz kaldıra kaldıra sokağın köşesini döndü, gözden kayboldu.

Babam, "Aç mısın Mesut, kahvaltı yaptın mı oğlum?" diye sordu. Mesut ses çıkarmadı. "Hadi kalkın, ekmek peynir alalım, gidip üçümüz şöyle güzel bir kahvaltı yapalım," dedi. Sonra bana döndü. "Annen biliyor mu senin nerede olduğunu?"

Bu soruya babamın beğeneceği bir yanıtım yoktu. Yanıtım yoksa yalanım hiç yoktu. Babamın nazarında affedilmez en büyük günah yalandı. Fısıltıyla, "Bilmiyor," dedim.

Benim elimi tuttu, bir kolunu da Mesut'un omzuna attı. Elimde babamın kışlık paltosu, *Üç Silahşörler* gibi çarşıya girdik. Babam postanenin karşısındaki küçük bakkaldan zeytin, yumuşak beyaz peynir, ekmek ve meyve suyu aldı. En sevdiğim kahverengi şişe. Ben şeftalili istedim. Babam elimdeki paltoyla şapkayı bakkalın çırağıyla eve yolladı.

"Nesrin Hanım'a söyle, Dönüş'ün benimle işi var, merak etmesin," dedi.

Her zaman postanenin arkasında kalan alana park ettiği küçük, turuncu arabamıza bindik. Mesut bir arabaya bindiğine inanamıyordu. Gördüğü her şeyi okşuyor, sürekli gülüyor, şaşkın gözlerle babama bakıyordu.

O beyaz peynir bakkaldan çıkıp bizim eve gelene kadar nasıl öyle değişiyordu acaba? O gün orada yediğim ekmekle peynirin tadı neden bana o kadar farklı gelmişti, bilmiyorum. Aynı peynir, aynı bakkal, aynı ekmek... Evde hiç o kadar tatlı olmuyordu nedense.

Yıllar yıllar sonra babam, Mesut ve ben bir kez daha peynir ekmek yiyecektik. Bu kez Ayvalık değil, İstanbul olacaktı mekânımız. O peynirin tadını anımsayıp ağlayacaktım. Ama babamla Mesut denize bakarken beni teselli eden başka biri olacaktı yanımda.

Mesut o gün, babamın manevi oğlu oldu.

Babam benim yanımda hiç sormadı, "Neden çalıyorsun mektupları?" diye. Eminim, ben yokken de sormamıştı. Mektuplar değildi onun derdi, anlamıştı. Mesut'un bütün takıntısı zarftı. Ama neden?

"Sen balıkçılığı bırak. Benim yanımda çalış. İstediğin kadar zarfın olur. Hatta şöyle yaparız bak. Bir çanta alırız sana. İrfan abinle dolaşırsın. O sana verir mektupları, sen kapıya bırakırsın. Bıraktığın her mektup için sana bir zarf veririm, anlaştık mı?" dedi babam.

Mesut ağzındaki lokmayı yutmadan sordu: "Üstü yazılı mı olacak?"

Babam güldü. "Yazarız," dedi.

Anlaştılar.

İrfan abi, Mesut'u hamama götürdü. Sonra ona çamaşır, ayakkabı ve kıyafet aldılar. Annem epey bir söylendi önce.

"Kafasını ya kazıttır ya da bit ilacı alın mutlaka. Çoluk çocuğun içine sokuyorsun yarım akıllıyı. Ne pis, ne temiz, bilemez o!"

Babam, annemi kızdırmamak için her dediğini yerine getirdi. Bahçedeki küçük odacığı depo gibi kullanıyorduk. Babam orayı kendi elleriyle boşalttı, Zekiye ablaya bir güzel temizletti. Bir yatak, bir de küçücük masa koydular. Zekiye abla ve İrfan abi pek çalışkan, pek gayretli koşturup duruyorlardı. Arada şakalaşmalar, ikramlar derken, eğlene güle yeni bir yuva yaptılar Mesut'a.

Derya oyun oynamaktan ter içinde kalmış, bahçeye girdi. Hiç kimseye bakmadan eve koştu. Ayakkabılarını çıkarırken, "Bu İrfan'la Zekiye evlenir yakında!" dedi, sonra da paldır küldür üst kata çıktı. Ne zaman gördün, nasıl anladın? Sabahtan beri onlarla bahçede olan bendim ama hiçbir şey anlamamıştım.

Derya haklı çıkacaktı. İrfan abi sonraları postaneden ayrılıp İzmir'de işe girecek ve giderken Zekiye ablayı da koluna takacaktı.

Annem, babamın Mesut'u bahçedeki depoda yatırma kararını duyduğunda önce bir celallendi. "Mümkün değil, bizimle aynı bahçede olamaz!" Lakin zamanla Mesut'un kuş tüyü kadar hafif biri olduğunu o da fark etti. Varla yok arasında bir varlıktı o. Annemin neye ihtiyacı varsa Mesut orada bitiyor, yetiştiriyor, koşturuyor, "Anne" diyor başka bir şey demiyordu.

Bir süre sonra annemin bütün kalkanları indi. O kadar ki, Mesut'un sandalyesi, battaniyesi, yorganı, yemeği derken, onu göremediği her vakit, "Ne oldu çocuğa, nerede? Bir şey mi oldu, bir şey mi dediniz?" diye sorar oldu bize.

Mesut çok kısa bir zamanda, babama hiçbir insanın hiçbir canlıya bağlanamayacağını düşündüğümüz bir sadakatle bağlandı.

Müdür Babası için kalbini çıkarıp verebilirdi. O kadar çok seviyordu onu. Her söylediğini bir dövme gibi kazıyordu kalbine.

"Çalan kendi geleceğinden çalar, yalan söyleyen kendine yalan söylenecek yolu açar, aldatan aldanır, kötü kalpli insan dünyadaki cehenneme yol alır," derdi babam. Mesut harfiyen tekrar ederdi. İrfan abiyle dağıttığı mektuplar ve çalmaması karşılığında, her akşamüstü üzeri yazılı zarflarını sevinçle alıyor, küçük odasına çekiliyor ve bir daha sesi çıkmıyordu.

Babam, Mesut'un kim olduğunu, nereden geldiğini bulmaya takmıştı kafasını. Uzun uğraşlardan sonra bir gün Mesut'un nüfus kaydını buldu.

Mesut on beş on altı değil, tam yirmi bir yaşındaydı. Bir çocuk değil, genç bir adamdı.

Zihni, gelişmeyi bedeninden çok önce durdurmuştu. Belli ki bir süre sonra bedeni de aynı kararı almış, bir yerden, bir dönemeçten sonra büyümeyi bırakmıştı Mesut.

Bu hayata yetişmeye değmez, diye düşünmüştü belki de.

Ömrüm boyunca gördüğüm en büyük direniş Mesut'un direnişiydi. Büyümeyi reddetmişti.

Mesut'un birinci derece yakınları yoktu. Bulabildikleri kişiler uzak köylerde yaşayan uzak akrabalardı. Hiçbiri

Mesut'u yanına almak istemiyordu. Babamın o akrabalardan birinden öğrendiği hikâyeye göre, Mesut'un anne babası, o üç dört yaşındayken Almanya'ya işçi gitmiş. Tek çocuklarını da, her ay para göndermek sözüyle, yaşadıkları köydeki bir komşularına bırakmışlar. Almanya'da bakamayız diye düşünmüşlerdir muhtemelen. Kendilerine orada bir hayat kurmadan zihinsel engeli olan bir çocuğu götürebilmek olanaksızdı kuşkusuz. Önceleri düzenli olarak para gönderiyorlarmış bakılsın diye. Dört beş yıl sürmüş. Senede bir iki mektup gönderirlermiş. Mesut gelip onu götürecekler diye beklermiş. Sonra bir gün para da, mektuplar da kesilmiş. Birkaç ay beklemiş komşuları.

İnsan eti ağırdır, derler. "Bu büyüyecek, çocuklarımıza sorun olacak, kızlarımız var bizim," diyerek akrabası bildikleri birinin kapısına bırakmışlar Mesut'u.

Bir zaman daha geçmiş. Kimse bu zavallı çocuğu arayıp sormamış. Oradan oraya sürüklenmeye başlamış Mesut. Son kaldığı yerde çok eziyet görmüş olmalı ki, evden kaçmış bir gece. Burhaniye'nin bir köyünden günlerce yürüye yürüye Ayvalık'a kadar gelmiş.

Babam, ailesine ne olduğunu bulmaya kararlıydı. Cunda'da o zamanlar Lale Lokantasının sahibi Bay Nihat amca ve lokantanın şefi Savaş abi bir süre Almanya'da çalıştıkları için, babama ne yapması gerektiği konusunda yardımcı olmuşlar. "Ailenin kaydı vardır poliste mutlaka. Oradan birini bulalım, bizim için sorup soruştursun," demişler. Cunda'nın en eski ailelerinden birinin oğlu Çakır Hasan amca, Köln'deymiş o tarihlerde. Hemen ona mektup yazmış babam, böyle böyle diye anlatmış durumu. Mesut'la ilgili elinde ne varsa göndermiş.

Sonunda Hasan amcadan beklenen haber gelmiş...

Babam çok ama çok üzülmüştü öğrendiklerine. Hepimiz yemek masasının etrafında toplanmış, çıt çıkarmadan dinlemiştik babamı.

Hasan amca, Köln'deki işçi derneklerinden yardım istemiş. Hepsi yardım etmişler. Ailenin izini Berlin'de bulmuşlar. İlk gittikleri yıl, yurt gibi bir yerde kalmışlar. Oradan tanıyanlar çıkmış. Sonrasını onlar öğrenip Hasan amcaya bildirmişler. O da babama uzun uzun yazmış.

Hiç izne gelmeden çalışmışlar orada. Para biriktirmişler. Ev tutmuşlar. Durumlarını düzeltmişler. Artık dört yıl mı, beş yıl mı, ne kadar sürdüyse, Yabancılar Polisi'nden çocukları için aile birleşimi izni çıkınca Mesut'u götürebilmek için arabayla Türkiye'ye doğru yola çıkmışlar. Ama aile Kapıkule'den girdikten sonra kaza yapmış. Tam da sınırı geçip yurda girmişken hem de. Büyük bir kazaymış. Kimse sağ çıkmamış. Araba yeniyse ehliyet de yeniydi kuşkusuz. Belki o arabayla alıp götüreceklerdi Mesut'u. Araba da, ehliyet de o hevesle alınmıştı. Cenazelerini Almanya'daki sigorta şirketi teslim almış. Edirne'de bir mezarlığa gömülmüşler... İşte, sonrası da bildiğimiz hikâye. Mesut oradan oraya savrulmuş, dayaktan, açlıktan, eziyetten yılmış ve kaçmış. Kim bilir kaç gece, kaç gündüz aç biilaç yürümüş.

Annem, babamın anlattıklarını dinledikçe, "Bize gelmiş demek ki. Allah onu bize melek diye yollamış. Ne kötülüğü, ne kusuru olabilir şu zavallının? Kadersizim... O kadar saf ki. Mesut da defteri sağdan uzatılanlardan olacak inşallah," diye ağladı.

"Defteri sağdan uzatılanlar kimler?" diye sordum. "Günahsızlar," diye cevap verdi annem.

"Allah bu çocuğa bize verdiği marifetlerin bir kısmını vermemiş ama bizde olmayan büyük hazine de onda var. Saf iyiliği, saf güzelliği var. Onun aklı kötülüğe ermez. Bilerek isteyerek, hesaplayarak kötülük yapmaz. Bak ne öğretsen belliyor. Her zerreye, her yaratılmışa sevgiyle bakıyor. Onun zihninde, öğretmezsen eğer, kötülük kaydı yok. Bak mesela soru sormazsan cevap vermiyor ya, hiç dedikodu yapmayacak demektir. Bak, gözle onu, anlayacaksın ne dediğimi."

Babam, Mesut'un kimsesizliğini o kadar dert etmişti ki kendine, kim olduğunu öğrenmekle yetinmedi. Sonunda Çakır Hasan amca ve oradaki işçi arkadaşları uğraşa uğraşa ta Almanya'dan Mesut'un babasının birikmiş haklarını almayı da başardılar. Hasan amcanın oğlu ve kızı bizden bir iki yaş küçüktüler ama hep aynı okullarda okuduk. Hatta kızı da annemin öğrencisiydi. Hasan amca çocuklarına çok düşkündü. Annemle babamı da çok sayardı. "Bizim çocuklarımız orada önce Allah'a, sonra öğretmenlerine emanet. Biz de şu kimsesiz çocuğun kimsesi olalım," demiş. Birkaç arkadaşıyla Berlin'den bir avukat tutmuşlar. El birliğiyle Mesut'un babasının kazanılmış haklarının ülkesindeki çocuğuna gönderilmesi için karar çıkarttırmışlar. Babam, Mesut'un Ayvalık'ta yaşadığını ve durumunu belgeleyip, resmi kayıtlarla birlikte onlara gönderdi.

Hasan amca müjdeli haberi vermek için mektup yazmamış. Postaneyi, babamı aramış hemen sevinçle. "Tam kırk beş bin doyçe mark veriyorlar!" demiş. Bir bayram havası esiyordu evde.

"Bak bak, demedim mi ben size? Karıncanın bile rızkını veren Allah'ım, kimin hakkını kimde bırakmış ki?" diyordu sevinçle. O paranın postaneye gelişi, çekilişi, bankaya yatırılışı, hepsi ayrı bir olay oldu. Günlerce meşgul etti hepimizi. Aman bir şey olmasın, aman güvenlik sorunu çıkmasın, aman tam saatinde yatıralım... Konuyla ilgisi olmayan tek kişi Mesut'tu. Biz seviniyoruz, gülüyoruz diye gülüyordu. "Niye gülüyorsun sen şimdi?" diye sorsak, "Müdür Babamla Nesrin Annem gülüyor, mutluyum," diye yanıt verirdi. Biz daha çok gülerdik, o bizden de çok gülerdi.

Babam parayı ilçemizin en eski bankasına yatırdı. "Bugün içim çok rahat. Şu garibanın yediği içtiği ne ki? Dünyanın bin türlü hâli var, biz bugün var yarın yokuz, sonra ne olacak bu çocuğa, bilinmez," dedi.

Babam, Mesut'un bütün dünyası olmuştu.

Çaldığı mektuplar, daha doğrusu topladığı zarflar, beklediği ama hiç gelmeyen ailesinden bir ümit parçasıydı olasılıkla. Okuma yazmayı bilmez, ne düşünürdü de mektupları değil zarflarını alıp kaçardı acaba? Onu arayıp soran birilerine duyulmuş bir susuzluk, bir ailenin parçası olduğuna dair bir delil, "Döneceğiz," diyerek gidenlerden hatırladığı bir hayat belirtisiydi belki de...

Artık PTT Müdürü'nün manevi oğlu olsa da, çok mutlu yaşadığı bir ailenin içinde kendini güvende hissetse de, artık zarf toplamak engel olamadığı bir tutkuya dönüşmüştü onun için.

"Koleksiyoner benim oğlum. Zarf koleksiyonu yapıyor, dokunmayın çocuğuma," derdi annem. Mesut bir zarf gördü mü onu yerinde bırakmazdı, mutlaka alırdı. Ama önce sorar, sonra alırdı. Ona özel kocaman bir zarf sandığı yapıldı. Çeyiz sandığı gibiydi. O sandığı her gün siler, okşar, bütün zarflarını içine özenle yerleştirirdi. O sandığın kilidi ve anahtarı çok mühimdi. O anahtar bir düdükle beraber bir zincire geçirilmişti ve Mesut onu boynundan asla çıkarmazdı. Mesut'un çeyiz sandığı pek meşhurdu aramızda. "Evlenince bana ver bu sandığı, ne yapacaksın elin kızına mı vereceksin, bizim olsun," diye üstüne giderdik. Gözleri korkuyla büyürdü. "Yapmayın şöyle şakalar kızım. Çocuğun bütün dünyası o sandık, üzmeyin," derdi babam.

Benim kitaplarım Dilek'e, Mesut'un zarflarının dolu olduğu çeyiz sandığı Gökmen abinin Cunda'daki evine...

Biz İstanbul'a gitmeden onu yerleştirmek için adaya gittiğimizde Mesut sandığı babama vermek istedi. Onun için o kadar önemli bir hazineyi babama vermek istemesi o anda orada olan herkesi çok duygulandırmıştı.

"Bunu al Müdür Baba. Bunu al götür. Bu önemli," diyordu. Babam sandığı alırsa, gelip onu da alır mutlaka diye düşünüyordu muhtemelen.

Babam ağlamaktan konuşamıyordu.

"Bu sandık senin her şeyin, burada kalsın," dedim ama benim yüzüme bile bakmıyor, gözlerini babamdan ayırmadan yalvarıyordu.

"Müdür Baba, bunu al. Bu senin," diye tekrar ediyordu.

"Gel hadi, sandığını yeni evine taşıyalım," diye eğilip kulpuna uzanıyordum ki, bir anda sandığın üzerine kapandı.

"Tamam, ben almıyorum," diye çektim elimi. Yine hiç bakmıyordu bana. Anlıyordum... Hayatın kabul edemediği yüzünü görüyordu bende.

Babam başını okşadı Mesut'un. Gökmen abiye, "Çok kıymetlidir bu onun için. Senelerdir topladığı bütün zarfları içinde. Sen de gözün gibi bak artık Gökmen. Kimse elini sürmesin oğlumun hazinesine," dedi.

Hem babamı hem Mesut'u teselli etmek için bir ağızdan, "Merak etmeyin, şimdi güzelce kaldırırız, saklarız," dedi bizi yolcu etmek için toplanan dostlar. Babamla birlikte sandığı yeni odasına taşıdılar. Yatağının altına koydular. Sonra da yola çıkma vakti geldi.

Mesut ve zarflar...

O sesi hâlâ kulaklarımda:

"Bu zarfı alabilir miyim Dönüş abla?"

"Al Mesut, al canım."

O günden bugüne geçen zamana neler neler sığdı...

Şu anda bu satırları yazarken yine aynı duygular aynı ağırlıklarıyla gelip oturdular üzerime. İnsan hiç geçmeyeceğini sandığı o anların, günlerin, acıların geçtiğini anladığında keşke bu acısızlığı kutlasa, kutsasa... Oysa o acı geçip gittiğinde artık o kadar önemsiz bir hâle gelmiş oluyor ki, "Yaşasın, artık yerinde yok!" demek delilik gibi gelebiliyor ilk başlarda.

Sonra her yeni sıkıntı kapıyı çalıp acının varlığını bir kez daha anımsattığında insan tadını çıkaramadığı kaygısızlık, sıradanlık için yanıp kavruluyor. Midenin varlığını miden ağrımadan hissetmezsin, derler ya, işler bozulduğunda anlarsın ne kadar önemli bir organın olduğunu...

İşte o hesap, hayatının bir yeri, bir parçası ağrımadan, sahibi olduğu marifetlerin nerede ne işe yaradığını bilemiyor insan. Sabrını, dayanıklılığını, hayatta kalma içgüdüsünün şiddetini böyle anlarda görüyor. Nefesin, günün, yaşamanın kıymetini anlamak diyelim buna ve anlamak da yıllar alabiliyor...

Benim bu hayat ağrısızlığının kıymetini anlamam için önümde birkaç yıl daha vardı.

Her zamanki gibi teslim olmayı seçtim o günlerde.

Güzel de bir iç cümlem vardı kendim için.

"Ve hayatı kabullendim," diyordum kendi kendime.

Ayvalık ve İstanbul başlığıyla ayrılmış iki bölüm vardı artık benim için.

Hayatımın, çok özlediklerimle yaşanmış ilk yarısı ve "Galiba bundan sonrası böyledir," dediğim diğer yarısı. Her yeni günü sessizce karşılamaya başlamıştım. "Bir şey değişmez artık," diyordum kendime.

Eskiyi düşünmeyi bırakmam gerektiğini biliyordum. Ama yine de bazen, "Serdar ne yapıyordur, nerededir acaba? Doğu Anadolu'ya gitmiş midir? Yaşlanmış mıdır? O güzel kıvırcık saçları beyazlamış mıdır? Birini çok sevmiş midir? Evlenmiş midir? Ayvalık'ı, beni hiç düşünmüş müdür?" sorularının içinde kaybolmuşken yakalıyordum kendimi.

Beni düşüncelere dalmış bulduğu o anlarda Derya çok kızıyordu. "Neden böyle içine içine yaşıyorsun? Neden bir daha sevemeyecekmiş gibi kendini kapatıyorsun? Bir zamanlar Çalıkuşu Feride olmak isterdin, şimdi kız kurusu Jane Austen oldun!" diyordu.

Derya'nın Jane Austen benzetmesi şaşırtıyordu beni. Hayatının rakamlar, kurallar, yapılması gerekenler, çizgiler ve duraklardan ibaret olduğunu düşündüğüm kardeşimin hiç evlenmemiş, romantik İngiliz yazarı tanımasına ayrı şaşırıyordum, beni ona benzetmesine ayrı.

Şaşkınlığıma beni daha da derin düşüncelere salan bir yanıt veriyordu: "Sen benim bir yazarı tanımama şaşırıyorsun ama acaba sen beni gerçekten tanıyor musun? Sen kendini iyi tanıyor musun, ondan bile şüpheliyim."

Doğru mu söylüyordu?

Herkesi, hayatımızdaki her parçayı ezberine alıp tanımlamaya çalışan ben, gerçekten gördüklerimi mi yoksa insanların, olayların bende bıraktıkları aksi mi anımsıyordum? Derya haklı mıydı? Bir hikâye yazıp, o hikâyenin içinde kendime yakıştırdığım yaslı insanı yaşamaya mı alışmıştım? Benim gördüğüm gibi değil miydi yoksa hayat?

Haklıysa bile bende o görü yoktu işte...

Bir yaprak gibiydim. Kim nereye üflerse oraya uçup, orada kalıyordum.

"Kimse gelip bir başkasının hayatını değiştirmez, değiştiremez. Kimse bir başkasının öyküsünün sonunu yazamaz.

Herkes kendi yolunun işçisi. Kabul et artık. İstediğin gibi olmadı işte. Edebiyat okuyamadın. Hayal ettiğin hayatı yaşayamadın. Annem öldü. Ayvalık yok artık. Bir çocukluk aşkıydı Serdar. Belki onu sen terk edecektin. Belki bambaşka birini sevecektin. Belki hayatının zindanı olacaktı Serdar. Belki en büyük hayal kırıklığın olacaktı. Annem yaşasa belki ondan kaçmak için hiç sevmediğin biriyle evlenecektin. Yaşayamadıkların, arkanda kalanlar, ölenler için güzelleme yapmayı bırak," diyordu Derya.

Ben Derya'nın *güzelleme* demesine şaşırıyordum. Derya sonunda usanıyordu benim o uyurgezer hâlimden. "Tamam, nasıl istiyorsan," diyordu.

"Sevebileceğim biri karşıma çıksa severdim belki. Çıkmadı işte!" diye gönlünü almaya çalışıyordum. Ama aslında bana dokunmadıkları, beni dürtmedikleri, nasıl yaşamam gerektiğini öğretmeye kalkmadıkları sürece ve "Eee, yok mu bir talip?" sorusunu duymadıkça iyiydim ben. Kaplumbağa gibi bir köşede onlarca yıl yaşayabilirdim.

Ama halamda bitmez tükenmez bir hayat enerjisi vardı maşallah. Ben ne kadar içime kapanmak istesem, halam o kadar dirençli bir taarruzla üzerime geliyordu.

Ben istemeyebilirdim ama o çok kararlıydı. Bana bir koca bulacaktı.

Biraz kendime bakmalı, dışarı çıkıp insan içine karışmalı, bana önerdikleri talipleri daha dinlemeden etmeden reddetmemeliydim. İki yaşlı insanın arasında kardeşinin bebeğine bakarak çürüyen bir kız kurusu mu olacaktım ayol? Kitap oku, kitap oku, nereye kadardı? Hayat benim sandığımdan hızlı akıyordu. Bir bakacaktım, ohooo, yanımda kalanlar da gitmiş, Gülce büyümüş, evli evinde köylü köyünde. Ben ne yapacaktım o vakit?

Halam konuşurken ses çıkarmadan bulaşık makinesini boşaltıyor, yeniden dolduruyor, ütü yapıyor, ocağı temizliyor, çiçekleri suluyordum. Ama halam asla pes etmiyor, arada bir elinde bir fotoğrafla geliyor, beni ikna edene kadar konuşuyor da konuşuyordu.

Derya'yı hatırlıyordum öyle anlarda. Babamın nutukları onu o kadar bezdirirdi ki, annemin en ağır cezalarına kavuşmayı yeğlerdi. Şimdi kardeşimi daha iyi anlıyordum. Halamın ısrarından kurtulmak için, "Tamam hala, tamam görüşeyim," der, her buluşmadan sonra birbirinden ilginç insanlar tanımış olarak ve yalnızlığıma daha çok tutunarak, hatta şükrederek dönerdim eve.

Niye evlenmemiş olmam, *evlenememiş olmak* şeklinde algılanırdı acaba? Bu benim tercihimdi oysa. Ama halam başta olmak üzere kim var kim yoksa bunu benim yeteneksizliğim, talihsizliğim, kaderim olarak görüyor ve tersine çevirmek için çılgınca uğraşıyordu. Herhangi biriyle, bir şekilde bir yuva kurmak değildi ki mesele. Ablam, kardeşim ve hayal kırıklığı içinde hayatına yeniden nasıl başlayacağını bilemeyen eş dost... Hepsi önümdeydi işte.

"Bahane bunlar. Her evlilik kötü olacak diye bir şey yok ya!" derdi halam. Bana önerdiği damat adaylarını "Necla'nın yeğeni, Ayşen'in kayınbiraderi, Betül'ün babası," diye sayarken, "Aaa, yok artık hala, daha neler! O kadar da değil ama!" isyanım onu bir süre sustururdu. Sadece bir süre.

Sonra yine başlardı. "Bak ablana! Nasıl yeniden kurdu hayatını. Nasıl pes etmedi. O bile her şeye yeniden başlarken, sen niye böyle burada durmakta direniyorsun be yavrum? Nasıl fır dönüyor herkes peşinde. Bak sana diyeyim, çok kalmaz, yakında ikinci evliliğini yapar. Sen niye yuva kurmayasın?"

Ablam ve kızı Defne bir sabah halamın kapısında belirmişlerdi. Çok sık görüşemediğimiz ablamı, sabahın o saatinde karşımızda görünce hepimiz çok telaşlanmıştık. Ablam içeri girmiş, "Ben boşanıyorum," demişti. Kulaklarımıza inanamamıştık. Dünya devrilir ablam boşanmaz, kayınvalidesinden kopamaz diye düşünürdük.

Ama 11 yaşındaki kızı Defne, ablamdan daha kararlı ve cesur görünüyordu. O kadar sakindi ki ikisi de. Sanıyorum aldıkları karar ve bunu uygulayabilmiş olmaları, evden çıkıp buraya gelene kadar yaptıkları planlar ya da bize üstünkörü anlattıklarının haricinde yaşananlar onları sonunda bu noktaya, bu sakinliğe getirmişti.

Artık olan olmuştu. Şimdi her şeye yeniden başlama zamanıydı. Ablam, "Çalışacağım," dedi ve iş aramaya başladı. Ama bulamıyordu. Halamın evi çok küçüktü. Ablam ve Defne bizimle kalamıyordu ama uzak da olmak istemiyordu. Kolundaki saati satmış, onu kendine harçlık yapmış, bize çok yakın bir apartmanın biraz rutubetli bodrum katındaki bir oda evde yaşamaya başlamışlardı. Bir ay geçmişti ve ablamla Defne hiç şikâyet etmeden bir düzen kurmuşlardı bile. Tek mesele ablamın bir iş bulmasıydı. Ama Allah bir kapıyı kapatıyorsa her zaman daha güzelini açıyordu işte.

Bir gün Dilek aradı beni. Musa abinin İstanbul'da bir görüşmesi varmış. Bu vesileyle ziyaretimize gelmek istiyorlardı. Öyle sevindik ki... Babam, Musa abiyi göreceği için sevincinden uyuyamadı. Ertesi gün geldiklerinde evde bir bayram havası esiyordu.

Babam uzun uzun kucakladı Musa abiyi. Ah ne anılar, ne anılar... Konu elbette Mesut'tu nihayetinde. "Hiç merak etme Sadık abim, o bizim göz bebeğimiz," dedi Musa abi. Dilek, ablamın eşinden ayrıldığını ve iş aradığını öğrenince çok üzüldü. Bir koşu gittim, ablamı da çağırdım. Sevinçle geldi kucakladı Dilek'i. Çok tanımasa bile Ayvalık'tan gelen her eski dost memleket kokusu taşıyordu bizim için.

Biz olanları, eski günleri konuşup, ablamın bir türlü iş bulamadığına ahlanıp vahlanırken Musa abi, "Türkâncım, çok sevdiğim Edremitli bir arkadaşımın İstanbul'da büyük şirketleri var. Onu bir arasam mı, ne dersin? *Bizim kızımız nihayetinde, güvendiğimiz bir yerde olsun*, derim. Beni kırmaz sanıyorum. Arayayım mı?" diye sordu.

Ablam hiç tereddütsüz, "Çok sevinirim Musa, her şeyi öğrenmeye, elimden geleni yapmaya hazırım," dedi. Musa abi arkadaşını aradı. Görüşmesi bittiğinde, "Seni yarın bekliyorlar, *mutlaka bir pozisyon vardır, sen merak etme*, dedi. O öyle diyorsa öyledir. Sen yarın git, sonra beni ara. Ben paranı pulunu konuşurum," dedi.

Havalara uçtuk. O gün geç saatlere kadar bırakmadık Dilekleri. Ertesi gün ablam giyindi kuşandı, Musa abinin verdiği adrese gitti. Ama morali çok bozuk döndü. Görüşmeyi insan kaynaklarından bir kadın yapmış. Ablamın kız meslek lisesi mezunu olduğunu duyunca yüzünü buruşturmuş. "Üstelik Açık Öğretim'de okumuşsunuz üniversiteyi. Burada ne iş yapmayı düşünüyordunuz?" diye sormuş. Ablam hiçbir şey söyleyememiş. Musa abinin arkadaşını da göremeden dönmüş. "Boşuna gittim oralara kadar," diyordu. Çok ağrına gitmişti görüşme yaptığı kadının tavrı. Musa abi kendisini sonuçtan haberdar etmesini söylediği hâlde aramak istemedi. Defne'yi de alıp erkenden kendi evine gitti.

Ertesi gün Dilek aradı beni. Musa abi görüşmeyi merak etmiş tabii. Durumu anlattım. Dilek de çok üzüldü. Akşam Musa abi aradı. Çok sinirlenmiş olanları duyunca. Veryansın etmiş arkadaşını arayıp. "Senden ilk defa bir şey istedim, bu mu kardeşlik?" demiş. Arkadaşı çok mahcup olmuş. Özürler dilemiş, telafi edeceğini, haberinin olmadığını, ablamı ertesi gün mutlaka beklediğini söylemiş. Ablam, Musa abiye çok teşekkür etti ama telefonu kapattıktan sonra, "Katiyen gitmem!" dedi. Gitmedi de.

İki gün sonra Musa abinin arkadaşı Kartal Bey, halamın evini aradı. Çok mahcup olduğunu, mutlaka ablamı beklediğini söylüyordu.

"Katiyen gitmem," dese de, halam bir taraftan, ben bir taraftan, yalvar yakar gönderdik ablamı. Ağzı kulaklarında döndü bu sefer.

Çok iyi, çok kibar bir adammış. "Siz benim özel kalemimde çalışırsınız, arkadaşlar size zaman içinde her şeyi öğretir. Hemen gelin başlayın," demiş. Ablam bir heves başladı işe. Ve birkaç ay içinde bizim bildiğimiz Türkân gitti, yerine müthiş bir iş kadını geldi.

Ablamın bu değişimi, çabası halamı da heyecanlandırıyor, "Ayol kime diyorum, Türkân bile kanat taktı, kendi evini açtı. Hayatını kurdu. Sen hâlâ saksı gibi otur burada!" diyordu.

"E, hala aşk olsun! Yine aynı terane. Vallahi senin derdin bu evdeki insan sayısını azaltmak. Ben fazla geliyorum sana," diye yalandan küsüyordum.

Derken bir gün, âdeta *bingoyu* vurmuş olmanın sevinci ve telaşıyla kapıdan içeri şakıyarak, sekerek girdi.

"Yavrum müjde! Birini bulduk sana. Karısı ölmüş. Kader kurbanı bu. Hayır, boşanmış olsa hiç teklif etmem. Bir kusuru varmış ki karısı ayrılmış, derim. Yaşı geçkin bekâr da istemem. O da kim bilir ne zamparalıklar yapmış ki bu yaşına kadar evlenmemiş. Kesin onun da bir arızası olur. Yavrum, çocuğum, şimdi bu karısı ölmüş adam var ya, temiz ve önünde henüz sıra yok. Daha millet duymadan biz öğrendik. Evlenmeye niyetliymiş. Karısı öldüğü için kader kurbanı bu, kıymetini bilir yani. Bir git görüş be kuzum. Kumaş tüccarıymış. Ama öyle bildiklerinden değil. Yurt dışına satıyormuş. Tarabya'da çok şık bir evde oturuyormuş. Gayet modern bir adammış. Bir çay iç hiç olmazsa. Yazık, karısı ölmüş be..." diye yalvaran gözlerle bakarak konuşmasını tamamladı.

Öyle yürekten, öyle canhıraş anlatıyordu ki, sonunda bıkkınlıkla, "Tamam hala," dedim. "Tamam, giderim. Fazla mı geliyorum size bilmiyorum ki? Hayır, sanki ben bir koca arıyormuşum da seni görevli tayin etmişim gibi, *buldum, buldum*, diye giriyorsun içeri. İnan bak, güceniyorum."

Halam karşıma oturdu.

"Tövbe de! Aşk olsun. Ben şurada seni düşünüyorum. Ben bile aşkın en güzelini yaşadım. Sen yaşamadan gitme istiyorum bir tanem," dedi.

Ayarlanmış buluşmalarla aşka kavuşacağıma o da inanmazdı büyük ihtimalle ama bana üzülüyordu. Üzüntüsünün sahiciliği böyle yalvardığı anlarda içime dokunuyordu. Hikmet eniştemle mutlu mesut olduğu o günleri ne kadar özlediğini anlıyordum. Belki ben de Hikmet eniştem gibi birini bulabilirdim, buna bütün kalbiyle inanıyordu. Ama biliyordum ki, onu kırmamak için tamam dediğim her görüşme, "Nasıl kalkacağım bu masadan?" diye kendimi yiyip bitirmemle son bulacaktı. Yine böyle olacağını bile bile, "Peki," dedim. "Son kez gidiyorum ama! Bu adam da kafadan kontak çıkarsa yemin ediyorum asla ama asla bir daha sözünü dinlemem!"

"Tamam yavrum," dedi. "Sana söz halasının kuzusu. Yemin ediyorum senin için bu ısrarım yavrum. Vallahi bak. Bu son. Bunu da beğenmez, istemezsen bir daha ağzımı açmayacağım."

Halam, arkadaşı Şermin'le gerekli ayarlamaları yaptı. Öyle gece buluşması filan olmayacaktı. Zarif, şık bir yerde öğle yemeği yenecekti. Adamı beğenmezsem, "Burada bir doktor randevum var," diye kalkacaktım. Halama peki demiş olmanın bezginliğiyle iyi kötü üstümü başımı toparladım. Öyle makyaj filan yapacak hâlim yoktu. Bana söylenen yere tam vaktinde gittim. Nişantaşı'nda lüks, eski bir mekânın adını vermişlerdi. Cam kenarında, yola bakan bir masaya oturdum.

Kumaş tüccarı buluşmaya bir Ferrari ile geldi. Her şeyi görüyor, duyabiliyordum. Kapının önündeki valeye anahtarı verirken on kere, "Gözümün önünde olsun, götürme bir yere!" dedi. Çocuk epey dil döktü ama tüccarı ikna edemedi. Anahtarı aldıktan sonra arkasından öyle bir baktı ki, ettiği küfürleri, ağzı oynamasa da, ben bile duydum.

Beyefendi on beş dakika gecikmesine rağmen özür bile dilemeden, "Ben Hayri," diye oturdu karşıma.

Ay, saç ektirmiş, dişleri de pek yapay bir protez ama olsun, önyargılı olma, belki dünya iyisi bir adamdır. Ayıp etme, dedim kendi kendime.

Adam gayet senli benli başladı.

"Sen bir şey sipariş verdin mi? Aç mısın? Ben yedim ofiste bir şeyler."

Allah Allah? Yemek diye konuşmamışlar mıydı bunlar? Halam, "Öğle yemeği yiyeceksiniz," demişti bana. *Belki beğenmedi adam beni, bir kahve içip kalkacak*, diye düşündüm.

"Yok, aç değilim. Yemiştim ben de. Bir tatlı, bir kahve alırız," diye yanıt verdim.

"Şeker yemesen keşke. Çok zararlı. Kanser yapar. Ben diyet yapıyorum zaten. Ama sen istiyorsan söyle bir şeyler. Kilonu pek dert etmiyorsun galiba," dedi. Bu adam bana şişman mı dedi? Acaba tatlı isteyerek görgüsüzlük mü yaptım? *Ay dur, kahveyi sade söyleyeyim bari*, diye düşündüm.

Adam sürekli bacağını sallıyordu. "Aceleniz var galiba, isterseniz başka zaman görüşelim. Benim de doktor randevum vardı zaten," dedim.

"Yok yok. İşim yok. Çok güzel, dedilerdi senin için. Kız güzelse işler ertelenir icabında. Aslında çalışmama gerek yok artık. Yaptık bir dünyalık kendimize göre. Yine de, daha gencim. Emeklilik için erken be Hayri, diyorum kendime." Bunları söylerken sandalyesinde kaykıldı.

"E tabii, daha gençsiniz," dedim.

"Sen fotoğrafında daha genç duruyordun ama. Ne yaptılar, buraya getirebilmek için gençlik fotoğrafını mı gösterdiler bana?" dedi ve kendi esprisine kendisi gürültülü bir kahkaha attı.

Ah Nezahat hala ya! Ah halam ya! Yine özenle seçilmiş bir kütük için beni evden çıkardın, buralara kadar gönderdin ya...

Kumaş tüccarı bana doğru eğildi.

"Yalnız sana bir şey söyleyeceğim," dedi.

Ben de ona doğru eğildim.

"Siyah pantolon giymişsin. Üstüne de siyah bluz. Siyahla siyah giyilmez. Doku tutmazsa çirkin durur," dedi göz kırparak. Sonra tekrar arkasına yaslandı.

Allah'ım ben böyle anlarda neden Derya gibi olamıyordum? Neden söyleyecek bir şey bulamıyordum? Niye ağzının ortasına bir tane çakamıyordum! Fakat Allah büyük! Benim yerime İstanbul Trafik Vakfı olaya el koydu.

Kumaş tüccarının "Gözümün önünde dursun, bir yere götürme!" diye uğrunda valeyi yediği Ferrari'sini çekici kaptığı gibi arkasına yükledi ve bastı gitti. Kapıdaki vale hiç sesini çıkarmadan, oturduğu yerden çekiciyi izleyerek sigarasını tüttürüyordu. *Adam sarrafi olmuş belli ki*, dedim içimden. Çekici gözden kaybolana kadar bekledim. Kumaş tüccarı sırtı caddeye dönük, sandalyeye kaykılmış, parmaklarıyla masada tempo tutuyor, benim bir şeyler söylememi, kendimi beğendirmek için cilvelenmemi bekliyordu muhtemelen.

Öne doğru eğildim.

"Senin arabayı çektiler galiba," dedim.

Kumaş tüccarı sandalyesini devirerek fırladı yerinden. Vale çocuk, Oscar'lık bir oyun çıkardı. Sanki az önce gelmiş gibi, "Ah be abicim! Ben sana dedim. Buradan çekerler, dedim. Sen bana güvenmedin. Araba park etmeye gitmiştim. Yetişemedim. Arkasından çok koştum ama durmadılar," dedi.

Tüccar sanki çekiciyi yakalayabilirmiş gibi ayakları poposuna vura vura koşmaya başladı. Zaten bir şey yiyip içmemiştik. Çantamı alıp çıktım. Yürüye yürüye Beşiktaş'a indim. Motorla karşıya geçtim.

Halam bana söz vermişti, bu sondu.

Gerçekten bu sondu!

Adamın hâli tavrı ne kadar acıklıydı aslında. Hangi kadın, hangi düşünce biçimi bu zavallı, kof, komik özgüveni vermişti acaba adamcağıza?

Kim olacaktı? Evlenebilmeyi bir başarı sayanlar.. Göğüslenecek bir ip, tutulacak bir kupa, kazanılacak bir zafer gibi görenler. Sayıca çoğalanlar. Çoğaldıkça ezici galibiyetler alanlar. Ve sonunda ben ve halam gibi "bir koca mutlaka olmalı" diyen bu düzene günün birinde öyle ya da böyle yenilenler.

Ne diyordu halam? "Daha önünde sıra yok, önce biz duyduk."

Hikmet eniştemle yaşadığı o aşkın bir benzerine rastlayacaksam, denemeye, denerken de bu saçmalıklara katlanmaya değer diye düşünüyordu belki de.

Birden Derya geldi gözümün önüne.

"Yalnızlığına, konforlu, karanlık alanına feminist kılıflar bulma. Karşındaki Serdar veya âşık olduğun bir adam olsaydı, mutluluğu o yuvayı kurmakta arayanlardan olacaktın," demişti bir keresinde. Yine mi haklıydı acaba?

Belki...

Duygularım düşüncelerime biçim veriyordu, o kesindi.

Üsküdar'da motordan indiğimde eve kadar yürümek iyi gelir diye düşündüm. Bu şehirde arabalar izin verdiği ölçüde yürüyebiliyordu insan. İstanbul'un kaldırımı bile arabalar içindi. Arabalar ve sahipleri şehrin tek hâkimiydi. Arabalar anahtarlarını taşıyanların yerini, konumunu, kimliğini belirliyordu. Ruhsatta adı yazanların birlikte olacakları insanları, oturacakları evleri, arkadaşlıklarını arabalar seçiyordu. Yeme içme biçimlerini, müziklerini, konuşmalarını... Arabalar sözüm ona onları para ödeyerek satın aldıklarını düşünenlerin gerçek *sahibi*'ydi aslında.

İnsanlar değil, edindikleri nesneler ve o nesnelerin ederleri hayatlarını çiziyordu bu şehirde.

İstanbul yalnızların değil, artık ruhu yapayalnızların şehriydi.

O anda anladım. Adama o kof özgüveni, parasını ödeyebildiği arabası veriyordu. O arabayla gelecek olan hayata dâhil olmak isteyecek bir kadın mutlaka çıkacaktı. Adamla değil, o hayatla evlenmek için!

Ahhh...

Ah, Türkân ablam.

Ah, güzel ablam. Somer eniştenin, yıllar içinde o zarif ruhunu un ufak ettiği canım ablam. Eşiyle değil zenginliğiyle, ailesiyle, konumuyla evlenen o kız çocuğu kim bilir neler yaşamıştı o evde? Anacığım bile tahmin edememiştir, İstanbul, Ayvalık'tan gelmiş olsa bile zenginini nasıl hoyratlaştırır, nasıl emreder kendinden zayıfı ezmeyi... Bilse verir miydi prensesini?

Gurur duyuyorum yine de ablamla.

O koyu uykudan uyanıp ardında bıraktığı sözüm ona zenginliğe bir kez dahi dönüp bakmamasına, kendi hayatını sıfırdan kurabilme gücüne hayranım. Belki de çok korkuyor ama kimseye belli etmiyordu hiçbir şeyi.

"Bundan sonra tek başınasın. Hazır ol savaşmaya," demişti Somer enişte.

O hiç konuşmayan, hep zayıf, ürkek sandığım ablam nasıl da dik durmuş, "Yalnızlık benim işim, onda dert yok. Sen kendi savaşına bak!" demişti.

Hepimiz hayret etmiştik.

"Yalnızlık benim işim, onda dert yok!"

Vay be Türkân abla!

Bizim ailede yalnızlık benim uzmanlığım sanıyordum oysa. Babamla İstanbul'a geldikten bir süre sonra, tek başıma kaldığım ilk günü anımsıyorum. Ne yapacağımı, nereye gideceğimi bilememiştim. İlk aklıma gelen Kanlıca'da şekerli yoğurt yemek olmuştu. Halam, babamı da alıp bir akraba ziyaretine gitmişti. Benim Ayvalık'tan birilerini görecek, oradan haberler alıp dedikoduya katılacak gücüm henüz yoktu. Günlerden cumartesiydi. Derya çalışmıyordu. Gülce'ye bakmam gerekmiyordu.

"Bugünü kendine ayır, biraz yalnız dolaş," dediklerinde, "Tamam," dedim ama kendine ayrılan bir gün nedir, neye benzer, katiyen bilmiyordum.

İçi boş bir torba gibi oturmuştum çay bahçesinde.

Nezahat halamın evine girdiğimiz ilk sabah annemden başkası yoktu aklımda. O meşhur konak işte karşımızda duruyordu. Senelerce konak diye anlattıkları yapı, mütevazı, kutu gibi eski bir ahşap evdi. Ev küçüktü ama kocaman bahçesi ıhlamur ağaçlarıyla doluydu. Pencerelerinde halamın sardunyaları diziliydi. Annemin bu evi görmesini çok isterdim. Keşke yaşasaydı. "Anne, konak sandığımız o ev var ya, bizim eski küçük Ayvalık evlerinden farksızmış aslında," diyebilseydim.

Yaşasaydı hayatımız nasıl olurdu acaba? Bizim ışığımız annemin ölümüyle mi sönmüştü, yoksa Derya'nın gidişiyle mi?

Halamın evine bakarken bu soru birden kendime şaşırmama neden olmuştu. Bunu sormanın yeri burası mıydı öncelikle? Ve evet, Derya acaba benim düşündüğümden, bildiğimden, sandığımdan daha mı çok yer kaplıyordu hayatımızda?

O yıl, eylülün ilk haftasında Derya üniversiteye ve yurda kayıt için İstanbul'a gitmişti. On gün sonra Türkân ablam aramış ve anneme yedi aylık hamile olduğunu söylemişti. Sevincimiz şaşkınlığımızdan büyüktü.

Annem, "Akıllı kızım benim, nazar olmasın diye bana bile söylememiş," diyerek havalara uçmuş, kanatları hiç kapanmadan torun hazırlığına girişmişti. Ablam kasımın ilk günü doğum yapmıştı.

Ah o hazırlıklar, iki ayağımızın bir pabuca girmesi, yol boyu bastıramadığımız sevinç kahkahalarımız... Annem nihayet, yıllar sonra o toruna kavuşmuştu işte. Demek ki, korkuları boşunaydı. Somer eniştem ablamı sevmişti sonunda. Annem otobüse bindiğimizden beri sürekli konuşuyordu. Her şeyi kontrol etmiş miydim? Eksiğimiz yoktu, değil mi?

"Aman Rüçhan Hanımlara rezil olmayalım. Aldık değil mi küçük altınları? Ablana takacağımız bilezik de tamam, sende. Ben elmas yüzüğümü takacağım ona. Beni artık affedin kızım. Çok istemiş, çok dilemiş, ahdetmiştim. Çocuğu olunca bunu takayım, demiştim. Sizin sıranız geldiğinde âlâsını yaparım evelallah. Bebek bohçamızı kontrol ettim ama ne bileyim, telaş, yaşlılık, sevinç... Unuturum munuturum. Sen de baktın mı? Bir küçük altın sen takacaksın. Bir küçük altın da Derya... Baban bilezik takacak. Çocuğa Reşat altın takacağız. Ablana da elmas yüzük.

"Çok heyecanlıyım Dönüş kızım. Sonunda bunu gördüm ya! İnan artık gözü kapalı gitmem. Hayır, şimdi Rüçhan Hanım, ben biliyorum, çok büyük hazırlık yapmıştır. Ezilmeyelim altında. Likör takımını iyi sardın mı? Aman kırılmasın. Senelerdir saklıyorum ablana. Lohusa şerbetini onunla sunarız gelip gidene. Lokumu baban Beyoğlu'ndan alacak. Gerçi Rüçhan Hanım halletmiştir ama biz yine de elimiz boş gitmeyelim.

"Ablanın evi çok güzel, bir görsen. Şimdi epey gelen giden olur. Sen benim Japon işi gömleğimi giyersin. Misafirleri karşılarken asil dursun. Yok yok... O olmaz, anlaşılır benim olduğu. Yaşın daha genç. Sen pembe elbiseni giy. Aldın değil mi yanına? Ayyy... Babanın çizgili kravatını aldık mı kızım? Aldık aldık. Tamam, hatırladım.

"Şimdi, onlara gelen giden oldukça sen de kendini göster. Bol bol sohbet et insanlarla. Ailemizin yazar adayını tanısınlar. Ayvalık'tan böyle çok okuyan insanlar nasıl çıkarmış, görsünler. Benim kızımın edebiyat fakültesine gitmesine gerek kalmadan nasıl bir bilgisi, donanımı olduğunu anlasınlar. Ama bak, bir şey diyeceğim, enişteni de hoş tutmak lazım. Nitekim bizi ilk kez böyle bir arada görecek. Bizi şimdi tanıyacak aslında. Belki bu yaz ablanla çocuğu alıp gelmek ister. Bizi severse yani... Gelir, değil mi? Sever be Dönüş. Ne yanlışımız var ki bizim? E, artık çocuk da oldu. Ay, çok şükür Dönüş. Ay, çok şükür Allah'ıma.

"Derya'ya güzel bir kıyafet aldın mı? İnşallah saçı uzamıştır. Ay öyle Rüstem dayı gibi çıkmasa karşılarına! Hahaha, ne komikti o gün! Kız Dönüş, vallahi sen var ya, bu ailenin en komik, en tatlı insanısın. Kimse senin gibi göremez olayları. Babana hep, *bu Dönüş olmasa bizim neşemiz yok*, derim. Hayal gücün çok kuvvetli, insanları, olayları muazzam gözlüyorsun. On numara oluyor tespitlerin. Ben bu yaşımda hayret ediyorum bu çocuk bunları nasıl böyle yorumluyor diye.

"Vallahi de billahi de Derya aynı Rüstem dayın olmuştu o gün. Ama nasıl sinirlenmiştim. Ay nasıl sinirlenmiştim Derya'ya. Hayır, yani tam üniversiteye başlayacaksın, kendine bunu nasıl yaparsın be evladım? Bir de senin güzeller güzeli kardeşin hastalanmış, bir yıl geri kalmış. Dönüş'ümün bütün arkadaşları bir üniversite kazanmış, gitmiş, yavrumun içi parça parça. Ay, bir de o Serdar yok muydu o Serdar! Çocuğumun gönlünü çalmış. Bilsen nasıl kahroluyordum, sen gizli gizli ağlıyorsun, Derya delisi de zil takıp oynuyor diye. Ay, o bavulları günlerce ortada durdu, bir gün fırlatıp atacaktım hepsini, baban tuttu beni. İnsan böyle düşüncesizlik yapar mı? Bir şey diyeyim mi? İyi oldu o zilliye. Vallahi bak.

"O sinirle güleyim mi, ağlayayım mı bilemedim o akşam. Çıktım bahçeye. Baban geldi arkamdan. Dedi ki, *Dönüş doğru söylüyor, aynı Rüstem olmuş!* Ay, biz bahçede bir güldük, bir güldük. Gözümüzden yaş geldi. Ay, dayı dayı deyip duruyoruz, babamın dayısının oğlu işte. Yaşarken bu kadar bizimle olmamıştır! İyice sinirlerimiz bozuldu. Nasıl gülüyoruz. Ay, Dönüş, sen rahmetlinin o eski askerlik fotoğrafını nereden hatırladın da lafı koydun ortaya? Fakat sonra dedik, *iyi, ilk yıl buna takılan eden ol-*

maz. Üniversitede hangi delikanlı bakar Rüstem dayısına benzeyen bir kıza? Dönüş be, inşallah uzamıştır Derya'nın saçları. Rezil olmasak Rüçhan Hanımlara!"

Annem anlatıyor da anlatıyordu. Ama öyle güzel anlatıyordu ki... Coşkusu yıllardır duymaya muhtaç olduğum, içindeki gerçek duyguların biriktiği o barajın kapağını söküp atmış gibiydi.

Demek her şeyi görüyor, anlıyordu. Demek beni takdir ediyor, gidemeyişime benim kadar üzülüyordu. Demek babamla bizden gizli gülüyorlardı. Demek Serdar'ı biliyor, ben üzülüyorum diye o da üzülüyordu... Ah annem ya...

İçim hayatım boyunca hiç olmadığı kadar büyük, huzurlu bir mutlulukla doldu. Annem, Serdar'ı sevdiğimi biliyordu demek. *Çalıkuşu*'nun jenerik müziği çalıyordu yine kalbimde. Annelik böyle bir şeydi demek. Evlatları saklasa bile anneler her şeyi görüp, sezip, anlıyordu... Annem benim, canım annem...

İstanbul'a gidiyorduk ve Türkân ablamın mutlu ailesi olarak zenginlere gerçek aile nasıl olunurmuş gösterecektik.

Annem bir ara kucağımda uyudu. Saçlarını okşadım. Sevdim. Öptüm. Annem benim. Ayvalık'ta kalışıma benim kadar üzülen, Serdar'a yanan kalbimi bilen annem benim... Sana söz annem. Hikâyemizi öyle güzel yazacağım ki, herkese, "Benim kızım bizi yazdı, ailemizin yazarı!" diyeceksin.

Annem uykusunda ellerimi tuttu, yanağını üzerine koydu. "Kimseye vermedim seni, kimseye vermem. Asil kızım, koynuma bırakılmış meleğim benim," dedi yarı uyuyarak.

Elime bir öpücük kondurdu, sonra yorgunluktan âdeta baygın uyudu. İstanbul'a kadar mutluluktan gözüme uyku girmedi. Kıpırdamadım bile. Annem hiç rahatsız olmasın, elimin üstünde öyle uyusun istedim.

İstanbul'a indiğimizde, hastaneye gitmeden önce bir muhallebicinin tuvaletinde kendimize çekidüzen verdik. Üstümüzü değiştirdik. Annem makyajını yaptı. Parfümünü sıktı. Kahvaltı yaptık. Derya'nın o gün çok önemli bir sınavı mı, sunumu mu vardı, hatırlamıyorum. O sonra gelecekti. Bir heyecan içinde, o dönem İstanbul'da çok önem verilen, yabancı doktor ve hemşirelerin çalıştığı büyük özel hastaneye gittik.

Ablam otel odası gibi bir süitte yatıyordu. Defne bebek doğalı 24 saat olmuştu. Ama Somer ortada yoktu. Babası da yoktu. Hatta kimse yoktu. Sadece Rüçhan Hanım oradaydı. Defne büyük hastanenin görkemli bebek odasındaydı. Bize camın arkasından gösterdiler.

"Kucağımıza da verecekler ama değil mi?" dedi annem. Rüçhan Hanım gözünü camın ardındaki minik beşikte yatan Defne bebekten ayırmadan, "Ah canım, buradaki Alman hemşireler çok katı. Çocuğu annesinden başka kimseye vermiyorlar. Zaten anneye de sadece süt saati getiriyorlar," dedi.

Birbirimize baktık şaşkınlıkla. Annem, "Aman, tabii iyi, mikrop kapmasın," dedi.

Rüçhan Hanım pırlanta dolu elleriyle siyah döpiyesindeki görünmeyen tozları silkeleyerek "Ben de o yüzden kalabildiğimiz kadar hastanede kalalım diye düşündüm.

Evde gereksiz bir insan trafiği olmaz. Hafta boyunca burada kalacaklar. Görmek isteyen burada görsün, gitsin. Yakın akraba, uzak tanış dinlemiyorlar. Bir hafta boyunca bebeğe yaklaşmak katiyen yasak. Aslında anne için de öyle. Bir kişi kalsın, o da yan odada, diyorlar. Ziyaret sadece burada. Bebeği cam arkasından görebilmek mümkün," dedi.

Rüçhan Hanım'ın bu uzak tavrı, istenmediğimizin altını özenle çizen cümleleri karşısında o kadar şaşkına döndük ve üzüldük ki, ablamın yanına döndüğümüzde dut yemiş bülbül gibiydik üçümüz de. Ablam yatakta mahzun, sessiz sessiz bize bakıyordu. Babam, ablama yaklaştı ama tedirgindi.

"Güzel yavrum, bebeğimizi gördük. Maşallah çok güzel. Allah analı babalı büyütsün. Çok duygulandım. Fakat bir süre yakından göremeyecekmişiz. Aslında biz de Dönüş'le bu akşam Ayvalık'a gitsek iyi olur bu durumda. Benim çok önemli bir işim vardı, çözememiştim. Annen burada nasılsa. Derya'nın da sınavları var. O sınavlarını versin, sen de eve çık... Daha rahat olursunuz. Biz de gelir o vakit ziyaret ederiz sizi inşallah. Önemli olan bugün, şu dakika burada olabilmekti. Var mı bizden bir isteğin?" dedi.

Ablam anlamıştı durumu. "Yok babacığım, canınızın sağlığı. Gelip görmüş olmanız bile yeter," dedi. Ablamı öpmek istedik ama Rüçhan Hanım doktorların uyarısını anımsattı. Ablamı öpemeden, Defne'yi bir kere olsun yakından göremeden hastaneden ayrıldık. Annemin morali çok bozuktu. Hastane bahçesine indi bizimle.

"Bu neydi şimdi? Nerede bunun kocası? Anlamadım ben vallahi. Kadın bize bildiğin yabancı muamelesi yapıyor. Ay, çok fena oldum ben inan. Sadık sen doğrusunu yaptın galiba. Ben de gelsem seninle olmaz. Kuzum burada tek başına. Bana da bir şey diyecek değil ya? Kız annesi doğumda çocuğunun başında durmayacak da ne yapacak?" dedi. Dedi ama yere yığıldı yığılacak hâldeydi. Elleri titriyordu. Şüphe dolu gözlerinden yaşlar boşalmak üzereydi.

Babam çok üzgündü. Ama annemi daha fazla üzmek istemiyordu. Onu sakinleştirmeye çalıştı.

"Biz tabii onların âdetlerini bilemiyoruz. Modern bir hastane sonuçta Nesrinciğim. Bunlar Avrupalı, bizden önde kültürleri. Doktorların bir bildiği vardır mutlaka. Sen görmüş geçirmiş bir kadınsın. Neler neler idare ettin. Bunları mı idare edemeyeceksin? Biz şimdi kızımla dönelim Ayvalık'a. Ayakaltında olmayalım. Ama sen iyi misin?"

"İyiyim iyiyim," dedi annem.

Birbirlerine baktılar.

İkisi de yıkılmıştı. Sarıldılar.

"Üzülme sakın, çocuğu da üzme," dedi babam.

"Bilmiyorum ki Sadık. Biz ne yaptık?" diye fısıldadı annem. Bana döndü. Kollarımı tuttu. Saçlarımı okşadı. "Ablanı gördün. Belli ki konuşamıyor. Burada bir sıkıntı var. Aslında bir otelde kalsanız mı diye düşünüyorum ama... Siz dönün kızım. Baban sana emanet. Derya şimdi bir düşüncesizlik yapar. Evimiz, kapımız, babamız sana emanet," dedi. Durdu. "Gel bir sarılayım sana," dedi. Sıkı sıkı sarıldık. Sonra babamla kucaklaştılar.

Babam, "İyisin değil mi? Sen ne gerekiyorsa yaparsın. Derya'yı görmeye çalışırız bugün. Akşam otobüsüyle döneriz. Paran pulun var. İhtiyacın olursa ben bir şekilde gönderirim sana. Canını sıkma hiç. Bu insanlar bize uzak be Nesrinciğim. Kızımızın ve torunumuzun sana ihtiyacı var. Ben Derya'yı tembihlerim, aniden çıkıp gelmesin. Sen onu yurttan ararsın, öyle gelir. Allah'a emanet olun canım," dedi.

Annemle birbirimize baktık bir kez daha. Gözleri kıpkırmızı olmuştu. "Üzülme anne. Babamı, bizi merak etme. Sen ablama destek ol," dedim. Annem bir kez daha sarıldı bana. Saçlarıma gömdü başını. "Baban... O çok üzülmüştür," diye fısıldadı.

Annemi ardımızda bıraktık.

Rüçhan Hanım bize odadan çıkarken sadece kuru bir "Güle güle," demişti. Yol yorgunusunuz, kalın, yarın gidin, dinlenin, bir kutlayalım filan... Yok, hiçbirini söylemedi. Sanki biz İstanbul'da yaşayan uzak bir akrabaydık. Ne olduğumuzu anlamadan yola koyulmuştuk. Derya okuldaydı o saatte. Okula gittik. Bizi karşısında görünce çok şaşırmıştı. Annem yurda telefon açmadan hastaneye gitmemesini tembihledik. Sonra bindik otobüse, döndük Ayvalık'a.

Annem aslında senelik izninden kullanıp ablamın yanında biraz uzun kalmak niyetindeydi. Fakat biz Ayvalık'a döndükten üç gün sonra bir akşamüzeri annem de çıkıp geldi.

Kapıyı açıp da karşımda onu gördüğümde gözlerime inanamadım. Üç günde zayıflamıştı. Hiç keyfi yoktu.

Rengi değişmişti. "Ne oldu, neden döndün?" sorularımıza, "Böyle icap etti, geldim. Hiç hâlim yok, ne olur sonra konuşalım," diye yanıt verdi sadece. Ablamın hayatında neler olup bitiyor, o kız orada ne yaşıyor, Rüçhan Hanım bize neden öyle davrandı, Somer enişte nerede, annem bizden sonra neler gördü, ne oldu da geliyorum diye bir telefon açmadan atlayıp geldi, hiçbirini konuşamadık. Banyo yapıp yatmak istedi. Yemek yemedi. Yatağa girdi. Bana seslendi. "Bir bardak su verir misin Dönüş'üm," dedi. Götürdüm. Suyunu içti. Beni öptü. Yattı ve sabah uyanmadı.

Uyanmadı.

Yol yorgunudur, dedim. Biraz daha uyusun diye bekledim. Meraktan ölüyordum. Üstelik İstanbul'a giderken ilk kez annemle arkadaş gibi konuşabilmiştik. Hep öyle sohbet edelim, annem bana her şeyi anlatsın istiyordum.

Bana çok nadir "Dönüş'üm" derdi. Dün gece yine öyle demişti. Üç günde zayıflamıştı. Belli ki çok üzülmüş, hiçbir şey yememişti oralarda. Sevdiği peynirlerle, yeşil kırma zeytinle, bahçemizin domatesiyle, birlikte yaptığımız vişne reçeliyle kahvaltı masamızı hazırladım. Çayı onun sevdiği gibi içine karanfil atıp demledim.

O yüzden de bir an önce uyansın diye bekliyordum. Bir an önce uyansın da, Rüçhan Hanım bizden sonra neler yapmış, anlatsın istiyordum. Ama annem uyudukça uyuyordu. Saat 10.00 oldu. Hiçbir zaman o kadar uyuduğunu görmemiştim. Sonunda, ben uyandırayım dedim. Nasılsa yüz bulmuşum, otobüste elimin üzerinde mışıl mışıl uyumuş... Eh, kaldırma hakkım var yani Nesrin Sultanı.

"Annem, kahvaltı hazır. Çok acıktık, hadi kalk," dedim kapıdan. Hiç kıpırdamadı. Çok üzülmüş, yorulmuş, uykusuz kalmış demek ki diye düşündüm. Yanına gittim. Yatağın kenarına oturdum. Saçlarını okşadım.

"Annem..."

Yüzü buz gibiydi.

Aklıma gelen o şey... Yok yok... Yok canım...

"Anne?"

Annem uyanmıyordu.

Annem uyuyordu.

Uyandırmaktan korkar gibi çıktım yanından. Babam gazete okuyordu.

"Baba... Annemi uyandır," dedim ve...

Sonrası çok hatırlamak istesem bile hatırlayamadığım, görmek istesem bile göremediğim, duymak istesem bile duyamadığım, beni sağır, dilsiz, felç eden bir girdabın içinde geçti. Bir fırtına koptu ve bizi hortuma çekti, toz duman etti her şeyi.

Kahvaltı sofrasına annem bir daha hiç oturmadı.

Derya geldi. Ablam geldi, kucağında birkaç günlük bebeğiyle...

Herkes geldi. Herkes.

Bütün öğrencileri, bütün velileri, bütün arkadaşları, tanıdıklar, eş dost, o uzak, sevilmeyen akrabalar... Bütün Ayvalık, halam, Mesut, Zekiye abla, Emel teyze, Hakan abi... Rüçhan Hanım, Özer Bey... Somer enişte bile geldi.

Yaşarken elini öpmeye gelmeyen damadı ölümüne gelmişti. Yaşarken bir arada görmek için ömrünü vermeye hazır olduğu insanlar, ömrünün sonuna tanıklığa gelmişti. En sonunda...

Ama kalbimin anlamadığı şey şuydu. Ben anneme yeni kavuşmuştum. İstanbul'a gidiyorduk, annem elimi öpmüş, yanağını üzerine koymuş, uyumuştu... "Sen bizim neşemizsin," demişti. "Sen bizim yazarımız olacaksın. Güzeller güzelim," demişti... Ben anneme daha yeni kavuşmuştum. Yeni arkadaş olmuştuk. Annemle asıl şimdi her şeyi konuşacaktık. Niye uyanmadı?

Sonra anladım sonsuza dek gittiğini...

Bir ses yankılandı: "Hakkınızı helal ediyor musunuz?"

"Helal olsun!" diye haykırdı herkes.

Annem artık yoktu...

Hepimizin en güzel, en kıymetli parçasını söküp almıştı hayat.

Derya'ya ve Türkân ablama baktım.

Onlar vardı. Kardeşlerim. O yangın üçümüzü de yakıyordu. Beni o anda bir tek onlar anlıyordu.

"Annemi son kez göremedim," dedi Derya.

"Annemi çok üzdüm," dedi Türkân ablam.

Biz annemize ağlarken babam en iyi arkadaşını, sırdaşını, sevgilisini kaybetmişti...

Annem gitti.

Annemden sonra zaten hiçbir şey eskisi gibi olmadı.

Yıllar yıllara eklendi.

Ayvalık'taki hikâyemizin sonu geldi.

Ev satıldı, eşyalar dağıtıldı ve hayatımız sanki sıfırlandı.

*

Halam, İstanbul'a geldiğimiz sabah bizi gözyaşlarıyla karşılamıştı. Elbette başının üzerinde yerimiz vardı. Hikmet eniştemden sonra o ev zaten doğru düzgün misafir yüzü görmüyordu. Biz bir düzen kurana kadar hep birlikteydik elbette. Biz bir aileydik. Böyle bir günde birbirimize destek olmayacaktık da ne zaman olacaktık? Misafir evin bereketiydi.

Halam o kadar çok *misafir* diyordu ki, dilimin ucuna, "Biz de çok tutmayalım sizi, oturduk kaldık, kalk baba anca gideriz!" demek geliyordu ama nereye gidecektik?

Alınganlığım hayal kırıklığımdandı aslında. Çaresizlik içinde halamı dinliyordum. Halam hem konuşuyor hem de bize kahvaltı hazırlamaya çalışıyordu. Fakat eli ayağına dolanıyordu. Mutfakla yemek masası arasında üç beş kez eli boş gidip geldi. Sonunda, "Hala sen otur, babamla ilgilen. Ben hallederim," diyerek mutfağa girdim.

Ve bir süre sonra o evin mutfağı benden sorulmaya başladı.

Babamla ikimizin düzeni hiçbir zaman kurulmadı. Biz halamın düzenine ayak uydurduk. Bir süre sonra birbirimize alışmış, günlük akışın içinde yuvarlanıp gitmeye başlamıştık. Eniştemin ve babamın emekli maaşıyla, arada da Derya'nın desteğiyle hayatımızı döndürüyorduk.

Derya'nın kocası Erdem, Nezahat halamın Çengelköy'deki evinin yakınındaki bir bankanın şube müdürüydü. Kızları Gülce'yi her sabah getirip bize bırakıyor, sonra işine gidiyor, bazen öğle aralarında yemeğe geliyordu. Gülce sadece bana değil, halama ve babama da yaşam sevinci olmuştu.

Yazmak da Ayvalık gibi eski bir çocukluk hatırasıydı artık. Ben anımsamaktan, anmaktan kaçınıyordum ama babam sürekli eski günleri konuşmak istiyordu. Aklı fikri Mesut'taydı. Ne yapıyordu, nasıl yaşıyordu, neler olup bitiyordu?

Ne yaparlarsa yapsınlar Mesut'u her akşam eski garaja gitmekten alıkoyamadıklarını söylüyordu Savaş abi. Yürüye yürüye gidiyormuş. Son İstanbul otobüsü de geldikten sonra geri dönüyormuş. Babamı bekliyormuş... Üzerinden babamın paltosunu çıkaramıyorlarmış bir de. Hakan abiyi görünce çok ağlıyormuş. Ama yattığı kalktığı yer tertemizmiş. Sağlığı yerindeymiş. Balıkçılara yardım ediyormuş. Hakan abi sık sık uğruyor, harçlık bırakıyormuş Savaş abiye. "Bir şeye ihtiyacı olmuyor burada. Gökmen kira mira almıyor zaten. Ne kirası? Üstüne başına da biz bakıyoruz. Sen merak etme. Suyunu, yemeğini, hastalığını sağlığını, her şeyini kontrol ediyoruz," diyordu Savaş abi.

Sandığını sormuştum. Bıraktıkları günkü gibi duruyormuş. Bir kere bile elini sürdüğünü görmemişler. Artık zarf da biriktirmiyormuş. İçim cız etmişti. Demek yüzüme bakmayarak anlatmaya çalıştığı küskünlüğünü zarflara, sandığa yöneltmişti... Öyle ya, bütün bunları bir zarf uğruna yaşamıyor muyduk? Müdür Babası bir zarf yüzünden gitmemiş miydi onu bırakıp? Artık zarflarda değil, otobüslerdeydi demek ki umudu...

Babama, üzüleceği kısımları anlatmıyordum elbette.

"Seninki armatörlüğe soyunmuş yine. Balıkçılarla çalışıyormuş. Keyfi yerindeymiş. Çabuk unuttu seni ama," diyordum. Babam gözleri dolarak gülümsüyordu.

Onun Mesut kaygısı ile Nezahat halamın bir gemiyle Roma'ya gitme hayali günlük rutinimizin önemli konu başlıklarıydı.

Bir günümüz, Gülce'nin gelişi, kahvaltısı, uykusu, maması, gezmesi ve "Mesut acaba ne yaptı? Keşke bir imkân olsa da gitsek. Ama bir kere daha ayrılmaya nasıl dayanılır?" ile "Herkes toplanıp gidiyor. O kadar pahalı da değilmiş. Turizm şirketleri vizeyi mizeyi her şeyi ayarlıyormuş. Bir gün biz de gemiye binsek, Roma'yı görsek," bölümlerinden oluşuyordu.

Böylece günler günleri kovalıyordu. Ah, bir de, "Mesut paraları nasıl yaktı?" konumuz vardı ki, o da on on beş günde bir açılırdı.

Babam, Mesut'un para kavramı olmadığını, onları kâğıt sanıp yaktığını, ona kızamayacağımızı söyledikçe halam delirirdi. "Bakkala gitmeyi, para üstü getirmeyi bilen adam onların yanmaması gerektiğini nasıl bilmez abi? Delirtme beni!" diye zıplardı yerinden. Sonra birden yeni bir fikir ortaya atardı: "Bence siz gitmeyin, orada kalın diye yaktı!"

"Asıl sen beni delirtme. O kadar plan programı nasıl yapsın bu çocuk? Okuma yazmayı öğrenemedi; böyle alengirli işlere mi girecek o masum, saf kafasıyla! Biz gitmeyelim diye parayı yakmışmış!.. Bilememiştir. Yabancı para, tanımamıştır."

Ben artık hiç karışmıyordum ikisinin bu değişmeyen diyaloğuna. Arada bir beni taraf yapmak için, "Değil mi ama Dönüş, öyle değil mi?" diye sorarlardı ama ben sadece

"Hıhı, evet, öyle," der, işime devam ederdim. Artık yapacak bir şey yoktu.

Paralar sobada cayır cayır yanmıştı. Hepsi bu!

Zekiye abla, postacı İrfan abiyle evlenip gittikten sonra sobayı yakma, odunu kömürü taşıma işini büyük bir gönüllülükle Mesut üstlenmişti.

Ölümünden sonra annemi bir daha göremeyince, ölümün gidenin bir daha dönmemesi olduğunu anlamış ve babam da giderse bir daha dönmez diye her dakika onun peşinde dolaşır olmuştu. Mesut çok iyi biliyordu ki, hastalanmak iyi bir şey değildir. Öğretmen annesi ona öyle demişti.

"Mesut, hastalanmamalısın. İyi bir şey değil. Yemeğini ye. Kalın giyin. Yağmurda, karda ıslanma. Ellerini yıka. Soğukta oturma. Ayaklarını taşa basma. Kendini sıcak tut."

Annem ne derse harfiyen uygulardı. O hâlde babam da hastalanmamalıydı. Hastalanırsa giderdi. Giderse dönmezdi. Babamın terliği, hırkası elinde geziyordu Mesut. Babam yemek yemezse o da yemiyor, su içmezse o da içmiyordu. İstanbul'a üçümüz birlikte gidecektik.

Babam satışı yapıp parayı tapuda teslim aldığı akşam planımız belliydi. Ertesi sabah erkenden parayı bankaya yatıracaktık. Sonra babam İstanbul'a gidecek, Derya'nın beğendiği evi görecekti.

"Belki krediye bile gerek kalmaz," diyordu. "Sonuçta onlar da karı koca maaşla çalışıyor. Allah korusun bir şey olur, ödeyemeyiz krediyi filan... Belki daha uygun bir yer bulmak da mümkün olur. Sen şimdi bize güzel bir yoğurtlu et yap da yiyelim."

Yemeği hazırlamak için mutfağa girdim. Babam, Mesut'la sohbet ediyordu. Masayı hazırlarken, "Baba, parayı kaldırdın mı, aman gözünü seveyim," dedim. "Kaldırdım kaldırdım. Sen merak etme," diye cevap verdi.

Yemeği yedik. Ortalığı toparladım. Babam televizyon seyrederken uyudu. Babamı yatağına, Mesut'u odasına gönderdim. Biraz kitap okuyup ben de uyudum.

Sabah yağmur sesiyle uyandım. Pencereyi açık bırakıp yatmıştım. *Nasıl güzel bir koku bu*, diye düşündüğümü hatırlıyorum. Toprak, yağmur, çam, sanki yine kuzineden yükselen odun kokusu... Annemli sabahlar gibi kokuyordu. Ah, Zekiye abla hâlâ buradaymış... Hepimizden önce kalkmış, kahvaltıyı hazırlıyor, ekmek kızartacakmış... Önlüğümüzün üzerine önden düğmeli hırkalarımızı giyecekmişiz. Annem parfümünü sürmüş, okula gitmeye hazır, mutfağa girecekmiş...

Yataktan kalktım. Mesut, yağmur yağınca babam üşümesin diye yakmış olmalıydı sobayı. Artık kuzine yoktu mutfakta. Salona küçük bir döküm soba almıştık.

"Mesut, daha kış gelmedi. Sobayı yakmak için erken," diyerek indim merdivenlerden. Mesut sobanın başındaydı. Elindeki boş zarfla bana döndü.

Elindeki zarfa, zarfın üzerindeki banka logosuna takıldı gözüm. Dosya büyüklüğünde, beyaz bir zarf ve üzerinde bankanın...

Zarf boştu. Mesut korkuyla bana bakıyordu.

"Mesut!" dedim, dehşet içinde...

Mesut zarfı bana uzattı hemen.

"Mesut... Bunun içindekiler nerede?"

Mesut'un gözleri daha da büyüdü. Yanlış bir şey yaptığını anlamıştı. Korkuyla, "Abla, zarf burada," diye bir daha uzattı zarfı.

Bütün ev dönüyordu sanki.

"Mesut bunun içindekiler nerede?"

"Zarf burada," diyordu sürekli.

"Sana bunun içindekiler nerede diyorum. Mesut bunun içindeki paraları ne yaptın?"

"Abla, zarf burada. Müdür Babam üşümesin diye... Abla bak zarf burada. Çalmadım ben. Burada zarf."

"Mesut!" diye bağırıyordum sürekli. "Mesut sana zarfı sormuyorum. İçindekileri diyorum Mesut. Ne yaptın? Bunun içindekiler nerede Mesut?"

Mesut duvara sıkışmış, iyice büzüşmüş, elindeki zarfı göğsüne bastırmış, ağlayarak "Zarf burada," diyordu.

Garip bir uğultu, tuhaf bir öfke nöbeti içindeydim. Mesut'u sarsarsam paralar sanki vücudundan dökülecekmiş gibi, duvara sıkıştırmış, deli gücüyle kollarından yakalamış sarsıyordum.

Bir pençe beni Mesut'tan kopardı ve karşı duvara fırlattı. Sırtımı çarptığım duvardan hışımla yeniden Mesut'a doğru hamle yapıyordum ki, babamın tokadı yüzümde patladığında idrak ettim.

Annemin ölümünü, tabutunu camide görünce idrak ettiğim gibi.

"Helal olsun!" haykırışları kalbime saplandığında anladığım gibi...

Bir başka bitişi daha idrak ettim.

Yanan para değil, gelecek hayalimizdi.

Yakıp kül ettiğim geçmişim, defterlerim, hatıralarım gibi...

Anlamıştım.

Babam duvarın dibinde titreyerek ağlayan Mesut'u sakinleştirmeye çalışıyordu. Sıkıca sarılmış, "Tamam oğlum. Korkma. Tamam," diyordu sürekli. Mesut bir ağlama krizindeydi. Kötü bir rüyanın içindeydim. Başkasına ait bir rüya olmalıydı bu.

Şu duvar dibinde, bir çocuğa benzeyen bu ağlayan adam, onu teselli etmeye çalışan yaşlı insan, şu cehennem sıcağı gibi oda...

Babam öfkeyle baktı yüzüme.

"Bir daha ona böyle davranma. Sıçmışım parasına! Dün yoktu o para, bu sabah da yok. Yarın da olmayacak. Anladın mı!"

Mesut'un titremesi yavaş yavaş durdu ama hâlâ hıçkırarak ağlıyordu. Parmağıyla babamın parayı sakladığı eski dolabı gösteriyordu.

"Yağmur yağdı diye... Müdür Babam hasta olmasın diye... O dolapta kâğıt vardı. Onları aldım. Sobayı yakayım da Müdür Babam üşümesin diye... Ama zarfı çalmadım Müdür Baba. Vallaha çalmadım baba."

Babam başını okşadı.

"Biliyorum oğlum," dedi. "Biliyorum. Benim oğlum çalmaz."

Yere çöktüm. Paralar gitmiş. Annem yok. Derya yok. Ablam yok. Evimiz yok... Herkes gitti. Sevdiklerim gitti. Bir ben kaldım burada. Herkes hayatının peşine düştü. Ben burada kaldım. Çıkışım yok benim. Bu evde, bu mahallede, bu şehirde, burada kaldım ben. Yaşamadan yaşlandım. Annem yok. Derya yok. Ablam yok...

Babam karşıma oturdu. Çenemi tutup yüzümü kaldırdı yerden.

"Özür dilerim... Bir fiske vurmadan büyüttüm sizi. Hiçbir canı incitmeden yaşamayı öğrettiğimi sanıyordum. Mesut'u ellerinin arasında görünce... Özür dilerim. Galiba incitmemeyi ben öğrenememişim!"

Hiçbir şey söyleyemedim. Ellerini tuttum babamın. Bir süre yerde oturduk. Mesut arada bir içini çekiyordu.

"Şimdi ne yapacağız baba?.." diye fısıldadım.

"Bir yolunu bulacağız..."

Babam...

Babama sarıldım. Sonra kalktım, Mesut'un yanına gittim. Elinden tutup kaldırdım. Korkuyla bakıyordu bana.

"Korkma Mesut... Korkma... Kalk hadi. Gel yüzünü yıkayalım. Sonra sen, ben, Müdür Baba sahile gidip peynir ekmek yiyelim. Olur mu?"

Mesut ellerime sıkı sıkı tutundu.

"Olur, yiyelim," dedi burnunu çekerek.

Ağlama Mesut... Sen sakın ağlama.

Sen annemin duası, sen annemin, defterinin sağdan verileceğine inandığı günahsız evladı, sen saf sevgiden bize yansıyan suret...

Özür dilerim Mesut...

Seni ağlattığım o dakikaların bedelini bu dünyada alsın Allah'ım benden...

Özür dilerim canım kardeşim...

İKİNCİ BÖLÜM

SARI YILLAR

Oysa kara görünmüştü...
Çok uzakta değildi. Sanki kulaç atsam oradaydım,
kıyıda. Sanki tamamdı her şey, güneş tepede, rüzgâr
bizden yana... Ama fırtına beklemez körfeze girmeni.
Olsun. Kaç kez ulaştı bu yorgun gemi o kıyıya.
Yelkeni yırtık olsa da kaptanı bırakmaz dümeni...

Derya, Dönüş'ün yazdıklarını okurken hem gülüyor hem de gözlerinden akan yaşları siliyordu.

Gözündeki yaşı silerek, okuduğu defteri kapadı. Yatağında saçı henüz çıkmamış çocuklar gibi uyuyan kardeşine baktı. Kemoterapilerden üç gün sonra ancak deliksiz bir uykuya dalabilmişti. Her ilaç alışının ardından ablasıyla dönüşümlü olarak birer hafta Dönüş'ün başında bekliyorlardı. İkinci kemoterapiden sonra saçlarının dökülmeye başladığını görünce, "Gel, gidip sıfıra vurduralım," demişti Dönüş. Mahalle kuaförü İlyas bir kenarda iki dakikada tıraş edivermişti Dönüş'ün saçlarını. Derya, kardeşine bakmış, "Benimki altı yedi saat sürmüştü. Sen beş dakikada başardın Rüstem dayıya benzemeyi," demişti. İki kardeş gözlerinden yaş gelerek dakikalarca gülmüştü aynanın önünde. Dönüş'ün hastalığı garip bir şekilde hepsinin daha çok güldüğü günleri getirmişti beraberinde. Eşsiz bir aidiyet örtüsüne bürünmüştü üç kardeş.

Kendi saçının yandığı o günü hatırladı yeniden. Nasıl da korkmuştu aslında. Eve nasıl döneceğini bilememişti. Aslında hep korkusundandı o dayılanmaları. Anlamasınlar diye bağırıp çağırırdı. Aynada saçlarının tamamının yandığını görünce perişan olmuştu. Eve nasıl gidecekti öyle? Hadi evi geç, İstanbul'a nasıl gidecekti? Üstelik kuaför yalvarmıştı, "Yapmayalım, bak yanabilir saçların, tatile geldiğinde boyarız," demişti ama Derya emindi çok güzel olacağından. Adam kesin konuşmamıştı ki. "Yanabilir," demişti. Yanmazsa çok güzel olurdu. Ama yanmıştı. Artık kuyruğu dik tutmak, başına gelene sahip çıkmak dışında bir seçeneği yoktu. Ah... Ah, gençliğin o tadına doyulmaz cesareti...

Oturduğu koltuktan kalktı. Yatağa yaklaştı. Kardeşinin üzerindeki pikeyi düzeltti. Elini tuttu, ateşinin olup olmadığını kontrol etti. Hiçbir sorun yok gibiydi. Dönüş'ün oğlunu kontrol etmek için odadan çıktı. Gece lambasının cılız ışığı Can'ın küçük yüzüne vuruyordu. Uyurken terlemiş, alnındaki bir tutam saç yüzüne yapışmıştı. Derya şefkatle saçını düzeltti, eliyle terini sildi. Can kıpırdandı, gözlerini açmadan, "Anne, susadım ben," dedi.

Derya mutfağa gidip bir bardak su doldurdu. Saate baktı. 10'u 10 geçiyordu. Kızı Gülce'nin çoktan yatağına girmiş, kitabını okumakta olduğunu düşündü. Dönüş'ün başında durabilmek için Nezahat halasında bırakmıştı onu. Suyu alıp Can'ın odasına girdi.

"Can, kuzum, kaldır başını, iç suyunu yavrum," dedi. Çocuk gözlerini açmadan doğruldu. Teyzesinin tuttuğu bardağa dudaklarını yapıştırdı. İçerken tek gözünü açıp Derya'ya baktı.

"Annem uyandı mı teyze?"

"Hayır, daha uyanmadı. Ama sabah gayet iyi uyanacak bence. Onu çok yormadan belki azıcık oyun oynarız yarın. Hem baban da işten gelmiş olur.

Can kafasını sallayıp tekrar yastığa gömüldü. Çocuğun saçlarını öpüp çıktı odadan.

"Işığı açık bırak teyze!" diye bağırdı Can arkasından.

"Tamam teyzecim. Kapı da açık. Ben buradayım zaten," diye seslendi koridordan. Dönüş'ün kitaplarla dolu oturma odasına geçti. Defteri bulduğu dolabı açtı. Bir karton kutu çarpmıştı gözüne. Kutuyu kucağına alıp yere oturdu. Çocukluğundan beri böyleydi bu. Dönüş hiçbir şeyini saklayamazdı ondan.

Etrafında olup bitene kayıtsızmış gibi yaşasa da öyle değildi aslında, hiçbir şeyi kaçırmazdı Derya. Hiçbir şeyi...

Ama işte...

Kocasının kendisinden nasıl yavaş yavaş uzaklaştığını, bir başkasına yakınlaştığını görememişti. Görmek mi istememişti? İçini çekti. Büyük bir pişmanlık, derin bir acı çöreklendi yine kalbine. Gözleri doldu. *Dönüş'ün yazdıklarını okumaktan oldu. Hastalığı beni böyle yaptı. Ona üzülüyorum. Her şey üst üste geldi. O yüzden ağlıyorum*, diye düşündü. Başını iki yana sallayarak daha derin iç çekti.

Kutunun kapağını açtı. Sinema biletleri, kurutulmuş çiçekler, üzerinde notlar olan peçeteler, lastikle bir araya toparlanmış eski fotoğraflar vardı içinde.

Lastiği çekip çıkardı. Siyah beyaz bir fotoğraf duruyordu en üstte. Ayvalık'taki evin bahçesinde çekilmiş. Dönüş, babasının kucağında, Derya daha birkaç aylık, o da annesinin kucağında. Türkân, annelerinin eteğine yapışmış. Karpuz kollu bir elbise giymiş. Yine çok güzel. Saçları bukle bukle dökülmüş omzuna.

Gözlerini kapadı Derya.

Elindeki değil, hatırasındaki fotoğraflar sıralanmaya başladı önüne...

O güzel bahçe... Evlerine çıkan o dik yokuş. Değerli'nin havlamaları. Huysuz kedilerinin bitmeyen uykuları. Koltuğunun altına sıkıştırdığı tavukların çaresizliği. İsmet amcaların bunak papağanı. Herkes uyurken kuş sesleri ve horoz ötüşleriyle uyanıp pencereden seyrettiği deniz. İçlerini çok merak ettiği o büyük, zengin konaklarının harap olmuş kapıları. Birbirine karışan dar sokaklar. Âşıklar Köprüsü. Cunda'dan sebze taşıyan sal. Dönüş'ün, kimsenin görmediğini, bilmediğini sandığı defterleri. Babasının gizli sigara içişleri. Ablasının gelin olduğu o sabah. Tam kapıdan çıkarken, "Annem nerede?" diye sorması. Mutfakta ağlayan annesi. Hakan abinin Önem'e âşık olduğunu söylediği o sızılı gün. Üniversiteye giderken arkasına dönüp evlerine son kez baktığı o an. Annesini bir daha hiç göremeyeceğini bilmeden el salladığı o sabah...

İçinde hep aynı notaya acıyla basan bir el vardı sanki. Gözlerini açtı. Hıçkıra hıçkıra ağlamak istiyordu. Kendisine inanamıyordu. O hiç böyle şeyler hissetmez, ağlamazdı. Böyle melankolik anılar, hüzünler, Dönüş'e mahsustu.

Fotoğrafları kutuya bıraktı. Bakamayacaktı. Boğazına çöken kocaman bir yumru, yutkunmasına izin vermiyordu. Hayır, anımsamak istemiyordu o eski mutlu, mutsuz günleri. Ayvalık artık çok uzak bir hatıraydı. Annesi ölmüş, evleri dağılmış, her şey koyu bir karanlığa gömülmüştü.

İçlerinden birinin mutluluğuna üçü de aynı anda dolu dolu sevinemeyecek miydi şu hayatta? Üçü birlikte bir *oh* diyemeyecekler miydi? Dönüş'ün hastalığını öğrenmelerinin üzerinden bir ay geçmemişti Derya'nın kocası ayrılmak istediğini söylediğinde. Kocasıyla yaşadığı karmaşayı çözemeden bir de işinden ayrılmıştı. Her şey, her şey üst üste geliyordu.

Dönüş'ün yattığı odaya geçti. Yastığın üzerindeki solgun, zayıflamış yüzün hâlâ ne kadar güzel olduğunu görmek, içindeki o dalgalı denizi yeniden kabarttı. Güzel sözleri, iltifatları, övgüleri hiç duymazdı Dönüş. Türkân'ın en güzelleri olduğunu düşünürdü. Oysa serpildikçe Dönüş'ün ne kadar başka bir güzelliğe sahip olduğu konuşulur olmuştu. Derya çok kıskanırdı onu. Nasıl da özenirdi onun bilgili, sakin hâline, herkesin onu beğenmesine. Ama Dönüş bunların hiç farkında değildi. Hep mahcup, çekinik dururdu, hediye kabul etmeyi bile bilmezdi.

Ürkekliği, utangaçlığı, güzelliğini reddedişi öfkelendirirdi Derya'yı. Onun adına hırçınlaşırdı. Yırtıcı olsun, gücünün farkına varsın, kabuğuna kapanmasın isterdi ama Dönüş her defasında geri çekilirdi. Derya bu kolay vazgeçişlerine çok kızar, hıncını yine Dönüş'ten alırdı. Onu kendi yöntemiyle uyandırmak isterken çok hırpalamıştı.

Ama aslında onun gibi olamayacağını bildiği için tam aksi bir edaya bürünmüştü. Dobra, korkusuz, dayanıklı... Şoför Nebahat, Erkek Fato... Oysa zarif olmayı çok isterdi. Dönüş gibi, Önem gibi, Türkân gibi... Onlar gibi olamayacaksa, onların asla olamayacağı biri olmaya karar vermişti. Zalim filan değildi. Sadece, kırıldığında göstermez, o çok sevdiği kediler gibi tırnaklarını çıkarıverirdi. Genç kız olmaya başladığında Dönüş'ün kolay pes edişleri, aşırı yumuşaklığı, ablasının sessizliği, kendini herkesten uzak tutuşu, annesinin her şeyi bildiğini, bilebileceğini zanneden hâlleri ve babasının sınırsız merhameti Derya'yı boğar hâle gelmişti.

Üstelik...

Üstelik Hakan abi tutmuş Önem'e âşık olmuştu. Bir delikanlının bir genç kızı nasıl güzel sevebileceğini sinemada izlemek güzeldi ama bu defa film, Derya'nın gözünün önünde âdeta canlı oynuyordu. Basketbolcu Hakan başkasını seviyordu.

Derya, Hakan'la hiç konuşmazdı ama kaçta uyandı, eve kaçta geldi, kapıdan çıktığında kendini nasıl hissediyor, nereye gidecek, az sonra ne diyecek, hepsini bilirdi. Bütün bunları neden bildiğini bilmezdi. Ama Hakan'ı ondan daha iyi tanıyan biri yoktu bu dünyada. Emel teyze bile onun kadar bilemezdi Hakan'ın ne düşündüğünü...

Bir gün, okul çıkışı eve doğru yürürlerken görmüştü Hakan'ı. Gülümsemiş ve göz kırpmıştı Derya'ya.

O günden sonra o göz kırpma her aklına geldiğinde kalbi hop diye sanki azıcık yukarı kalkıp inmeye başlamıştı.

Yemek yiyordu ve birden aklına geliyordu:

"Hakan abi bana göz kırptı." Kalbi hemen yukarı, hop!

Çatının kirişinde öpüşen kumruları görüyordu:

"Hakan abi bana göz kırptı." Kalbi yine hemen yukarı, hop!

Bu böyle günlerce sürdü. Sonra bir sabah Hakan abi "Derya, bir baksana," dedi. Derya'nın kalbi Hakan abinin sesini duydu ve *hop hop hoooop!* etti. Durdu duracaktı sanki. Hiç yüzüne bakmadan, "Ne vardı?" diye döndü Derya.

Hakan abi güldü. "Kızım var ya, zabit gibisin. Sana da sorulmaz şimdi ama... Geçen gün siz okuldan dönerken yanında siyah saçlı, pembe yanaklı bir kız vardı, kimdi o? Arkadaşın mı senin?"

Derya hızlıca düşündü. Kim vardı yanında? Safça, "Önem'i mi diyorsun?" diye kaldırdı kafasını. O zaman Hakan abinin gülen gözlerini de gördü. Kalbi hooop yukarı çıktı ve orada takılı kaldı.

"Önem mi adı? Senin sınıfta mı o? Var mı acaba konuştuğu bir çocuk?"

Ve Derya'nın yer çekimine inat havada asılı duran o güzelim kalbi *pat!* diye düştü yere. Öyle bir düştü ki, patladı kalbi. Parça parça oldu.

"Ne bileyim ben ya! Nereden bileyim?" dedi, içinde kalan son nefesle. Sonra yokuş aşağı koşmaya başladı. Öfkeden Sarımsaklı'ya kadar koşacaktı neredeyse. Keşke koşsaydı. Koşarken ölürdü de o aşkın en büyük tanığı olmazdı belki. Bir de aptal gibi koca yıl İzmir'e gidip gelmişti Önem'le. İçten içe, Hakan belki Önem'den vazgeçer, bu dünyada onu anlayan tek insanın kendisi olduğunu fark eder diye düşünmüştü. Ama öyle olmadı.

O bir yılın sonunda Önem'le Hakan abi kendi aralarında sözlendiler. Hakan abi kolye almıştı Önem'e. Üzerinde anlamsız işaretler olan, halka içine alınmış bir metaldi. Ama metali o halkanın içinde hızla çevirince, üzerinde "I love you" yazısı beliriyordu. Önem o metali her çevirdiğinde Derya cehenneme gidip geliyordu.

"Keşke Dönüş gitseydi dershaneye de şunları gören ben olmasaydım!" diye kafasını duvarlara vurmak istedi ama vurmadı. Vuramadı. Gitmek, uzaklaşmak, kaçmak istedi. Tek şansı vardı ve onu yakaladı; üniversiteyi kazandı. Üniversiteye ablası, kardeşi gibi güzel gitmeyi kafasına koydu. Nezahat halasına da benzemeyecekti, ailesine de. Kafasına koydu mu yapardı. Yaptı.

Aradan yıllar geçti. Geçti de... Bazı şeyler galiba hiç değişmedi, diye düşündü Derya.

Önem'le Hakan abinin aşkını göre göre onlarla İzmir'e gitmesi, saçının yanacağını bile bile hem perma hem boya yaptırması, yanıldığını bile bile bazı konularda daima ısrarcı olması, kendi bildiğini okuması... Bardağın içindeki suyun döküleceğini bilmesine rağmen eline alıp *belki şimdi dökülmez* diyerek her defasında bardağı çevirme aptallığı nasıl da ona yakışmayan, uymayan bir alışkanlıktı aslında. Neden yapıyordu acaba bunu? Neden bir şeyi çok istediğinde göz göre göre aynı hatayı tekrar ediyordu? Belki de içinde çok eleştirdiği Dönüş gibi iyimser, romantik bir taraf vardı?

"Yok yok... Yine karıştırıyorum. Romantizm ve aptallık iki ayrı kavram. Romantik ve iyimser olaydım keşke. Aptallığıma iyimserlik diye kılıf uyduruyorum," dedi yüksek sesle. Kardeşinin odasına geçti.

Dönüş'ün anılar defteri koltuğun üzerinde duruyordu. Defterin yanındaki cep telefonuna takıldı gözü. Ablasını aramak istedi.

Bu gece o da gelse. Birlikte olsak, diye düşündü. Ablasına mesaj göndermeye karar verdi.

"Şu anda yanımda olsan keşke. Dönüş hatıralarımızı yazmış. Defteri buldum. O günlere gittim. Bir tuhaf oldum. Hadi gel, birlikte okuyalım."

Türkân'dan hemen yanıt geldi:

"Hahaha! Yine mi karıştırdın kızın dolabını? Büyüsene artık. Düğündeyiz biz. Ayıp olur şimdi kalkarsam."

"Ne taktın geline?"

"Deli kızım benim. Çok mu sıkıldın, üzüldün?"

"Yok... Belki... Güzel de yazmış, biliyor musun... Hadi gel! Kardeşimi yalnız bırakmayayım de enişteme. Duygu sömürüsü yap. Bak biz ne mutluyuz, yazık, kardeşim taze ayrılık mağduru, de."

Bir süre oturdu. Bir yanıt gelmedi Türkân'dan.

"Kalkamayacak, bırakamaz şimdi sevgili kocasını," diye düşünüyordu ki, telefonunda Türkân'ın mesajı belirdi.

"Tamam. Geliyorum. Enişten de sıkılmış. Bir kahve içip çıkarım, siz üç kardeş orada kalırsınız, diyor."

"Ablaların ablası! Seviyom seni!"

Defterin kalan kısmının sonuna geldiğinde ablasının telefonuyla fırladı koltuktan. Kapıya koştu. Ablası, Can uyanmasın diye zile basmamış, telefonla aramıştı "Geldik," diye.

Eniştesi uzanıp Derya'yı öperken, "Nasılsın? Yemiyor musun sen bir şey? Bak, birinizi iyileştirelim diye uğraşıyoruz, öbürünüz hastalanmaya çalışıyor," dedi.

Derya, ablasını öptükten sonra, "Yok be Kartal abi, hiç keyfim yok, canım istemiyor. Girmiyor musun sen? Kapıda kaldın?" dedi.

"Yok, ben gideyim. Siz kardeş kardeş oturun, uyuyun. Ben sabah erken kalkacağım. Dönüş nasıl? Ateşi mateşi?"

"İyi iyi. Bugün uyudu çok şükür. Uykusu bölünmeden uyursa sabaha inşallah kahvaltı ederiz birlikte."

"Aman çok şükür. Kaç kez daha alacak ilacı?"

"İki sefer daha kaldı."

"Hadi bir atlatsak inşallah... Ben gidiyorum karıcım. Kardeşine bir şeyler yedir. Gözleri içine çökmüş."

Kartal, Türkân'ı öpüp asansöre bindi. Derya, eniştesini yolcu edip kapıyı kapadı ve "İyi ki geldin abla. Çok sevindim. Defteri senin de okumanı çok istedim," dedi.

Türkân, kardeşinin yüzündeki ifadeyi anlamlandırmaya çalışarak topuklu, şık ayakkabılarını çıkardı. İpek gabardin pelerinini mermer konsolun üzerine bıraktı.

"Bana rahat bir şeyler çıkarır mısın canım? Şu üzerimi bir değiştireyim, sonra oturayım. Tuvalete girip geliyorum hemen."

Derya gürültü yapmamaya özen göstererek Dönüş'ün dolabından bir eşofman ve tişört çıkardı. Ablası kapıdan girince uzattı hemen. Fısıltıyla konuşuyordu.

"Ben sinirlenince tutamazdım içimdekini. Bir de, çocuklar hayvanlara eziyet edince, bir tek onları döverdim, yalan yok. Ne bileyim. Rahmetli annem de öyleydi. Takır takır söylerdi her şeyi. Doğru bulduğumu söylüyordum. Ben zalim filan değildim abla ya... Dönüş hep nazenindi, hep kırılgandı. Annem sana hayrandı, babam Dönüş'ü kollardı. Ben de güçlü olmak zorundaydım. Söylenenlerin hepsini duysaydım... Çocukluk anıları değil bu gece beni böyle yapan. Ben sadece... Yani tam mutlu olduk, belimizi doğrulttuk, her şey yerli yerine oturdu, hepimiz bir aradayız, her şey yolunda diyordum... Şimdi Dönüş'ün hastalığı, çocuğu filan, benim şu anki durumum, iş, Erdem..."

Kelimeler Derya'nın boğazına takılı kaldı. Biraz daha konuşsa hakikaten hıçkıra hıçkıra ağlayacaktı. Elbise dolabının önünde arkası Türkân'a dönük, başını yere eğip ağlamasının geçmesini bekledi.

Ablası, Derya'nın içinde olduğu zor dönemin ve kardeşinin her geçen gün daha büyük bir bunalıma sürüklendiğinin farkındaydı. Kolay kolay yardım çağrısında bulunmazdı Derya. Hele kendisini bu kadar teklifsiz asla aramazdı. Ona mesaj atması, abla gelsen demesi, büyük bir yardım çağrısıydı. Derya böyle soluk almadan anlatmaya başlayınca daha iyi anladı. Onu çağırmasının nedeni, defteri okutmanın yanı sıra, kendisi okudukça içinden taşmaya başlayanları güvendiği birine anlatmak, döküp rahatlamaktı.

Türkân, kardeşinin kolunu tuttu şefkatle.

"Ne oldu sana? Başka bir şey mi var? Gerçekten sadece Dönüş'e mi üzüldün, yazdıklarına mı? Ne oldu?"

Derya kendini daha fazla tutamadı. Ablasının boynuna sarıldı.

"Dönüş, Ayvalık'ta kaldı, tamam. Ama ben buraya geldim de ne oldu abla? Dönüş orada sakin sakin yaşarken ben burada büyük kavgalar verdim. Dişimle tırnağımla bir kariyer edindim de ne oldu? O evlenemedi, ben evlendim de ne oldu? Kim kazandı, kim kaybetti abla? Kimin yarışıydı bu? İşte bak, el elde baş başta, aynı yerdeyiz onunla. Tek farkımız var. Artık o evli, ben yalnızım... Bunu söylerken çok utanıyorum ama... Ben Erdem'i çok özlüyorum abla. Onu nasıl kaybettiğimi düşündükçe, onun o kadınla uyuduğunu, uyandığını düşündükçe kahroluyorum..."

Türkân hiçbir şey söylemedi. Sadece sıkı sıkı sarıldı kardeşine. Dönüş'ün hastalığını öğrenmelerinin üzerinden çok zaman geçmemişti ki, hepsini büyük bir şaşkınlığa salan bu olay patlak vermişti. Her evlilikte olan ufak tefek tartışmaları dışında büyük bir sorun yok sandıkları Derya ve Erdem'in evliliği çatırdıyor, hatta yıkıldı yıkılıyordu. Henüz dava görülmemişti ama duruşma günü yaklaştıkça Derya'nın ruh hâli daha da kötüye gidiyordu.

Bir süre Dönüş'ün başında öyle birbirlerine sarılmış hâlde durdular. Sonra Türkân, kardeşinin gözyaşlarını sildi. Küçük bir kızmış gibi saçlarını geriye attı eliyle.

"Gel bir yüzünü yıkayalım," dedi. El ele banyoya gittiler. Derya yüzünü yıkarken de hıçkırarak ağlamaya devam ediyordu. Türkân sabırla kardeşinin başında bekledi. Havluyu uzattı. Sonra koluna girdi. Salona götürdü.

"Sen şuraya uzan biraz. Ben geliyorum şimdi," diyerek mutfağa geçti.

Derya yattığı koltukta, kocasıyla aslında ne kadar mutlu olduğunu ve mutluluğun nasıl azalmaya başladığını hiç fark etmeden geçirdiği günleri düşündü. Son zamanlarda zaten neredeyse sadece bunu düşünüyordu.

O büyük şirkette yükselmeye çabalarken giderek daha çok hırçınlaştığını fark edemiyordu. Güneşi bir kez bile görmeden geçiyordu günler. Durmadan çalışıyor, her yere, her randevuya, her hataya yetişmeye gayret ediyordu. Düzenli yemek yiyemiyor, yeterince uyumuyordu. Sürekli baş, omuz, boyun ağrıları vardı. Griplerinin başlayıp bitmemesi meşhurdu. İlaçları çantasından hiç çıkarmıyordu. Bir işi bitirip kenara koysa hemen ardından yenisi aynı tempoyla başlıyordu.

Okula başlayana kadar Gülce'yle ilgili içi rahattı. Dönüş kendisinden çok daha iyi annelik yapmıştı kızına. Mükemmel yetiştirmişti onu. Sadık Bey'le Nezahat Hanım el üstünde tutuyorlardı Gülce'yi. Kocasının işi de nasılsa halasıyla aynı mahalledeydi, çocuğu hiç olmazsa babası sık görüyordu. Aynı mahallede bir ilkokula kaydettirmişlerdi kızını. Kocası kızlarını sabah okula götürüyordu. Okuldan sonra Nezahat halaya gidip babasının mesaisinin bitmesini bekliyordu Gülce. Baba kız dönüyorlardı eve.

Kafasında düzen adına her şey yerli yerindeymiş gibiydi Derya'nın. Yorgundu, bir parça huzursuzdu, adını koyamadığı bir kaygısı vardı ama kariyerinde yapacağı son bir atak kalmıştı önünde. Çalıştığı çok büyük şirketin genel müdür yardımcısı olması bekleniyordu. Zaten o pozisyona geçti mi bir sonraki nerede olursa olsun genel müdürlük olurdu. İster Türkiye'de ister yurt dışında geçeceği şirketi kendi seçebilirdi. Az kalmıştı işte. Yüzmüş yüzmüş kuyruğuna gelmişti.

Fakat bu yorgunlukla baş etmek giderek zor geliyordu. Sabah dolabı açtığında gördüğü ilk ceketi giyiyor, en rahat ayakkabılarından birini geçiriveriyordu ayağına. Öyle süslenme işlerine ne vakti vardı ne de buna dair ufacık bir arzu duyuyordu. Avuç avuç vitamin, destek hapı alıyordu ama kahvaltıya kızı ve kocasıyla oturmaya vakti yoktu. Onlar uyurken çıkıyordu. Ve genellikle kızı uyumuşken dönüyordu. Sabrının sınırında yaşıyordu sürekli. Dişini sıkmaktan iki azı dişini kırmıştı. Kendini eve zorlukla atabildiği akşamlarda kocasının asık suratı her şeye tuz biber ekiyordu. Mutfakta ayaküstü yediği yemeğin tabağını tezgâha bıraktı ya da ayakkabılarını koridorun ortasında çıkardı diye söylenen kocasına tahammülü giderek azalıyordu. Oysa o anlarda öyle çok desteğe, anlayışa ihtiyaç duyuyordu ki...

Çok yorulduğu, zor atlattığı bir günün akşamında, üzerindeki iş kıyafetleriyle koltukta uyuyakalmıştı.

Uykusunun en tatlı yerinde kocası omzundan dürtüp "Kalk yatağına yat!" dedi. Âdeta sürünerek yatağa girdiği sıra kocası geldi ardından.

"Bu böyle olmaz Derya. Çocuk seni hiç görmüyor. Evle, benimle hiç ilgilenmiyorsun. Kendimi dul bir kadın gibi hissediyorum artık. Bu iş çığırından çıktı. Bu gidiş iyi bir gidiş değil," dedi.

Derya'nın bütün vidaları yerinden oynadı sanki.

Hışımla doğruldu yattığı yerden.

"Ne diyorsun sen yahu? Ben bütün gün nelerle, kimlerle uğraşıyorum, biliyor musun? Kimlerin ağız kokusunu çekiyorum? Çocuk beni göremiyormuş. O annesini göremiyorsa ben de yavrumu göremiyorum. Kör karanlıkta o çocuk uyurken evden çıkmanın kolay bir şey olduğunu mu sanıyorsun sen? Haftanın beş günü çocuğumu uyurken görmek benim için çok mu harika bir şey sence? Ben o iyi bir gelecek sahibi olsun diye bütün bunlara katlanıyorum. Sen o arabaya binmeye devam et diye bu saatte evime geliyorum. Dul kadın gibi hissediyormuş kendini!"

Erdem sakinliğini hiç bozmadan, "Kendini kandırma. Beni hiç kandıramazsın," dedi. "Kızının geleceği için filan değil, kendi hırsların yüzünden bu saate kadar çalışıyorsun. Ayrıca o arabaya binmiyorum ben. Apartmanın arkasında duruyor. Bir yere gideceğimiz zaman dolmuşla gidip geliyoruz biz kızımla. Park yeri derdiyle uğraşamam. Ama sen şirketinin şoförüyle işine gittiğin için sevgili arabamızın arkada aylardır uyuduğunu göremiyorsun."

"Benimle öyle artist artist konuşma Erdem şimdi. Neler çektiğimi gayet iyi biliyorsun. Böyle mızmız bir adam değildin sen. Beni desteklerdin. Bana inanırdın. Şimdi kıskanıyor musun ne? Dışarıdaki hayat yetmiyor, bir de gelip burada seninle uğraşıyorum. Yok tabağı makineye koymadın, yok ayakkabını koridorun ortasına attın. Ne oluyor ya?"

"Çok şey oluyor aslında. Sen başka biri oluyorsun mesela. Kızımız büyüyor. Sen karım değil de arkadaşım olsan yine aynı şeyleri söylerdim sana. Hedefini şaşırdın sen."

"Şu saatte hiç çekemeyeceğim bu dırdırı!"

"Duymak istemediğin şeyleri mi söylüyorum?"

"Uzatma Erdem, Allah aşkına!"

"Peki..."

Sonra bir daha tartışmamışlardı. Derya ne kadar da emindi kendinden, kocasının hep orada, bıraktığı yerde duracağından, aslında onu, kalbini gerçekten anladığından ne kadar da emindi oysa. Gülce büyüyordu ve Derya onun bütün güzel anlarını kaçırıyordu. Kızı giderek daha çok teyzesine düşkünleşirken, düştüğünde, uykusundan uyandığında anne değil de teyze diye ağladığında, halasının bile Gülce'nin günlük alışkanlıklarına kendisinden daha çok hâkim olduğunu gördüğünde, "Gülce öyle yemez, öyle sevmez, öyle uyumaz," dediklerinde, içten içe kahroluyor ve bunu kimseyle paylaşamıyordu. Gülce için sevdikleri söz konusu olduğunda son sıralarda yer aldığını bilmek tarifsiz bir kıskançlık ve kızgınlık yaşamasına neden oluyordu. Fakat söze dökmese bile anlayışı ile kendisini teselli edebilecek tek insan, kocası Erdem'dir diye düşünürdü. Gülce'nin babasına bağlılığı, onun kucağından inmeme inadı bazen sinirlerini bozsa da kocasının ona mahcup gülümseyişleri ve "Kızlar her zaman babaya düşkün olur, takılma sen," diye göz kırpmaları, gönlünü almaları nispeten içini ferahlatırdı. Evet, kızlar babaya düşkün olurdu değil mi? Hem kariyer yapan, çalışan her kadın, dünyanın her yerinde aynı durumdaydı. Çalışan anne olmak sonsuz bir vicdan azabı ile yaşamak demekti.

Ama bu yola Erdem'le birlikte girmişlerdi. İkisi de daha rahat kazanmaya başladıklarında kedileri, köpekleri bir arada bahçeli bir evde büyütmek istemiyorlar mıydı çocuklarını? Ortak hayalleri buysa eğer, elbette çocuğunun ondan uzaklaştığı anların tesellisi sadece kocasındaydı. Erdem'den başka kim anlayabilirdi ki bunu?

Üniversitede tanıştıkları günden sonra her şeyi birlikte yapmışlardı. Küçük küçük, adım adım, binbir zorlukla kurmuşlardı bu hayatı. Erdem ailesini bile karşısına almıştı Derya için. Bu hayatta Derya'yı ondan daha iyi tanıyan kimse yoktu. En iyi arkadaşı, ortağı, sevgilisiydi o. Kurdukları hayatın içinde Derya daha çok çalışıyordu, hepsi bu. Yanlış bir şey yapmıyordu ki.

Birkaç hafta sonra, eve geldiğinde Erdem'i salonda karanlıkta otururken bulmuştu. Işığı açacakken, "Açma!" demişti Erdem. "Otur şuraya."

Derya şaşkınlık içinde karşısındaki koltuğa oturmuştu.

"Gülce, halanlarda. Almadım bu akşam. Bundan sonra da almayacağım. Sen alacaksın. Eve sen getireceksin. Sen yıkayıp sen uyutacaksın. Sabahları sen okula bırakacaksın. Hayatını çocuğuna göre planlayacaksın. Yok, hayır yapamam, dersen, Gülce'yi bir daha görmeyeceksin. Karar senin. Çünkü artık bu evlilik bitti. Artık senin hayatının hizmetlisi olmayacağım. Umurumda bile olmayan bir hıyarın daha zengin olması için kendini paralayan bir kadını beklemeyeceğim. Hafta sonlarımı, akşamlarımı ve sabahlarımı yalnız geçirmeyeceğim. Gücümün sonuna geldim. Bu beraberlik ve arkadaşlıkta yolun sonu burası. Ben gidiyorum."

Derya şaşkınlıkla sadece, "Nereye?" diyebilmişti.

"Önemsendiğim bir yere. Beklendiğim bir yere. Gülebildiğim, takdir edildiğim, rahat uyuyabildiğim bir yere. Gülce ile ilgili kararını bana bildir. Yapamayacaksan Gülce artık tamamen benimdir."

"Delirdin mi sen? Aklını mı kaçırdın Allah aşkına? Neler söylüyorsun böyle? Ne gitmesi? Kararımı verdim, gidiyorum da nedir? Artistlik mi yapıyorsun sen? Ne oluyor?"

"Derya... Dayılanma artık! Karşında duran, küçükken sokakta dövdüğünü anlattığın o çocuklardan biri değil. Zalimliğinle yerle bir ettiğin genç mimar da değil. Beni ben olarak kabul etmek yerine sürekli artistlikle suçlayan, küçümseyen biri, bırak eşim, arkadaşım bile olamaz. Seni sevmiyorum artık Derya. Askerin olarak yaşamak istemiyorum daha fazla."

Derya kulaklarına inanamıyordu. Erdem miydi bunları söyleyen? Erdem?

"Biri var... Biri var, değil mi? Yoksa bu kadar kendinden emin konuşamazsın sen!"

Erdem yanındaki abajurun düğmesine basmıştı. Bir anda salon aydınlanmış, Derya gözlerini alan ışığın içinde kalakalmıştı.

Erdem ayağa kalkmış, "O kadar tanıyorsun yani beni. O kadar! Evet, biri var. Şimdi buradan çıkıp ona gideceğim. Ama emin ol, beni senin gibi küçümsemeyen biri o.

Önemseyen, varlığımdan ölesiye sevinç duyan, beni onurlandıran biri. Sadece bu yüzden bile senden daha değerli benim için," demişti.

Derya, Erdem'in söylediği hiçbir şeyi duymuyordu aslında. Tek bir şeye takılmıştı kafası. Kimdi o kadın?

Erdem'in karşısında ayağa dikilmiş, "Kim?" demişti.

Erdem gözüne bakmış ve tetiği çekmişti.

"Tanırsın. Perihan..."

Tak diye vurmuştu kalbinden Derya'yı.

Derya, Dönüş'ün yazılarını okurken Erdem'in evi terk ettiği o geceyi anımsamış, 17 yaşında kardeşine çektiği o tetiğin nasıl bir kurşun acısına yol açtığını ancak o vakit anlamıştı.

Acaba bu gece bu yüzden mi bu kadar ağrıyordu kalbi? Acıyı bilmeden acıttığı her insanın hâlini ancak bu yaşta anladığı için mi?

Yok yok...

Bu geceyi koy kenara... Erdem nasıl kolayca söyleyivermişti öyle bitti diye? Kızına o kadar düşkün, bu evlilik için onca şeyi göze almış, yıllar içinde bir kez olsun birine yan gözle bakmamış, Derya'yı asla yalnız bırakmamış olan bu adam nasıl bir gecede çekip gitmişti?

Bir gecede olmamıştı elbette.

Ama o geceye gelene kadar her şeyi yakalayabilen Derya bu gidişin işaretlerini nasıl görmemişti? Körleşme bu muydu gerçekten? Tabağı makineye koymadı, evi temizlemedi, işten geç geldi, kızının veli toplantılarını kaçırdı diye mi olmuştu yani bütün bunlar? Okula götürmedi, okulda velilerle görüşüp samimi olmadı diye mi? İşaretler bunlar olamazdı herhâlde. Üstelik o kadınla, öyle bir kadınla birlikte olmak için terk etmişti yuvasını! Derya'nın makyajsız yüzünü, hayvan sevgisini, çalışkanlığını, doğruculuğunu seven, kimsenin görmediği, göremediği kırılgan, saf yanlarına âşık olan, onları koruyup kollayan Erdem'e ne olmuştu böyle?

Perihan... Ne özelliği vardı o kadının? Saçı ekleme, kirpiği, tırnağı takma, koca topuklu ayakkabılar, rengârenk elbiseler giyen, aşırı makyajlı bir kadınla ne yapardı Erdem? Ne anlardı o kadından, ne konuşur, ne paylaşırdı onunla Allah aşkına? Kocası ya aklını yitirmişti ya da Derya hiç tanımamıştı onu.

Derya'yı kasabalı bulduğu için vaktiyle oğluna layık görmeyen, evliliklerine şiddetle karşı çıkan kayınvalidesi şimdi bu duruma hiç mi ses çıkarmıyordu? Perihan denen o kadını Erdem ailesiyle tanıştırmış mıydı acaba? Gizlisi saklısı olmazdı zaten Erdem'in. Bu kadar kendini sakınmadan, duygularını saklamadan yaşayan bir adamın gönlünün başka kadına kaydığını nasıl görmemişti Derya?

İyi de... Erdem hep mi çok mükemmeldi? Eve erken gelebildiği akşamlarda koltukta uyuklayan, "Biraz birlikte vakit geçirsek," dediği anlarda, "Çok yoruldum, Gülce perişan etti beni bugün," diye erkenden yatağa giden, "Bu hafta sonum boş, hadi bir şey yapalım," önerilerine, "Önceden haber vermedin, ben de Ahmetlerle program yaptım, maçımız var, erteleyemem, ayıp olur," diyen Erdem değil miydi? Bir tek Derya'nın iş hayatı mı batırmıştı yani bu evliliği?

Çocuğu sabahları alıp götürdü, akşamları da getirdi diye miydi bütün bu hadise? Erdem'in sevildiğini, önemsendiğini hissettiği yere gitme hakkı bu nedenle mi vardı yani? Tersi olsa ne olacaktı? Erdem gece gündüz çalışsaydı, Derya da ona bu kadar rahat, "Bitti, gidiyorum, senin askerin olmayacağım artık," diyebilecek miydi?

Asıl soru şu ki, Derya bunu der miydi?

Onu yoldan çıkarmaya çalışanları görmemiş, önemsememiş olması mıydı bu sonu hazırlayan? Evliliklerini, mutluluklarını Erdem kadar sorgulamamıştı belki. Ondan daha emindi beraberlikleri konusunda...

Her şey Nezahat halanın yüzündendi. O var ya, o... Takma tırnaklı Perihan'ı o sokmuştu içlerine.

Perihan'ı gördüğü ilk andan itibaren sevmemişti Derya.

Kırıta kırıta yürümeler, meme çatalını göstere göstere, "Bu börekten yemez misiniz Erdem Bey? Vallahi benim sizin gibi bir eşim olsa bol bol ekmek, börek yediririm. Şişmanlasın da yakışıklılığı kaybolsun diye uğraşırım, inan. Etraf kötü kadın dolu vallahi. İyi ama bakıyorum da Derya çok rahat. Ben olsam göz açtırmam, inan," demeler...

İnsanda biraz ölçü olur, bu ne yahu? Erdem de kadından sıkılmıştır, ayıplamıştır, diye düşünmüş, hiç oralı olmamıştı o gün Derya. Öyle bir gevşekliği kıskanacak hâli yoktu herhâlde. Kıskanmalı mıydı acaba? Ama kıskanması gerekiyorduysa Erdem de adam değildi yani. Değilmiş demek ki. Kendisi hiçbir zaman Erdem'in yerine bir başkasını koymayı düşünmemişti. Ama Erdem düşünmüş işte. Düşünmekle kalmamış, koymuştu da...

Derya günler geceler boyu, yaşadıkları son ayları eviriyor çeviriyor, altını üstünü inceliyor, kendini suçluyor, Erdem'e kızıyor ve delice üzülüyordu. Erdem'in bu konuşmayı yapmasından birkaç gün sonra film hepten kopmuştu Derya için.

Genel müdür yardımcılığının açıklanmasını beklediği o sabah Derya'yı toplantıya tek başına aldılar. Lafı çok uzatmadılar. "Bu pozisyonu beklediğini ve bunun için çok çalıştığını biliyor, bunu hak ettiğini de düşünüyoruz. Lakin değişen inşaat sektöründe artık kadın yöneticiyle konuşmak istemeyen bir anlayış var, biliyorsun," dedi şirket başkanı. Derya, adamın ne dediğini anlamadı önce. "Hayır bilmiyorum, gerçekten anlamadım ne dediğinizi?" dedi, sandalyesinde öne doğru eğilerek.

"Yeni düzen büyük inşaat şirketlerinin sahipleri kadın yöneticilerle çalışmak, onlarla konuşmak istemiyorlar. Biliyorsun, hedefimiz artık daha çok Orta Doğu."

Derya kanın ayağından tepesine doğru yükseldiğini hissetmişti. Kendini ne kadar tutmak istese de tutamayacağını anladı ve konuştu.

"Yani benim çamur içinde şantiyede derdimi anlattığım ustalar beni dinliyor, marangozum, demircim, boyacım, dinliyor, onu öyle kesme böyle kes dediğim işçim anlıyor. Hiçbiri benimle konuşmayı reddetmiyor ama o şirketlerin sahipleri konuşmak istemiyor. Kadın istemiyor. Siz de kabul ediyorsunuz ve benim yerime kimi getiriyorsunuz?"

Şirket başkanı gergin bir sesle, "Dubai'den gelen genç bir arkadaşımız var, o daha yakın bir kültürün insanı olduğu için..." diye başladı ama Derya kafasını iki yana sallayarak yerinden kalktı. Öyle bir gümbür gümbür yürüyordu ki, bütün bina sallanıyordu âdeta. Herkes Derya'ya bakıyordu. Kendisine bakanları hiç umursamadan koridordan geçti ve odasına gitti. Gayet sakindi. Çantasını aldı, bilgisayarını kucakladı ve son dönemde yaptığı tüm çalışmaların kayıtlı olduğu bellekleri avuçlayıp cebine doldurdu. Sekreterinin yanaklarından öptü. Kapıda bekleyen şoförüyle tokalaştı. "Bana ait tüm eşyaları size zahmet toparlar, eve gönderirsiniz, olur mu?" dedi ve aynı sakinlikle asansöre doğru yürümeye başladı.

Şirket başkanı toplantı salonundan çıkmış, genel müdürün odasına girmek üzereydi. Derya, adamı görünce yönünü değiştirdi ve aynı gümbürtülü adımlarla adama yaklaştı. Başkan korkuyla Derya'ya döndü. Derya gayet mesafeli, "Endişelenmeyin, ne yapabilirim size?" dedi. "Gitmeden söylemek istedim. Bu pozisyon için o kadar uzun zamandır çalışıyor ve bekliyorum ki... O kadar önceliğim oldu ki, benim için çok kıymetli olan evliliğim üzerine düşünmeyi bile ertelemiştim. Şimdi bana müthiş bir zaman vermiş oldunuz. Sanırım bir ikale sözleşmesi yapacağız. Karşılıklı anlaşacağız yani, değil mi? Siz bana iki yıllık haklarımı ve tazminatımı vereceksiniz. Ben de sizi dava etmeyeceğim. Sizin için hazırladığım bütün projeleri size teslim edeceğim. Fakat bir kadınla konuşmayı, çalışmayı reddeden bütün o adamlar bundan sonra benim davam olacaklar. Sözleşmeyi hazırlar, bana haber verirsiniz."

İki güne kalmadan şirketten Derya'yı arayıp, yüklü bir tazminat ödemeyi kabul ederek sözleşmeyi imzalamışlardı. Zafer gibi görünen bu anlaşma aslında Derya için büyük bir çöküştü. Birkaç hafta önce hiçbir şey düşünmeye, duraksamaya, tereddüt etmeye dahi fırsatı yokken bir anda düşünceleriyle dolu bir balonun içinde asılı kalmıştı sanki. Ve sallanıyordu. Eve döndüğünde onunla kavga etmeye hazır, asık suratlı Erdem'in yokluğu bu sallantının şiddetini artırıyordu. Sadece durmak, bu büyük sallantının, baş dönmesinin olmadığı sıkıcı, huzurlu hayatına geri dönmek için delice bir özlem duyuyordu. Hiçbir şey konuşmadan geçen o akşamları bile özlediğine inanamıyordu.

Dönüş'ün hastalığı, işinden ayrılışı, Erdem'in gidişi... Hepsinin üzüntüsü birbirine karışıyor ama Erdem'e duyduğu özlem hepsini bastırıyordu. Kocasını bu kadar sevdiğini aralarında bir sorun yokken bile bilmiyordu sanki. Kaybedince mi kıymetini anlamıştı?

Yoksa kaybetmek insanın yanılgılarını büyütüyor muydu?

Türkân elinde çay bardakları ve sandviçlerle geldi.

"Çay demledim. Yanına da sandviç yaptım. Kendini zorla, bir iki lokma ye, hadi canım. Babamları aradım. *Merak etme, biz bir aradayız*, dedim. *İçim rahat siz oradaysanız*, dedi babam. Senin kuzun uyumuş çoktan. Halamın da sana havadisleri varmış. *Beni arasın yarın, çok mühim*, dedi."

Derya, ablasının uzattığı sandviçten ısırıp ağzındaki lokmayı çevirerek "Aramam. Arayınca moralimi bozuyor hep," dedi.

Türkân gülümseyerek "Aaa? Nasıl yani?" diye sordu.

"Ben iyiden iyiye erkek gibi olmuşum. Kocama koca gibi davranmıyormuşum. Erkeğin enteli danteli olmazmış. Hepsi meme, saç, bakım severmiş. Zaten hepsinin erkek arkadaşı varmış. Böyle erkek gibi bir kadına ihtiyaç duyacak olsalar hepsi Haydar'la, Mahmut'la evlenirmiş. Böyle inat ettiğimiz için o beğenmediğimiz, burun kıvırdığımız kadınlar kızlar, kocalarımızı elimizden alıyorlarmış. Ne yapacakmış yani benim kocam zeki kadını? Satranç mı oynayacakmış mutfakta? Zaten gönül almayı bilmiyormuşum. İnadım pek fenaymış. Aynı annemmişim..."

Türkân güldü. "Yahu yaşlı kadın, dinleme, geç. Niye takıyorsun? Onların zamanında öyleymiş işte," dedi.

Derya bir lokma daha ısırıp yuttu.

"Yani dinlemem de, öyle bir laf ediyor, öyle damarıma basıyor ki, dinlemek ne, kayda geçiyor beynim her söylediğini. Bütün çocukluğum annemin beni halama benzetmesiyle geçti. Allah'ım ne kaderim, ne karmam varmış ki, şimdi de halamın *aynı annesi* deyişlerini dinliyorum."

Türkân oturduğu yerden kalktı. Şefkatle kardeşinin saçını okşadı, yanına oturdu.

"Ne güzel bir karmaymış o zaman bu. Anneme benziyorsun, biliyor musun? Annemi çok özlediğimde senin bazı konuşmalarını ona benzetiyorum. İyi ki Derya aynı annem oldu diyorum."

Derya gözleri dolu dolu, "Bak öyle şeyler deme abla. Boğazımda kaldı lokmam. Yutamıyorum bak şimdi. Ağlıycam bak..." dedi.

Türkân sarıldı kardeşine.

"Ağla kardeşim benim. Ağla annemin güzel kızı. Ağla bitir, eskit içindeki acıyı."

Bir süre kucaklaşmış bir şekilde kaldılar. Derya, ablasının sırtına dayalı çenesini kaldırmadan, "Sen şimdi ağla deyince de ağlayasım gelmedi. Ağlama demen lazım ki ağlayayım," dedi.

Türkân küçük bir kahkaha atarak ayrıldı kardeşinden. Kalkıp karşı koltuğa oturdu. Derya elindeki sandviçin kalan yarısını sehpanın üzerindeki tabağa bıraktı.

"Ne düşünüyorum, biliyor musun abla? Kayınvalidem beni beğenmiyordu ya... Şimdi bu Perihan'ı görünce ne yapacak sence?"

"Öncelikle ben bu Perihan meselesini senin biraz büyüttüğünü düşünüyorum. Biliyorum kızacaksın ama bana hiç inandırıcı gelmiyor. Tamam, bir sorun var, anladım, tamam Erdem sana böyle söyledi… Ama sen de hemen kabul ettin, aldın koydun kenara bu hikâyeyi. Kayınvalideye gelince... Kayınvalidem beni çok beğeniyor, oğluna çok yakıştırıyordu da ne oldu? Kendi elleriyle seçti, gelin alıp getirdi de ne oldu? Hem sen hep uzak durdun onlardan. Şimdi niye bunu dert ediyorsun? Üstelik bir kez daha söylüyorum, artık bu kadını sen içinde büyütmeye, hikâyeyi geliştirmeye başladın."

Derya kafasını sallıyordu ama içindeki ses hiç susmuyordu ki ablasını dinlesin. Kayınvalidesinin kabarık mizamplili saçlarını hatırladı. *Kendini beğenmiş, kibirli kadın! Senin gibi burnu büyüklere de Perihan gibi bir Japon feneri lazım. Takma tırnaklı Perihan'ı alır Cumhurbaşkanlığı Senfoni Orkestrası'nda Çaykovski dinlersin artık*, diye geçirdi içinden.

Yanakları alev alev yanıyordu.

Kardeşinin kızaran yanaklarını, açılıp kapanan burun deliklerini görünce, "Ne oldu?" dedi Türkân.

"Yok bir şey abla, sinirleniyorum aklıma geldikçe."

Nasıl anlamamıştı, ah! O yılan Perihan nasıl da sızmıştı içlerine? Hâlâ aklı almıyordu. Ankaralı, düzgün adam, sadık Erdem öyle ojeli, uzun tırnaklı kadınları beğenmezdi ki? "Benim kocam yapmaz," diyen kadınlar salak mıydı yani şimdi? Güvenerek, bağlanarak hata mı etmişti Derya? Erdem mi baştan çıkarmıştı, kadın mı? İçi içini yiyordu, binlerce düşünce birbirine dolanıyordu kafasında.

Erdem yapmaz, kadın yapmıştır kesin... Kadın yapmıştır diyorum ama hep mi kadınlar suçlu yani? Benim tuttuğum gibi tutamadı mı o salak Erdem kendini? Kadın istesin. Yalvarsın. Giden, yoldan çıkan Erdem değil mi yani sonunda... Yine de... Nasıl başladı acaba?

İçinden bunları geçirirken ablasına baktı. Asla ayrılamaz sandıkları Türkân nasıl da bir anda, "Ben Somer'den ayrılıyorum. Buraya kadar," demişti... Sahi nasıl çıkabilmişti eski kayınvalidesi Rüçhan Hanım'ın altın kafesinden?

Bütün o serveti, her şeyi, her şeyi bırakıp, o zaman daha 11 yaşında olan kızı Defne'yle beraber Nezahat halanın evine çıkıp gelmişti bir sabah. Sonra da hepsini şoka uğratan haberi vermişti.

"Bitti. Bir daha dönmeyeceğim. Kendime yeni bir hayat kurana kadar bize destek olur musunuz?"

Hepsi meraktan ölüyorlardı. Neden, nasıl, niye?

Babası gözlüğünü çıkarıp silerken "Kararını bu yaştan sonra sorgulamak haddim değil ama ne oldu da bu kadar kati bir karar verdin kızım?" diye sormuş, Türkân yerine Defne yanıtlamıştı: "Babamın başka bir karısı daha varmış!"

Masaya bomba düşmüştü.

O sabahı bir kez daha hatırlayan Derya, içinde büyük bir öfke hissederek Türkân'a döndü.

"Abla... Sen ne zaman fark ettin öbür kadını?"

Türkân hiç duraksamadan yanıt verdi.

"İlk gün! Düğün gecesi... O kadın hep vardı. Ben sonradan geldim."

Derya şaşkınlıkla baktı ablasına.

"Ne? Ne diyorsun abla sen?"

"Anlatırım... Dönüş ne yazmış, önce onu bir okuyayım, merak ettim."

Derya kalkıp defteri getirdi ablasına. Sonra birer çay daha koydu bardaklarına. Birini okumakta olan ablasına verdi, kendisininkini alıp pencereden ışıkları seyretmeye başladı.

Ablası haklı olabilir miydi? Gerçekten o mu büyütüyordu içinde bu hikâyeyi? Ama Erdem kendi ağzıyla söylemişti. Yok yok... Büyütmüyordu... Emindi olup bitenlerden.

Bir süre daha pencereden dışarıya baktı, sonra ablasının dizinin dibine, halıya uzandı.

"Orada uyuyup kalma," dedi Türkân, gözünü defterden ayırmadan.

"Yok yok uyumam, sen oku, bekliyorum. Belim ağrımış azıcık, şöyle uzanayım, iyi geldi," dedi.

Türkân sayfalar içinde kaybolduğunda Derya uykuya dalmıştı.

Sabah günün ilk ışıkları eve doldu... Dönüş küçük bir elin yanağını okşamasıyla uyandı. Gözlerini açtığında Can'ı, yanına uzanmış, kocaman, güzel gözleriyle kendisine bakarken gördü. Gülümsedi. "Günaydın," diye fısıldadı çatallı sesiyle.

"Günaydın," dedi Can, kocaman gülerek.

"Acıktın mı?"

"Acıktım. İyileştin mi sen?"

"Evet. Öyle hissediyorum... Teyzen nerede?"

"Hangisi? Küçük olan mı, büyük olan mı?"

Dönüş güldü.

"Küçük olan."

"Derya teyzem burada, bak, halıda uyuyor. Büyük teyzem de salondaki koltukta uyuyor."

"Aaa, o da mı burada?"

Can kafasını salladı. "Uyandıralım mı onları?" diye fısıldadı.

Dönüş hafifçe doğrulunca yatağın dibinde, yerde kıvrılmış uyuyan Derya'yı gördü. Kafasının altında bir minder, üzerinde bir hırka vardı. *Ahhh, hasta olacak buralarda böyle*, diye düşündü.

Oğluna döndü, "Hadi elimden tut, kalkalım. Baban gelmeden kahvaltı hazırlayalım," dedi.

Yataktan kalkmaya çalışırlarken Derya uyandı.

"Ay çok fena tutulmuşum. Gidip yatamadım doğru düzgün bir yere. Ablam yüz kere kalk dedi ama öyle tatlı geldi ki şurada uyumak. Kalkıyorum dedim dedim kalkamadım. İyi misin canım?" diyerek kalktı ayağa.

"İyiyim, çok iyiyim. Acıktık biz. Kahvaltı hazırlayacaktık oğlumla."

Dönüş cümlesini bitirirken karşısındaki koltuğun üzerinde duran turkuaz defterini gördü.

"Yine mi karıştırdın dolaplarımı?" dedi Derya'ya.

Derya gerinerek "Evet, yine mükemmel şeyler buldum. Özellikle bize telif borçlu olduğun bu defteri bulmak gelecekte çalışmadan yaşayabileceğime dair bir umut verdi bana," dedi.

"Ama zaten okutacaktım sana, bari bitirmemi bekleseydin," diye sitem etti Dönüş.

"Vallahi ablam da sonunu çok merak ediyor. O yüzden, devamını yazabilmen için elimizden geleni yapalım bari dedik."

"Ablam da mı okudu?"

"Tabii. Akşam arayıp dedim ki, abla, kardeşimiz hayatımızı yazıyor. Çabuk gel. Taraflı maraflı yazdıysa eğer, düzeltme yapalım."

"Ablam ne dedi?"

"*Canım düzeltilecek bir şey yok. Eksiği de biz tamamlarız. Uyansın da anlatalım kendisine*, dedi."

"E, tamam. Şahaneymiş o zaman. Uyandır da başlayalım."

"Kahvaltı edelim önce. Yiyebilecek misin bir şeyler? Nasılsın? Dur, bakayım ateşin var mı?"

"İyiyim iyiyim. Can çok acıkmış teyzesi. Ben de yerim bir şeyler. Babası da yetişir belki kahvaltıya. Saat kaç? Nöbeti biter bitmez gelir."

"Daha yedi buçuk. Bir iki saati bulur herhâlde gelmesi. Ben çayı koyayım, ona ayrıca hazırlarım. Kalkacak mısın?"

"Evet, tuvalete gideyim..."

Can, annesiyle teyzesinin konuşmasını hiç ses çıkarmadan, dikkatle dinlemişti.

"Ben götürürüm annemi tuvalete," dedi. Sen bize kahvaltı hazırla teyze. Bana azcık pişmiş, azcık pişmemiş kabuklu yumurta yapar mısın?"

Derya gülerek Can'ı kucağına aldı.

"Yaparım teyzem. Ona rafadan yumurta derler. Hadi sen anneni tuvalete götür, ben de Türkân teyzeni uyandırayım."

Can küçük ellerini annesine uzattı. Dönüş kendisini tutmak için uzanan ellere sevgiyle baktı, kendine çekip avuçlarını öptü.

"Can'ım mısın sen benim?"

"Can'ınım, evet," dedi, annesinin elini tutup yataktan kalkmasına yardım etmeye çalışarak.

Derya onlara bakarken kalbindeki tatlı sızıyı tutmak ister gibi elini göğsüne bastırdı. Sonra hızla çıktı odadan. Salonda uyuyan ablasına göz atarken, *masayı hazırlayıp öyle kaldırayım, uykusuz kaldı*, diye düşündü. Mutfağa girdi. Çaydanlığa su doldurdu. Porselen demliğe çay koyarken kutudan yükselen koku hoşuna gitti.

Güzel bir sabah bu. Bir aradayız. Birlikteyiz. Kahvaltımızı ederiz. Sonra kahvemizi içeriz. Güzel olacak her şey, diye düşündü. Kahvaltılıkları buzdolabından sessizce çıkarmaya gayret ediyordu ki, Türkân mutfak kapısında belirdi.

"Ah, uyandın mı abla? Masa hazır olunca kaldırayım demiştim. Gürültü mü yaptım?"

"Yok yok. Can gelip öptü. *Burada olduğun için teşekkür ederim teyze*, dedi. Bu nasıl bir çocuk Allah aşkına? Nasıl bir ruhu var?"

Derya içini çekti. "Ahhh, Dönüş'e başka türlü bir evlat düşse şaşardım. Abla, Dönüş tuvaletteydi. Kendi başına giyinmeye kalkar, başı döner filan. Sen onunla ilgilen istersen, ben de çabucak hazırlarım masayı," dedi.

Türkân, "Tamam," diyerek banyoya yöneldi.

Çok geçmeden, Dönüş gülerek mutfağa girdi. Çiçekli bir elbise giymiş, başına elbisesindeki çiçeklerin moruna uygun bir yazma takmıştı.

"Ay, fıstık gibi olmuş benim tatlı kardeşim! Hadi, çayları koyuyorum. Ablam nerede?"

"Süsleniyor tabii ki... Can demin başımı okşayıp, saçların yine uzar di mi anne deyince... Benim başıma güzelce bu örtüyü bağladı, kendisi de artık benden ne malzeme bulursa onunla makyaj yapıyor. Teyzesini mutlu mesut günlerimizdeki gibi makyajlı görünce morali düzelir diye düşündü. Gelirler şimdi. Tamamını okudun mu sen defterin?"

"Okudum. Mesut'un paraları yaktığı sabahta bırakmışsın."

"Evet..."

"Sonrasını niye yazmadın?"

"O kadarını yazabilmiştim. Sonra ilk kemoterapiyi aldım. Hiç hâlim olmadı. Ama yazarım herhâlde yine..."

"Yaz... Çok güzel yazmışsın..."

"Gerçekten mi?"

"Vallahi bak. Bazı yerlerde bizi anlattığını unuttum inan. Merakla okudum. Hatta sana bir şey diyeyim mi, anneme bir sözün varmış ya senin… Hayatımızı kitap yapacağım diye... Galiba başlamışsın o kitaba..."

Dönüş mutlulukla bakıyordu Derya'ya.

"Kızmadın mı okuduklarına?"

"Kızdım tabii bazı şeylere. *Acımasız Derya* ne be? Hem o dershane olayının gerçeğini bilsen oturur ağlarsın bana!"

"Aaa, niye ki?"

"Hakan abiye âşıktım kızım ben. Önem'i İzmir'de kafalar diye korkuyordum. Sanki yakınında olunca engelleyebilecekmişim gibi... Ay, çocukluk işte. Okurken çok ağladım, biliyor musun?"

"Sen? Sen mi ağladın? Sen Hakan abiye mi âşıktın?"

"He, ben! Pişman etme beni şimdi söylediğime. Geçmişi açıp saçan sensin… Bir iyileş, bir bitsin şu ilaçların… Saçların bir uzasın da ben sana neler yapacağım bak!"

Türkân ve Can el ele tutuşmuş bir şekilde mutfak kapısında belirdi.

"Teyzem prensesler gibi, di mi anne?"

Üçü birbirlerine baktılar ve büyük bir kahkaha patlattılar.

Can çok bozuldu.

"Ama neden güldünüz şimdi siz? Ben komik bir şey mi söyledim?" dedi ve ağlamaya başladı.

Dönüş, "Ah annem, ah kuzum, ağlama sakın canım oğlum. Biz sana güler miyiz hiç? Türkân teyzen hep prenses olmak isterdi. Benim canım oğlum bunu gördüğüne göre demek ki gerçekten de prenses olmuş sonunda," diye kucakladı Can'ı.

"Ama siz benimle dalga geçtiniz!" diye ağlamaya devam etti Can.

"Vallahi dalga geçmedik annem. Niye geçelim? İnan bana, teyzen çocukken hep prenses olmak isterdi."

"Olmadı mı sonra?"

Türkân girdi söze.

"Oldu oldu. Ama tacı tahtı bıraktı. Herkes gibi olmayı seçti sonunda."

"Niye? Sevmedi mi prenses olmayı?"

"Sevmedi oğlum. Hiç sevmedi hem de. Gel bakalım, sen şuraya otur. Sana özel pişirdiğim biraz sert, biraz yumuşak kabuklu yumurtanı ye," dedi Derya.

Can burnunu çeke çeke sandalyeye oturdu.

"Soğuk mu, sıcak mı yumurta? Az soğuk, azcık da sıcak olsun."

"Vay paşam..." dedi Derya. "Prensesimizden sonra paşamız da aramıza teşrif etti."

Dönüş abartılı bir şekilde öksürüp gözünü devirdi. Can'a duyurmamaya çalışarak "Aman gözünü seveyim.

Dalga mı geçtin benle diye ağlar şimdi. Deme öyle paşa maşa," dedi.

"Tamam, tamam," dedi Derya.

O sırada kapıda anahtar sesi duyuldu.

"Aaa, baban geldi galiba!" dedi Dönüş.

Can sandalyesinden atlayıp kapıya koştu. "Babam geldi, babam geldi!" diye sevinç çığlıkları atıyordu.

"Bu baba sevdası nedir, anlamıyorum. Sen anne olarak ömrünü harca ama hepsi babam da babam diye tepinsin!" diyerek sandalyesine oturdu Derya.

Can babasının kucağında mutfağa girerken, "Yaşasın! Babam da bizimle kahvaltı edecek!" diye bağırdı.

"Hoş geldin Serdarcım. Vallahi yaşasaydı kaynanan çok sevecekti seni. Daha tek lokma almadık, sofranın üstüne geldin," dedi Türkân.

"Severdi beni... Ama nedense kızını vermek istememiş işte," derken eğilip Dönüş'ü öptü Serdar. "Nasılsın canım? Var mı bulantın, ateşin?"

"Yok, çok iyi kalktım bu sabah. Hem baksana, kaç tane meleğim varmış dün gece başımda. Senin nöbetin nasıl geçti?"

"Sorma... Canınızı sıkmayayım. Acil doluydu yine. Ama aklım sendeydi aşkım. Derya sağ olsun mesaj attı sonra, Türkân ablam da burada, merak etme diye. Allah razı olsun baldızlarımdan dedim mesajı alınca. Gönül rahatlığıyla hastalarıma verdim kendimi. Eğer dua almışsam, siz de almışsınızdır..."

"Yumurta ister misin?" diye sordu Derya, Serdar'a çay koyarken.

"Yok Deryacım, sağ olasın. İki lokma yiyip biraz kestireyim. Sonra oğlanı alıp dolaştırayım azıcık."

"Sen bugün dinlen Serdarcım. Defne dün gece burada kalacağımı öğrenince, *yarın hem dedemleri hem de Can'ı alıp gezdireyim biraz*, dedi. Sizce de uygunsa bugün beraber dışarı çıksınlar. Biz de evde sakin sakin kafa dinleyelim. Kartal'ın yurt dışından müşterileri var zaten. Bütün gün meşgul olacak. Akşam Dönüş kendini iyi hissederse hep birlikte bir yere gideriz. Ben onun yemeğini evde hazırlar, yanıma alırım. Bir değişiklik olur ona da. Ne dersin?" diye sordu Türkân.

"Ablam... Ne diyebilirim? Allah eksikliğinizi göstermesin. Çok güzel program! Müthiş hatta."

Dönüş, ablasına minnet dolu bir gülümseyişle baktı.

"İyi olursan yani... Çıkarız değil mi canım?"

"Çıkarız ablacım. Hem iyi olur..."

Can bir babasına, bir annesine baktı.

"Baba... Bu gece annem iyi olursa üçümüz birlikte uyuyalım mı?"

Can'ın sorusu masadaki bütün yetişkinleri can evinden vurdu.

"Uyuyalım annem. Ben bu gece iyi olurum. Önce gezmeye gideriz, sonra üçümüz beraber uyuruz," dedi Dönüş.

Can sevinçle gülümsedi. Yumurtasını, kabuklarını kırsın diye Derya teyzesine uzatıp tekrar annesine döndü.

"Anne, Mesut da bu gece burada kalsın mı bizimle?"

"Kalsın annecim," dedi Dönüş.

Bir yandan kahvaltı ediyor, bir yandan da Can'ın anlattığı konuşan arabaların hikâyesini dinliyorlardı. Ocakta çaydanlık fokurduyordu. Kızarmış ekmek kokusu, Dönüş'ün daima beyaz sabun kokan mutfağını, evini kaplamış, onun o sağlıklı, hayat dolu günlerindeki sabahlara benzer bir huzur dolmuştu her yana.

Dönüş evinin temizliğine, çocuğunun yemesine içmesine özen gösteren kardeşlerine minnet duydu bir kez daha. Sadece, Serdar'ın son zamanlardaki dağınık, dalgın hâline şimdilik yapılabilecek bir şey yoktu. Biliyordu, ancak o iyi olursa Serdar'da yeniden o yaşam sevinci yükselecekti. Mutfak penceresinin önündeki çiçeklerin canlılığı umut doldurdu içini. Serdar'ın elini tuttu gülümseyerek. O da karısının yanağına bir öpücük kondurdu.

"Hanımlar ellerinize sağlık. Çok ama çok teşekkür ederim. Ben Dönüş'ün tansiyonuna bir bakayım, sonra da azıcık oğlumla oynayalım. Madem Defne ablası gelip alacakmış... Biraz da bana zaman ayırsın," dedi oğlunun yanağından bir makas alarak.

Derya, Dönüş'ün ilaçlarını verdi.

"Serdar bir baksın tansiyonuna, bir şey yoktur bence, iyisin bu sabah. Ben de buraları toplayayım. Sana salona yatak yapayım mı?" diye sordu.

"Yok yok," dedi Dönüş. "Bir örtü alıp uzanırım ben. Yeter, yorma kendini. İyiyim ben bu sabah. Vallahi bak!"

"İyi, peki madem," dedi Derya. "Ben de şurayı çabuk çabuk toparlayayım."

Masadan kalktılar. Can uzun koridorda bağırarak koşmaya başladı. Dönüş'ün tansiyonu ölçüldü, baba oğul Can'ın odasında oyuna daldı, ortalık toparlandı, Derya kirli çamaşırları makineye attı, Türkân toz aldı, Defne gelip Can'ı götürdü, Serdar dinlenmek için odasına çekildi ve sonunda üç kız kardeş baş başa kaldılar.

Dönüş, üzerinde bir pikeyle Can'ın doğumundan önce aldıkları yeşil kadife üçlü koltuğa uzanmış, Derya da ayak ucuna ilişmişti. Türkân dalgın gözlerle dinliyordu onları. Sakin ses tonlarını birer mırıltı gibi duyuyor ama ne konuştuklarını dinlemiyordu. Aklı Dönüş'ün yazdıklarındaydı. Kardeşinin gözünden okuduğu gerçeklerle yüzleşmek, Derya'ya belli etmese de çok ağır gelmişti Türkân'a. Kardeşleri büyürken o kadar uzak kalmıştı ki onlardan... Yaşadıkları hiçbir şeyi bilmiyordu aslında. O satırları okudukça ailesinden uzakta ve yalnız geçen yılların acısını sanki her şey daha dün olup bitmişçesine, derinden hissetmişti. Derya halının üzerine uzanmış, defteri okuyup bitirmesini beklerken, çoğu yerde ağlamamak için zor tutmuştu kendini. O söz kesme gecesi, devamındaki haftalar, düğünden sonrası, Defne'nin doğumunda yaşananlar, annesinin cenazesi...

Ah, annesinin cenazesi...

Belki şimdi gerçekleri saklamadan anlatma ve kardeşlerine kalbini olduğu gibi açma zamanıydı. Onlara karşı duyduğu bağın derinliğini ancak şimdi hissettirebilecekti. Onu aslında birbirlerini tanıdıkları kadar tanımıyordu kardeşleri... Suskunluğunun, çekinikliğinin, aralarındaki o ince mesafenin nedenini bilmeliydiler. Yaşadığı cehenneme girişini, oradan nasıl kurtulduğunu ve yalnızlığını kimseye anlatmamıştı bugüne dek. Türkân'la ilgili meselelerde hepsi onun bilmesini istediği kadarını bilirlerdi. Son birkaç yılda kardeşleriyle daha yakın da olsa, ablaları olduğunu daha derinden hissedip, hissettirmeye gayret de etse, içinde onlardan sakladıkları aralarında bir duvar olarak duruyordu. Aslında İstanbul'da yaşadıklarını yansıtmayarak ailesini üzmekten kaçındığını, hatta kısmen koruduğunu düşünmüştü senelerce. Her şeyi saklamıştı onlardan. Yıllar süren o esareti sona erdirirken bile birçok şeyi söylememişti.

Evet, bugün bunu bitirmeliydi. İçindeki katılaşmış sessizliği çıkarıp atma vaktiydi. Kardeşleriyle arasındaki o son duvarı yıkma ve o saf, güzel, genç Türkân'ı özgür bırakma zamanıydı. Bilmeleri gerekiyordu...

Elindeki kahve fincanını sehpaya bıraktı.

"Dün gece... Dönüş'ün yazdıklarını okuyunca... Annemin cenazesinde size söylemek isteyip de söyleyemediklerim, olduğu gibi su yüzüne çıktı. O defterde eksik kalmamalı hiçbir şey..." dedi. "Hani geçmişi derleyip topluyorum yazdıkça demişsin ya Dönüşçüm. Ne güzel demişsin... Sanırım çok uzun zamandır benim de böyle bir şeye ihtiyacım var. İnsan ancak geçmişi tasnif ederken geleceğine dair sonuçlar çıkarıp yeni planlar yapabiliyor. İçimdeki her şeyi olduğu gibi anlatabilecek miyim, senin gibi ortaya çıkarabilecek miyim bilmiyorum ama sanki bunu yaparsam biraz rahatlayacağım..." dedi.

Dönüş ve Derya şaşkınlıkla ablalarına baktılar. Bir an göz göze geldiler. Sonra tıpkı çocukluklarındaki gibi, Dönüş, Derya'ya, *sakın bir şey kaçırma, her şeyi dinle* bakışı attı. Derya gözünü bile kırpmadan *tamam* yanıtını iletti.

Türkân onlara bakmıyordu. Sanki bir terapistin koltuğuna ilk kez oturmuş biri gibi, nereden başlayacağını ve neden ağlamak istediğini bilmiyordu. Aslında saniyeler içinde pişman olmuştu ama laf ağzından çıkmıştı bir kere... Sıkıntıyla kafasını pencereye çevirdi.

Derya, "Ablacım iyi misin?" diye sordu endişeyle.

Türkân başını salladı. Eğer şimdi susarsa bir daha asla konuşamayacağını biliyordu.

"Ayvalık'a kucağımda birkaç günlük bebeğimle annemi yolcu etmek için dönmek çok zordu. İçimde bütün bedenimi yakıp kavuran bir zehir dolaşıyordu sanki. Annemin gidişine ben neden oldum diye düşünüyordum."

"Ablacım, ne demek o şimdi?" dedi Dönüş üzüntüyle. "Yapma, söyleme böyle ne olur!"

"Benim güzel kardeşim. Vallahi şu anda içim içimi yiyor. Bunca zamandır anlatmadığım şeyleri şimdi döküp saçmak doğru mu acaba? Senin hiç üzülmemen gerek şu ara. Ama bazı şeyler var ki, bilmek de hakkınız diye düşünüyorum. Ben sanki ablanız değil de, uzak bir akraba fotoğrafı gibiyim hatıralarınızda. Ne zor gününüzde yanınızda olabildim ne sevincinizde. Oysa sizleri ben okutabilmek, babamı emekli maaşıyla yetinmek zorunda bırakmadan yaşatabilmek isterdim. Sizin benden hiçbir şey istemeyişiniz, hep mesafeli ve saygılı duruşunuz kahrederdi beni. Dün gece hiç uyumadım. Yapmakta, söylemekte geciktiğim öyle çok şey var ki... Ben size hiç ablalık yapmadım, yapamadım. Suskunluğum, korkaklığım beni çok utandırıyor aslında. O yüzden..."

Ağlayacaktı; anladı. Susup yutkundu. Konuşmaya devam etmek istedi ama yapamadı. Yüzünü kardeşlerinden saklamak istedi. Elini alnına götürdü. Sonra hıçkırığını tutmak ister gibi iki eliyle birden yüzünü kapadı. Gözünden akan yaşlara engel olamıyordu. Bir süre ağlamasını bastırmak için uğraştı. Sonra vazgeçti, elleri kırık kanatlar gibi iki yanına düştü. Boğuk bir sesle, yutkuna yutkuna konuşmaya başladı.

"Bu ailede... Annemi en mutsuz eden bendim, biliyor musunuz? Derya hep kendine güvenen, tuttuğunu koparan, zeki bir çocuktu. Dönüş akıllıydı, inceydi, insanlarla arası iyiydi. Siz yaramazlık yaptığınızda annem bağırıp çağırırdı ama babam hep *hayatta ancak kendi mizaçlarıyla yol alabilirler, sindirme çocukları Allah aşkına*, derdi. Annemin beni büyütürken koyduğu katı, baskıcı kurallar nedeniyle sinik ve ürkek birine dönüştüğümü düşünüyordu galiba. Siz şanslıydınız. Özgürce büyümenize, oynamanıza, kirli pasaklı dolaşmanıza hiç karışmazdı. Ben genç kız olurken sizin çocukluğunuza çok özenirdim. Tam da yazdığın gibiydi Dönüş. Annemin elinden bırakmadığı bir oyuncak gibiydim büyürken. Her hareketim, her anım onun kontrolündeydi. Aşırı sevgidendi belki ama benimle ilgilenmediği anlar öyle mutlu olurdum ki. Elbette o da çok gençti... Beni o kadar hırpaladığının farkında bile değildi muhtemelen. Ama babam haklıydı. Siz benim gibi olmadınız. O zamanlar elbette böyle değerlendiremiyordum ama bende yaptığı hataları yapmasını istemediğini anlıyordum babamın.

"İkiniz de öyle düşünmüyormuşsunuz ama annem en çok benimle ilgili kaygılıydı. Ona göre güzelliğim dışında hiçbir özelliğim yoktu. Liseden mezun olmam yeterliydi onun için. Dönüş ilkokula başlamadan sökmüştü okumayı. Sonra bir de ne görelim, daha beş yaşındaydı ama Derya da okuyordu. Annem delirmişti sevinçten. Derya direkt ikinci sınıftan mı başlasa diye heveslendi ama babam izin vermedi.

"Annem güzelliğim dışında hiçbir şeyimi övmezdi... Keşke Dönüş gibi görüp anlamlandırabilseydim hakkımdaki sözlerini. Gerçekten, nasıl güzel yazmışsın kardeşim; *bir sanatçının ilk eserine duyduğu hayranlığı duyuyordu ablama*, demişsin ya. Ah, keşke öyle yorumlayabilseydim ben de... Haklısın. Öyleydi muhakkak. Üniversiteyi okuyamayacağımı düşünüyorlardı. Çünkü ben ikinizin aksine her şeyi çok zor öğrendim. Annem birinci sınıfta öğretmenim oldu. Bütün sınıf takır takır okuyor, dört işlemi yapıyordu ama ben bir türlü beceremiyordum. Çok korkuyordum annemden. Sınıfta öğretmenim değil de anne derim diye korkudan ağzımı açmıyordum. Kendi çocuğuna torpil yapıyor demesinler diye diğer öğrencilerden daha sert davranırdı bana."

Derya, "Aaa! Annem mi okuttu seni? Benim niye haberim yok? Vallahi ilk defa duyuyorum," deyip Dönüş'e baktı. "Sen biliyor muydun?"

Dönüş yattığı yerden kafasını iki yana salladı. "Yok, ben de bilmiyordum. Ablamı hep Aysel Öğretmen okuttu sanıyordum."

Türkân içini çekti, hüzünlü bir tebessümle konuşmaya devam etti.

"Annemin başarısız olduğu tek öğrencisi kızıydı ve buna çok üzülüyordu. Anlıyordum. Onu mutlu etmek için her şeyi yapardım ama okuyamıyordum işte. Sonunda baktı ki olmayacak, beni Aysel Öğretmen'in sınıfına verdi. Zaten o yıl iki tane birinci sınıf vardı. Biri okulun en iyi öğretmeni Aysel Hanım, diğeri de yeni tayin olan annem için açılan sınıf. Aysel Öğretmen memnuniyetle kabul etti beni sınıfına. Annemden daha iyi bir öğretmen olduğunu ispat etmek için mi, yoksa iyi bir öğretmen olduğundan sınıfındaki diğer çocukların seviyesine yetiştirmek için mi bilmiyorum ama benimle çok ilgilendi. Bir hafta sonra okumaya başladım. Annem sevinmişti. Aysel Öğretmen'e teşekkür ediyordu ama içten içe bana çok kızdığını hissediyordum. O yüzden ona yaranmak için her dediğini yapar, uslu bir çocuk olmak için o kalkma demedikçe yerimden bile kalkmazdım. Zaten annem Derya'ya hamileydi o dönem. Dönüş sık hastalanırdı. Bunalımlı zamanlarıydı, babam sürekli *annemizi hiç üzmeyelim, aman kızım*, derdi. Anlayacağınız, annemi üzmemek için yaşamam gerektiğini düşündüm hep. Ama onu en çok ben üzdüm..."

Dönüş ve Derya, ablalarını çıt çıkarmadan dinliyorlardı. Fakat son cümlesine ikisi de aynı anda itiraz etti: "Abla, niye böyle söylüyorsun, niye üzmüş olasın? Biz hiç öyle bir şey görmedik," dediler ama Türkân kafasını iki yana sallayarak sözlerini kesti.

"Yok yok... Dinleyin, daha anlatacaklarım var... Annemin büyük korkuları vardı aslında. Erken öleceğini düşünürdü. Hepimizin gelecekte iyi yerlerde olacağından emin olmak isterdi. İçine doğuyormuş demek ki. Bir gün Emel teyzeyle sohbet ederken, *ben de çok güzeldim ama geriye ne kaldı, o yüzden, bu güzellik geçmeden iyi bir evlilik yapmalı*, dediğini duydum. Benden söz ediyordu muhtemelen. Her yerde ne kadar güzel, kendisi için ne kadar değerli olduğumu söylemesi beni çok utandırırdı. Çünkü insanlara, *görmeniz gereken şey bu, çok güzel bir kız ve bizim için çok değerli*, demiş oluyordu aslında. *Biz değer veriyoruz, siz de değer verin...*

"Nitekim istediği gibi oldu. Beni isteyen ilk zengin aileye tamam dedi. Birini sevip sevmediğimi bile merak etmedi, biliyor musunuz? Kendi başıma ayaklarımın üzerinde durabileceğime dair bir inancı yoktu. Üstelik babam bile benim okumayacağımı, okuyamayacağımı düşünüyordu. Ne acı, değil mi? Siz ikiniz geleceğiniz için kavga edebilmişsiniz. Bir ısrarınız, arzunuz olmuş. Ben ağzımı bile açmadım. Açamadım. Annemi mutlu etmek istiyordum sadece. Öyle ya da böyle... Sonra kayınvalidemi, Rüçhan Annemi gerçekten çok sevdim. Bana aldığı hediyeler, zenginliği, heyecanı değil, benimle sohbet etmesi çok hoşuma gidiyordu. Beni ciddiye alıyor, sorular soruyor, hayallerini paylaşıyordu. Annemin baskısını hissetmiyordum onunla birlikteyken. İstanbul'da beni yalnız bırakmayacağını, sık sık ziyarete geleceğini, orada çok faal bir hayatım olacağını, derneklere üye olacağımızı, anne kız herkesi kıskandıracağımızı söylerdi. Düğüne hazırlandığımız birkaç ay boyunca birlikte üç beş kısa zaman geçirmemize rağmen onun için ne kadar değerli olduğumu hissettim. Anneme İstanbul'daki hayatımla en büyük hediyemi verecektim. Hayaller kurmaya başlamıştım. Artık İstanbullu oluyordum. Sizleri okutacaktım. Anneme o çok arzu ettiği evi bile alabilirdim. Moda'da, kaloriferli olurdu ev. Hep beraber olurduk. Rüçhan Anne, *büyük ve görkemli bir aile oluyoruz, çok şükür*, diyordu. Çok seviniyordum. Oysa o kadar çocuktum ki, evliliğin ne olduğu konusunda hiçbir fikrim yoktu. Kurduğum hayale giderken kayınvalidemin varlığı, ilgisi bana yetiyordu. *Oğlun neden ortada yok, niye hep ikimiz baş başayız*, diye sormak aklıma bile gelmiyordu. Rüçhan Anneyi bilirsiniz, ağzı iyi laf yapardı, insanı iki dakikada ikna ederdi. Somer'in bana bayıldığını, çok heyecanlı olduğunu söyler, *bak ne almış sana Londra'dan*, diye hediye paketleri uzatırdı. Gerçekten Somer'in aldığını düşünürdüm o kaşmir hırkaları, ipek eşarpları..."

Derya yan gözle Dönüş'e baktı. Türkân'ın gözyaşları durmuştu ama elleri titriyordu. Ağzı kurumuştu. Dönüş masanın üzerindeki sürahiyi gösterdi gözüyle. Derya yavaşça kalktı, bir bardak su doldurup uzattı ablasına. Yanına diz çöktü.

"Ablam... Ben bir çay koyayım. Sen bir soluk al," diye ellerini tuttu.

Türkân minnetle baktı Derya'ya... Sonra Dönüş'e çevirdi başını. "Seni üzmüyorum inşallah kardeşim? Ne bileyim... Yazdıkların ne kadar yara kabuğu varsa söküp aldı üzerimden."

Dönüş uzandığı koltuktan kalkıp Türkân'la Derya'nın yanına geldi. Koltuğun kenarına ilişti.

"Biz seni çok üzmüşüz canım ablam. Sen bize kırk yılda bir kalbini açmışsın. Üzüntüne üzülürüm elbette ama şimdi hissettiğim daha çok sevinç, inan. Derya taze çayımızı koysun. Ben de bizimkileri arayayım. Bu gece dışarı çıkmayalım abla. Evde olalım hep beraber. Defne herkesi alıp akşama buraya getirsin. Olur mu?"

Türkân başını salladı. "Tamam," dedi.

Derya mutfağa geçti, Dönüş kahvaltıdan sonra Can'ı alıp gezmeye götüren Defne'yi aradı. Babası, halası ve Gülce de onlarla birlikteydi.

"Güzel kuzum. Program değişti. Bu akşam evde yiyelim. Benim için daha iyi olacak. Annenle teyzen bize güzel yemekler yaparlar... Hem evde oturup kardeş kardeş sohbet etmek pek iyi geldi hepimize. Serdar'ı da uyandırmayalım, azcık daha uyusun. Siz dedenlerle akşam gelirken balık alın sadece, e mi canım?" dedi.

Defne bütün ailenin gururu, neşe kaynağı, dünya güzeli bir genç kız olmuştu artık. Marmara Üniversitesinde Özel Eğitim Bölümünü henüz bitirmiş, engelli çocuklara eğitim veren bir okulda staj yapmaya başlamıştı. Ailesine, kuzenlerine o kadar düşkündü ki, her tatil gününü onlarla geçirmeye gayret ederdi. Hastalığı sırasında Dönüş'ü yeniden yazmaya teşvik eden Defne'ydi aslında.

"Tamam teyzecim, hiç merak etme. Sana tazecik, güzel bir deniz levreği bulurum. Ama yiyebilirsin, değil mi? Bir sakıncası var mı?"

"Yok yok, yerim canım. Hadi siz eğlenmenize bakın. Bir de canım, Kartal abiyi arayıp akşam burada toplanacağımızı haber verir misin?"

"Tamam teyzecim, ararım ben."

Dönüş telefonu kapatıp ablasının karşısına oturdu.

Hakikaten hiçbir şey göründüğü gibi değil. İyi bildiğini düşündüğün hikâyenin bile en önemli yerinden habersizsin işte. Biz senelerce nasıl gördük, ablamın yaşadıklarıysa nelermiş... diye düşündü.

Derya içeri girdi o sıra.

"Abla, filmin en heyecanlı yerinde kestik sanki. Merakla bekliyorum devamını. Dün şey dedin ya hani... Diğer kadının varlığını aslında ilk günden biliyormuşsun... Anlatırım dedin diye üstelemeyeyim diyorum ama..."

"Evet, biliyordum. Rüçhan Anne de biliyordu..."

"Nasıl yani?" dedi Dönüş, yeni bir hayretle.

"E, nasıl öğrendin peki?" diyerek Dönüş'ün yanına oturdu Derya.

"Aslında Somer'in bu evliliğe gönüllü olmadığını bence hepimiz hissediyorduk. Ama dedim ya, ben Rüçhan Anneme, söylediklerine çok inanmıştım, çok güvenmiştim. Aylar boyunca oğlunun bir kez olsun bizimle görüşmemesine hep çok inandırıcı bahaneler buluyordu. Düğünden önce her işi halletmesi gerektiğini, benimle İstanbul'da daha çok vakit geçirmek için yurt dışındaki bağlarını hafifletmeye çalıştığını veya evin mobilyalarını almak için İtalya'ya gittiğini filan söylerdi. Düğüne hazırlanmak için otele gittiğimiz o sabah ilk defa sizinle birlikte gördüm Somer'i, biliyorsunuz...

"Fotoğraflarından daha yakışıklıydı. Çok nazikti. Ama gözle görülür şekilde de mutsuzdu. Annemin canı çok sıkkındı. Sürekli babama bakıyordu ama babam gözlerini kaçırıyordu annemden. Sonradan öğrendim ki, o gün dargınlarmış meğer. Somer'le boşandıktan sonra halamda kaldığım son gece anlattı babam. Son dakikaya kadar yüzüğü atmam gerektiğini düşünüyor ve anneme baskı yapıyormuş. *Kendi söz törenine bile gelmeyen bir adama kız veriyoruz. Çocuğumuzu göz göre göre ateşe atıyoruz. Gel yol yakınken dönelim. Kim ne derse desin korkma*, diyormuş ama annem ikna olmamış.

"*El âleme ne deriz? Bir kusurumuz var da nişanı erkek tarafı attı zannederler. Rezil oluruz. Rüçhan Hanım'a ben ne derim? Hem kız istiyor*, demiş. Ayvalık'tan yola çıkmadan bir gece önce babam son kez yalvarmış anneme. *Bugüne dek hep akrabalardan uzak durdun, onların lafını sözünü küçümsedin. Şimdi neden bu kadar ısrar ediyorsun? Bu evlilikle ilgili iyi şeyler hissetmiyorum*, demiş. Annem kıyameti koparmış. Babam da küsmüş. *Annen de biliyordu, görüyordu her şeyi. Ama görmek istemiyordu. Ya tersi olursa, ya her şey iyi giderse, deyip duruyordu. Yazık ettik sana yavrum*, dedi. Ama olan olmuştu artık."

Derya, annesinin, hatasındaki ısrarlı tutumunun kendisinde gördüğü yanlışa ne kadar benzediğini düşündü o anda. Belki de çocuklar gerçekten anne babalarından gördüklerini tekrar ediyorlardı.

Türkân anlatmaya devam etti:

"Düğün bitti... Herkes dağıldı. Bize ayrılan balayı süitine çıktık. Rüçhan Anne de bizimle geldi. Somer'le konuşmak isteyince ben içeri girdim. Ne konuştular, bilmiyorum. Ama Somer sinirle girdi süite ve kendini banyoya kapadı. Bir iki saat çıkmadı. Gelinliğimle yatağın üzerinde oturuyor ve ne yapacağımı bilemiyordum. O kadar çok bekledim ki, uykum geldi. Başımdaki duvakla kıvrılıp uyudum. Birkaç saat de öyle geçmiştir. Gözümü açtığımda Somer bir köşede içki içiyordu. Kalkıp oturdum hemen. Ne söyleyeceğimi de bilemedim. Öyle sessiz sessiz beklerken uyandığımı fark etti.

"Yerinden bile kalkmadan, *Sen çok güzel, çok hoş bir genç kızsın. Ailen de kültürlü, aklı başında bir aileye benziyor. Nasıl oldu da böyle bir saçmalığa evet dediniz? Para pul mu çekici geldi size*, dedi.

"Tokat yemiş gibi oldum o an. Ne diyeceğimi bilemedim. Sesim soluğum kesilmişti.

"*Kafan acımıyor mu o şeyle? Niye çıkarmıyorsun*, diye sordu sonra.

"*Gelinliği damat çıkarır dediler. O yüzden*, dedim zar zor.

"Kadehini bırakıp yanıma geldi. Elimden tuttu. Bir puf vardı koltuğun önünde. Oraya oturttu beni. Sonra duvağı çıkardı kafamdan. Tokaları sökerken de, *Bak Türkân... Senin için üzülüyorum ama kendim için daha çok üzülüyorum. Bu kadar oku, gez, öğren, sonra da aşiret ağaları gibi görücü usulü sana seçilen bir kızla evlen. Olacak iş değil. Mümkün değil. Ama anlayan yok elbette...* dedi.

"Sonra karşımdaki sehpanın üzerine oturdu. *Türkân... Benim çok sevdiğim bir kadın var. Çok ama çok seviyorum onu. Şu anda dünyanın bir başka köşesinde çok acı çektiğini biliyorum. O acı çektiği için de aslında ölmek istiyorum. Lütfen kusura bakma. Bir genç kız düğün gecesi bunları duymayı hayal etmez ama seni sonradan daha çok üzmek istemiyorum. Açık konuşmanın sana yapılacak en büyük iyilik olduğunu düşünüyorum. Gel biz seninle iki iyi arkadaş olalım. Ben seni üzmeyeyim, sen de beni üzme. Ailelerimiz de rahat etsin, biz de rahat edelim. Sen annemle gelincilik oyna ama benden sakın arkadaşlığım dışında bir şey bekleme. Eğer bu anlaşmaya sadık kalır, sorun çıkarmazsan seni prensesler gibi yaşatırım. Bana kalmaz zaten, annemle babam bunu daha iyi yaparlar. Ama zannediyorum ki, biz seninle iyi arkadaş olacağız? Ne dersin, olacak mıyız,* dedi.

"Önce şaka yapıyor zannettim. Sonra ciddi olduğunu anladım. Şaşkınlığım çok kısa sürdü. İçten içe bundan korkuyormuşum meğer. O korkumun gerçek olduğunu ve büyük bir bataklığa saplandığımı anladım. Ne yapacaktım şimdi? Hayır, olmaz mı diyecektim? Üstüne mi atlayacaktım adamın? Bağırıp çağırıp ağlayacak mıydım? Başka hiçbir çarem yoktu. Belki ertesi gün uyandığında her şey başka türlü olur, belki şimdi sarhoştur, ondan böyle konuşuyordur diye düşündüm. Çaresizce başımı salladım.

"*Bravo sana. Biliyordum. Sen bana destek ol, ben de sana hep nazik davranayım. Dön şimdi, şu fermuarı aça-*

yım da bu komik gelinlikten kurtul, rahat bir şeyler giy, dedi.

"Gelinliğimi ağlaya ağlaya banyoda çıkardım. Beni istemeyen bir adam vardı dışarıda ve ben onun soyadını almıştım. Adam açık açık *başkasını seviyorum*, diyordu. Utancımdan çıkamıyordum yanına. Sonra, çaresiz, kapıyı açtım. Koltukta uyumuştu. Ben de gidip yatağa yattım. Hiç kimseye hiçbir şey söylemedim. Balayında hemen hemen hiç konuşmadı benimle. Bir hafta diye gitmiştik ama üç gün sonra dönelim dedi. Ölüyordum zaten üzüntüden. Hemen kabul ettim. Sabaha karşı girdik İstanbul'a. Evin kapısını açtı. Bavulları bıraktı. *Sen burada yaşarsın, ben kendi evimde yaşamaya devam edeceğim*, dedi ve gitti."

Derya ve Dönüş şok içindeydiler. Mutlu bir evliliği olmadığını, eniştelerinin problemlerini tahmin ediyorlardı ama Türkân'ın bu yaşadıkları asla akıllarına gelmezdi. Senelerce Somer'in kendilerini beğenmediğini, küçümsediğini ve bu yüzden karısıyla görüşmelerini istemediğini düşünmüşlerdi. Karısının ailesini beğenmeyen bir züppe olarak kabul etmişlerdi eniştelerini ama bunca yıl sonra bu duydukları ikisine de inanılmaz geldi.

"Sen o evde onca yıl tek başına mı yaşadın yoksa?" diye sordu Derya, cevabın hayır olacağını umarak.

"Evet... Defne doğana kadar neredeyse hep tek başıma... Balayından bir hafta sonra döneceğimizi düşündükleri için kimse bilmiyordu benim Florya'da, evde olduğumu. O görkemli evde dört gün boyunca bir başıma dolaştım durdum. Param yoktu. Dolapta hiçbir şey yoktu. Rüçhan Anne mutfaktaki kavanozlara renkli makarnalar doldurtmuş, kendince mutfağı süslemişti. Evimi bile ben döşememiştim, nerede ne var bilmiyordum. Rüçhan Anne çeyizimi beğenmemiş olmalı ki, gönderdiklerimizi hiç açmadan çamaşır odasına yığmışlardı. Dört gün makarna haşlayıp yedim. Düğündeki takılardan hiçbiri ortada yoktu. *Hepsini kasaya kaldıralım*, diye almıştı Rüçhan Anne. Bir tane küçük altın olsa evden çıkıp satarım, bir taze ekmek, zeytin peynir alırım diyordum ama pırlanta yüzüklerim ve pırlanta tektaş kolyem dışında hiçbir şey yoktu üzerimde. Taştan bir servetin içindeydim ve açlıktan ölüyordum, düşünebiliyor musunuz?"

Türkân'ın hüzünlü gülüşü Dönüş'ün içini sızlattı. Deftere ablasının evliliği için, "O pırlanta setler takıldıktan, Florya'daki hipodrom gibi evin içine girdikten sonra neler yaşadı acaba annemin prenses kızı?" diye yazmıştı. Ah... Ablası o satırları okumuştu dün gece... Çok üzüldü. Böyle bir şeyi bilse, tahmin etse, yazar mıydı hiç? Büyük bir üzüntüyle yerinden kalkıp ablasının yanına gitti, omzuna sarıldı.

"Ablam... Biz bunları hiç bilmedik ki... Çok özür dilerim. Biz seni ne kadar yalnız bırakmışız. Bilmeden yazdıklarım incitmiştir seni..."

Türkân, kardeşini elinden tutup ayağa kaldırdı.

"Aaa, yapma böyle! Bak bu kadar üzüleceksiniz vallahi anlatmıyorum gerisini. Benim düşüncesizliğim oldu bu şimdi, inan. Hasta kıza neler anlatıyorum böyle?"

Derya da oturduğu yerden kalktı. Dönüş için endişelenmişti. Hakikaten çok ağırdı ablasının yaşadıkları. Dönüş bu duyduklarını daha da büyütürdü içinde. Hem ablasının anlatacaklarını delice merak ediyor hem de Dönüş'ün kafasını biraz dağıtmak istiyordu.

"Ablam... Çay demlenmiştir. Ben çaylarımızı koyayım. Sen de bir elini yüzünü yıka istersen ha? Dönüş de bir ayaklansın, iki üç adım atmış olsun. Gelsin benim yanımda dursun mutfakta iki dakika. Acıktın mı Dönüş? Bir şeyler yer misin?"

Türkân anlamıştı. Derya özellikle bölüyordu konuşmasını. Kendi kendine kızdı. *Bunca yıl susmuşsun, şimdi ne gerek vardı çocuklara bunları anlatmaya*, diye içinden söylenerek banyoya gitti. Fakat anlattıkça rahatladığını, içinde ne var ne yoksa hepsini dökmek istediğini fark etti. Sanki çok ağlamış da içinde bir yer boşalmış gibiydi ve bu ferahlamayı kim bilir kaç yıldır bekliyordu. Yüzünü soğuk suyla yıkadı. Yüzünü kurularken, "Daha fazla anlatma. Bunca zaman sustun. Hasta çocuğu üzme," dedi aynadaki aksine.

Türkân banyodayken Dönüş, Derya'ya, "Kesme ne olur, anlatsın. Ben iyiyim. O iyi olursa daha iyi olacağım. İçine kapanırsa bir daha konuşmaz, biliyorsun. Belli ki bizim yanımızda olamadığı için duyduğu mahcubiyeti, üzüntüyü anlatıp içini dökmek istiyor. Hem Serdar uyanır birazdan. Siz de yemek telaşına düşersiniz. O uyanmadan, bırak çayı mayı, ilk defa bizimle bu kadar içten konuşuyor, ilk defa anlatıyor. O sustukça ben daha çok üzülürüm artık," dedi.

Derya çayları koyarken, "Ne drama aileymişiz kızım biz ya! Ah canım benim, biz onu balayında sanırken o koca evde aç yaşamış kaç gün. Ah, annem iyi ki bilmedi bunları. Yalnız bir şey diyeyim sana... Kızım bu Somer, ablama hiç dokunmadıysa, Defne kimden? Hiii? Ay, yoksa ablam bir macera filan mı yaşadı?!" dedi.

Dönüş, Derya'nın koluna dokundu yavaşça. Derya, ablasının mutfağa girdiğini arkasını dönmeden anladı. *Son söylediklerimi duyduysa çok ayıp oldu*, diye düşündü. Çay bardaklarının olduğu tepsiyi aldı ve ablasının orada olduğunu zaten biliyormuşçasına gayet sakin dönerek "E, abla... Bu adam sana senelerce böyle mi davrandı? Rüçhan Hanım'la konuşmadın mı hiç? Bu çocuk kimden? Ay abla, şu çayları döküp saçmadan taşıyayım, beni kalpten götürmeden anlat hepsini!" dedi zoraki bir neşeyle.

Dönüş ve Türkân birbirlerine baktılar gülerek. Türkân, Dönüş'ün koluna girdi. Salona geçtiler hep beraber. Dönüş'ü az önce uzandığı koltuğa oturttu Türkân şefkatle. Kendisi de oturdu. Derya çaylarını dağıttı. Sonra sabırsızca ablasının karşısındaki yerini aldı. İki kardeş çocukluklarındaki gibi meraklı gözlerle bekliyorlardı.

Türkân ikisine bakıp güldü ve "İlla anlat diyorsunuz ha... Film gibi, değil mi? Yaşarken öyle değildi elbette. Üzerinden zaman geçince acısı bile yabancılaşıyor insana..." dedi. Sonra banyoda kendi kendine verdiği sözü hatırladı. Ya yine saklayacaktı ya da... *Bir kere başladım artık*, diye düşündü ve devam etti.

"Rüçhan Anne ilk aylar umutluydu aslında. Somer beni sever diye umuyordu sanıyorum. İstanbul'a çok az geliyordu. Her gelişinde eli kolu dolu oluyordu. İstanbul'da geziyorduk. Sıkılıyordum ama alışmaya çalışıyordum hayatıma. Sonra bir gün, çat kapı karşımda belirdi. İlk defa makyajsız, özensiz bir giyimle görüyordum onu. Neredeyse perişan bir hâlde girdi içeri.

"*Somer nerede*, dedi. Bilmiyordum. Yanıtım yoktu. On gündür görmemiştim. Ayda bir, en fazla iki kez uğradığını, bir kahve içip gittiğini söyleyemedim. Bana bir banka hesabı açmış, bir de defter vermişti. *Lazım oldukça çekersin*, demişti. Son geldiğinde, *sen niye para çekmiyorsun*, diye sormuştu. *Çekiyorum, mutfağa lazım olunca aldım, daha duruyor, bitmedi*, demiştim ben de. *İyi*, deyip çıkmıştı. Bir daha da görmemiştim.

"Bir tane yardımcı kız vardı, her gün geliyordu. Bir tek onunla sohbet ediyordum. Galiba o kıza sordu telefonda. O da söylemiş olmalı. Rüçhan Anne içeri girdi, sigarasını yaktı. *En son ne zaman gördün*, diye sordu. *On gün filan oldu*, dedim. *Kızım bana doğruyu söyle, seninle yatıyor mu*, diye sordu sonra. O kadar utandım ki... Cevap verememedim. Şöyle büyük, bardak gibi bir kristal sehpa çakmağı vardı... Sigarasını onunla yakmıştı. Çakmağı aldığı gibi içi kadehlerle dolu cam vitrine fırlattı. Bam diye patladı cam. Vitrinin içinde ne var ne yoksa hepsi dağıldı. Yardımcı kız koştu geldi. Ödüm patlamıştı. Koltuğa sinmiştim. O güne dek hiç görmediğim bir Rüçhan Anne vardı karşımda. Büyük bir sinir krizi geçiriyordu. Evi darmaduman etti. Perdeleri yırttı. Sehpaları devirdi. Kıpırdayamıyordum bile. Deliler gibi bağırıyordu.

"*Sen ne işe yarıyorsun kızım? Sen ne yapıyorsun burada? Sen yiyip içip uyuyor musun öküzler gibi? Kadın değil misin sen? Aklın mı yok senin? Adamı evine bağlayamayacak kadar odun musun?*

"Kulaklarıma inanamıyordum. Bu benim tanıdığım Rüçhan Hanım olamazdı.

"*Öğrendim ben. Her şeyi öğrendim. O orospuya gitmiş İngiltere'ye. O yaşlı kancığın koynuna doyamadı. Ama sen azıcık kadın olsan, azıcık zekân olsa şu bedenini, gençliğini kullanmayı bilirdin! Kocanın peşine düşerdin. Sana kızım dedim. Sana evladım dedim. Sana harcadığım parayı öbür orospuya harcasaydım çoktan peşini bırakmıştı oğlumun! Haram olsun sana yaptıklarım. Haram ziyan zıkkım olsun inşallah!*

"Gerçekten aklını kaçırmış gibiydi. Ciyak ciyak bağırıyordu. Korkudan kıpırdayamıyordum bile. Kırabileceği hiçbir şey kalmadı etrafında. Sonra bana döndü. Neye uğradığımı anlayamadan saçlarımdan yakaladı ve beni yerde sürüklemeye başladı.

"*Rüçhan Annecim, Allah aşkına, ne olur yapma*, diye yalvarıyordum. Duymuyordu. Yardımcı kız beni kurtarmak için atıldı ama vahşi bir hayvana dönmüştü kadın. Kızı da fırlatıp attı. Saçlarımdan çekip başımı kaldırıyor, yüzüme arka arkaya tokatlar patlatıyordu. Bayılmışım..."

Derya ve Dönüş buz kesmişti. Dönüş dehşet içinde Derya'nın elini tuttu. Konuşamıyorlardı bile. Türkân en zor kısmı anlatmış olmanın getirdiği rahatlamayla derin bir of çekti... Kardeşlerine hiç bakmadan anlatmaya devam etti:

"Gözümü açtığımda Somer başımdaydı. Hastanedeydim. Elimi tutuyordu. *Seni hayatımın kurtulamadığım bu boktan parçasına, kaderime istemeden dâhil ettiğim için çok özür dilerim. Bir daha sana böyle bir şey yapmasına izin vermeyeceğim*, dedi. Konuşmak istedim ama konuşamadım. Dilim, yanaklarım parçalanmıştı. Somer bana Nişantaşı'nda bir ev tutmuş, hastaneden çıktıktan sonra beni doğruca oraya götürdü. *Seni bulamayacak, merak etme. Burada şehir içinde daha rahat edersin. İstediğini yapmakta özgürsün. Neye ihtiyacın olursa bana haber ver*, dedi. Sonra yine gitti. Ama arada bir telefonla arıyordu. Nedenini bilmiyordum ama annesinin beni bulmasından korkuyordu. Bir otobüse atlayıp Ayvalık'a gelmeyi çok istedim. Babamı aramayı düşündüm. Ama kimden, neden korktuğumu bilmeden korkuyordum. Sanki bu çamur, aileme, size de bulaşacaktı. Sabah evden çıkar, ayaklarım su toplayana kadar yürürdüm. Bazen de yataktan hiç çıkmadan uyurdum. Arkadaşım, tanıdığım hiç kimse yoktu. Günden güne sağlıklı düşünme becerimi kaybediyordum. Rüçhan Anne bir kâbus olmuştu artık benim için. Her şeyi göze alıp Ayvalık'a gelmeye karar verdim bir akşam. Evimiz dışında hiçbir şeyi düşünemiyordum. Tüm cesaretimi toplamış, bilet almak için evden çıkıyordum ki, karşımda Rüçhan Anne belirdi. Beni bulmuştu! Gerçekten çok korkmuştum.

"Ama o çok pişmandı. Haftalardır üzüntüden perişan olduğunu, o günden beri sinir ilaçları kullandığını söyledi. Bu meselenin kendisini yıllardır çok üzdüğünü, o yüzden o gün öyle patladığını, bana yaptığı o kötülük için kahrolduğunu, Allah'ın huzurunda çok ağladığını filan anlattı. Somer üniversite öğrencisiyken âşık olmuş kadına. Orada yaşayan bir Türk'müş o da. Üstelik evliymiş ve Somer'den büyükmüş. Elbette kıyamet kopmuş. Zamanla geçer diye ummuşlar. Ama geçmemiş işte. Benim gibi bir eşi olursa kendine gelir diye düşünmüş Rüçhan Hanım. Lakin kadın artık nasıl avucuna almışsa oğlunu, bir türlü kurtarmak mümkün olmamış elinden. Mirastan men ederiz demişler, o zaman razı olmuş benimle evlenmeye. *Vallahi çok da beğenmişti seni. Tamam demişti. Yoksa seni yakar mıydım ben*, dedi.

"Ara vermeden konuşuyor, dil döküyor, ağlıyordu. Orada kalamazdım. Florya'daki eve dönmeliydim. Her şeyi baştan alırdık. Hatta ben kendi isteğime göre döşerdim evimi. Bu kez hiçbir şeye karışmayacaktı. Kadın konuştukça karşısında tüm gücümü kaybediyordum. *Ayvalık'a dönmek istiyorum. Ne olur bırakın beni*, dedim. Koca kadın dizlerime kapandı. *Allah, peygamber hatırı için kızım, biraz daha dayan. Ben sende o umudu, cevheri görmesem bu kadar yalvarır mıydım sana*, diye ağladı.

"Florya'ya geri döndüm. Bu sefer de Somer delirdi. İkisinin arasındaki o korkunç savaşın elden ele kaçırılan ganimeti gibiydim. Yorgundum, bıkkındım ve ölmek istiyordum. Birkaç kez bunu ciddi ciddi düşündüm. Ama siz perişan olurdunuz. Anneme babama bu acıyı yaşatamazdım. Ayda bir kez konuşuyorduk annemle. Ona hiçbir şey söyleyemiyordum. Gidersem bir daha dönmem diye Ayvalık'a da göndermiyordu beni Rüçhan Hanım. Sizi davet edemiyordum. Çünkü Somer hiçbir zaman evde değildi ve Rüçhan Hanım'ın kesin kuralı vardı. Asla yaşananları öğrenecek kadar yakın olmayacaktınız bize. O uygun bulduğunda, ancak onunla Ayvalık'a gidebilirdim. Sadece iki kez geldim, biliyorsunuz. Onda da annemi sadece bir çay içimi görebildim. Kayınpederim Özer Bey'i anlamaya başlamıştım. Rüçhan Hanım katlanılır biri değildi. Adam hayatını ondan tamamen bağımsız başka bir evrende kurmuştu âdeta. Rüçhan Hanım, Somer'le evliliğimizi takıntı hâline getirmişti. Evdeki yardımcı kadının haricinde kapıda gece ve gündüz nöbetleşe bekleyen iki şoför, bir de haftanın iki günü büyük temizliğe gelen bir kadın tuttu. Şoför olmadan hiçbir yere gidemiyordum. Kadınlar haftanın iki günü bütün halıları, yatakları kaldırıyor, her şeyi altüst ediyorlardı. Tek başıma yaşadığım bir ev ne kadar kirlenebilirdi ki? Rüçhan Hanım evde büyü aratırmış meğer. O kadar emindi ki, beklediği o gün mutlaka gelecek, oğluyla girdiği savaşı mutlaka kazanacaktı. Somer o kadından ayrılacak, sonunda bana dönecekti. Anneme Somer'in çok sık iş seyahatine çıktığını, şirketinin bir ayağının İngiltere'de olması nedeniyle İstanbul'a pek az gelebildiğini söylüyordum. *Ama mutluyum, merak etme*, diyordum. Annem büyük bir heyecanla bebek haberi bekliyordu benden. Öyle böyle beş yıl geçti... Beş yıl...

"Siz büyüyor, genç kız oluyordunuz. O kadar çok özlüyor ve merak ediyordum ki sizi. Neler yaşıyordunuz, günler orada nasıl geçiyordu? Belki de bilmemek daha iyiydi. Bilip hiçbir şey yapamamak da vardı. O altın kafeste, uçmayı bile düşünmeden yaşamayı kabullenmiştim sonunda.

"Somer bir gün geldi ve dedi ki, *Benim bir kızım oldu İngiltere'de. Seninle boşanmamız gerekiyor. Kaç para istersin? Düşün taşın, beni ara!*

"Somer'in eve gelişinin ertesi günü Rüçhan Anne kapıdaydı yine. Casusları haber vermişti.

"*Sana boşanma mı teklif ediyor o zibidi? O karı ayrılmış boynuzlu kocasından ama ben yaşadığım sürece oğlumla evlenemeyecek. Benim soyadımı alamayacak. İstediği kadar doğursun, malımın mülkümün üstüne asla oturamayacak. Eğer boşanmayı kabul edersen, bak sana yemin ediyorum, seni öldürmekle kalmam, o aileni de talan ederim. Oğlumu aldattı derim senin için. Kardeşleri orospu derim. Bütün gazetelere haber yaptırtırım. O kızlara şu koca Türkiye'de yaşayacak santim yer bırakmam. Anneni babanı insan içine çıkamaz hâle getiririm, yemin olsun*, dedi. Biliyorum, yapardı..."

Türkân, Dönüş'ün ağlamaklı, üzgün yüzünü görünce durdu.

"Neyse... Boş verin. Neler anlattım ben böyle? Kusuruma bakmayın, ne olur... Herhâlde çok sıkıştırmış, yığmışım her şeyi üst üste... Kapağı açınca üzerimize devrildi hepsi..."

Derya da, Dönüş de hiçbir şey söylemeden ablalarına bakıyorlardı. Duyduklarını sindirmeye çalışıyor gibiydiler.

Dönüş, "Yok, boş vermeyelim. Bitirelim abla... Anlat. Sonra ne oldu?" dedi.

Türkân içini çekerek baktı kardeşlerinin gözlerine.

"Anlat abla… Ne oldu?"

"Aman işte... Sonra ne olsun. Aradan yine iki üç yıl geçti. Bir gün eve bir çiçek geldi. Somer'denmiş, şaşırdım... Akşam da kendisi belirdi kapıda. Elinde bir hediye paketi. *Hadi gel, dışarı çıkalım*, dedi. *Süslen püslen ve hediyemi de tak mutlaka*, dedi.

"Bir ince mutluluk belirdi içimde. Çok güzel bir pırlanta kolye almış. Hiç gitmediğim bir yere götürdü beni. Daha biz içeri girerken fotoğrafçılar doluştu etrafımıza... *Somer Bey! Somer Bey*, diye bağrışıyorlardı... Bu bana sarılarak pozlar verdi. Sonra yemeğe oturduk. Nasıl konuşkan, nasıl tatlıydı. Annesi gibi dilbaz… *Yarın seninle hiç yapamadığımız balayımızı yapalım, Fransa'ya gidelim*, dedi. *Dünyayı turlasak kendimi affettiremem ama bir yerden başlamış oluruz*, dedi. Bir de pahalı şampanyalar söylüyor. Kendisi lıkır lıkır içiyor, ha bire beni de zorluyor. Ben ne bilirim şampanya içmeyi. İki kadeh içtim, yerde miyim gökte miyim, bilemez oldum. Ama çok eğleniyordum. Sarmaş dolaş çıktık oradan. Nasıl mutluydum. Rüçhan Anne haklıydı demek. *Bir gün sana gelecek*, diyordu hep. Demek ki o gün bugündü. Ben mutlu mutlu kolundaydım. Yine fotoğraflar çekildi. Sonra dedi ki, *Eve gitmeyelim. Şurada çok güzel bir otel var, orada kalalım.* Zaten başım dönüyor… Ne dese evet diyorum. Gittik otele. Arkadaşları otelin giriş katındaki kulüpte eğleniyorlarmış, kapıdan girerken gördüler bizi. *Gel seni tanıştırayım*, diye tutturdu. Ayakta zor duruyorum ama itiraz etme hakkım yok ki. Müthiş bir kalabalık, inanılmaz bir müzik sesi. Birileriyle selamlaşıyor, konuşuyor, sürekli beni tanıştırıyor, *işte benim muhteşem karım* diye. Bir kadın geldi yanıma. Bir şeyler söylüyordu, anlamıyordum. Kulağıma eğildi, bağırarak *kolyeni diyorum*, dedi. *Somer'in hediyesi*, dedim gururla. Sonra baktım, mümkün değil duramayacağım. *Çıkalım ne olur*, diye ısrar ettim. *Tamam*, dedi. *Karım dayanamıyor gürültüye, kusura bakmayın*, diyerek vedalaştı arkadaşlarıyla. Odaya çıktık. Kafamın içinde büyük bir uğultu vardı. Üzerimi çıkaramayacak kadar kötüydüm.

"Sonrası hep hayal meyaldi benim için. Ama *artık karı koca olduk*, diye düşündüğümü hatırlıyorum. Sabah uyandığımda Somer yoktu yanımda. Perişandım. Kafam kazan gibiydi. Midem bulanıyordu. Baktım, çantamın üzerine para bırakmış. Bir not aradım ama yazmamış. Eve gittiğimde arar herhâlde, işe geç kalmamak için çıkmıştır dedim. Sürüne sürüne ayrıldım otelden. Bir taksiye bindim ama o Florya yolu azap oldu bana. Eve gider gitmez hemen uyudum. Somer gece gelmedi. Ben zaten toparlanamamıştım hâlâ. Sabah telefon sesiyle uyandım. Rüçhan Anne telefonda, *Kızım, neler oluyor? Ay çok mutluyum. Dışarı çıkmışsınız. Bütün gazetelerde siz varsınız. Şükürler olsun*, filan diyordu. Yardımcı kız gazeteleri getirdi. Hepsinin eklerinde biz varız. Ama Somer yine yoktu ortada.

"Çok geçmeden işin aslı anlaşıldı. Kadın boşanmış, doğurmuş ama ben boşanmayınca sonunda bunu terk etmiş.

Somer'i kıskandırmak için olsa gerek, birileriyle beraber olmuş. Benim tabii hiç haberim yoktu bunlardan. Somer da kadını kıskandırmak için yapmış meğer her şeyi. İstediği olmuştu elbette. Kadın gazetelerde bizi görünce ilk uçakla İstanbul'a gelmiş. Aldığı o kolyeyi de kadın istiyormuş aslında. Somer barışmak için almış. Ama kadın kabul etmeyince benim boynuma takıp gazetecilerin gözüne sokmuş. Kadının sosyeteden arkadaşlarıymış o gece gördüklerimiz. Pırlanta bir tasma takıp köpek gibi gezdirmiş meğer beni.

"Evde çalışan kız bütün bu hikâyeyi dedikodu dergisinden öğrenmiş, Gelip bir bir anlattı. Hayatımın kepazeliğini, tanımadığım binlerce insan benden iyi biliyordu. Ölmek bile isteyemeyecek kadar mutsuzdum.

"Birkaç ay sonra da hamile olduğumu anladım. Somer katiyen kabul etmedi. İmkânsız diyordu. Ama Rüçhan Hanım çok mutluydu. Somer, *bu çocuk benim değil*, diyor, Rüçhan Hanım kahkahalar atarak gülüyordu. *Rüçhan Anne yemin ederim, ben başka birini tanımadım bile, beni dışarı çıkardığı gece oldu her şey*, diye ağlıyordum. *Biliyorum kızım, tabii*, diyordu. Elbette biliyordu. Onun haberi olmadan tuvalete bile gidemeyen, korkak, âdeta kuklasına dönmüş bir kadın herhangi bir macera yaşayamazdı. Sonrasını biliyorsunuz... Sadece... Dedim ya, annemi en çok ben üzdüm diye... Ben hepsine katlanırdım, katlandım da... Fakat annem doğuma geldiğinde... Rüçhan Hanım'a hesap sormak istedi. *Neler oluyor, nerede bu çocuğun kocası? Siz neden bizi çocuğumuzdan uzak tutmaya çalışıyorsunuz*, dedi...

"Rüçhan Hanım da, *Şimdi mi aklına geldi bunu sormak? Sen bu evlilik için ne yaptın da bana hesap sorma cüretinde bulunuyorsun? Kızın hak etseydi kocası da burada olurdu. Acaba çocuk kimden,* diye kendi kabahatini üste çıkarak kapamak istedi. Annem kalp krizi geçirecek sandım. *Haddinizi bilin Rüçhan Hanım,* dedi sadece ve Rüçhan Hanım hastaneyi yıktı! Yıllar önceki sinir krizinin bir benzeriydi yaşadığı. Annem donup kalmıştı. Ben yattığım yerden kalkıp Rüçhan Hanım'ı tutmaya, sakinleştirmeye çalıştım ama deli gücü geliyordu kadına öyle anlarda. Talan etti hastane odasını. Sonra da... Çantasını açıp annemin suratına bir tomar para attı. O sırada bütün hemşireler, doktorlar içeri doluşmuştu. Annemin suratına çarpıp savrulan paraları, o anı, her şeyi gördüler ve ben ölmedim... Ölmedim!

"Annem hiçbir şey söylemedi. Bana dönüp baktı sadece. Sonra kenarda duran çantasını, kadının tekmelediği bavulunu aldı ve bana son bir kez daha bakmadan, hoşça kal bile demeden gitti. Ben ondan özür bile dileyemeden çıktı o kapıdan. Sonra da siz aradınız. Annem gerçekten gitmiş..."

Derin bir sessizlik yerleşti aralarına.

Büyük ipek bir örtü havadan üçünün üzerine bırakılmış gibi bir süre birbirlerini görmeden, duymadan, düşünmeden oturdular.

Üçü de kendi hayat koridorlarında yankılanan sesleri duyuyordu o anda.

Her birinin duyduğu ses aynı anneye ait olsa da farklı tınlıyordu. Dönüş, ablasının cesareti karşısında kalbinde yıllardır kapalı tuttuğu bir kapıyı açmak istedi. Sonra hızla vazgeçti bu düşüncesinden.

Sanki üçü birlikte bir aynaya bakıyorlardı ama aynada gördükleri suretler birbirlerinin gördüğünden farklıydı.

Sessizliği Derya bozdu. O ipek örtüyü çekip toparlayıp bir kenara fırlattı.

"Hadi abla, hadi kalkalım, girelim mutfağa. Birazdan biz acıktık diye gelirler. Ben ellerimi yıkayıp geliyorum hemen," diyerek kalktı.

Türkân rahatlamıştı. Derya'nın bir anda o ağır geçmişi kaldırıp kenara koyan gücüne hayranlık duydu. Arkasından bakarken, "İyi ki bize çekmemiş bu," dedi gülerek.

Dönüş tebessüm etti. "Oysa biz hep *bu ikisi*'ydik. Sen biricik olan."

"Demek ki öyle değilmiş Dönüş Hanım," diye ayağa kalktı Türkân da. "Mutfağa geçeyim, bakayım bir eksik var mı?"

Serdar yatak odasından çıkmıştı ki, Derya bir anda karşısında belirdi ve kolundan tutup onu tekrar odaya soktu. Serdar, uyku sersemi, yüzünü bile yıkayamadan kendisini çekiştiren Derya'ya, "Ne oldu yahu? Hayırdır?" dedi endişeyle.

Derya hızlı hızlı konuşmaya başladı: "Bak şimdi. Ablam çok önemli şeyler anlattı sen uyurken! Ben bile kendime gelemedim. Dönüş çok üzüldü duyduklarına. Yeri burası mıydı, zamanı şu saat miydi, ben mi neden oldum bütün bunlara, bilmiyorum ama olan oldu artık. Sen bir elini yüzünü yıka da Dönüş'ü dolaştırmaya çıkar azıcık. Akşam babamlar buraya geliyor. Dönüş dışarıda yemek istemedi. Evde olalım, dedi. Biz şimdi ablamla biraz salata malata bir şeyler hazırlamaya girişelim. Sen de karınla ilgilen. Evden, ablamdan biraz uzaklaştır onu."

Serdar bir anda gerildi. "Kavga mı ettiler? Türkân abla mı bir şey dedi Dönüş'e?"

Derya sakinleştirmeye çalışarak "Yahu yok. Kendi hayatıyla ilgili bilmediğimiz şeyler anlattı. Feci şeyler ama. Kayınvalidesi dövüyormuş ablamı," dedi.

"Aaa... Ne diyorsun sen ya?"

"Ya sorma... Daha neler anlattı da..."

O sırada Dönüş kapıyı açtı. "Ne konuşuyorsunuz siz fısır fısır?" diye odaya girip kapıyı kapadı hemen.

Serdar elini tuttu Dönüş'ün. "Türkân ablam bir şeyler anlatmış. Sen iyi misin?"

"İyiyim... Üzüldüm ama çok. Vallahi kız bugüne dek iyi dayanmış yine de. Sağlam, sağlıklı kalabilmiş böyle..."

Derya, "Ablama ayıp olacak şimdi. Mutfakta yalnız bıraktım. Hadi siz çıkın azcık dolaşın Serdar'la. Bir hava al. Yorulma çok. Biz de o arada salataları hazırlayalım, masayı filan kuralım. Taze ekmek alın gelirken. Hadi!" deyip çıktı odadan.

Serdar, Dönüş'e sarıldı.

"Yüzümü yıkamadım daha, kapıda yakaladı beni kardeşin. Dan dun anlattı bir şeyler. Üzülmedin değil mi benim güzel karım?"

"Aaa! Üzülmesem sanki tık diye iyileşeceğim. Üzüldüm tabii ki. Üzülmez miyim? Benim defteri okumuşlar gece.

Daha bitirmemiştim oysa yazmayı. Üzerinden bir geçerdim. Onlara okutacak hâle getirirdim, belki silerdim bazı yerlerini. Ama ne bileyim, olmuş işte... Derya dışarı çıkın dedi ama benim hiç hâlim yok canım. Sen ekmek alıp gel. Ben biraz şurada uzanayım."

Serdar kafasını kaşıdı.

"İyi tamam, sen uzan. Ben bir anlayayım içerideki durumu. Kendimi bir toparlayayım, kahve alayım, gelirim yanına. Uyumamış olursan azıcık sohbet ederiz. Özledim ben seni," diyerek bir makas aldı karısının yanağından.

Dönüş güldü. "İyi hadi, git al kahveni," dedi. Serdar'ın kalktığı yatağın yorganını düzeltip üzerine uzandı.

Serdar odadan çıkınca Dönüş yalnız kalmanın huzurunu çekti önce içine.

Ablasının anlattıklarını düşündükçe, başkaları için çok da önemsenmeyebilecek bazı hadiselerin aslında ne kadar büyük zaferler olduğunu anlıyordu. Türkân'ın Defne doğduktan sonra Açık Öğretim'de okuma kararı, bir üniversite diplomasına geç de olsa kavuşması, İngilizce öğrenmesi, ehliyet alması, çizim derslerine gitmesi, grafik kursları bitirmesi... Türkân'ın aklını koruyan, onu hayata bağlayan çabalar olmuş bunlar meğer...

Rüçhan Hanım nasıl pes etmişti acaba? Nasıl kabul etmişti ayrılmalarını? Defne en büyük dayanağı olmuştu Türkân'ın, ona şüphe yoktu.

Kartal enişte ise çektiği çilenin, o korkunç yılların hediyesi olarak gelmişti işte. Dönüş şimdi daha da başka hayran olmuştu Kartal enişteye. Ablasının gözündeki mutluluk, sağlık, neşe, sevildiğini bilmenin eminliğiyle günden güne büyümüş ve çevresine de yansımaya başlamıştı.

Türkân'ın işe girdiği ilk günleri hatırlıyordu. Önceleri ürkek, çekinik bir şekilde gidip gelirken her geçen gün nasıl da kendine güvenli çıkar olmuştu evden. Ama yine de pek az güler, başını pek kaldırmazdı yerden.

Defne bir çocuktan çok, daima bir yetişkin gibi durdu annesinin yanında. Okulu annesinin işine yakındı. Bırakmak istemişti özel okulu ama başta Derya teyzesi olmak üzere, hepsi itiraz etmişti. Hepi topu iki üç sene daha okuyacaktı. Bir şekilde halledilirdi. Zaten davadan sonra onlar istemese de hâkim eğitimi için bir karar çıkartır diye düşünüyorlardı. Cuma günleri okuldan erken çıkardı Defne. Annesinin yanına gider, işinin bitmesini beklerdi. Sonra birlikte çıkıp Nezahat halanın evine gelirlerdi. Hep birlikte yemek yedikleri o cuma akşamları ne çok gülüp eğlenirlerdi. Yakın bir sokakta bir oda bir salon bir ev tutmuşlardı. Yemeğin ardından ortalığı toparlamaya yardım eder, sonra da evlerine giderlerdi.

Bir cuma akşamı Dönüş mutfakta yemek hazırlarken Defne heyecanla yanına gelmiş, "Dönüş teyze, sana bir sır vereceğim ama anneme belli etmeyeceksin," demişti.

Dönüş sevecenlikle yeğenine bakıp "Âşık mı oldun yoksa?" diye sormuştu.

Defne de "Âşık olan biri var ama ben değilim," demişti. Devam etmeden önce annesinin duyup duymadığını kontrol etmek için mutfak kapısından hızlıca salona bakmıştı. "Annemin patronu Kartal Bey var ya... Bence anneme fena âşık!"

Dönüş'ün en korktuğu şeydi bu.

"Eyvah!" demişti yüzünü ekşiterek. Çünkü çocukluk arkadaşı Dilek, "Kartal iyidir hoştur da, nasıl söylesem... Biraz çapkındır. Ama sıkı sıkı tembihledi Musa. Türkân'a o gözle bakamaz. Bu zamana kadar evlenmeye yanaşmadı katiyen. *Çekemem öyle karı dırdırı, çocuk ağlaması*, dermiş. Öyle daldan dala, çiçekten çiçeğe atlayan biri yani. Musa çok uzun konuşmuş onunla. *Aman gözünü seveyim, kardeşim gibidir. Sana emanet*, demiş. Ama zaten Türkân da düzgün kadındır. Pas vermez Kartal'a," demişti.

Demek şimdi ablasına yanaşıyordu bu adam. Can sıkıntısıyla mutfağın kapısını kapamış, bir eliyle kapının kolunu tutarak "Nereden anladın? Annen mi bir şey söyledi?" diye sormuştu.

"Ay, teyze ya... Annem söylese, sana anneme söyleme der miyim? Ben anladım."

"Nereden anladın? Nasıl anladın? Bir şey mi yaptı annene?"

"Hayır... Bak böyle yaparsan anlatmam. Vallahi. Ay, moralimi bozdun, hevesimi kaçırdın teyze ya... Çok güzel bir şey anlatacaktım oysa."

Dönüş, Defne'nin gölgelenen yüzünü görünce üzülmüştü.

"Tamam tatlım, tamam. Bir şey sormuyorum. Anlat sen, ne oldu?" demişti içinden dualar ederek. Ama Defne anlatırken o kadar mutluydu ki...

"Şimdi ben cuma öğleden sonraları annemin yanına gidiyorum ya... Annemin işi bitene kadar bekliyorum, kitap okuyorum, ödevlerimi bitiriyorum filan. Kartal Bey de bana hep *nasılsın, n'apıyorsun,* diye soruyordu gördükçe. Bir gün annemin alt katta, muhasebede mi ne, işi varmış. Ben de öyle oturuyordum yine. Kartal Bey kapıdan başını uzattı, *sen tavla oynamayı biliyor musun*, diye sordu. *Biliyorum*, dedim ben de. Arkadaşı Zafer varmış, oyuna geliyormuş bazen ona. O gün söz vermiş ama işi çıkmış, gelememiş. Onun da canı sıkılmış. Bir saat boyunca ne yapacağını bilememiş. *Gel oynayalım, oyalanırız*, dedi. Sonra da onu yendim."

Kıkır kıkır gülüyordu anlatırken.

"*Sen nereden biliyorsun kız böyle oynamayı*, diye sordu. Ben de dedim ki, *annem öğretti. Annen nereden biliyor*, dedi. *Onu valla ben de bilmiyorum*, dedim. *Siz oynar mısınız annenle böyle evde tavla*, dedi. *Oynarız*, dedim. *Çok enteresanmış*, dedi. *Başka ne yaparsınız*, diye sordu. *Her şeyi yaparız*, dedim. *Yemek yaparız, film seyrederiz, gezeriz... Aaa, arkadaşsınız yani annenle*, dedi. *Evet, en iyi arkadaşım annem benim*, dedim. *Allah Allah, senin yaşındaki kızlar anneleriyle arkadaş olur mu yav*, dedi."

O sırada Nezahat hala girmişti içeri.

"Ay, ne konuşuyorsunuz ayol burada? Açlıktan öldük, şekerim düştü. Bir lokma bir şey atayım ağzıma," diyerek ekmek kutusuna yönelmişti ama ikisi de biliyordu, halanın derdi ne konuştuklarını duymaktı.

"Ondan sonra ben de dedim ki, *Hocam, evet haklısınız. Ama Fransız Devrimi olmasaydı Rusya yıkılmayacaktı yani, öyle mi? Tabii hepsi birbirine bağlı bunların*, dedi. *Her savaş bir sonraki kuruluşu getirdiği için elbette oraya da bağlayabilirsin*, dedi. *Ama arada çok olay olmuş hocam*, dedim."

Defne'nin anında uydurduğu konu, Nezahat halanın bakışlarındaki merakın hayal kırıklığına dönmesine neden olmuştu.

"Ay, çok yemeyeyim, tıkanırım şimdi. Hadi oturalım bir an önce, oyalama teyzeni," diye çıkıvermişti mutfaktan. Nezahat halayı yaşatan o tatlı merakı değil miydi zaten?

Ne tatlı, ne şirin bir çocuktu Defne. Dönüş merak etmişti gerisini. Bir yandan salata yapmış, çorbayı kaynatmış, bir yandan da Defne'yi dinlemişti.

"İşte biz öyle arkadaş olduk Kartal Bey'le. Her cuma *gel, tavla oynayalım*, demeye başladı. Şimdi asıl bomba geliyor, dinle. Ben aslında anneme olan nezaketinden filan anlıyordum annemi beğendiğini ama çok belli etmiyordu. Hep annemle ilgili sorular soruyordu filan. Cunda'da bir ev yaptıracakmış Kartal Bey. Bir mimarı var, görsen Amerikalı zannedersin adamı. Sürekli İngilizce kelimelerle konuşuyor. Bu akşam adam çizimleri getirmiş. Kartal Bey de dedi ki, *Defne, anneni bir çağırsana, o da baksın, bakalım ne diyecek?* Annem duymuş zaten, kapı açıktı. *Buyurun Kartal Bey*, diye girdi içeri. Kartal Bey'i bir gör... Böyle havalı havalı, *planlara bir bakın bakalım Türkân Hanım, siz ne düşüneceksiniz*, dedi. Annem de baktı, *bu kadar büyük alana bir oda, bir de banyo mu koyuyorsunuz sadece*, diye sordu. Mimar da dedi ki, *e, Kartal Bey aile kuracak değil ya bu saatten sonra? Onun için rahat davet vereceği bir mekân, kadın misafirlerini de rahat ettireceği bir yatak olsun, yeter. Şuraya da bir bar yapılır, sunset drink almak için*, dedi. Amaaa... Kartal Bey bir sinirlendi, bir sinirlendi! *Niye aile kuramayacakmışım canım*, dedi. Adam kahkaha attı. Annem, *ben izninizi isteyeyim, çıkmamız lazım*, dedi hemen. *Tamam*, dedi Kartal Bey. Ama beti benzi atmıştı. Annem çantasını topladı. Tuvalete gitti. Ben de kapının önünde çıkmasını bekliyordum. Mimar, Kartal Bey'e, *ben bu hanımı bir içkiye davet etsem kızar mısın*, dedi. Teyze var yaa... Kartal Bey adamı kovdu, biliyor musun! *Sen ne biçim konuşuyorsun!* diye... Adam, annem tuvaletten çıkamadan uçarak kaçtı. Ben anladım... Kartal Bey bence anneme âşık."

"Mimar, annenle içki istemek istedi, Kartal Bey de buna kızdı diye mi âşık? Hiç sanmam. Annen onun için kıymetli bir emanet. O yüzden kızmıştır," diyerek tabakları eline tutuşturmuştu.

"Ama inşallah âşıktır teyze. Bence annemle çok mutlu olurlar," demişti Defne.

Ve haklı çıkmıştı. Ya da kuzunun duası kabul olmuştu.

Ablasının bugün anlattıklarını o gün bilseydi, Kartal Bey, Somer'in burnunu kırdığında o elleri öper alnına koyardı. Ne korkunç, ne fırtınalı bir gündü... Türkân aramıştı. Ağlamaklıydı. Haftalık dedikodu dergilerinden birinde Somer'in verdiği bir röportaj varmış, "Çabuk oku ama sakın babamlar görmesin," demişti. Dönüş üzerine bir ceket alıp hemen çıkmıştı evden. Derginin kapağına çıkarmışlardı Somer'i. Bir koltukta oturuyordu. Bir yanında bir kadın, öbür yanında da genç bir kız vardı. "Yıllardır saklanan gerçek eş ve evlat! Sonunda içten bir itiraf: *Gerçek kızım burada. Diğerinin benim kanımı taşıdığından hiçbir zaman emin olmadım!"*

Dönüş inanamamıştı okuduklarına. O gün yaşadığı şok ve öfke, bugün öğrendiklerinden sonra katbekat büyüyerek yeniden alev aldı içinde. Bu nasıl aşağılık bir tavırdı böyle? Bir insan gencecik bir kız çocuğuna, sessiz sedasız her şeyi bırakıp hayatlarından çekilmiş, ekmek mücadelesi veren onurlu bir kadına bunu nasıl yapardı?

Türkân'ı aramıştı evden gizli gizli. "Defne öğrenmemeli bunu," diyordu Türkân sürekli ama bu imkânsızdı.

"Abla, deli mi bu adam? Neden yapıyor böyle bir şeyi?" demişti Dönüş üzüntüyle.

"O kadınla evlenebilmek için. Ailesine karşı bizi yakıyor," diye yanıtlamıştı Türkân. Sonra da, "Aaa, Defne, ne işin var kızım senin bu saatte burada?" diye kesmişti sohbeti Türkân. Dönüş açık kalan telefondan Defne'nin sesini duyuyordu.

"Doğru mu bu anne?" diyen sesi titriyordu çocuğun.

"Sen neden okulda değilsin? Okuldan mı kaçtın yoksa?" diye yanıt vermişti ablası.

Defne'nin ağlayarak "Sana *doğru mu* diyorum. Cevap ver!" diye haykırdığını duyduğunda kanat takıp oraya uçmak istemişti. Kartal Bey'se o sırada odasından çıkıp konuya dâhil olmuştu bile.

Ablasının durumu idare etme çabasının, kızını sakinleştirme, patronunu tekrar odasına sokma telaşının boşuna olduğunu Dönüş telefonda duyduğu kadarından bile anlamıştı.

Kartal Bey, "Ne oldu?" diye bağırmıştı sonunda. Defne hıçkıra hıçkıra ağlıyordu. Okuldaki büyük sınıflardan bir kızın teneffüste dergiyi kendisine getirdiğini, zaten herkesin bunu bildiğini söylediğini, koridora çıktığında birkaç kişinin daha elinde dergiyi tuttuğunu gördüğünü, çok utandığını anlatıyordu.

Dönüş telefonu kapatıp hemen oraya gitmesi gerektiğini düşünüyordu ama ahizeyi elinden bırakamıyordu. Sonra sesler kesilmişti. Telefon tak diye kapanmıştı ardından. Büyük bir telaş ve sıkıntı içinde ablasını tekrar tekrar aramıştı ama telefon açılmamıştı. Sonunda dayanamayıp evden fırlamış, ablasının iş yerine doğru yola çıkmıştı. Sonunda şirkete ulaşıp soluk soluğa üst kata çıktığında ablasını olağanüstü gergin, Defne'yi de şiş gözlerle yanında sessiz sessiz otururken bulmuştu.

Kartal Bey olanları öğrendikten sonra Defne'nin elinden dergiyi almış, odasına girmiş. On dakika sonra odasından çıkmış, "Türkân hiçbir telefonu açma, kimseyle konuşma. Defne sen de buradan, annenin yanından ayrılma, bir işim var," demiş ve gitmiş.

Anne kız ne yapacaklarını bilemez bir hâlde bekliyorlardı. Dönüş de onlarla beklemeye başladı. Mesai saati bitimine doğru Türkân daha fazla orada kalamayacağını söylemişti kardeşine. "Halama gidelim," demişti Dönüş.

"Kendi evime gideceğim. Ne olur, beni yalnız bırakın bu akşam. Defne isterse seninle gelsin," diye yanıt vermişti ablası. Tam mahalleye giriyorlardı ki, Kartal Bey, ablasını aramış, "Babanlara gidin, bana da adresi yazıp yolla, oraya geliyorum," demişti. Türkân'ın nasıl da eli ayağına dolanmıştı. Defne yazmıştı adresi.

Eve girdiklerinde Nezahat hala ve babasının haberi çoktan duyduklarını, ikisinin de üzgün yüzünden anlamışlardı. Sadık Bey perişandı. Türkân, babasının karşısına oturmuş, "Baba, bu büyük bir yalan!" demişti. Sadık Bey başını sallamış, "Benim bundan hiç şüphem yok ki kızım. Ben seni onca zaman nasıl böyle şerefsiz bir adamın çatısında yaşattığıma yanıyorum," diye ağlamıştı.

Sessizce otururlarken Kartal Bey gelmişti. Oldukça sakindi. Sadık Bey'in elini öpmüş, Nezahat hala ile tokalaşmış ve "Bu saatte sizi rahatsız ettiğim, bu şekilde tanışmak durumunda kaldığımız için çok üzgünüm," diye girmişti söze. "Ama eğer hadiseleri duyduysanız, ki anladığım kadarıyla olup biteni biliyorsunuz, siz ne kadar kızgın ve üzgünseniz emin olun ben de o kadar kızgın ve üzgünüm. Ben hiç baba olamadım. Defne'yi tanıyana kadar da baba olmakla ilgili bir isteğim olmamıştı. Ama şu kısa zaman diliminde, annesiyle Defne'nin ilişkisi hiç aklımda olmayanları düşündürttü bana. İnsan böyle bir çocuğu olsa kalbine yakın, göğüs cebinde taşır, başının tacı yapar dedim durdum. Bugün Defne'nin gözyaşları beni perişan etti. İnanın bana, hayatım boyunca hiçbir zaman öfkemle hareket etmedim. Bugün bu çocuğa o acı gözyaşlarını döktüren adamın burnunu kırdıysam, bunu öfkemden değil, sevgimden yaptım."

Dönüş duyduklarına inanamamıştı. Kartal Bey, Somer'in burnunu mu kırmıştı gerçekten?

"Bu adam benim başkanlığını yaptığım bir kulübün üyesidir efendim. Son zamanlarda gözüme çok batıyordu zaten. Kendisini yine orada buldum. Kısa oldu görüşmemiz. Yarın bir özür ve tekzip yayımlatacak. Kulüpten ayrılacak. Kırılan burnu ve dağılan suratı için şikâyetçi olmayacak. Yazılı ve imzalı olarak hem kendi avukatı hem de benim avukatım önünde söz verdi. İnanın bugüne dek tek bir zorbalığım, vukuatım olmamıştır. Sorun soruşturun. Her zaman nezaketten yana oldum. Fakat adaletten de kopmamak gerek. Hak edene hak ettiğini vermeyi önce hukuka, çözülmezse daima Allah'a teslim ettim. Şimdi sizden bir isteğim olacak..."

Bunu söyledikten sonra durmuş, Türkân'a bakmış ve "Türkân'a sormadan size soruyorum. Eğer izniniz olursa ve Türkân da kabul ederse, ben hayatımın bundan sonraki kısmını Defne'ye baba, size bir evlat ve Türkân'a bir eş olarak geçirmek istiyorum," demişti.

Şok!

O anın başka bir karşılığı, tanımı yoktu.

Dönüş gülümsediğini fark etti. Bugün ablasının anlattıklarından sonra daha büyük bir anlamı vardı artık o akşamın.

Ablası böyle bir şeyi asla kabul edemeyeceğini söylemişti ama Kartal Bey kararından dönmemiş, birkaç ay sonra Türkân'ı ikna etmişti. Türkân bir akşam teklifini kabul edeceğini söylemiş, Sadık Bey ve Defne havalara uçmuştu.

Yıllar içinde öylesine benimsemişlerdi ki Kartal Bey'i, aileye katıldıktan sonra hem Serdar'ın hem Erdem'in ağabeyi gibi olmuştu. Keşke bu gece Erdem de onlarla beraber olsaydı yine... Ama işte...

Dönüş acı tatlı anılar içinde dolaşırken Serdar elinde kahve fincanıyla içeri girdi. "O taze ekmeği aldırmadan bana kahve içirmedi şu kardeşin ya. Ne inat kız," diyerek fincanı karısının baş ucuna bıraktı. "Hava çok güzel, azıcık açayım pencereyi, sana da iyi gelir..."

Pencereyi araladı, bir müzik açtı, sonra Dönüş'ün yanına oturdu. Tül perde nazlı nazlı sallanıyordu. Bir süre hiçbir şey söylemeden tülün uçuşmasını izleyen Dönüş'e baktı.

"Güzel karım," dedi.

Dönüş kafasını çevirdi.

Göz göze geldiler. Serdar gözlerini dikmiş, Dönüş'ün yüzünde bir şey arıyormuş gibi dikkatle bakıyordu.

"Ne oldu?" diye sordu Dönüş.

"Miden bulanıyor mu?"

"Yooo..."

"Bir şey istiyor musun?"

"Hayır..."

"Beni seviyor musun?"

"Evet..."

"Tek mi, çift mi?"

"Tek."

"Beş mi, yedi mi?"

"Yedi..."

"Haydi ya..."

"Ne oldu?"

"Birbirimize güzel haberler verme oyunu oynayalım diyecektim. Ama yedi çok oldu. Benden o kadar iyi haber çıkmaz. Senden hiç çıkmaz..."

"Olsun, dene sen. En azından bir tane var demek ki?"

"Var tabii, olmaz mı? Küçük bir çocuk getirdiler dün gece, nefes alamıyor diye. Görsen çok da tatlı, dört yaşında bir kız. Her şeyi burnuna sokuyormuş. Annesi, *çekip çekip alıyom ne soksa doktor bey ama bu gene sokuşturuveriyor. Bir şey mi soktu yine, ney yaptıysa hırıldayıp duruy*, dedi. Çocuğu muayeneye aldım. Hakikaten burnunda bir şey var. Fakat korktu, ağlıyor... Neyse. Çok uğraştık ama çıkardık. Çocuk yeni sokmamış burnuna belli ki. Ama annesi herhâlde burundaki nesnenin büyümesinden kaynaklı sıkıntıyı ancak fark etmiş. Bil bakalım, o güzel kızın burnundan ne çıktı?"

Dönüş, Serdar'ın kadının taklidini yaparak anlatmasına kapılmıştı bile. Merakla, "Ne varmış?" diye sordu.

"İnanmayacaksın, çocuğun burnundan filizlenmiş bir nohut çıktı! Kadın biraz daha beklese *organik tarımı direkt insan bedeninde başardık biz* diye ödenek almaya Tarım Bakanlığı'na gidermiş."

Dönüş güldü.

"Ama bu iyi haber değil ki, bu komik haber."

"Hımmm, beğenmedin mi bir çocuğa rahat nefes aldırmamı?"

"Beğendim canım... Ona sözüm yok."

"Peki... Şimdi ben adilik edip Kartal abiden rol çalmayayım. Çünkü asıl güzel haber onda. Ben, beni ilgilendiren kısmına geçeyim. Bugün ilaçtan sonraki kaçıncı gün? Dört mü, beş mi?"

"Bilmem, dört galiba. Beş mi oldu yoksa?"

"Neyse... Önemli değil. İki üç güne, daha iyi olursun değil mi?"

"İnşallah olurum. Ne oldu ki?"

"Yarın da çalışıyorum. Ondan sonra iki hafta izin aldım. Çalışmayacağım."

"Bu mu iyi haber?"

"Ya sen ne huysuz bir kız oldun? Eskiden sevinirdin birlikte olacağız diye. Ne bileyim, sevinirsin yine sandım."

"Yaaa saçmalama, tabii sevindim. Seni kızdırayım azıcık dedim. Can daha bilmiyor, değil mi? Havalara uçacak..."

"Yok yok, sen sevinmedin. Sen zaten beni yıllar sonra gördüğünde de sevinmemiştin hiç. Öyle suratıma bakıp, dönüp babamla konuşmuştun. Elimde çiçeklerle öyle hıyar gibi kalmıştım kapıda. Allah'tan şu hayatta Nezahat halam var da koşup kucaklamıştı beni."

"Allah Allah... Kaç kere anlatacağım aşkım sana? Rüya görüyorum herhâlde, diye düşünmüştüm. Babama baktım çünkü oradaki bana göre tek aklı başında insan babam olduğu için benim gördüğümü o da görüyor mu diye merak ettim."

"Görüyor muymuş?"

"Evet, görüyormuş."

"Ne yaptı, sevindi mi beni görünce?"

"Çok sevindi, koştu belinden kaptığı gibi havaya atıp tuttu."

Serdar bir kahkaha patlattı.

"Şu ciddiyetini gören duyan da gerçekten öyle oldu sanacak. Düşünsene Sadık Babam beni birden görüyor, o kadar seviniyor ki içindeki güreşçiye engel olamıyor, koşarak beni belimden kaptığı gibi hooop... Sonra biz ikimiz sizin çimlerin üstünde zorunlu bir sarmaş dolaş hâli... Hayde hobbbaaaa..."

Bir süre bu hayali hadiseye gülüştüler. Serdar, Dönüş'ü güldürmenin mutluluğuyla karısına sokulup sırnaştı.

"Peki, öyle olmadıysa, anlatsana hadi, nasıl oldu? Ben kapıdan girince neler oldu."

"Sen bazen gerçekten çocuk gibi oluyorsun. Bu oğlunun *hadi bir daha anlat*'ları aynı sen! Bildiğiniz hikâyeyi niye on kez anlattırıyorsunuz? Üstelik sen de oradaydın ya aşkım?"

"Yahu belki sen çok güzel anlatıyorsundur? Belki senin ağzından bunları duymak hoşumuza gidiyordur. Hep anlat, bir daha anlat, hep sev, bir daha sev istiyoruzdur?"

Dönüş kendisini sonunda güldürmeyi, zorla konuşturmayı başaran kocasının bacaklarına sarıldı. Yüzünü karnına dayadı. Serdar, karısının yanağını okşarken, "Ama böyle yatınca göremiyorum ben senin yüzünü, kay azıcık yana, ben de uzanayım," dedi. "Hah... Şimdi anlat bakalım. Serdar kapıdan içeri girdi. Sen gördün ve dedin ki, *Olmaz böyle şey! Bu nereden çıktı şimdi? Yoksa rüya mı?*"

"Evet, öyle dedim."

"Ya böyle kuru kuru anlatma. Gerçek gerçek, dan dan... Masal gibi anlat, masal."

"Gerçek gibi anlatma, masal gibi mi anlat, diyorsun yani?"

"Evet..."

"Sana bir şey söyleyeyim mi? Can her şeyiyle senin oğlun... Bir farkınız var. Oğlun reality show seviyor, sense masal..."

"Kuşak farkı diyelim. Ben Walt Disney çocuğuyum, o da DC. Hadi anlat."

"Halam bir sabah yatağımın baş ucuna geldi. Gözümü açıp onu görünce şaşırdım. *Ne oldu hala,* diye korkuyla doğruldum. Gayet sakin, *Yat yat... Bir şey diyeceğim sana,* dedi. Ben de tekrar yattım. Bizimki saçlarımı okşayarak konuşmaya başladı.

"*Bak şimdi... İtiraz etme. Bu hafta sonu bahçede kahvaltıya misafirim var. Herkesi çağırdım. Deryalar filan da gelecek. Ablanları da çağırdım. Ama bir de Ayvalıklı bir tanıdığı çağırdım. O da gelecek. Yaşı sana uygun. Belki sana talip olabilir. Güzel güzel ağırlayalım, olur mu halam*, dedi.

"Anlamıştım. Yine bana bir talip bulmuştu. Ayarladığı hiçbir buluşmaya bir daha asla gitmeme kararı aldığım için bu sefer eve çağırmış, dedim içimden. Ay dedim, bu daha fena! Hiç olmazsa, dışarıda olduğumda kalkıp kaçabiliyordum!"

Serdar sinirlenmiş gibi araya girdi: "Nezahat halaya bak ya! Ben senelerdir aşkımı düşünürken... Az daha kaptırıyormuşum demek..."

"Ama kesme, bölme hikâyemi lütfen. Ne diyordum? Hah, kızdım tabii halama. *Ama anlaşmıştık*, diye fırladım yataktan. *Hani yapmayacaktın böyle bir şey. Aşk olsun sana*, dedim ama halam çok sakindi.

"*Ay, saçmalama. Hiçbir şey ayarladığım filan yok. Bütün aile kahvaltı yapacağız. Yaz bitmeden şu bahçenin bir keyfini çıkaralım dedim. Hazır hepimiz bir aradayken, eski tanıdıklardan birini de çağırdım. Vallahi seni sıkacak, daraltacak bir şey yok*, dedi. Sonra da kırıta kırıta çıktı odadan.

"Fakat hafta sonuna dek bütün sakinliğini kaybetti. Sanki bahçede kahvaltı etmeyeceğiz de nişan daveti vereceğiz. Günler öncesinden telaşı başladı. Bahçe temizlendi, çiçekler toparlandı. Masa iki gün önceden yerleştirildi, menü yapıldı. Misafirler pazar sabahı gelecekti ama biz cumartesiden hazırdık. Halam sürekli, *Kuzum kurban olayım, güzel bir şey giy. Ne olur kuzum, siyah giyme, hatırım için siyah giyme*, deyip duruyordu. O öyle ısrar ettikçe kara dul gibi çıkasım geliyordu ortaya. Cumartesi akşamı bütün hazırlığını bitirdi. Sadece sıcakları sabaha kalmıştı. Gece odama gelip ne giyeceğimi görmek istemişti. O kadar kızdım ki, halam korkuyla kaçtı odamdan. Yine de, *siyah giyme, ne olur kuzum*, dedi çıkarken."

Serdar gülerek ve tıpkı Can gibi gözlerini ayırmadan dinliyordu karısını. Böyle dinleyince de, oğlu, Dönüş'ü nasıl heveslendiriyorsa, Serdar da aynı şevkle yeniden yeniden anlatabilmesini sağlıyordu.

"Halam pazar sabahı hepimizden erken kalktı. Bir koşturma, bir telaş... Beni beklemeden bahçedeki masayı hazırlamış bile bizimki. Deryalar geldi, ablam, Defne, Kartal abi filan... Bütün aile tamamdık. *Hadi hala oturalım, açlıktan öldü millet*, diyordum. Halam, *Yok yok, beş dakika daha. Misafire söylediğim saate daha var*, deyip hepimizi aç acına bekletiyordu. Derken koşarak yanımıza geldi.

"*Ay, tamam. Gördüm. Arabasını park ediyor. İnin aşağı hepiniz*, diye direktif verdi. Herkes bahçeye indi. Ay, halam ya... Kim bilir yine hangi enteresan adamı bulmuştu benim için... Ayaklarım geri geri gidiyordu. Aşağı inmemek için on tane iş çıkarıyordum kendime. Ama sonunda daha fazla oyalanacak hiçbir şey bulamadım. Pencereden baktığımda o çok beklenen misafirin geldiğini, ailenin karşısında dikildiğini gördüm. Artık daha fazla bekletemezdim. Halama inat siyah bir elbise giymiştim.

"Suratımı asabileceğim kadar asıp aşağı indim. Evin kapısından çıktığımda Türkân ablamla Derya'nın suratından bir tuhaflık olduğunu anladım. İkisi de böyle hayalet görmüş ama çok sevinmiş gibi bakıyordu bana. Ben de onlara bakıp ne olduğunu anlamaya çalışırken o üç sersem basamağı inemedim ve yere kapaklandım. Allah kahretmesin! Sessiz sedasız çıkayım derken bahçeye düşerek başlamıştım güne. Herkes çığlık çığlığa bana doğru koştu. Bir el beni yerden kaldırdı. *Bir şeyim yok. Gayet iyiyim*, diye kalkarken bileğimden tutan ele takıldı gözüm. Babam değil, Erdem değil, Kartal abi değil...

"Bir an ama sadece bir an için, *ama ne güzel el*, dedim."

Serdar gevrek gevrek güldü: "Valla mı? E, tabii, doktor eli kızım bu."

"Kesme, en romantik yeri geliyor. O el bileğimi kavradı, beni yerden kaldırdı. *Bir şeyin yok değil mi*, dedi elin sahibi. Bir şeyim?.. Kırık, çıkık?.. Sonra o elin sahibini bir gördüm... Ah, Allah'ım! Karşımda Serdar duruyordu! Serdar... O güzelim kıvırcık saçları, şakakları beyazlamış biraz, yüzünde çizgiler var. Elini bıraktım hemen... Ama onca yıl hiç geçmemiş sanki... Okuldan beş dakika önce çıkmışız da ben eve dönüş yolunda düşmüşüm... Serdar da elimi tutmuş... O ele dokunduğum için yanmışım ben... Utanmışım... Çok utanmışım.

"*İyi misin,* diye sordu. İyi miyim, diye düşündüm ama o anda içimden geçenlerin hiçbirini söyleyemedim."

Serdar gözleri dolu dolu, "O zaman şimdi söyle. O gün içinden ne geçtiyse. Aynı cümlelerle?" dedi.

"İyi miyim, bilmiyorum. İyiyim galiba. Ama seni çok özledim. Annem öldü. İsmet amca, Değerli, Köfte Nurettin, herkes, güzel olan her şey öldü. Hiçbir şey eskisi gibi değil. Biz her şeyimizi kaybettik. Halamın yanında oturuyoruz. Ablam, kocasından ayrıldı. Ama yeniden evlenecek inşallah. Derya da evlendi. Herkes evlendi. Evlenmek tabii ki önemli bir şey değil ama ne bileyim, ben üniversiteye gidemedim ya. İçimde kaldı her şey. Kardeşimin kızına baktım. İşte o da kreşe başladı. Babamla ve halamla yaşıyorum. Halamın bana ayarladığı korkunç görüşmelere gidiyorum. Ama hepsinden nefret ederek dönüyorum. Dünya korkunç bir yermiş meğer Serdar. Şiir sevenle dalga geçiyorlar artık. Çocukluk aşkımı hâlâ sevmeme inanmıyorlar. Ayarlanmış buluşmalarla aşkın geleceğine inanıyorlar. *Nikâhta keramet vardır*'ın yeni adı bu. Sevişirsen geçer sanıyorlar. Ben geçmesin istiyorum Serdar. Bu yüzden sevişmeyeyim, geçmesin diyorum. Seni merak etmeyi, bilmediğim yerlerde de olsan sevmeyi seviyorum. Babam ölmesin, halamın neşesi sönmesin diye dua ediyorum. Ayvalık'a döneceğim günü hayal ediyorum. Sana kızıyorum. Niye yazmadı diye soruyorum kendime. O sorunun yanıtını bilirsem seni unutabileceğimi sandığım için kızıyorum kendime. Bu bir rüya, değil mi? Hep gördüğüm rüyalardan biri bu? Ben düşmüşüm, sen beni kaldırmışsın. Öyle bir rüya bu. Uyanacağım birazdan..."

Serdar sıkı sıkı sarıldı Dönüş'e.

"Oysa ben sana hep yazdım. Ama bilmiyordun sen. Seni unuttum sanıyordun. Karşındaki bir rüya sanıyordun."

Dönüş, Serdar'ın saçlarını okşayarak "Rüya sandım, evet," dedi. "Ama değildi. Kesinlikle rüya değildi. O arada bir sürü şey olmuştu ama bana hepsi rüya gibiydi... Masaya geçmişiz. Halam neşeyle anlatıyordu... Hatırlıyor musun?"

Serdar küçük bir kahkaha attı.

"Hatırlamam mı? Ama Allah aşkına onun gibi anlat!"

Dönüş, halasının taklidini yapmaya başladı.

"Nahide'yi gördüm Kadıköy çarşıda. Ay, öyle ne yaptın, ne ettin, konuşuyoruz. Kimden haberin var filan. Demez mi, bizim çocuk doktoru Metin Bey'in oğlu da doktor olmuş. Filanca hastanede çalışıyor. Bir sevindim, bir sevindim. Ay, ben hemen atlar gidersin o hastaneye. Yalandan bir hastalık. Demezler mi, ayol Serdar Bey çocuk doktoru, size nasıl baksın? Dedim, yavrum torunum var, sen randevu yaz, ben getiririm torunumu. Neyse. Girdim sıraya. Efendime söyliim, açtım kapıyı... Baktım bööyle beyaz önlükle, dalyan gibi duruyor... Buyurun efendim, ufaklık nerede, dedi. Dedim, Serdarcım ufaklık yok. Ben Nezahat, Dönüş'ün halası. Ne yaptın yavrum, iyi misin? Annenler nasıl? Karın ne iş yapıyor? Çoluk çocuk? Ne yaptın o işleri? Annemler fena değil, çok yaşlandılar, Ankara'dalar artık, dedi. Evlenmedim ben, çocuk yok, dedi. Ayol, dedim, o hâlde biz Çengelköy'deyiz. Hepimiz bir aradayız. Biz de evlenmedik, dedim. Çok da anlaşılmasın yani Dönüş için gittiğim diye. Yani, dedim, abim dul, ben dul... Eşlerimizi kaybettik ama düşünmüyoruz evlenmeyi. Dönüş de beğenmiyor işte kimseyi diye sıkıştırdım araya. Bak bak... Bekâr demedim vallahi. Yaz, dedim, numarayı yaz şuraya çabuk. Bu hafta sonu gel mutlaka. Ayvalık kahvaltısı hazırlayayım sana. Otlu omlet yaparız, pişi yaparız, dedim. Gelirim tabii, dedi. İşte böyle... Geldi vallahi. Bak Dönüş bak, kız işte Serdar!"

Serdar, Dönüş'ü öptü.

"İyi ki gelmiş miyim?"

Dönüş güldü.

"İyi ki beklemiş miyim?"

Üçüncü Bölüm

YEŞİL YILLAR

Hiç bırakmadım kardeşimin elini. Hiç... Resim yapmayı öğrettim ona. Harfleri, notaların bazılarını, bebek elbisesi dikmeyi, köpeklerden kaçmayı, pilav yapmayı, evcilik oynamayı, kendini korumayı, kedi sevmeyi, yarasını iyi etmeyi, ayakta kalmayı, kayısı toplamayı, çamurdan ev yapmayı...
Hastalandık, düştük, yaralandık, âşık olduk, hata yaptık, başardık, diplomalar aldık... Kavga ettiğimiz de oldu ama hiç küsmedik.
Biz kocaman dünyada üç kardeştik...
Ah, biz nasıl büyüdük...

Kendi hakikatini otuz yaşından sonra öğrenen biri, elbette dünyada bundan daha büyük bir hikâye olmadığına inanıyor. Bildiğim hiçbir şeyin bildiğim gibi olmadığını, doğru ve yanlış kavramlarımın toprak altında kaldığını sandığım, kendimi köksüz, özsüz bir ağaç gibi gördüğüm ilk birkaç yıl ben de böyle düşündüm. Beni artık hiçbir şey şaşırtamaz sanıyordum.

Ama hayat öyle büyükmüş ki benden, zaman içinde, duyduğum, gördüğüm her yeni *gerçek*'ten sonra kendi hikâyemin büyüklüğüne ve sıra dışılığına inancım kayboldu. Ben de herkes gibiydim aslında. Bir tek benim başıma geldi sandıklarımın, dünya üzerinde milyarlarca kez yaşandığını idrak ettiğimde sakinleştim. Ne öğrenmenin ne de şaşırmanın bir sonu vardı zira. Herkes kendine özel hikâyesinin içinde ya kayboluyor ya da geleceğe kalacak bir sonuca doğru yol alıyordu.

Bu defteri yıllardır almıyordum elime. Yazmaya başlarken geçmişi derleyip toplamanın, geleceğe hazırlanmak olduğuna inanmıştım ki, doğruydu da. O günlerde bana iyi gelmişti. Yazmak gücüme güç katıyor, zihnimi berraklaştırıyordu. Fakat hastalığım sırasında verdiğim aradan sonra bir daha başlayamadım. Hep erteledim. Galiba zihnin, yüreğin, hayatın dolduğu ve yazma dürtüsünün "Evet, şimdi," dediği bir an var, o kendiliğinden geliyor.

İşte geldi...

Ayvalık'ta güneşli bir sonbahar yaşıyoruz bu yıl. Dün gece epey yağmur yağdı. Sabah pencereyi açtığımda yeni doğan güneşin, o güzelim yağmur kokusunun yükseldiği ıslak taşlara vurduğunu gördüğüm o anda anlatmak, yazmak, kaydetmek isteğimin yeniden filiz verdiğini fark ettim.

Nereden başlamalıyım?

Belki de Mesut'tan...

Yaz sonuydu, Mesut'u Ayvalık Mezarlığı'na bıraktık.

Hastalığı sırasında gidişine kendimizi alıştırmaya çalışsak da kolay olmadı elbette onunla vedalaşmak. Mesut'u toprağa bırakırken oğlum Can, babamdan daha çok ağladı. Babam birçok ölüm görmüş olanların tevekkülüyle ya da Mesut'un hastalığını kabullenişiyle mi bilmiyorum, manevi oğlu toprağa bırakılırken masum, sessiz ve dalgındı. Tek erkek torunu Can, Mesut'un son toprağını avuçlarıyla atarken hüzünle seyrediyordu olup biteni.

Mesut'u orada, annemin yanına bırakıp sessizce arabalara bindik. Türkân ablamla Kartal abimin Cunda'da yaptırdıkları, babam ve halamın şimdi birlikte yaşadığı eve geldik cenazeden sonra. Ayvalık'a, bir zamanlar oturduğumuz

Çamlık Mahallesi'ne ve tüm adaya tepeden bakan evin büyük salonuna girdiğimizde babam beni yanına çağırdı. Dizinin dibine oturmamı istedi. Saçlarımı okşadı.

"Mesut'un zarf sandığı nerede?" diye sordu.

"Odasındadır, yatağının altında..."

"Buraya getirseniz..."

Serdar hemen kalktı yerinden. Kapıdan çıkıyordu ki, babam, "Dur oğlum... Şimdi değil," dedi. "Gün batsın... Hep beraber izleyelim gün batımını. Sonra getirirsin. Hepimizin bir arada olduğu bu anı doya doya yaşamak istiyorum. Buraya gelin. Benimle oturun..."

Birer birer toplandık çevresine.

Bütün çocukları, torunları, damatları yanındaydı.

Bu evin büyük penceresinden izlediğimiz gün batımları cuma akşamlarımızın en önemli ritüellerinden biri oldu Ayvalık'a döndüğümüzden beri. Halamın evindeki o cuma yemekleri artık burada yeniyor.

Birkaç yıl önce bu deftere yazmaya başlamama neden olan hastalığımı yendikten sonra biz de İstanbul'u terk etmeye karar verdik. Zaten hiçbirimiz o kente ait hissedememiştik kendimizi.

Ayvalıklı, Egeli, oralı buralı olmak değildi mesele... Döndüğümüz toprak bizim olduğu için değil, biz o toprağın bir parçası olduğumuz içindi bu hiç bitmeyen aidiyet hissi... Bu yüzden hep köküne, özüne dönmek ister insan. O yüzden toprağını arar. Yerini sevince çiçeği de meyvesi de çok olur ağacın. Ait olduğumuz yerdeyiz sonunda...

Serdar, Edremit'te özel bir muayenehane açtı. Her gün, gidiş geliş epey yol yapıyor ama çok mutlu. Oğlumuz bizim gittiğimiz ilkokula gidiyor. Beyaz boyalı, kırmızı panjurlu evimiz pırıl pırıl bir denize ve Cunda Adası'na bakıyor. Denizin hemen üstünde, yalı dediğimiz ama içi bütün eski Ayvalık evleri gibi mütevazı bir yapı aslında.

Derya çok güzel halletti her şeyi. Evin hiçbir yerini bozup değiştirmedik, tek bir çivisini bile sökmedik. Bir güzel onardık, boyadık, canım çinileri, artık bulunması imkânsız o eski karoları temizledik, parlattık ve yerleştik. Evimizin önünde küçücük bir taş iskele var. Can'la birlikte denizin ve güneşin oynaşmasını izlemeye bayılıyoruz. Derya bazı akşamüstleri çocukları kocasına bırakarak o taş iskelede hiç konuşmadan oturup denizi izlemeye geliyor. Kafasını dinliyor, sonra aynı fırtına hızıyla çıkıp gidiyor. Biliyorum, çok yoruluyor ama çok seviyor bu yorgunluğu. İyiden iyiye hanım ağa oldu burada. Eski yorgunluğu gibi değil şimdiki. Ürettiğinden, yaşadığından, sonucundan mutlu.

Hepimizin yeniden Ayvalık'a dönmesine vesile olan Kartal abi, eniştemiz değil de hakikaten bir ağabey artık bizim için.

Derya ve Erdem iki çocuğunu alıp, üç yıl önce Kartal abimle kurdukları ortak iş nedeniyle buraya taşındılar. Derya onu çok tüketen o şirketten zorunlu bir şekilde ayrıldıktan sonra evliliği de yıkılma noktasına gelmişti. Hayli bocalayan kardeşime Kartal abi kendi şirketlerinden birinde çalışması için teklifte bulundu ama o istemedi. İyi ki istememiş. Yeniden aynı döngüye girecekti.

Hayatı boyunca yapmadığı şeyleri yapmak istediğini söyledi ve yaptı. Gezdi, okudu, yemek, seramik, nefes kurslarına gitti, düşünce sohbetlerine katıldı, spor yaptı... O dönem ona çok çok iyi geldi. Sonunda harap olmuş kendi ruhunu toparlamakla kalmadı, evliliğini de yeni baştan inşa etmeyi başardı. Ayvalık'a dönmek fikri ortaya çıktığında yeni bir başlangıç yapmaya o kadar hazırdı ki, beklenmedik bir hızla işe koyuldu ve çok kısa bir süre içinde, "Biz gidiyoruz," dedi. Şimdi kocasıyla birlikte 200 dönümlük zeytinliklerin ve işleri şahane yürüyen zeytinyağı fabrikasının başındalar. Zeytin tayfasının en severek çalıştığı bahçeler onlarınki oldu. Zeytinyağı fabrikası hedefledikleri randımanı yakaladıktan sonra, Erdem nasılsa işi çekip çeviriyor diye, küçük köy evleri alıp restore etmeye başladı Derya. Köy köy dolaşıyor bizimki... Çocukluğumuzun şahane sokaklarında, kardeşimin yenilediği, dekore ettiği Rum evleri selamlıyor bizi şimdi. O kadar gurur duyuyorum ki onunla. Bu sokaklarda büyümüş bir mimarın yapabileceği en güzel şeyi yapıyor.

İstanbul'dan ziyarete, kısa tatillere gelen arkadaşları bir süre sonra Derya'yı arıyorlar, "Bize de bir ev bulsana," diye. Eğer Ayvalık'a, hadi bizim burası değilse de Körfez'e yakışacağını düşündüğü birileri varsa uğraşıyor, arıyor, buluyor, onlar da güzel bir toprağın parçası olsunlar diye çabalıyor. Sadece ev sahibi yapmıyor arkadaşlarını. Bir de sahiplendirdiği canlar var. Evi alan yaralı bir köpek ya da kedi sahibi de oluyor. İstanbul'da doğadan ve çocukluğunun kahramanı hayvanlardan uzak geçen, anneliğin tarifsiz vicdan azabıyla dolu onca zamanın acısını çıkarır gibi yaşıyor şimdi. Evinin arka bahçesine küçük bir bostan kurdu. Bir de kümesi var. Evin içindeki kediler, bahçedeki köpekler ve tavuklar ve kucağında küçük kızı Elif. Gülce büyürken kaybettiğini düşündüğü zamanı telafi etmek istercesine sanki bütün dünyanın annesi olmaya soyunmuş gibi... Büyük bir ordu gibi yaşıyorlar. Buraya geldiği ilk ay Gömeç'te yol kenarında bulduğu hamile köpeğin üç de yavrusu oldu. Mutlu, Bahtiyar ve Bayram koydu isimlerini Derya.

Kedilerse Müjde, Sevinç, Şükran ve Asuman isimleriyle yer buldular hayatımızda. Şükran bir süredir bizimle yaşıyor. Bayılıyoruz ona. Daha doğrusu eve yerleştikten sonra biz onunla yaşamaya başladık desem daha doğru olur. Nitekim evin sahibi oymuş gibi dolanıyor. Derya haftada bir tavuklarının taze yumurtalarından getiriyor. Onların da şahane isimleri var. Ajda, Rana ve Semiramis. Serdar bazen, "Derya'nın çiftliği giderek gazinoya benzemeye başladı, domateslere bile isim koyacak," diye takılıyor kardeşime.

Heyecanını o kadar seviyorum ki... Derya asıl şimdi "Derya" oldu...

Derya ile Erdem, Ayvalık'a bu kadar çabuk yerleşmese biz de peşlerinden bu kadar kolay gelemezdik belki.

Bense evimize çok yakın bir ara sokakta, minik bir çikolata-kahve dükkânı açtım... Derya'nın yemek kurslarını tek tek dolaştığı dönemlerde ben de onunla o atölyelerden birine katıldım. O kadar sevdim ki, sonunda "butik çikolatacılık" üzerine ne varsa öğrenme peşine düştüm. Şimdi küçük dükkânımda çikolatalarımı kendim yapıyorum, kahvelerimi, özenle seçtiğim çaylarımı makine kullanmadan kendim demliyorum. Üç tane küçük masam var. Arzu eden, kahvesini, çayını içerken günlük çikolata-meyve fondülerinden ya da o günün kekinden, turtasından yiyebiliyor. İki de kitap rafım var. Sevdiğim kitapları, albümleri internetten sipariş edip getirterek satıyorum. Çok büyük olmasa da kendini döndürebiliyor ve beni mutlu eden bir kâr bırakıyor sonunda. Evimle iş yerim arasındaki kısa mesafeyi gidip gelirken kurguladığım çocuk hikâyelerini yazıyorum bir yandan da. Belli mi olur, belki bir gün kitap olup dükkândaki sevgili raflarımda yerlerini alırlar.

Her cuma Cunda'da babamla halamın yanındayız ama Türkân ablamlar için bu sadece özel günlerde mümkün oluyor. Onların da buraya taşınması yakındır diye düşünüyoruz. Ablama kalsa çoktan gelirdi ama Kartal abi, "Birkaç yıl daha..." diyor sürekli. Defne'yi orada yalnız bırakmak istemiyor. "O evlenmeden gelmem," diyor. Defne'nin de pek evlenmeye niyeti yok gibi şimdilik.

Mesut'u yolcu ettiğimiz o hüzünlü gün, hepimizi bir arada tutan o sıra dışı günlerden biriydi. Ablamlar bu kez bir bayram, doğum günü, tatil sebebiyle değil vedalaşmak üzere gelmişlerdi. O akşamüzeri hepimiz babamın etrafında sessiz sessiz güneşin batışını izlerken Can üzüntüyle, "Keşke kocaman Mesut da burada olsaydı," dedi.

Babam güldü. "Hep burada olacak oğlum. Ben de gittikten sonra hep sizinle olacağım. Gün batımını her seyredişinizde beni düşüneceksiniz. Bir arada olduğumuz, sıradanmış gibi duran ama sizde hatırası kalacak bugünü. İyi hatıralar bırakanlar bir yere gitmez. Hatırasını bıraktığı insanlar da gidene kadar, onlar hep aynı yeri korurlar. Anneannen mesela... Hiç gitmedi benden. Hiç ama... Mesut da gitmez, gidemez ki... Ben yaşadıkça yaşayacaklar benimle. Sen yaşadıkça Mesut da yaşayacak. Bak şu Tavuk Adası var ya... O da unutmayacak Mesut'u. Adını verdiği o sınıftaki çocuklar da unutmayacak. Okuma yazmayı söktüklerinde adını okuyacaklar ve *Mesut Mutlu Sınıfı* diyecekler. Mesut yaşayacak böylece. Onlarla okuma yazma öğrenecek hep yeniden... Mezun olduklarında bile Mesut hayat boyu onlarla yaşayacak. Her yeni başlayan sınıfla da yeniden okuma yazma öğrenecek..."

Defne ağlamaya başladı. Babamın yanına gidip ellerini tuttu.

"Yaşayacak dedeciğim... Yaşayacak, değil mi?"

"Elbette," dedi babam.

Defne'nin gönüllü çalışanı olduğu özel eğitim okulunun müsameresine gitmiştik bir sene önce. Mesut da bizimle gelmişti. Kendisinden parçalar bulduğu o özel çocukları sahnede şiir okurken, dans ederken gördüğünde o kadar mutlu olmuştu ki...

"Ama nasıl okudu onlar, kâğıttan okudu hepsi!" diyordu sürekli. O günü bir türlü unutamamıştı. Adını koyamadığı, bize anlatamadığı şeyi anlamıştı Defne.

Müsamereden sonra bir gün babamla ikisini alıp okula götürmüş. Nasıl ders yaptıklarını, neler oynadıklarını bir kenarda seyretmişler baba oğul. Okul Müdürü Engin Bey ve yardımcısı Özlem Hanım çok ilgilenmişler Mesut'la. Canım kardeşim benim, mutluluktan deliye dönmüş... Sonrasında yakınlarındaki bir restorana yemeğe davet etmiş babam öğretmenleri. Seve seve kabul etmiş öğretmenler. Yemekte dert yanmış okul müdürü. Maddi sıkıntıları olduğunu, ihtiyaçları karşılamakta güçlük çektiklerini, destek bulamadıklarını anlatmış. Mesut can kulağıyla dinlemiş tüm konuşulanları. Eve dönerlerken, "Öğretmenler niye üzülmüş?" diye sormuş babama.

Babam da, "Maddi sıkıntıları varmış, destek bulamıyorlarmış," deyince, "Maddi sıkıntı nedir?" diye sormuş bu sefer de.

"Onlara verilen bütçe onlara yetmiyormuş. Çocukların daha iyi okuyabilmesi, öğrenebilmesi için yardıma ihtiyaçları varmış," diye yanıtlamış babam.

"Biz de yardım edelim, Mesut da, ablalar da, Müdür Baba da etsin."

"Tamam," demiş babam. "Tamam, ederiz. Sen nasıl yardım edeceksin bakalım? Okulda mı çalışacaksın?"

"Müdür Babam derse çalışırım."

"Sen merak etme, ben ablalarla, eniştelerle konuşurum, onlar mutlaka destek olurlar."

"Mesut da olsun."

"Tamam ulen, olsun. Ver şu paltoyu onlara bağışlayalım."

"Ama palto olur mu? Palto yapamaz ki."

"Tamam işte. Yardım dediğin nedir? Sahip olduğunu paylaşmak. En sevdiğinden vazgeçebilmek. Ver paltoyu satalım, çocuklara verelim."

"Paltoyu vermeyelim..."

"Ne yapalım peki?"

Mesut çaresizce babama bakıyormuş.

"Paltoyu mu versin Mesut?"

Mesut'un gözleri dolmuş. Babam bakmış ki şakası çocuğu ağlatacak, kendi kendine kızmış. *Ulen Sadık geldin şu yaşa, hâlâ çocuk gibisin*, diye kendine söylenirken Mesut demiş ki, "Müdür Baba, Mesut sandığını onlara versin."

Babamı can evinden vurmuş.

"Palto benim, benden ona geçti ya veremiyor paltoyu. En değerlisini gözden çıkarıyor. Sandığı verelim diyor. Benim oğlum o çocuklar için sandığından vazgeçiyor."

Babam sarılmış tabii biricik oğluna. Bize de ağlayarak anlatıyordu. Mesut kıvranırken babamın aklına bir fikir gelmiş.

"Çok mu istiyorsun oğlum sen yardım etmeyi?" demiş.

"Çok," demiş Mesut.

"Mesut, len," demiş. "Senin paran var be oğlum. Sen zenginsin. Hem Müdür Baban artık ölene kadar yanında. Ablaların, eniştelerin hepimiz buradayız evelallah. O kadar istiyorsan gel o parayı verelim bu okula," demiş.

Mesut gariban gariban babama bakmış, anlamamış ne dediğini.

Babam elini tutmuş, "Mesut en büyük yardımı yapacak çocuklara, tek başına o yapacak," demiş.

Mesut ölmüş sevinçten. Ne kendi uyumuş ne babamı uyutmuş o gece.

Anlatırken gözleri doluyordu babamın.

"Otizm bilmez, Down Sendromu bilmez ama yapabileceği bir şey olup olmadığını sorgulamayı bilir benim oğlum," diyordu. "Oğlumun babasından kalan bir parası vardı, biliyorsunuz. Allah razı olsun bütün Ayvalık'tan, Cunda'dan. O paraya hiç muhtaç etmemişler oğlumu, biz kendi derdimizle uğraşırken. Ne Hakan, ne Gökmen, ne Savaş ne de Bay Nihat'ın oğulları. Yıllar içinde Mesut'un parası çoğalmış da çoğalmış bankada. Ayvalık'taki bankayı aradım, *Mesut parayı çekecek; bir okula bağışlamak istiyor*, diye. *Tamam*, dediler. İstanbul'da hangi şubeden çekeceğimizi söyledim. Bizimkini görecektin, okula gideceğimiz sabah bir havalar, bir edalar. Tutturdu, benim eski paltoyu giyecekmiş. Hay Allah'ım. *Oğlum perişan olmuş bu palto*, diyorum, dinletemiyorum. *Müdür paltosu bu, giyeceğim*, diyor, başka bir şey demiyor. Giydi yine paltosunu. Gittik bankaya. Babasından 45.000 Alman markı kalmıştı. Ben de 99'da mark tedavülden kalkıp avroya dönünce çevirtmiştim parayı. Aşağı yukarı 24.000 avro etmişti. O günden bugüne 39.000 avro olmuş parası. Bizim çocuklar da hiç dokundurtmayınca tabii... *Oğlum Mesut, zengin olmuşsun len*, dedim. Gevrek gevrek gülüyordu. Parayı aldık, doğru okula gittik. Müdür Bey demez mi, *Ben parayı kabul edemem!* Haydaaaa... *Özel bir laboratuvar sınıfı yaptıralım sizinle. O sınıfın her masrafını bu paradan karşılayalım. Sınıfa Mesut Bey'in adını veririz*, dedi. *Bundan daha güzeli olamaz*, dedim."

O kış babamla Mesut okuldan çıkmamıştı. Kartal abi, Mesut'un heyecanını görünce herkesi seferber etmişti.

Sonra okulun asıl meselesinin bir bina olduğunu öğrenince iş büyümüştü. Araya tanıdığı dostlarını koyarak çok güzel bir vakıf binasını kiraladılar. Binanın bütün tamir işini Kartal abi üstlendi. Ama teknolojik gereçlerle dolu en özel sınıf tamamen Mesut'un parasıyla yapıldı. Sınıfın kapısına "Mesut Mutlu" yazan pirinç bir levha asıldı. O gün hepimiz oradaydık. *Mesut'un bu mutluluğu tarihin en büyük anlarından biri olarak kaydedilmeli*, diye düşünmüştüm. Çocuklar onun için hazırladıkları bir gösteri yaptılar. Ama asıl sürpriz Mesut'tan geldi. Cebinden bir not çıkardı ve Defne'ye baktı, yardım isteyen çocuk bakışlarıyla. Defne hemen yanına gitti. Mesut'un arkasına geçti. Kendini sağlama aldığını hissetmiş olmalı ki, Mesut kâğıdı okumaya başladı:

"Ben Mesut Mutlu. Hep okumak istedim ama yapamadım. Kardeşlerimin okuduğunu görünce çok sevindim. Herkes okusun. Ben de okudum. Nesrin Anneme teşekkür ederim."

Allah'ım ne alkış kıyamet koptu bizim aileden. Defne gururla bize bakıyordu. Başarmışlardı. Mesut, Defne sayesinde okumayı sökmüştü. Hayatımızın en güzel günlerinden biriydi. Annem çok istemişti Mesut'a okuma öğretmeyi ama o kadar kıyamazdı ki, hiç üstelemez, ürkmesin, üzülmesin diye bırakırdı dersi. Mesut bunu unutmamış, Öğretmen Annesine bir hediye vermişti yıllar sonra.

Biz üç kız kardeş, manevi oğlu Mesut kadar mutlu edebildik mi babamı, bilmiyorum.

Ama onun manevi oğluyla yaşadığı mutluluk hepimize iyi geliyordu.

İstanbul'da geçirdiğimiz o zor yıllarda Mesut'u yanımıza alamamak babamı kahrediyordu. Cunda'da daha iyi bir hayatı olduğunu söyleyerek onu teselli etmeye çalışsak da, Mesut'u orada bırakmak zorunda kalmak hepimiz için utançla karışık bir üzüntüydü. Kendi derdimize yanmak aslında kaçışımızdı...

Serdar'ın kahvaltıya geldiği o sabah, hayatımızın keder dolu döneminin kapandığı sabah olmuş aslında. Şimdi şimdi daha iyi anlıyorum bunu. Yaşadığımız her ne varsa, karşılığında doğru bir şeyler yapmış olmalıyız ki, büyük Allah'ım, "Şimdi sırada güzel günler var," demiş bize...

Serdar suskunluğum yüzünden benden çok babam, halam ve Derya ile sohbet etmişti o gün. Babam elbette Mesut'u anlatmıştı ona. İstanbul'a geliş hikâyemizi dinleyen Serdar çok üzülmüştü. Anneme, Mesut'a, yanan paralara... O gün sadece dinlemiştim. Uyanacağım bir rüyanın içinde olduğumu düşünüyordum. Arada bir başımı kaldırıp o rüyanın bütün detaylarını ezberime almak istercesine etrafı izliyor, sonra Serdar'a kaçamak bir bakış atıyordum. Her bakışımda onun da bana baktığını görüyor, nedenini asla anlayamadığım bir utangaçlıkla yine masaya çeviriyordum gözlerimi. Serdar'ın benimle tüm konuşma çabaları küçük mahcup bir kız çocuğununkine benzeyen inadımla sonuçsuz kaldı. Yanıtlarım hep kısa kısaydı. "Evet, hayır, bilmiyorum, görmedim, öyleymiş" kelimelerinden öteye geçip şöyle uzunca bir cümle kuramadım. Bir ara halam bacağıma şiddetli bir çimdik attı. Acıyla ona döndüğümde koskocaman olmuş gözlerini devirerek Serdar'ın önündeki boş çay bardağını gösterdi bana. Dişlerinin arasından, "Çay içer misin diye sor, ay Allah'ım. Küstüm çiçeği oldu başıma," diye söylendi, sadece benim duyabileceğim bir sesle.

Komutu aldım. Bir robot gibi ayağa kalkıp "Çay içer misin Serdar?" diye sordum. Tonumu pek ayarlayamamış olmalıyım ki, babam yerinden sıçradı. Masadaki herkes sustu ve gözlerini bana dikti. Halam sanki bayılacakmış da sandalyeden çimenlere yayılacakmış gibi duruyordu. Masadakiler bana bakıyordu, ben onlara... Serdar gülümseyerek bardağını uzattı. "Çok sevinirim," dedi. Sesi de ne kadar güzeldi. Ben mutfağa çay koymaya giderken halam peşimden koşturarak geldi.

"Ayol bir gül, bir soru da sen sor. Sirke satıyor suratın, çok ayıp oluyor. Vallahi kibar çocukmuş. Ben olsam çoktan kalkıp gitmiştim. Kızım, yavrum, evladım... Yapma böyle halam," dedi ama nafile.

Bahçeye çıkıp Serdar'a çayını uzattım.

"Başka bir şey ister miydin?" diye sordum sanki belediye çay bahçesinde gönülsüz çalışan bir garsonmuş gibi.

Serdar yine gülerek "Yok, şu çayımı içip kalkacağım zaten," dedi.

Halama bakmadım bile korkudan. Çünkü tam karşımda oturan Derya ile Türkân ablam bile ayıplayarak kaş göz işareti yapıyorlardı. Onlar öyle yaptıkça daha çok geriliyordum.

Serdar, "Ben izninizi isteyeyim," diyerek kalktı.

Bizimkilerin, "Aaa, olmaz daha kahve içmedik," itirazları içinde deri kayışlı keten sırt çantasının içinden bir paket çıkardı.

Bana dönerek "Çok konuşamadık ama inşallah bir dahaki sefere telafi ederiz. Çok merak ediyorum bizim çocukları. Belki bir buluşma ayarlarız hep birlikte. Bunu senin için getirmiştim. Sen çok severdin," dedi ve paketi uzattı.

Ter içinde kalmış ellerimin titremesini görmesinler istedim ama vallahi hepsi gördü. Onun yumuşacık gülerek uzattığı paketi, patisiyle yemek çalan kediler gibi alıverdim elinden. "Teşekkür ederim," dedim ama sesim o kadar zayıf çıktı ki, duydu mu emin olamadım. Kucaklaşmalar, el sallamalarla hep beraber bahçe kapısından yolcu ettiler Serdar'ı. *Ettiler* diyorum zira ben en arkalarından onun gidişini, bizimkilerin yolculayışlarını bir komşu gibi izlemekteydim. Bahçede hepsi bir yana dağılırken ben olduğum yerde duruyordum hâlâ. Serdar'ın çıkıp gittiği bahçe kapısına bakıyordum.

Halam, "Biz toplarız sofrayı. Sen git odanda dinlen azcık. Hastalandın resmen," dedi. Açıkçası söylenmesini dinlemektense yalnız kalmak o anda istediğim tek şeydi.

Odama çıktım. Paketi yatağımın üzerine koydum. İçinde ne vardı? Meraktan ölüyordum ama açamıyordum. Bir süre yatağın üstünde durdu paket. Kitaptı muhtemelen... Belki bir de mektup?

Yıllarca bekledikten sonra vazgeçmenin boşluğunda savrulmaya teslim olduğum, alıştığım anda karşıma çıkan Serdar ne getirmişti bana? Bu merak hem beni yiyor hem de bu anı nedense uzatmak istiyordum. Bu çikolatayı yersem bitecek diye paketini yavaş yavaş açar, bekleye bekleye yerdim çocukken. İşte öyle bir andı bu da. Ama sonunda o an geldi ve uzanıp paketi açtım.

Ah! Eski bir kaset ve evet, yıpranmış bir kitap... Doğru... Unutmamış, ne çok severdim ikisini de.

Belli ki ona ait; onun kitaplığından, onun çekmecesinden, onun hayatından gelmişler bana. Kitabın sayfalarını karıştırdım hızla. Bir mektup var mıydı? Hayır yoktu... Sayfalarında bir not, altı çizili bir satır? Hayır... Hiçbir şey yoktu.

Kitap, Nazım'ın Piraye'ye mektuplarıydı... Kaset de 1993 yılından, Zülfü Livaneli'nin *Saat 4... Yoksun* isimli albümü.

Yatağa oturup kalmıştım. Ne düşünüyordum? Aramızdaki her şeyi mi? Belki de hiçbir şeyi...

Dışarıdan bizimkilerin sesleri geliyordu. Sokakta bir köpek havlıyordu. Ezan okundu. Sonra kapımın önüne kadar gelen ayak seslerini ve bir süre sonra Derya'nın, "Dönüş uyumuş galiba hala, ses çıkmıyor hiç. Sen de uyandırma. Çok heyecanlandı bugün, üstüne çok gitme. Yarın ararım ben onu. Biz de gidelim artık," dediğini, "Teyzemle uyuyayım, ne olur!" diyen Gülce'nin nazlanmasını, Erdem'in kızını ikna eden konuşmalarını duydum. Babamın televizyon seyrettiğini. Halamın bulaşık yıkadığını...

Sonra akşam oldu. Karanlık çöktü. Bütün sesler kesildi. Ben yerimden hiç kalkamadım. Sonra bir cesaret kaseti çıkardım kutusundan. Dokundum, sevdim...

Kim bilir ne zamandır kullanmadığım küçük bir walkman'im vardı. Dolabımda, eski eşyalarımın arasında olmalıydı. Biraz karıştırdım, dağıttım dolabı ama buldum. Pili bitmişti elbette. Alt kata indim sessizce. Mutfak çekmecesindeki fenerin pillerini çıkardım. Odama çıktım. Pilleri walkman'e takıp kaseti yerleştirdim. Sokak lambasının ışığı vuruyordu odama. Kucağımda Serdar'ın kitabı, yatağa uzandım. Kasetteki o cızırtılı eski kayıt sesiyle birlikte Ayvalık'taki evin ıssız ve kederli zamanları da çıkıp geldi. Anımsamak bile istemediğim, yaşama tutunmama yarayacak ufacık bir umut parçasının olmadığı o günler...

Şarkı başladı.

"En güzel deniz:
henüz gidilmemiş olanıdır.
En güzel çocuk:
henüz büyümedi.
En güzel günlerimiz:
henüz yaşamadıklarımız.
Ve sana söylemek istediğim en güzel söz:
henüz söylememiş olduğum sözdür." [1]

Serdar'ın bana yazdığı bir mektubu okuyordum aslında... Daha ne söyleyebilirdi, ne yazabilirdi ki bana? Kalbimde bir çocukluk sabahının hafif rüzgârı, burnumun ucunda fıstık çamlarının ve evimizin kokusu... Yanaklarımdan akan yaşlar çocukluğumuzun durgun sabah denizinden çıktığımda saçımdan damlayan sular gibi huzur veriyordu...

Serdar'ı beklemeyi bırakmış olsam da, 15 yıldır bir tek gün bile sormaktan vazgeçmediğim soruları şiirle, şarkıyla şimdi o soruyordu bana...

"O şimdi ne yapıyor,
şu anda, şimdi, şimdi?
Evde mi, sokakta mı,
çalışıyor mu, uzanmış mı, ayakta mı?
Kolunu kaldırmış olabilir,
–hey gülüm,
beyaz, kalın bileğini nasıl da çırçıplak eder bu hareketi!..–" [2]

Ah, ne güzel ağladım o gece! Her yıl için birer saat belki... Ağlamaktan ağrıyan başım ve şişmiş gözlerimle, yıllardır uyumadığım kadar derin bir uykuya dalmıştım. Rüyamda annemi gördüm.

Yanıma uzandı. Pazardan gelmiş. Çok yorgundu. "Dinlenelim kızım, sen de uyu," dedi bana. "Çok özledim seni," dedim, sarıldım ona. O kadar gerçekti ki... Sıcacık kokusu burnumdaydı sabah gözümü açtığımda. Babam kapımı tıklatıyordu.

"Uyandırdım ama neredeyse öğlen oldu kızım. Korktum, iyi misin?"

"İyiyim babam," diye doğruldum yatakta. Fakat o kadar başım ağrıyordu ki, sendeledim ayağa kalkınca. Babam içeri girdi. Kolumdan tuttu endişeyle. Yatağa oturttu.

"Çok mu heyecanlandın sen? Dün sabahtan beri bir şey de yemedin. Yirmi dört saat oldu be kızım! Halan rahatsız etme çocuğu dedi ama aklım sendeydi gece, uyuyamadım doğru düzgün. Serdar'la yıllar sonra eskileri konuştuğumuzdan mıdır nedir, anneni gördüm rüyamda," dedi.

"Aaa! Ben de…" dedim.

"Canım Nesrinciğim, kaçırmaz böyle mutlu anları. O yüzden ziyaret etmiş demek ikimizi de," dedi gülerek.

"Sen nasıl gördün? Biz sarılıp uyuduk," dedim.

"Pazara gitmişiz birlikte. Eve dönüyorduk. Çok inat ederdi ya doğru bellediğinde... Tartışıyoruz yolda. Torbaları yokuşun başında bırakıveriyor elinden. Çamurlu patatesler yuvarlanıyor yokuştan aşağı. Ne yaptın Nesrin, diyorum. Bıraktım, taşımayacağım artık, diyor. Toplasam diye bir hamle yapıyorum, bırak gitsin, çamurlu zaten, diyor. Allah hayırlara çıkarsın…"

"Baba inanmayacaksın ama rüyamda annem pazardan gelmişti, yorgundu..."

"İnanırım kızım," dedi hiç şaşırmadan. "İnanırım. İkimizin rüyasına bile yetişir annen. Kalk haydi, kalk bir şeyler ye. Kartal'la dışarı çıkacağız bu gece. Ablan mutlu olacak sanki bu sefer? Ben çok seviyorum bu adamı… Serdar da gelecek bizimle."

Serdar, babam ve Kartal abiyle akşam dışarıda yemek mi yiyecekti? Nasıl yani?

"Niye ki?" dedim biraz huzursuz olarak.

"Babası çok kıymetli dostumdu, bilirsin. Sende çok emeği vardır. Ankara'da yıllardır felçli yatıyormuş. Çok üzüldüm. Ama kahvaltıda derinlemesine konuşamadık bunları. Dün Serdar giderken, *uzun uzun görüşelim bir gün*, dedim. Kartal da bu akşam beni dışarı çıkarmaya niyetliymiş zaten, hemen bir yemek organize etmiş. Sabahtan aradı haber verdi. Pek memnun oldum."

Ablam, Serdar'ın kim olduğunu Kartal abiye muhakkak anlatmıştı. Benden önce onlar öğrenecekti Serdar'la ilgili her şeyi. Pek hoşlanmadım bundan. Ama bir şey diyemedim babama.

O gün darmadağındım. Ne düşünmem, nereye oturmam gerektiğini bile bilmiyordum. Gülce üç yaşındaydı o yıl. Sabahları kreşe gidiyordu. Öğleden sonra alıp bize getiriyorduk. Genellikle babamın göreviydi bu. Bayılırdı Gülce'yle el ele eve gelmeye. O gün o büyük görevini bana bıraktı. Hiçbir yere sığmıyordum. Evde duramadım, vaktinden önce çıktım evden. Nereye gittiğimi, neden dolandığımı bilmiyordum. Yazsam diyordum, her şeyi yazsam belki kafamı daha iyi toparlarım. Bu defteri aldığım gün o gündü işte. Defteri aldım, çantama attım, sonrasında da Gülce'yi alıp eve getirdim. Babam iki dirhem bir çekirdek, Kartal abiyi bekliyordu. Çok gecikmeden gelip aldı babamı. Kartal abiye o gece Serdar'la benden önce oturup muhabbet edeceği için bir parça kızsam da babamı şefkatle kapıdan çıkarışı, gönlünü alışı, bana hâlimden anlayan bir babacan gülümsemeyle bakışı, kızgınlığımı alıp götürdü. Babamla ikisi bahçe kapısından çıkarken içimdeki huzursuzluk bir an için dağıldı.

Ailemize girdiğinden beri sanki eksik bir parçamız tamamlanmış gibi hissediyorduk hepimiz. Oysa hepi topu bir yıldır tanıyorduk onu. Başta Defne olmak üzere hepimizin kalbini fetheden bu adam, sevgisinin samimiyetine en son Türkân ablamı ikna edebilmişti.

Nuh diyor peygamber demiyordu ablam. Eski eşi Somer'le boşandıktan sonra bir daha evlenmemeye yemin ettiğini söylüyordu. Kartal abi hiç ısrar etmedi. Ablam evlilik teklifini kabul etmemiş olsa da, o, Defne'den ve bizlerden ilgisini hiç esirgemedi. İş yerinde de bozmadı ablama karşı tavrını. Bir kere hayır yanıtını duyduktan sonra hiç öyle bir şey olmamış, sanki bizim çok eski bir aile dostumuzmuş gibi sıcak bir ahbaplık geliştirdi zamanla. Babamla arada bir tavla oynamaya geliyor, eski yoğun sosyal yaşamından uzaklaştığını, geceleri artık dışarı çıkmadığını söylüyordu laf arasında. "Artık daha sakin bir hayat istiyorum," diyordu. Yani *eski çapkınlık günlerim bitti* mesajını önce bize, dolayısıyla da ablama iletiyordu.

Fakat aralarına öyle ince bir mesafe koydu ki, ablam bir süre sonra Kartal abinin ona duyduğu ilgiden şüphe eder oldu.

Derya ile ikimiz bu taktiğe bayılmıştık ve bütün kalbimizle Kartal abiyi destekliyorduk. O kendini çektikçe ablam, adamı daha çok merak etmeye başladı.

Kartal abinin Somer'i dövüp, ablama evlenme teklif etmek için babamdan izin istediği günün üzerinden birkaç ay ya geçmiş ya geçmemişti. Ablam bir gün, Kartal Bey'le görüşmek isteyen eski bir sevgilisinin telefonunu bağlamadığını söyledi bize. Derya ile ikimiz buna çok memnun olsak da, hemen belli etmedik ablama. "Niye yaptın ki böyle bir şey?" diye sorduk.

"Ne gerek var? Adamı zırt pırt arıyor," dedi sakince.

Derya çocukluğundan bu yana hiç yanılmadığı tespitlerinden birini daha paylaştı gülerek. "Demek yakında düğünümüz var abla, ha?"

"Ne münasebet, hemen mana çıkarmayın!"

"Tamam, tabii... Yakışıklı adam ama. Yine de sen bilirsin. Ben seviyorum valla. Babam da çok seviyor. Sen de seviyorsun bence. Ama daha bilmiyor musun acaba?"

"Derya!" diye terslendi ablam. Çekinirdik ondan.

"Tamam abla, tamam," dedi Derya, hemen kendini toplayıp. Ama bana dönüp "Bu yıl düğün, kesin," diye fısıldadı. Haklı çıkacaktı yine.

Ablam, patronunun yemeği, düzeni, programı ile daha canıgönülden ilgilenir olmuştu. Tam o günlerde, Kartal abi ağır bir grip geçirdi. Yataktan kalkamadığı gün, daha da kötüleşince akşam ablamı aramış, "Ben acildeyim, serum takıyorlar," demiş. Ablamla Defne hemen hastaneye gitmişler. Kartal abi onları karşısında görünce çok duygulanmış. Doktorlara, "Beni hastaneye yatırın!" diye tutturmuş. Sonraları, "Eve gidersem hayatta gelmezdi Türkân eve. Hastanede kalırsam mecbur ilgilenirdi benimle," diye anlatmıştı bize.

Düşündüğü gibi olmuş elbette. Ablam o akşam yatış yaptırdıktan sonra Defne'yi bize bırakıp hastaneye geri döndü. Kartal abi, ablamın geri döndüğünü görünce, "Ya şimdi Kartal, ya hiç!" demiş kendi kendine. Ablama o gece kolunda serumla, hayatını anlatmış. Ablam, "Bambaşka bir adammış meğer. Ben onu o gece tanıdım," derdi.

Kartal abi aslında Edremitli bir ayakkabı ustasının oğluymuş. Yokluk içinde geçen yılların ardından üniversiteyi kazanınca hem çalışmış hem okumuş. Beyoğlu'nda bir ayakkabıcıda çalışıyormuş derslerden kalan zamanda. Bir gün Mısırlı bir adam gelmiş çalıştığı dükkâna. Epey alışveriş yapmış. Çat pat İngilizcesiyle Kartal abi yardımcı olmuş bu yabancı müşteriye. Dükkâna girerken elinde gördüğü çantasını unuttuğunuysa o gittikten sonra fark etmiş. Çantayı açınca içinin para dolu olduğunu görmüş. Adamın alışveriş sırasında Hilton'da kaldığını söylediğini hatırlamış. Çantayı kaptığı gibi otele gitmiş. Epeyce bekleyip çantayı teslim etmiş. Çantayı unuttuğunu bile fark etmeyen ve böyle bir dürüstlük karşısında çok şaşıran Mısırlı adam birkaç ay sonra yine çıkagelmiş ve çantasını ona teslim ettikten sonra, bahşiş bile kabul etmeyen o delikanlıyı yemeğe götürmüş. İngilizceyi iyi öğrenirse onunla çalışmak istediğini söylemiş, hatta o gün onu bir İngilizce kursuna yazdırmış. İki üç ayda bir İstanbul'a geldiğinde mutlaka yemeğe çıkıyorlarmış. Sonunda Kartal abi okulu bitirip İngilizcesini de ilerletince adam onu ülkesine çağırmış. Mısır'ın çok zenginlerindenmiş meğer. Kartal abiyi orada bir süre kendi şirketinde çalıştırmış. Yokluktan çıkıp gelmiş bir genç için o günler, yaşandığı sırada dahi rüyadan ayırt edilemez hâldeymiş. Kartal abi askerlik vakti geldiği için Türkiye'ye dönmüş sonra. Bizim Dilek'in kocası Musa abiyle de askerlikleri sırasında arkadaş olmuşlar. Edremitli iki genç çok kollamışlar birbirlerini.

Askerliği bitince de, Mısırlı iş adamının uzun yıllar Türkiye'deki işlerini yönetmiş. Çok iyi para kazanmış. Adam öldükten sonra çocuklarıyla anlaşamamış ve onlardan ayrılmış. Kendi kazancı ve tecrübesiyle kurduğu işi zamanla büyütmüş. Turizmle uğraşırken bir de inşaat şirketi kurmuş. Libya'da, Ürdün'de inşaatlar yaparken, almış yürümüş. Ama artık yorulduğunu, hayattan beklentisinin daha çok kazanmak değil, daha mutlu yaşamak olduğunu söylemiş ablama. Defne'ye baktıkça neler kaçırdığını, ablama baktıkça aslında ne için yaşaması gerektiğini sorguladığını anlatmış... Ablamın geçmişte yaşadıklarını değiştiremeyeceğini bildiğini ama ona bir şans verse, geleceğin her ikisi için de ne kadar huzur dolu olacağını gördüğünü söylemiş. "Keşke senin kadar kalbi güzel bir yoldaşım olsaydı bu hayatta. Öldüğümde beni toprağa verecek, ardımdan ağlayacak bir evladım, bir ailem olurdu," demiş.

Ablam çok etkilenmişti duyduklarından. Özet geçmişti ama bu kadar anlatması bile o günlerde bizim için çok değerliydi. Çünkü o yıllarda içindekileri çok paylaşmazdı. Sonrasını da bize Defne anlatmıştı.

Ablam, Kartal Bey hastaneden çıktığında, "Cumartesi bize kahvaltıya gelmek ister misiniz?" diye sormuş. Kartal Bey havalara uçmuş. Eli kolu paketlerle dolu gelmiş. Kahvaltıdan sonra ablam, Defne'yi aralarına oturtmuş.

"Defne doğana kadar ailemi, çevremi ve hiç tanımadığım insanların yargılarını düşünerek yaşadım. Hayatımı kaygılarım, korkularım ele geçirmişti. Defne doğduktan sonra benim için her şey değişti. Başkalarını değil, kendimi düşünmem gerektiğini anladım. Çünkü ben sağlam, iyi, mutlu, donanımlı, güçlü olursam çocuğuma iyi bir anne olabilirdim. Defne benim gücüm, yaşama sebebim oldu. Çok mutluyum ki Defne yaşından beklenmeyecek kadar güçlü bir kız. Birine ihtiyaç duymadan, Allah'tan başka kimseden korkmadan yaşamayı öğrettik birbirimize. Sevgiyi öğrettik... Babası Defne'yi sevme, büyürken sevinme, ne güzel bir insan olmaya yürüdüğünü görme şansını ne yazık ki kaçırdı. Defne 11 yaşındayken benden daha cesurdu. Üzerinden çok zaman geçmedi ama hâlâ öyle. Ben birini sevmeye korkarken, o kendi babasını seçebilecek kadar cesur ve güçlü... Sizin içinizdeki gerçek cevheri önce o gördü. Korkularım yine bana engel olmuştu belki... Kızımdan aldığım cesaretle söylüyorum. Allah size uzun ve sağlıklı bir ömür versin. Ama bilin ki, siz bugün bu diyardan gidecek olsanız ardınızdan kendi evladınız kadar ağlayıp üzülecek ve sizi özleyecek bir genç kız bırakmış olursunuz. Babama sorduğunuz soru hâlâ kalbinizde geçerliyse ben size beklediğiniz yanıtı vermek isterim. Ardınızdan ağlayanlar muhakkak olacaktır. Ama biz gülüşünüze, mutluluğunuza sebep olmak isteriz," demiş.

Defne o akşam bize geldiklerinde Derya ile ikimizi benim odama sokup sevinç içinde, kelime kelime anlatmıştı olup biteni. "Düşünebiliyor musun teyze, annemle Kartal abi evlenecekler," diyordu mutlulukla. Bizi iki teyze, yeğenimizin anlattığı bu sevinçli haberi onun coşkusuyla karşılamış, havalara uçmuştuk.

Serdar o gün bahçeye kahvaltıya geldiğinde düğünlerine sadece bir ay kalmıştı. Kartal abi çoktan bizden biri olmuştu bile. O eniştemizdi artık. Ablam nişanlılığın tadını çıkarmak istiyordu. Birlikte oturacakları ev için özeniyordu. Defne'yi okuduğu okuldan almışlardı. Kartal abinin kurucu üyelerinden olduğu bir vakfın kolejine yazdırmışlardı. Eylül sonunda evleneceklerdi. Biz düğün için hazırlıklar yaparken o yazın son bahçe kahvaltısına Serdar çıkıp gelmişti...

Bunları düşünmek, o günleri anımsamak, Kartal abiye yeniden şükran duymak beni bir parça oyalasa da onlar giderken dağılan huzursuzluk bir süre sonra yeniden başladı. İçim içimi yiyordu. Saatler ilerledikçe merakım büyüyordu. "Acaba nereye gittiler, neler konuşuldu?" diye pencerede babamı bekledim. Hayli geç bir saatte, çakırkeyif geldi. Kartal abi koluna girmişti. Babamı kapıda bana teslim ettikten sonra göz kırparak gülmüş, "On numara adam bu Serdar!" demişti.

Babam ceketini çıkarıp bana verdi. Küçük holümüzdeki eski koltuklardan birine oturdu.

"Halanı uyandır kızım. Bir de sade kahve yap," dedi.

Hiç itiraz etmedim. Halam yeni yatmıştı zaten, ben odasına giderken o kapısını açıp çıkmıştı bile. Hırkasını giyerken, "Ne oldu abi? İçki mi içtin sen?" diye babamın yanına oturdu.

"İçtim be Nezahat. İçtim be kardeşim. Senin pikaba koysana bir Zeki Müren. *Şimdi Uzaklardasın* var mıdır?"

Halam bana baktı gözlerini açarak.

Sonra, "Ay, bu saatte nasıl bulayım abi?" diye babama döndü.

Babamın o tekli koltuktaki hâli içimi acıttı. Eşsiz bir sevgiydi ona duyduğum. Kıyamadım o masum sorusuna.

"Ben bulurum baba," dedim. Pikap yoktu artık. Derya'nın geçen yılbaşı bize hediye ettiği CD çalarımız vardı. Babam için aldığı Türk Sanat Müziği CD'leri ayrı bir kutudaydı. Kutuyu açıp aramaya başladım ve buldum. Ama ne dua ettim o an kardeşime... Hepimizi en iyi tanıyan oydu. Babama öyle bir hediye almak benim aklıma gelmeliydi oysa. Bir telaş, CD çalara albümü yerleştirdim.

Müzik küçük odaya yayılmaya başladığında hemen mutfağa indim. Cezveye kahveyi koydum. Kaynamasını beklerken babam bir şey diyecek mi diye bir kulağım yukarıdaydı. Meraktan ölüyordum. Ama hiçbir şey söylemiyordu. Bu hâldeyken soru da sorulmazdı. Artık sabahı bekleyecektim mecburen.

Kahveyi fincana koyup yanlarına çıktığımda şarkı bitmişti.

Babam, "Bir daha çal," dedi.

Kahvesini yanındaki sehpaya bıraktım. Halama, "Sus, bir şey deme sakın," dedim kısık bir sesle. Halam başını salladı. Zeki Müren yeniden okumaya başladı:

"Şimdi uzaklardasın, gönül hicranla doldu.
Hiç ayrılamam derken, kavuşmak hayal oldu..."

*

Babam şarkıya eşlik ediyordu. Halamla babama bakıyor, hiç konuşmuyorduk.

Kahvesinden bir yudum aldı ve "Sen anlat hikâyemizi kızım. Kim bilir ne güzel anlatırsın. Ne güzel yazarsın," dedi.

Şaşırdım birden.

"Nereden çıktı şimdi bu baba?"

"Sen anlat Dönüş..."

"Anlatabilir miyim, bilmiyorum ki?"

"Anlatırsın... Annen bunu çok isterdi, biliyor musun? Çok inanırdı bir gün yazar olacağına. Sen *Çalıkuşu*'nu çok severdin ya... *Ah*, derdi annen. *Ah! Kendi hayatının Çalıkuşu'ndan sonrası olduğunu bilse...*"

"Benim öyküm mü *Çalıkuşu*'ndan sonrası?"

"Belki çok daha fazlası... *Çalıkuşu*'nun Munise'si ölür ya romanda? Ama sen yaşadın kızım. Neler neler yaşadın hem de..."

Halamla birbirimize baktık yine. Babam o kadar çok mu içmişti? Hiç yapmazdı böyle şeyler. Gidip yanına oturdum.

"Ama babacığım, ben Munise değilim ki... Ben hep Feride olmak istedim. Annem öğretmendi diye mi böyle söylüyorsun?"

Babam derin bir nefes aldı.

"Çalıkuşu... Anadolu'da bir köyden diğerine savrulan idealist öğretmen. Zengin ailesinden ve vefasız nişanlısından kaçan masum genç kız. Kendisi daha çocuk sayılacakken minicik bir kızı evlat edinen anne. Evlat edindiği o kız ölünce perişan olan ve Milli Mücadele'ye katılan cesur hemşire... Öyle değil mi? Budur o çok sevdiğin romanın hikâyesi?"

"Evet..."

"Çalıkuşu... Ah, Çalıkuşu..."

Şimdi durup dururken neden Çalıkuşu'na takıldı böyle diye düşünüyordum ki babam cebinden kumaş mendilini çıkardı. Gözlerini sildi. Mendili katlayıp tekrar cebine koydu.

"Biliyor musun kızım, sen gerçek bir Çalıkuşu'nun bize çok değerli armağanısın," dedi.

"Anlamıyorum ama baba..." dediğim sıra sözümü kesti.

"Senin adın neden Dönüş biliyor musun?"

"Ayvalık'a dönüşünüz nedeniyle değil mi?"

"Hayır... Sen annenle birbirimize yeniden bağlanmamızın, annenin bana dönüşünün nedenisin. Ablanla kardeşin arasındaki yolsun. O yıl... O kahır dolu yıl biz annenle ayrılma kararı almıştık, biliyor musun... Annen yorulmuştu, hırçınlaşmıştı, kızgındı. Ben Ayvalık'a dönmekte ısrarcıydım. Ayvalık bize iyi gelecek diye düşünüyordum. O ise asla istemiyordu. Anneni o kadar çok seviyordum ki... Ondan gizli tayinimi istemiştim, sonunda çıktı. Annen büyük bir mutsuzluğa kapıldı. Ablanı yanıma alıp götürürsem o da sonunda mecburen gelecektir diye düşünüyordum. Ama annen bir sabah gelmeyeceğini söyledi. Kararlıydı. İstanbul'a gitmek istediğini söyledi. Benimle gelmeyecekti ve nasılsa dayanamayıp ablanı bir gün ona vereceğimi çok iyi biliyordu. Anneni bilirsin, kararından asla dönmezdi. Ablan kucağımda ağlayarak gittim Ayvalık'a. Bilsen ne çok dua ettim annen bana, yanımıza dönsün diye. Allah dualarımı duydu, bizi ayırmadı.

"Evliliğimizin bozulmasına neden olan hadise, amcanın, annenin genç bir öğretmen arkadaşıyla bir gönül ilişkisi yaşamasıydı. Kız hamile kalmış meğer. Amcan bunu öğrenir öğrenmez halanın yanına kaçmış ve bir daha arayıp sormadan Hollanda'ya gitmişti. Büyük dedikodulara neden olmuştu bu mesele. Annene çok ağır gelmişti. Beni suçluyordu. Nezahat'i suçluyordu. Oysa ikimiz de bilmiyorduk bunları. Bilsek, bilsem, izin verir miydim hiç öyle bir şeye? Ama annen, amcanı şımarttığımızı, ona müsamaha gösterdikçe kendi hayatlarımızı mahvettiğimizi söylüyordu. Sadece içinde yaşadığımız küçük şehre değil, annene karşı mahcubiyetim de beni kahrediyordu. Ben o şehirden kaçmak istiyordum, annense akrabaların dolu olduğu Ayvalık'a dönmeyi asla kabul etmiyordu. Sonunda ablanı alıp Ayvalık'a gittim.

"Annen haftalar sonra postaneyi aradı bir sabah. İşte o genç kız... Feride... Ne yazık ki erken doğum yapmış ve doğum sırasında hayatını kaybetmiş. Bebeğin yaşama şansı yok diyormuş doktorlar. Annen, *ben bebeği alıp Ankara'ya gidiyorum, beni yalnız bırakma*, dedi telefonda. O akşam ilk otobüse atlayıp gittim. Beni görünce boynuma sarılıp ağladı. *Senden başka kimsem yok benim*, dedi. Sonra o bebek bizim her şeyimiz oldu. Ayvalık'a onunla döndük. Adını Dönüş koyduk..."

Zeki Müren susmuştu. Halam, babam, dünya... Herkes susuyordu o anda.

1971 doğumlu Dönüş, annesinin Nesrin, babasının Sadık olmadığını, çocukluk aşkı Serdar'ın ortaya çıktığı günün ertesinde, 2003 yılında öğrendi.

Ve bildiği tüm gerçekle arasındaki bağ koptu.

İçinde durduğum oda, dünya her şey tersine döndü o anda.

Annemi uyandırmaya çalıştığım o sabah geldi aklıma. Uyanmadığı o dakika... Babama, "Annemi uyandır..." dediğim bir sonraki an... İlk siyah okul önlüğümü diken, yakamı kolalayan, banyoda saçlarımı yıkayan, hastaneye gelmedi diye eziyet ettiğim, günlerce uyumadan başımda bekleyen, ablamın doğumuna giderken otobüste dizime yatıp "Seni kimselere vermedim, vermem," diyen annem...

"Kızım bana çekmiş," cümlesini dilinden düşürmeyen, bir tek beni sevsin diye Derya ile rakip olduğum, hastanede başımdan ayrılmayan, piknikte beni sırtında taşıdı diye Derya'nın kendini yerlere attığı, sırdaşım, en iyi arkadaşım, canım, biricik babam...

Onun kadar güzel olmadığım için kahrolduğum, mutlu olsun diye adaklar adadığım ablam...

Bütün çocukluğum, rakibim, canım, kanım, oyun arkadaşım, çocuğunu çocuğum saydığım kardeşim...

Hiçbirinin çocuğu ve kardeşi değilmişim.

Konumu değişmeyen tek kişi halam... Halam yine halam...

Üzerime bir çığ düşmüştü sanki... Buz gibi, kaskatı bir kar yığını içinde boğuluyordum. Hiçbir şey söyleyemiyor, hiçbir şey soramıyordum.

Halam o güne dek ondan hiç duymadığım bir sesle konuştu. Halam değildi konuşan. Tanımadığım bir yabancıydı âdeta.

"Nesrin bu yüzden mi düşman yaşadı bana?"

"Evet..." dedi babam.

"Ankara'ya gittim. Doktorlar, bebek yaşamaz deseler de Nesrin kabul etmiyordu. Çok mücadele verdi. Hastaneye gittiklerinde hiç parası yokmuş. Alyansını satmış. Dönüş yaşasın diye bütün hayallerinden gözünü kırpmadan vazgeçti. Kızgınlığını, öfkesini, isyanını her şeyi unuttu. *Bu bebek yaşarsa, biliyorum ki Allah bizi ölene dek birbirimizle kalalım diye yaşatacak onu. Onu büyütelim diye. Kurduğumuz bu yuva yıkılmasın diye*, diyordu. Dönüş yaşadı. Ayvalık'a dönmeden ona bir yüzük aldım. Hastanede Dönüş'ün başında taktım parmağına. Sonra onu kucağımıza verdiler. Gidebilirsiniz dediler. Yeni hayatımız başladı böylece. Sonra da hemen Derya'ya hamile kaldı. Türkân koruyucu demektir. Dönüş birbirimize yeniden kavuşmamız... Derya ise bizi bekleyen büyük hayat..."

Halam ağlıyordu.

Ben susuyordum.

"Ablam ve Derya biliyor mu?" diye sordum.

"Hayır," dedi babam.

"Bilmesinler..." dedim. Ayağa kalktım. Odama çıkacakken babam devam etti.

"Dönüş... Senin bizim çocuğumuz olmadığını bilen tek kişi doktor Metin Bey'di. Annen bu sırrın öğrenilmesinden çok korkardı. Seni kendisinin doğurduğuna insanları inandırmak için o kadar uğraştı ki, belki kendi de inandı sonunda. Bu akşam Serdar'la konuşurken büyük bir kalp ağrısı hissettim... Annen rüyama o yüzden girmiş olmalı."

Babam sustu. Bir şey söyleyeyim diye yüzüme bakıyordu. Kapıda duruyor, ben de susuyordum.. O odadan bir an önce çıkmak, bu adamdan, bu saçma sapan hayat hikâyesinden, bu dramdan kaçmak istiyordum. Ama yere yapışmış gibiydim. Kıpırdayamıyordum. Babam, içinde kalan son yükü de bırakmaya kararlıydı.

"Dönüş..." dedi bir kez daha.

Cevap vermedim.

"Serdar sana çok mektup yazmış kızım. Gelip görmek istemiş hatta. Ama annen, annesine rica etmiş. *Serdar arayıp sormasın, başka ideallerimiz var*, demiş. Serdar bunu söylediğinde bir çocuğumu daha mutsuz ettiğimizi anladım. O aile için de en iyisine karar verdiğini düşünmüş olmalı annen. Metin Bey'in bu sırrı biliyor olması onu endişelendirdi hep... Ablanın hayatıyla ilgili aldığı kararların yanlışlığı hususunda beni dinlemedi. Serdar'ın annesiyle görüştüğünüyse bilmiyordum. Bilsem engel olabilir miydim, onu da bilmiyorum. Metin Bey sırrımızı onca yıl bizimle birlikte saklamıştı oysa. Annen neden böyle kendince kararlar verip hayatınıza bu kadar müdahil oldu, bir anlayabilsem... Kabahatim onu çok sevmek ve aile birliğimizi korumak için onunla çatışmaktan kaçınmaktı."

Halam bana baktı. Kalkıp yanıma geldi, sarıldı.

"Seni verene kurban olayım ben yavrum!" dedi.

Sarılamadım halama. Büyük bir kırgınlık, aldatılmışlık duygusu ve öfke büyüyordu içimde. Hiçbir şey söylemeden yanlarından çıktım.

Babam bildiğim Sadık Bey, amcam ve annem bildiğim Nesrin Hanım, yengemdi demek. Gerçek babam kim bilir neredeydi... Beni doğuran anne ise...

O gece hiç uyumadım. Gün doğmadan çıktım evden. Nereye gittiğimi bilmiyordum. Sokaklarda boş boş yürüdüm. Sonra vapura bindim, Heybeliada'da indim.

İçimde tarifsiz bir kızgınlık vardı... Bir daha o eve dönmek istemiyordum. Bir daha Sadık Bey'i görmek istemiyordum.

Şimdi, şu anda, üzerinden geçen onca yıldan sonra bile, o gün ciğerim nasıl yanıyorsa aynı biçimde yandığını hissettim yazarken. Ufacık bir dokunuşla bile o günkü canlılığı ile dirilen bir yaratık gibi bu acı.

O gün Heybeliada'da bir banka oturduğumda düşündüklerimi eksiksiz hatırlıyorum.

Hiçbir şey, insanın canını bu kadar çok yakamazdı sanki... Ölüm, ayrılık, maddi sıkıntılar... O yaşıma kadar acı kabul ettiğim her şeyin üzerinde bir acıydı ve sivri tırnakları olan bir hayvan gibi parçalıyordu içimi. İçim ayrı, dışım ayrı acıyordu.

Onca yıl bir cam fanusun içinde yaşadığımı ve bir anda onun kırılıp ufak parçalara ayrıldığını, tenime, etime, her yerime batan ufacık cam parçalarını çekip çıkarmaya gücüm olmadığını düşünüyordum.

"Bana bunu nasıl yaptılar?" diye soruyordum durmaksızın, "Beni nasıl aldattılar bunca yıl?"

Anne ve baba bildiğim o iki insana o kadar büyük bir kırgınlık ve öfke duyuyordum ki, beni bırakıp giden o adam, ölen o genç kadın aklıma gelmiyordu bile.

Öfke, isyan, kırıp dökme, kusma, bağırma, önümden geçen herkese, her insana söyleme isteği içinde savruluyordum.

"Beni kandırmışlar, biliyor musunuz?"

Sonra da bunu kimse bilmemeli diye kıvranıyordum.

Bunu Derya bilmemeli, ablam bilmemeli... Onları da kandırdılar çünkü. Onlar da acı çekecek. Beni sevmekten vazgeçecekler. Yalnız, yapayalnız kalacağım. Köksüz, bahçesiz, kimsesiz...

Nasıl yaptılar bana bunu? Nasıl yalan söylediler?

Üç kardeş değildik biz yani. Ben ortanca değildim. Ben babamın ortancası değildim. Düne kadar aynaya bakıp benzer bir parçamı aradığım kadın aslında bir yabancıymış. Her huyuma, her tavır ve davranışıma *aynı babası* diyenler meğer bana yalan söylüyormuş...

O bankta, oturduğum yerde parçalarıma ayrılıyordum.

Bir insan olmaktan çıkıyordum sanki. İt gibi, paçavra, çöp gibi, ayrık otu gibiydim...

Ve o sırada...

Perişan bir köpek gelip karşıma oturdu. Açlıktan bir deri bir kemik kalmış, tüyleri dökülmüştü. Dövmüşlerdi belli, ya diğer köpekler ya da içinde insanlıktan zerre taşımayanlar... Açık yaralarını yalamaya başladı bitkince.

Öyle çaresiz, öyle zavallı bakıyordu ki gözleri. Gözlerimin içine bakıyordu. Ta içine bakıyordu hem de.

Birbirimize baktık uzun uzun.

Şu kocaman dünyada o yaralı köpekten başka kimse anlamaz beni diye düşünmüştüm. Ben onu anlarım, o da beni...

Ağlamak değil, uluyarak, haykırarak içimden çıkarıp atmak istiyordum o acıyı.

Nasıl kalktım ayağa, nasıl yürüdüm, nasıl girdim o eczaneye bilmiyorum. Acımın ortağı o köpek de peşim sıra geliyordu. Eczaneden aldıklarım kucağımda, kaldırıma oturdum. Köpek de son gücüyle yanıma geldi. Konuşmadan anlaşıyorduk işte. Acıdan kardeş olmuştuk onunla. Oksijenli su, Batticon, merhem, ne varsa almıştım. Seve okşaya temizledim yaralarını. İnliyordu ama itiraz etmiyordu yaptığım hiçbir şeye. Antibiyotikli bir krem vermişti eczacı. Onu da sürdüm. Ben başını okşarken yere, ayaklarımın dibine yattı.

"Bekle, geliyorum," dedim.

Önüme çıkan ilk lokantadan bir tam ekmeğe iki porsiyon köfte koydurdum. O kadar açtı ki… Bir çocuğa, yaşlı bir insana yedirir gibi parça parça yedirdim o ekmekle köfteyi.

Köfteyi yedirirken babam geldi aklıma.

Mangal başında maşasını tıngırdatan, "Mangalcı başı Sadık"… Biz daha çok yiyelim diye ızgara etleri hep bize verip kendisi köfteyle mutlu olan üç kız babası Sadık Bey…

Yemeyip yediren babam.

Derya'yla bitlendiğimiz yıl sobalı banyomuzda saçlarımızı gazyağına bulayıp saatlerce tarayan, kova kova suyla, o mis beyaz sabunla yıkayan annem... Banyoda Zekiye ablanın çiçekli şalvarını giyip tabureye oturduğunda, "Sizi gidi bitliler sizi," diye şakalar yapan, saçlarımızdaki gazyağıyla beklerken bizi oyalamak için elindeki tasa vura vura *Arabamın isbiti, deh deh deh aman da / Dolaşalım Kepsut'u* türküsünü söylerken Derya ile ikimiz el çırparak ona eşlik edince daha da coşan güzel annem...

Birden düşündüklerime şaşırdığımı anımsıyorum. Niye aklıma böyle komik bir anı gelmişti ki şimdi? Niye o türkü? Niye öğretmen Nesrin Hanım çiçekli şalvarıyla banyoda kızlarını yıkarken belirdi gözümün önünde? Niye neşeli günler?

Ayaklarımın dibindeki yaralı köpek gözlerini kapayıp uykuya daldı.

Ona bakarken birden bir kapı açıldı sanki zihnimde.

Ve tuhaf bir yorgunluk çökerken içimdeki o hayvanın açılan o kapıdan çıkıp gittiğini hissettim. Ciğerimi parçalamayı bırakmıştı.

Ben bu yaralı köpeğin yaralarını temizlerken o benden vazgeçmişti...

Başka bir acı için ayağa kalkacak kadar güçlüydüm demek. Belki de böyle güçleniyordu insan.

Evet ya, ben bu garibanın yarasını iyi etmek için ayağa kalkabilmiştim.

Belki de...

Belki de Sadık Bey ve Nesrin Hanım da...

Annem ve babam da böyle ayakta kaldılar.

El kadar bir bebeğin kimsesizliğiydi onları ayağa kaldıran, birbirlerine yeniden bağlayan. Böyle dayandılar belki de bütün kırıkların, vazgeçişlerin ve suskunlukların acısına. Bize hiç anlatmadıkları bir başka geçmiş daha vardı ve kim bilir daha neler saklıydı orada...

Yağmur bulutları gün batmadan kararttı havayı.

"Ben gidiyorum," dedim köpeğe. "Ama yine geleceğim... Seni burada bırakmayacağım, söz sana..."

Son vapura bindim. Olup biteni anlamaya çalışıyordum. Ama içimde hâlâ eve dönme isteği yoktu. Kabataş'a gittim. Hava iyice kararmıştı. Yönsüz, amaçsızca yürümeye başladım. Beşiktaş'ta gittim, orada ne yapacaktım, neden oradaydım, hiçbir fikrim yoktu. Bir yufkacıya girdim. "Bir telefon açabilir miyim?" diye sordum. Adam hâlimden acıklı bir durum söz konusu olduğunu çıkarmış olmalı ki, "Tabii abla, gel şöyle. Ölüm kalım yok inşallah?" dedi. "Yok yok," dedim. Evi aradım.

Halam açtı telefonu. Sesimi duyduğunda, "Neredesin kızım sen? Ay, baban perişan!" diye feryada başladı ama konuşturmadım.

"Hala... Serdar'ı ara. Beşiktaş vapur iskelesinde Dönüş seni bekliyormuş de. Beni merak etmeyin. Ara Serdar'ı," dedim ve kapadım telefonu. Yufkacıya para vermek istedim ama almadı. Ben de ayıp olmasın diye üç tane yufka alıp çıktım.

İnce bir yağmur ve akşam trafiği başlamıştı. Ağır adımlarla Beşiktaş iskelesine gittim. Serdar gelir mi gelmez mi, halam ona ulaşabilir mi ulaşamaz mı, bilmiyordum. Birkaç saat beklerdim. Gelmezse Derya'ya giderdim. Söyler miydim acaba Derya'ya, babamın anlattıklarını?

Serdar gelmezse söylerim, gelirse söylemem, dedim kendi kendime.

Serdar geldi.

Derya'ya söylemeyecektim.

Telaşlıydı, ter içinde kalmıştı.

"Halan aradı. Nasıl çıktım evden, bilmiyorum. Allah'tan izin günümdü. Çok korktum. Sabah habersiz çıkmışsın. Bütün gün kimseyi aramamışsın. Dün Sadık amca içki içti diye kızmışsın galiba. Vallahi çok içmedi. İki duble ya içmiştir ya içmemiştir. Başka bir şey mi oldu?"

O an anladım ki, halam sırrımı mezara götürecek.

"Öyle çok şey oldu ki... Nereden başlasam bilmiyorum. Anlatırım ama... Bugün öyle bir gün ki... Sormasan, anlatmasam... Bu akşam ne olur sadece sen anlat, ben dinleyeyim," dedim.

"Tamam," dedi. "Tamam..."

Birbirimize baktık. Doya doya baktık. Bin yıllık baktık.

Sonra sarıldık. Bin yıllık sarıldık.

Bir zeytin ağacı gibi, bin yıl severek yaşamak her gün...[3]

Şiir değil gerçekti bu.

Sonra el ele tutuştuk.

Yağmur devam ediyordu.

Ne parkamız ne de öğrenci botlarımız vardı. Gençlik hayalime kavuşmam 15 yıl sürmüştü ama sonunda el eleydik.

Demek Serdar da beni seviyordu.

Evet, seviyordu.

Beşiktaş çarşısında küçük bir balıkçıya girdik. Serdar, halamı aradı. Merak etmemesini, yemekten sonra beni eve bırakacağını söyledi. Anlaştığımız gibi o anlattı, ben dinledim.

Onsuz geçen 15 yıl bir akşam yemeğine sığar mı? Sığmadı elbette...

Ama bana yazmıştı. Benden yanıt gelmese de yazmıştı. Üniversitenin ilk yılı biterken annesinin, "Dönüş'e mektup yazma oğlum. Ailesi istemiyor," dediğini söyledi. Hiçbir anlam verememişti buna ama beni zor durumda bırakmak istememişti. Mutlaka bir nedeni olmalıydı. Üstelik hiçbir yanıt yazmadığım için benim de istemediğimi düşünmüştü. Benden çok söz ettiği kuzeniyle birlikte beni görebilmek umuduyla iki günlüğüne Ankara'dan Ayvalık'a geldiğini, dolmuşta Derya'yı gördüğünü ama kardeşimin kendisiyle konuşmadığını söyledi. Bilmediği bir nedenle bir sorun olduğunu düşünmüş, anlam verememiş. Sonra gideceği gün beni görmüş karşı kaldırımda. Ama ben başımı çevirmişim. Yanıma gelmeye cesaret edememiş. Oysa o gün geçiverseydi yolun karşısına ya da seslenseydi bana... Başka mı olurdu her şey acaba? Hiçbir şey söylemedim Serdar'a. *Seni gördüm, utandım, beni görmediğini sandım, demek o kız kuzenindi, ah, şimdi ne mutluyum bilsen* diyemedim. O ise bunları bilmeden anlatmaya devam ediyordu. Ailesinin Ankara'ya taşınması, babasının hastalığı, annesinin kendine kurduğu kapalı dünya, yaz okulları için önce İngiltere'ye, ardından Almanya'ya gidişleri, Ankara'da bitmeyeceğini sandığı fakülte yılları, hayatına giren kızlar...

Ne çok şey anlattı.

Okuduğu kitaplarda, şiirlerde hep bir eksik varmış adını bildiği ama bir çocukluk anısı olarak sakladığı...

İstanbul'a geleli çok olmamış. Halamla karşılaşınca çok şaşırmış ve çok sevinmiş. Bize geldiği sabah beni gördüğünde kalbi okul çıkışlarındaki gibi çarpınca, eksiğinin bir çocukluk anısı olmadığını anlamış.

Bir süre önce ayrıldığı kız arkadaşıyla bir dargın bir barışık geçen zamanı düşünmüş bizden çıktıktan sonra. Benim hayatıma giren biri oldu mu diye merak etmiş. O bunları düşünürken Kartal abi aramış, yemeğe davet etmiş. Çok şaşırmış ama hemen kabul etmiş. İşten çıkıp gittiği için biraz gecikmiş. Ama babamla Kartal abi o gidene kadar muhabbeti koyultmuşlar zaten. Serdar hemen katılmış onlara. Babam laf arasında hayatıma kimsenin girmediğini söyleyince kendini çok kötü hissetmiş ama garip bir biçimde çok sevinmiş. Kendi de şaşırmış buna ama sevinmiş işte. Sonra babam, Mesut'u Cunda'da bıraktığı için duyduğu vicdan azabından söz etmeye başlamış. O kadar üzgünmüş ki, hayatının bundan sonrası için umutlu olmakta güçlük çektiğini, yaşlılığın en çok bu güçsüzlük hissi nedeniyle ağır geldiğini söylemiş.

Serdar konuşurken bir gece önce kendimle ilgili öğrendiğim o ağır gerçek, bir kenara geçmiş, düşünmem için sırasını bekliyordu. Sanki etime saplı bütün o cam kırıkları dökülüp gitmiş, hiç acım, kederim yokmuş gibi anlattıklarını dinliyor, bir dargın bir barışık yaşadığı eski kız arkadaşını merak ediyordum. Nasıl biriydi? Kimdi? Nasıl öpmüştü Serdar'ı? Tatile gitmişler miydi birlikte? Ankara'da, hayalimdeki o güzel yeri o kız mı almıştı hayatında? Hâlâ arıyor muydu Serdar'ı? Hâlâ seviyor muydu?

Serdar eski Serdar değildi ama ne güzel yaş almıştı...

Saatler su gibi aktı, masalar boşaldı. En son biz kalktık. Yağmur dinmişti. "Seni eve bırakayım," dedi. "Ben giderim, sen boşuna geçme karşıya," dedim. "Ne çabuk İstanbullu olmuşsun sen? Kızı evine bırakmamak da neyin nesi?" dedi gülerek. Taksiye bindik. Elimi tuttu. Onca yıl sonra ilk kez elimi tuttu. Hiç konuşmadık. Arabanın camları buğulanmıştı. Taksici radyo dinliyordu. Eski bir şarkıydı çalan.

Köprüden geçiyorduk. Işıklar içindeki İstanbul'a bakıyordum. Tek bir şey söylemek gelmiyordu içimden. Sadece doya doya ağlamak istiyordum. Serdar elimi sıktı. Yüzümü kendi yüzüne çevirdi. Dolan gözlerimi görmesin diye başımı çevirmek, gözlerimi kaçırmak istedim. İzin vermedi.

Yüz yüzeydik. Göz göze...

"Sözün şiirlerin mükemmelidir
Senden başkasını seven delidir..." [4]

Şiirler, şarkılar, kentler, ışıklar, anneler, babalar... Hepsi bizim yerimize konuşmuştu bugüne dek. Yine onlar konuşuyordu. İçimde ne varsa taksiyi dolduran şarkıdan dökülüyordu. Serdar gözümden düşen damlayı tuttu.

"Sabahattin Ali," dedi.

"Sabahattin Ali," dedim.

Başımı omzuna yasladı. Eve gidene dek hiç konuşmadık. Taksiden inip kapıdan girmemi bekledi. Hiç girmek istemiyordum o kapıdan içeri. Ama mecburdum. "İyi geceler," dedim.

Serdar gitti ve ben yine yalnız kaldım. Kendime onu sevmek için öyle bir koza örmüştüm yıllar içinde. O olmayınca yaşadığım yalnızlığı korumuş, kimseyi oraya sokmamış, kendi bildiğimce sevmiştim onu. O çok iyi bildiğim yuvanın içinde ondan uzakta, kendimce güvendeydim.

Kapıdan içeri girdim ama ayaklarım gitmiyordu. Bir süre, elimde anahtar, karanlıkta evi dinledim. Buzdolabının sesi duyuluyordu sadece. Babam ve halam ya uyumuşlardı ya da onları görmek istemediğimi ikisi de biliyordu. Odalarına çekilmişlerdi. Belki onlar da benimle konuşacak gücü bulamıyorlardı kendilerinde.

Ayaklarımı sürüyerek odama girdim. Bütün bedenim ağrıyordu. Elim kolum tutmuyordu. Kalan son gücümü Serdar'ın yanında kullanıp tüketmiştim. Onunlayken bir kenara ittiğim, düşünmeyi ertelediğim o sıkıntı geri gelmişti. Ama düşünmek istemiyordum. Babamın söylediği o sözleri aklıma getirmek istemiyordum. Üzerimdeki ceketi bile çıkarmadan yatağın üzerine kıvrılıp uyumuşum.

Ertesi gün uyandığımda halam baş ucumdaydı.

"Saat bir oldu kızım. Hâlâ yatıyorsun. İyi misin?"

"İyiyim, uyuyacağım, bırak sen beni."

"Üzerini çıkar bari, böyle örtüsüz, ceketle pantolonla uyunur mu?"

Cevap vermedim. Arkamı döndüm. Uyumuşum.

Gözümü tekrar açtığımda gece olmuştu, ablam başımdaydı.

"Dönüş, canım benim, neyin var senin? Babam çok üzgün. Allah aşkına bir tanem. Hasta mı oluyorsun? Yoksa Serdar bir şey mi dedi? Ne oldu? Bugün iki kez aramış halamı. O da merak ediyormuş seni. Bir şey yiyip içmeden yatıyorsun. Bir doktora, hastaneye gidelim mi?"

"Yok ablacım. Önemli bir şey yok. Kırıklık var üzerimde. Kalkamıyorum."

Ablam başımı okşadı. Hiçbir şey söylemedi. Şimdi anlıyorum ki, yaşadığı onca tecrübeyle, bir fırtınanın içinden geçtiğimin farkındaydı. Serdar'ı yıllar sonra görmeme yoruyordu muhtemelen. Oysa hâlâ kaçıyordum gerçeğimden. Ne annemi babamı, ne Serdar'ı, ne Serdar'ın aşklarını, ne de acı sandığım ama son yaşadığımın yanından geçmeyecek eski anıları düşünmek istiyordum... Sadece uyumak istiyordum. Ablam başımı okşayarak elimden tuttu, zorla ayağa kaldırdı. Üzerimdeki ceketi, pantolonu, gömleği çıkardı. Küçük bir çocukmuşum gibi pijamalarımı giydirdi. Bir bardak süt getirmiş, zorla içirdi. Yatağa yatırıp yorganımı örttü. "İstediğin kadar uyu. Geçince kalkarsın," dedi. Kapımı kapatıp çıktı. Uyumuşum.

Gün doğarken uyandım. Kapımın altına bırakılmış bir not buldum. Halamın tombik el yazısını tanıdım.

"Serdar merak etmiş. Bu numarası. Kalkınca ara. Gülce seni soruyor. İstersen bugün bir gör. Baban çok üzgün. Çünkü o senin baban. Ben de halanım."

Kendi kendime güldüm. Güldüğümü fark edince şaşırdım. Üzerimde demir bir zırh gibi beni sarmalayan o öfkeyi aradım ama yoktu. Sadece bir kırgınlık, bir sızı, et kesmesi gibi bir acı vardı yerinde...

Yatağa oturdum. Pencereden yavaş yavaş odama dolan güneşi izledim. Bu öğrendiklerimden sonra annem şimdi şu kapıdan içeri girse ne yapardım? Babama bir şey olsa, Derya'ya, ablama? Ne yapardım? 32 yıldır bildiğim, kızdığım, kırıldığım bu insanlardan başka kimi sevmeyi biliyordum ki? Kim Derya'nın yerini tutabilirdi benim için? Seçme hakkım olsa yine annemle babamı seçmez miydim? Seçerdim. Her şeye, her şeye rağmen... Ama bu öyküyü öğrenmek istemiyordum. Nedeni, nasılı beni ilgilendirmiyordu. Konuşulursa taşıyamazdım devamını, biliyordum. Bunu kimse ama kimse bilmemeliydi. Ne ablam ne Derya...

Şimdi, şu an, kalemi bir an bıraktım ve düşündüm. Hazmedebildim mi? Hayır. Kısmen kabullendim. Belki anlayabildim. Annemi ve babamı... Ben olsam onların yerinde, farklı bir şey yapar mıydım? Bilmiyorum.

Herkesin, hepimizin bir sevme şekli var. Onlar da en iyi bildikleri yöntemle sevdiler beni. Kendi çocuklarından hiç ayırmadılar. Öyle ki, Derya'nın ablamla birlikte beni koruyan, bu ailenin içine kaynaştıran bir kalkan olarak dünyaya geldiğini bile düşünüyorum. Belki sırf bu yüzden annem onca yıl sonra bir çocuk doğurdu. İkisinin arasında gerçekten onların çocuğu oldum. Bunun aksini bana bir gün bile yaşatmamış bu iki insana artık öfke duymuyorum elbette. Yine de bu hikâyenin aslını öğrenme konusunda hiç istekli olmadım. Ne Amerika'da yaşadığı rivayet edilen o adamı ne de ailesinden kaçıp yerleştiği küçük şehirde beni doğururken ölen o genç kadının hikâyesini merak ettim. Onları yok saymak, hayatımın eskisi gibi devam edebilmesi için tutunduğum bir daldı belki de. *Çalıkuşu*'nun âdeta modern versiyonu ve bir çeşit devam filmi sayılabilecek hayat hikâyem, izleyici olsam salonu terk ettirecek kadar rahatsız ediyordu beni. O sabahtan itibaren bu hikâye benim için kapandı.

Aldığım karar beni bir parça rahatlatmıştı. Hızla üzerimi değiştirdim, yüzümü yıkadım, mutfağa indim. Çay koydum. Saate baktım, Serdar uyanmış olmalıydı. Numarasını çevirdim. İkinci çalışından sonra açıldı. Sesimi duyunca önce telaşlandı, kibarca sitem etti aramadığım için ama sonra rahatladı.

"Üşütmüş olmalıyım o gece. İyiyim şimdi," dedim. Önümüzdeki birkaç gün çok yoğun olduğunu ama hafta sonu için mutlaka şimdiden söz istediğini söyledi. "Tabii ki," dedim. Sesi mutlu geliyordu. O sesi duyunca birden ben de mutlu oldum.

Kahvaltı masasını hazırladım. Bakkaldan taze ekmek ve gazete aldım. Eve döndüğümde halam uyanmıştı, banyoda elini yüzünü yıkıyordu. Babamın kapısını tıklattım. Ses vermesini beklemeden açıp girdim. Belli ki çoktan uyanmış ama kalkmak istememişti. Beni görünce yüzü güldü.

"Kahvaltı hazır babacım, haydi çaylarınızı koyuyorum," dedim.

"Tamam, geliyorum kızım," dedi sevinçle.

Çıkıyordum ki, "Dönüş..." diye seslendi...

Ah, o sesi, "Dönüş" derken içine sığdırdığı bütün o güzel sözler, anlar...

"Efendim babacım?"

"Seni kimselere değişmem. Değişmedim. Sen en çok bana benzeyen, bana çekensin!"

"Biliyorum."

Birbirimize gülümsedik. Sarılır gibi gülümsedik.

"Ben babamın kızıyım. Bu sırrı ne Derya bilsin ne de ablam. Bir tek halam... Sonra en çok beni seviyorsun diye üzülürler. Tamam mı?"

"Tamam... İstediğin zaman konuşuruz."

"İstemem... Hiçbir zaman istemem. Benim annem Nesrin, babam Sadık."

Güldü. O her güldüğünde nasıl mutlu oluyorsam yine öyle mutlu oldum.

Halam kahvaltı masasını hazır, beni ayakta görünce bir an duraksadı. Ama o kıvrak tavrıyla sanki hiçbir şey olmamış, son üç dört gün hiç yaşanmamış gibi filmi başa sardı.

Ve biz üçümüz, o geceyi hayatımızda hiç yaşanmamış saydık.

"Sana bir cep telefonu mu alsak?" dedi halam kahvaltıda reçeli kaşıklarken.

"Ne yapayım cep telefonunu hala? Çalışan insan mıyım ben?" dedim. O zamanlar cep telefonları yeni yeni yaygınlaşıyordu. "Hem o kadar para verilir mi bir alete? Kaybolur maybolur, düşer kırılır. Gereksiz bize," dedim.

"Hayır, yani arayan soran olunca evde santral memuruna dönüyorum. Herkes direkt kendi görüşse diye dedim. Herkes kendi konuşsun, sevenler kavuşsun yani!"

Babamla kahkahayı patlattık.

Belki de haklıydı. Birkaç gün sonra Serdar ben pazardayken aramış. Telaşe memuru halam, "Ay, çocuk çok da heyecanlıydı!" diye açtı kapıyı. "Hemen ara, önemlidir belki!" Torbaları elimden alıp telefona doğru ittirdi beni.

Aradım. "Bu akşam Sadık amcayla ikinizi bana bekliyorum. Saat sekizde bende olun," dedi. Adresi yazdırıp tarif etti.

Halam merakla, "Ne diyormuş?" diye yanıma geldi.

"Babamla ikimizi evine davet ediyor," dedim.

"İkinizi?"

"Evet."

"Sadece ikinizi?"

"Evet hala."

"Hımmm... Peki."

Halam davet edilmediği için enikonu bozulmuştu. Ama Serdar ısrarla, "Babanla ikiniz," demişti. "Halam da gelsin," diyemezdim ya.

Saatler ilerledikçe halam ciddi ciddi hastalanmaya başladı. Migreni tuttu. İnce ince söyleniyordu. Serdar'ın onu dışladığını düşünüyordu. Oysa halam onun için ne kadar uğraşmıştı, gitmiş onu bulmuş, çağırıp sofralar kurmuştu. Öğleden sonra baktım ki olacak gibi değil, Serdar'ı aradım gizli gizli. "Çabuk halamı da ara, davet et," dedim. Sonra da mutfağa koştum. İki dakika içinde telefon çalmaya başladı. "Hala, elim bulaşıkta, telefona bakar mısın?" diye seslendim.

Bizimki başını bağlamış, "Tabii, Nezahat sekreteriniz sizin. Her işinizi halanız görsün. Zavallı hala, kadersiz Nezahat," diye söylene söylene gitti telefona.

Önce gayet bozuk açtı, Serdar'ın olduğunu anlayınca daha da soğuk bir sesle, "Efendim evladım?" dedi.

Serdar artık ona neler dediyse, "Ay, çocuğum hiç olur mu, aşk olsun! Ben seni ne kadar sevdim, biliyorsun. Ay, aklıma bile gelmedi öyle bir şey halacım. Bizim de bir ahbabın oğlunun sünnet düğünü vardı, ona gidecektim akşam ama iptal ederim artık. Ay, tabii çocuğum, ne demek. Var mı evladım bir isteğin? Ben pişireyim bir şeyler, sen uğraşma, gelirken getirelim. Ay, öyle mi, tamam yavrum, Allah'a emanet ol çocuğum," diyerek kapadı telefonu.

Sonra koştura koştura yanıma geldi. "Önce saçımı sarayım, sonra da iki dakikada yaprak saralım. Yetişir mi?" diye sordu.

"Gel beraber kuaföre gidelim. Fön çektirelim. Yoldan da bir börek alırız," dedim ve aklıma çantamdaki yufkalar geldi. Kaç gündür orada duruyorlardı. Ne düşünmüştüm de almıştım onları acaba? Buzlukta daha önce sardığım sigara börekleri vardı. "Onları alırız yanımıza, orada kızartırız," dedim ama beni mutfak döngüsünde kendine benzeten halama sinirlendim birden.

"Ya illa bir şey götürmek, pişirmek zorunda değiliz hala! Hadi hazırlanalım," dedim.

"Doğru diyorsun vallahi," dedi.

Sekizi biraz geçiyordu ki, Serdar'ın oturduğu apartmanın önüne gelmiştik. Teşvikiye'de, eski bir apartmandı. Halam kafesli asansöre bayıldı. Babam gayet mutlu, tebessüm ediyor, bizim sohbetimize pek katılmıyordu.

Yıllar sonra ilk ve tek aşkımın evine halam ve babamla gelmek de varmış kaderimde, dedim kendi kendime. Serdar kapıyı gülerek açtı. Kocaman bir salona girdik. Sade ama çok şık döşenmişti. Beyaz keten örtü serili yemek masasına tabaklar ve bardaklar özenle yerleştirilmişti. Vazoya taze çiçek bile konmuştu.

"Masayı hazırladım ama yemeği dışarıdan söyleyeceğim. Bugün halama da söz etmiştim, burada çok beğendiğim bir yer var, muazzam balık hazırlayıp gönderiyorlar. Salatası filan hepsi geliyor. Ben getirin diyeceğim, sıcak sıcak gelecek," dedi.

Koltuklara oturduk.

Serdar, "Sadık amca sizde kalp, damar rahatsızlığı yok, değil mi?" diye sordu birden.

"Yok çocuğum. Çok şükür şu ana kadar bir sıkıntım olmadı."

"Maşallah, maşallah, çok iyi..."

"Yüksek tansiyon, strese bağlı şeker?"

"Şeker yok ama tansiyon maalesef..."

"Alıyor muyuz ilaçlarımızı? Bugün aldık mı?"

"Evet, aldım..."

"Maşallah, çok iyi! Düzenli kullandığınız bir ilaç var mı, tansiyon ilacınız dışında?"

"Yok çocuğum. Hayırdır? Ona göre mi yemek söyleyeceksin?" dedi babam gülerek.

Serdar da güldü. "E, tabii... Bilmekte fayda var her detayı. Siz orada rahat mısınız? Şu geniş koltuğa geçseniz?"

Halamla ikimiz Serdar'ın babama gösterdiği aşırı ilgiyi izliyor, nedenini anlamaya çalışıyorduk. Serdar, babamı geniş koltuğa oturttu. Bizim oturduğumuz yerleri de beğenmedi. Beni babamın yanına oturttu. Halamı yan tarafa geçirdi. Sonra elini beline koydu. Hepimizi son kez kontrol etti, "Şimdi geliyorum," dedi ve koridorda kayboldu. Gülerek birbirimize baktık.

Babam, "Çok heyecanlı çocuk," dedi.

Uslu uslu, Serdar'ın bizi oturttuğu koltuklarda onun gelmesini bekliyorduk ki, koridordan başka biri çıkıp geldi.

Yavaş adımlarıyla bize doğru ilerleyen adamı gördüğünde babam hüngür hüngür ağlamaya başladı. Ayağa kalktı. Hiçbir şey söylemeden kucaklaştılar. İkisi de ağlıyordu.

Sadece ikisi mi? Serdar kapıda, ben oturduğum yerde, halam ayakta... Hepimiz ağlıyorduk.

Babam, "Oğlum, Mesut'um!" diyordu hıçkırıklar içinde. Mesut burnunu çeke çeke, "Müdür Baba, ben geldim," diyordu.

Bir süre öyle ağlaştılar. Serdar, babamla Mesut'un kollarından şefkatle tutup koltuğa oturttu. Mesut kafasını babamın kucağına gömmüştü. Babam iki koluyla Mesut'u sarmış, "Beni affet oğlum. Beni affet, seni getiremedim buralara. İmkânlarım el vermedi. Hep seni düşündüm. Hep merak ettim. Ben gelecektim senin yanına. İnan gelecektim. Ben seni çok özledim!" diyordu ağlayarak.

Serdar, babamın yanına diz çöktü. "Bu kocaman evde yalnız başıma yaşıyorum. Düşündüm de, Mesut'la ikimiz, bu evde iki bekâr yaşar gideriz. Sadık amcam da Mesut'u daha sık görür böylece..."

Babam, Serdar'a sarıldı bir koluyla. Saçlarını öptü.

"Teşekkür ederim oğlum. Çok teşekkür ederim Serdarım. Beni nasıl bahtiyar ettiğini bir bilsen..."

Babama, Mesut'a ve Serdar'a bakarken bunca yıl boyunca neden bir başkasını sevmediğimi, sevemeyeceğimi anladım. Çünkü ben dünyayı ve insanları Serdar gibi sevebilen birini daha görmemiştim. Bu yüzden o benim ilk ve tek aşkım olarak kalacaktı hep.

Mesut ve babam o gece neredeyse hiçbir şey yemediler. Gecenin sonu geldiğinde ikisi de ayrılmak istemedi birbirinden. Babam boynunu büküp halama baktı, "Yer yatağı filan yapsak," dedi.

"Ay, abi! İnsanın kalpsiz olması lazım yani! Ne demek? Ben Dönüş'le yatarım. Ya da Dönüş benle yatsın, ben yerimi yadırgarım, Mesut da Dönüş'ün yatağında yatar." Sonra açıklama yapma ihtiyacıyla Serdar'a dönüp "Bizim ev çok küçük ya yavrum. Yatılı biri gelince mecbur birimizden biriyle yatması lazım. Vallahi abimin yattığı odayı görsen, küçük, yüklük gibi bir şey. Ben gelin oldum, o eve geldim.

Ay, gözlerime inanamamıştım. *Beni dolapta mı yatıracak bunlar*, dedim. Ama senelerce mutlu mutlu yattım o dolapta. Çok severdim kocamı. Allah rahmet eylesin, mekânı cennet olsun inşallah. İnsanın kalbi büyük oldu mu, fındık kabuğu bile saray olur ona. Abimler geldiğinde ne yapacağımızı bilemedik. Mesut yani o yüzden orada kaldı. Yani öyle böyle sığıp sığıştık işte..."

Halama sarıldım. Anlıyordum, babam her "Mesut" dediğinde kendini sorumlu hissediyordu. Ne yapacağımızı bilemeden, bir hâli yolu bulunur diye misafir geldiğimiz evde yıllarca yaşamıştık. Babam, "Mesut da gelsin mi?" diye soramamış, halam da o küçük evin içinde yaşamanın güçlüğünden, "O da gelsin," dememişti. Aralarındaki bu sessiz gerilim o gece nihayete ermişti.

Serdar, babamı mutlu etmek için bir nöbet çıkışı arabasına atlamış, kendisiyle yaşaması için alıp gelmişti Mesut'u ama o geceden sonra babamla ikisini ayırmak mümkün olmadı elbette. Mesut benim odamda yattı ilk gece. Ben de halamın yanında... Ama horultusundan uyuyamadım.

Odanın kapısını açtığımda, yemek masamızın da olduğu küçük holde Mesut'u babamın kapısında sandalyede otururken gördüm.

"Ne yapıyorsun Mesut?" diye fısıldadım.

"Müdür Babamı bekliyorum," dedi.

Olan olmuştu artık. Bunu zaten biliyordum da, nasıl bir çözüm bulsam diye düşünüyordum. Ben de bir sandalye çekip karşısına oturdum. O hol, dış kapının ve bütün odaların açıldığı küçücük bir yaşam alanıydı. Alt katta sadece mutfak, tuvalet ve banyo vardı.

İkisi benim odama geçse, yer yatağı bile sığmazdı oraya. Aynı yatakta mı yatacaklardı yani? Ama halamın odasını da elinden alacak değildik ya! Yapacak bir şey yoktu, benim odaya geçeceklerdi. Mesut yerde iki büklüm olacaktı, ona da kıyamıyordum ama başka bir çözüm de bulamıyordum.

Odama geçip yere yorganı serdim. Mesut'u oraya yatırdım. Babamı uyandırdım. Adamcağız korktu ama uyku sersemi ne dersem yaptı. Gitti benim yatağıma yattı. Üzerlerine birer battaniye örttüm. Mesut çok mutluydu. Kıvrıldığı yerden babama bakıyordu. Kapıyı aralık bırakıp çıktım. Ben de babamın dolap-odasına girip onun yatağına yattım. Babamın uyku kokusu sinmişti yatağına. Çocukluğumdan bu yana ciğerime çektiğim "Babam!" kokusu...

"Benim babam sensin," dedim yastığına.

Tam uykuya dalıyordum ki, tıkırtılar duydum, fırladım yerimden. Babamla Mesut karanlıkta mutfağa inmenin yolunu arıyorlardı. Işığı açtım. Ev sahibine yakalanmış hırsız gibi zıpladı ikisi de.

"Halan çok horladı da... Uykumuz bölününce acıktık biz," dedi babam.

"Siz oturun, ben şimdi getiriyorum bir şeyler," dedim.

Mutfakta tepsiye peynir zeytin koyarken, *yeni dönem hayırlı olsun*, diye düşündüm.

*

Ama bu yeni dönem de çok uzun sürmedi...

Türkân ablam düğün gecesinin sonunda elindeki çiçeği kimseye atmadı. Bana döndü ve elime tutuşturdu. O kadar şaşırıp utandım ki... Ben çiçeğe aptal aptal bakarken salonun ışıkları karardı.

Orkestranın az önce ayrıldığı sahneye bir perde indi ve Ayvalık'ın eski bir fotoğrafı düştü perdeye.

Hümeyra'nın sesinden üç kardeş çok sevdiğimiz şiirin şarkısı başladı…

"Yeni bir ülke bulamazsın, başka bir deniz bulamazsın.
Bu şehir arkandan gelecektir.
Aynı mahallede kocayacaksın,
Aynı evlerde kır düşecek saçlarına
Dönüp dolaşıp bu şehre geleceksin sonunda
Başka bir şey umma."[5]

Perdeye düşen her fotoğraftan sonra salondan alkışlar, ıslıklar yükseliyordu. Sakarya İlkokulu, postanenin lokali, Berk Oteli, Saatli Cami, Ege Plajı, Cunda Köprüsü... Hasan amca, İsmet amca, babam, doktor Metin amca, Köfte Nurettin... Annelerimiz, biz, çocukken, büyürken... Serdar ve ben. İlkokul üçüncü sınıfta yerli malı haftasından çekilmiş bir fotoğraf, yan yana gülen iki çocuk...

Şarkı bitti, salonun ışıkları açıldı. Ablamın yanında elimde çiçekle ayakta duruyordum. Ablam kolumdan tutup sahneye doğru götürdü beni.

Serdar geldi yanıma. Elimden tuttu.

Işık vurduğu için belli belirsiz görünen çocukluk fotoğrafımızın önündeydik...

"Dönüş... Bu hatıralar, bu şehir, bu sokaklar, bu şarkılar biz kavuşmadan tamamlanmayacak bence içimizde. Benimle evlenir misin?" dedi.

Herkes ayaklandı, herkes...

Sadece başımı sallayabildim.

Ağlamanın mutluluktan kaynaklandığı o anları anlatabilmekte üzüntülerimi aktarabilmek kadar başarılı değilim galiba. Ne tuhaf... İnsan üzüntüsünün, acılarının üzerine düşündüğü kadar düşünmüyor mu acaba mutlu olduğu anları? Ya da mutsuzluğun ve mutluluğun zaman akışı aynı değil. O yüzden, mutsuzken akmayan zaman, mutluyken bir çırpıda geçiveriyor.

O gece sanırım tam da buydu yaşadığım. Hızlı bir trende kahkahalar atarak yol alıyordum ve çevremdeki o eşsiz insan yüzlerini, kokuları, müziği, sesleri sanki hayal meyal görüyordum. Serdar'ın beni kucaklamasının ardından Türkân ablam ve Derya'nın bana sarıldığı o anı unutmam ise mümkün değil.

İşte o asla yanmayacak, yıpranmayacak, unutulmayacak bir fotoğraf.

Defne güller açan yanakları ve o güzelim pembe elbisesi içinde yanıma gelip "Evet demeyecek misin teyze?" diye sormuştu tüm çocuk saflığıyla.

"Evet dedim ya," diye verdiğim yanıt karşısında, "Ama biz duymadık ki," dedi aynı naiflikle. Türkân ablamla göz göze geldik. Ablam, Serdar'ın bıraktığı mikrofonu alıp

"Herkesin iyice anlaması için mikrofonda evet de bakalım," diyerek bana uzattı.

Ah, nasıl bir utanç yaşadım önce... Ama şimdi yazarken gülümsüyorum tabii ki. Sonra bir cesaret geldi, alıverdim ablamın elinden mikrofonu.

"Biz özleye özleye kavuştuk birbirimize. Birbirimizi sevmekten çok, hayatı sevmeyi öğrendik birlikte. Biliyor musunuz, üçüncü sınıfta karar vermiştim Serdar'la evlenmeye. Temizlik kolu seçildiğimiz gün. Hayalim şuydu. Evlenecektik ve evimizi beraber temizleyecektik."

Salondan kahkahalar yükseldi. O kahkahalara ben de eşlik ettim ama gözlerimden bir iki damla yaş da düştü o sıra.

"Üstelik Serdar'ın bundan hiç haberi yoktu. Biz hiç konuşmadan söz vermişiz meğer birbirimize. Birlikte büyüdük. Her şeyi konuştuk ama aşktan hiç konuşmadık. Birlikte izlediğimiz bütün filmler, şarkılar birbirimize verdiğimiz bütün kitaplar zaten aşkımızmış bizim... Ben ona dokuz yaşındayken kalbimden evet demiştim. Şimdi sizin önünüzde, verdiğim o sözü tutuyorum. Ben seninle evlenirim evet, sen de benimle evimizi temizler misin?"

Serdar alkışlar ve kahkahalar içinde, "Evet!" diye bağırdı. Sonra bana sarılıp "Elektrik süpürgesinin yardımı olan her iş benden, ama cam silmem, ona göre!" dedi.

Ablamların düğünü, bitmek üzereyken bir iki saat daha uzadı ve bizim nişanımız da kutlanmış oldu böylece.

Oğlumuz Can, evliliğimizin ilk yılını kutlarken kucağımızda gözlerini dünyaya birkaç hafta önce açmış bir bebekti. Biz Teşvikiye'deki evdeydik artık, babamla Mesut, halamın evinde... Hayatımızın asıl yeni dönemi böylece başlamış oldu.

Babam ve Mesut dışında halamın evinin nüfusuna ablamın düğününden önce yeni biri daha katılmıştı.

Babamla Mesut'un mutluluğu o kadar bulaşıcı, o kadar hayat vericiydi ki. Onları izlerken bütün tasaları, aksilikleri kolaylıkla unutuyor, hayatın normal akışı içinde ablamın düğün hazırlıklarına neşeyle eşlik ediyordum.

Halamı dinlemiş, ben de bir cep telefonu almıştım. İki üç gün olmuştu ama o telefon hiç susmuyordu. Halam bayılmıştı bana her dakika ulaşabiliyor olmasına.

"Yavrum süt bitmiş, gelirken alıver."

"Dönüş kızım, kim geldi bugün biliyor musun, yok mu bizim Edremitli Sare? Ablanın arkadaşıydı hani. Hah, onlar..."

"Çocuğum gelirken ıspanak al, limon al, yoğurt al."

Bir gün, "Aaa, hala bakkal çırağına çevirdin beni. Yaz listeyi alayım hepsini!" dedim diye küstü. Artık gönlünü alana kadar uğraş dur.

Neyse, işte cep telefonumun asıl harika yanı ve esas amacı bana Serdar'ın kolay ulaşabilmesiydi. Ablamın yeni evini yerleştirmekle uğraştığımız günlerden biriydi. Serdar, "İş çıkışı buluşalım mı?" diye aradı. "Üstüm başım perişan, pek dışarı çıkacak hâlim yok," dedim ama, "Olsun, ben de işten çıktım, öyle rahat bir yere gideriz," dedi. Sevinçle kabul ettim.

Beşiktaş iskelede buluştuk yine.

"Şurada muazzam bir köfteci var, hadi gel oraya gidelim," dedi ve ben zınk diye kalakaldım. "Ne oldu?" diye sordu telaşla Serdar.

Nasıl anlatsam diye düşündüm... Nereden başlasam...

"Bir şey yok, korkma," dedim. Yürürken anlatmaya başladım.

"Seninle burada buluştuğumuz o yağmurlu akşamı hatırlıyorsun... Sana pek bir şey anlatamamıştım. Hem seninle yıllar sonra karşılaşmak hem de babamın seninle buluştuğu akşam evde konuştuğumuz bazı şeyler beni çok sarsmıştı. O gün evden çıktım ve bütün gün Heybeliada'da bir bankta oturdum. Çok karışıktı kafam, çok kötüydüm. Neyse, bunların şimdi çok önemi yok... Fakat ben o bankta öyle bedbaht otururken yaralı bir köpek geldi karşıma. Dövmüşler mi, dövüştürmüşler mi, bilmiyorum ama hayvan çok perişandı. Eczaneden bir şeyler aldım, yaralarına sürdüm, bir şeyler yedirdim. Geri geleceğim, demiştim ama ben o köpeği orada unuttum Serdar. O gün ona köfte yedirmiştim. Şimdi sen köfte deyince... Nasıl unuttum ben diye kızdım kendime."

Serdar durdu. Saatine baktı.

"Bu saatte gidemeyiz. Şimdi sen o köfteyi de yiyemezsin. Ben sana başka bir şey ısmarlarım. Yarın çalışıyorum ama pazar günüm boş. İstersen Sadık amcayla Mesut'u da alıp birlikte gideriz. Köpek hâlâ oradaysa bir veterinere götürür gösteririz."

"Kaç gün oldu Serdar... Ya öldüyse?"

"Tamam, şimdi bilemediğimiz bir durum için üzülme. Gidip bakacağız. Şu an yapabileceğimiz bir şey yok. Gitmek istesek karanlık oldu, bulmamız güç. Sen şimdi güzel bir yemek ye. Şu anı kaygıyla, pişmanlıkla bozma. Beni de üzme. Sana söz, pazara oradayız."

Ah, benim canım Serdarım. İçimi ferahlıkla, iyilikle dolduran sevgilim, arkadaşım. Çok neşeli olmasa da, yine de hem bir şeyler yedik hem konuştuk. Bu sefer hep o sordu, ben anlattım. Ölenlere, gidenlere üzüldük beraber. Gülüştük eski anılara.

Cumartesi yine ablamın evindeydim. Müthiş bir enerji gelmişti bana. Neşeyle, bir süper kahraman gibi koşturup duruyordum.

"Aşk ne güzel şey," diyordu ablam gülerek. Evi iyiden iyiye toparlamıştık. Çok ama çok güzel bir ev olmuştu. Derya ancak geceleri uğruyor, bize bir iki fikir veriyordu. Derya belediye başkanı Fatma Girik, halam zabıta Osman gibi evin içinde bize, "Onu öyle yapın, bunu böyle yapın," dedikçe ablam gülüyor, "Tamam başkanım, tabii," diyordu. Derya, halamı görevlendiriyordu hemen: "Bunlar unutur hala, sen kontrol et mutlaka."

Halam elinde toz bezi, neredeyse hazır ola geçerek "Hiç merak etme," diyordu görev bilinciyle.

Güle oynaya çiçek gibi bir ev yaptık ablama. Kartal abi hiçbir şeye karışmıyor, memnuniyetle izliyordu çalışmamızı.

Sonunda pazar sabahı Serdar gelip beni, babamı ve Mesut'u aldı. Şansımıza güneşli, güzel bir hava vardı. Halam, ablamın evindeki vazifeleri nedeniyle bize katılmadı. Vapura bindik. Mesut ilk kez vapura bindiği için çok sevinçliydi. Babama köpeğin hikâyesini anlatmıştım, o da çok üzülmüştü. Zaten onun bu hikâyeyi duyup da ilgisiz kalabilmesi mümkün değildi.

İnşallah ölmemiştir, diyordum içimden. Vapur Heybeliada İskelesine yanaştı. İndik. Serdar, "Nerede görmüştün?" diye sordu. Oturduğum bankı gösterdim.

"Siz orada biraz oturun, ben de civar esnafa sorayım."

Banka doğru yürüdük. Babam, Mesut ve ben yan yana oturduk. Henüz oturmuştuk ki, benim yaralı topallayarak çıktı ortaya. Ah, nasıl bir sevinçle yerimden fırladım. O da beni tanımış olmalı, aynı sevinçle kuyruğunu sallıyordu. Açık yaraları kısmen iyileşmişti. Biraz daha toplanmış gibi görünse de hâlâ bir deri bir kemikti. Üçümüz hayvancağızın başında diz çökmüşken o birden Mesut'a döndü ve ona yanaşıp koklamaya başladı. Mesut korkacak diye düşündüm ama tam tersine, köpek Mesut'un ellerini yalıyordu kuyruğunu sallayarak.

Mesut seyrek dişlerini açığa çıkaran kocaman gülüşüyle "Kardeşim, kardeşim yaralı mısın sen? Kardeşim tamam, güzel kardeşim," diye seviyordu köpeği. O sıra Serdar geldi.

"Aaa, bulmuşsunuz. Ben de haber vermeye gelmiştim. Herkes tanıyor bu arkadaşı. Yemek veren olmuş lokantalardan. Şuradaki garson abi anlattı; sahibi dövüyormuş bu zavallıyı. Ondan kaçıyormuş. Oklu iğneyle bayıltıp yakalamak istemişler ama uyanık çekip çıkarıyormuş hemen. Kimseyi de yaklaştırmıyormuş yanına. Ama hayret, şuna bak, Mesut'la büyümüş zannedersin!" dedi.

Hakikaten Mesut'la ikisi sarmaş dolaş olmuşlardı bile.

"Şimdi ne yapacağız?" dedim.

"Tasma taktırmıyormuş. Ama tasma takmadan da götüremeyiz ki veterinere. Ne yapsak?"

Mesut, babama döndü. "Ben kardeşimi acıtmam. Doktora gideceğiz de mi? İğne yok ama de mi Müdür Baba?" dedi.

Babam, "Serdar, oğlum sen idareten bir şeyler bulsan. Olmadı Mesut kucağına alır diyeceğim ama kendisini taşıyamıyor, köpeği nasıl taşısın? Ne yapsak, nasıl yapsak?" diye düşünürken Serdar, "Bir dakika Sadık amca," dedi ve tekrar uzaklaştı.

On on beş dakika sonra geldiğinde elinde bir tasma vardı. "Şuradaki kahveci hanımdan ödünç aldım. Geri getireceğim diye söz verdim. Para vermek istedim ama almadı. Burada veteriner şu anda yokmuş. Bostancı'ya gideceğiz en yakın. Büyükada'dan tanıdığım bir mekân sahibi abimiz var. Onu aradım. Kendi dükkânının teknesini yolluyor bize. Onunla geçeceğiz karşıya. Ama tasmayı nasıl takacağız? Çok sinirleniyormuş. Isırabilir, dedi tasmayı veren hanım."

Hepimiz kucağındaki köpekle bize bakan Mesut'a baktık. Yapabilir miydi?

Babam endişeyle, "Isırmasın Mesut'u?" dedi.

Serdar, Mesut'un yanına oturdu.

"Mesut, sevdin mi sen bu köpeği?" diye sordu.

"O da beni çok sevdi ama," diye kocaman gülerek yanıt verdi Mesut.

"Bizimle gelsin mi?"

"Gelsin mi?"

Mesut soruya mutlu bir soruyla yanıt verince babam, "Gelsin. Ama gelmesi için bunu boynuna takmak lazım. Doktora gideceğiz," dedi.

"İğne yoksa gideceğiz."

"Sana bir şey yapmayacak. Köpeği iyi edecek. Köpek de bizimle gelecek."

"Kardeşim gelsin mi bizimle Müdür Baba?"

"Gelsin tabii," dedi babam.

Mesut, köpeğin boynuna sarıldı. Köpek bir patisini Mesut'un omzuna attı. Şaşkınlık ve mutlulukla izliyordum ikisinin bu hâlini. Serdar yavaşça, ikisini de ürkütmemeye gayret ederek tasmayı köpeğin boynuna doladı ve çabucak çengeli taktı. İkisi de anlamamıştı bile. Zafer gülümseyişle birbirimize baktık.

"Buraya kadar da geldik. Size bir yemek ısmarlamak istiyordum ama..." dedi Serdar.

"Ismarlarsın oğlum, daha çok yemek yeriz inşallah. Şu zavallı çocuğu bir hekim görsün de..." dedi babam. "Hadi, Mesut oğlum kalk. Bunu eline al, sakın bırakma olur mu?"

Mesut ayağa kalktı, tasmanın ipini tuttu. Köpek hiç itiraz etmeden bizimle yürümeye başladı. Serdar'ın arkadaşının yolladığı küçük tekne gelmişti. Bindik. Bostancı'ya doğru yol almaya başladık. Tekneyi kullanan genç, "Tam Bostancı İskelesi'ne yanaşamayız ama Suadiye'ye yakın bıraksam olur mu?" diye sordu.

"Olur olur," dedik hep bir ağızdan. Sonrası yine Serdar'ın telefon trafiği ile geçti. Onu aradı, öbürünü aradı, iyi bir veteriner hekim ismi buldu ve yaralı köpeğimizi emin ellere teslim ettik.

"Siz birkaç saat sonra gelin," dedi hekim bize. Ama Mesut'u oradan ayırabilmek ne mümkündü? "Acıkmadın mı?" diye soruyorduk, "Hayır," diyordu.

"Peynir ekmek yer misin?" dedim.

Gözleri parladı. En sevdiği ikili, bakkal ekmeği, yumuşak, yağlı beyaz peynir...

Serdar gitti, bir bakkaldan peynir ekmek aldı geldi. Veterinerin adalara bakan bahçesinde dördümüz yan yana oturduk ve peynir ekmek yemeye başladık. Her lokma boğazımda büyüyordu.

Mesut'un hayatımıza girdiği o ilk gün, olduğu gibi karşımdaydı yine.

Bir film sahnesi gibi...

Cunda'ya bakarak peynir ekmek yiyen o küçük kız, Mesut ve babam.

Şimdi Serdar da yanımızdaydı. Mesut'un bizimle kalması için ikna edilmesi gereken annemin yerindeyse bu zavallı yaralı köpek nedeniyle halam vardı.

"Halam kıyameti koparacak," dedim.

"Başta kızar, sonra en çok o sever," dedi babam gülerek.

Veterinerden içeri girdiğimizde zavallı hayvan yarı baygın yatıyordu. Tüyleri tıraş edilmiş, yaraları pansumandan sonra sargı beziyle kapatılmış, aksayan bacağına atel takılmıştı.

"Çok yaşlı bir köpek. Çok da çile çekmiş gariban. Elimizden geleni yaptık. İyi bir bakım, iyi bir beslenme gerekiyor bundan sonra," dedi veteriner. Yapmamız gerekenleri anlattı.

"Halam eve sokmaz baba. Zaten küçücük ev," dememe kalmadı, Serdar, "Benim eve geçeriz. Sadık amcayla Mesut da benimle kalırlar. Ben işteyken onlar da hiç olmazsa garibanın başında dururlar. O arada halayı ikna ederiz. Bahçeye güzel bir kulübe yaparız. Yavaş yavaş alışır," diye çözümü sundu yine.

"Adı ne olacak? Yaralı mı olsa?" diye sordum ama Mesut köpeğin başını okşayarak "Kardeşim, iyi misin kardeşim?" deyince babam cebinden meşhur kumaş mendili çıkardı yine ve gözlerini silerek "Adını koymuş oğlum. Bu yaralı köpeğin adı artık Kardeşim," dedi.

İşte o an...

İşte o an anladım, bu yaralı can o gün neden çıkıp geldi karşıma.

"Tuvalete gitmem lazım," diye kaçtım yanlarından.

Tuvaletin kapısını kilitledim ve ağlamaya başladım.

Beni iyi eden, hayatta kalmam için çabalayan anne babama, ablama, kardeşime, Mesut'a, halama, beni bugüne hazırlayan geçmişe, köpeğe, her şeye birden ağladım.

İnsanı, içine akan yaranın kanı öldürüyor. Dışarı akan o kanı gören varsa anlıyor hâlinden. Ağlıyorsan, inliyorsan şanslısın demek ki, elinden tutan, yarana derman olan mutlaka bir yerden çıkıyor karşına. *Unutuldum* sandığında bile asla unutmuyor seni bu dünyaya yollayan. Bir parçanı alıyorsa iki parça veriyor sonunda. Her ilaç bir parça zehirden oluşuyor. Bu yüzden içindeki acının dışarı çıkanı bir başkası için derman oluyor.

Yüzümü yıkayıp çıktığımda Serdar kapıda bekliyordu beni.

"İyi misin?" diye sordu.

"İyiyim," dedim.

"Ben arabayı alıp geliyorum, sen babanların yanında dur. İyisin ama değil mi? İstersen beraber gidelim," dedi.

"Yok, sen git, ben babamlarla bekliyorum," dedim.

Böylece yaralı köpeğimiz Kardeşim hayatımızın kısa bir dönemi için ailemizin bir parçası oldu. Babamın tahmin ettiği gibi halam önce, "Hayatta kabul edemem," diye feveran etti ama ona sevgiyle bakan o yaşlı, hüzünlü gözlere dayanamadı. Kardeşim'in yemekleri özel olarak halam tarafından pişirilir oldu. Mesut'un dünyası artık babamla Kardeşim olarak ikiye bölünmüştü. Çok mutluydu.

Ablamların düğününden bir ay sonra da biz evlendik. Açıkçası üç silahşörler; Babam, Mesut ve Kardeşim, Serdar'ın evini istila ettiği için ben pek ablam gibi hazırlık yapamadım. Öyle büyük bir düğün de yapmadık. Serdar'ın babası zaten yıllardır zihni kapalı yatıyordu. Annesi onu bırakıp İstanbul'a gelmek istemediğini söyledi. Biz de bütün aile toplandık ve Ankara'ya gidip Serdarların evinde küçük bir nikâh kıydık.

Düğün yerine, yazın Ayvalık'ta bütün eski arkadaşlarımızı toplayacağımız bir kutlama yaparız dedik. Ev dediğin de zaten içinde yaşandıkça, ihtiyaçları ortaya çıktıkça döşenip giderdi.

Nikâhımızdan üç ay sonra, bir sabah, "Galiba hamileyim ben," diye uyandım. Üstelik ne midem bulanıyordu ne başım dönüyordu. Regl düzenimde çok büyük bir gecikme de yoktu ama "Bir test alayım," diye evden çıktım. Nedenini bilmediğim tarifsiz bir mutluluk içindeydim.

Teşvikiye mis gibi taze ekmek kokuyordu. Fırından ekmek aldım, canım domatesli biber kızartması istedi. Biber aldım. Sonra eczaneye gidip bir de gebelik testi attım alışveriş torbama.

O güne dek hiç yapmadığım bir şeydi, kendime mükellef bir kahvaltı hazırladım. Testi yapmak için hiç acele etmiyordum. Keyfini çıkarıyordum kahvaltımın, zamanın. Sonra kahvaltı masasını topladım, mutfağı temizledim. Nedense ilk buluşmaya hazırlanan bir genç kız heyecanı vardı üzerimde. Güzelce duşumu aldım, üstümü giydim. Sonra...

Sonra dua etmek istedim. Yaşadığım her güne. Sahip olduklarıma ve olamadıklarıma. Gidenlerime, gelenlerime. Sevdiklerime, üzüldüklerime...

Test sonucu pozitifti.

Serdar'ı aradım.

"Hafta sonu vaktin varsa, evi derleyip toplamak için bir plan program yapalım. Hatta çıkıp eşya bakalım," dedim.

Bu konuda hiç acelem yokken, "Ablamın evini hazırlarken çok yoruldum, bu evin sadeliği bana konforlu geliyor, yaparız yavaş yavaş," derken, böyle birdenbire, "Hadi eşya alalım," diye onu aramama şaşırdı.

"Hayırdır, ne oldu? Bir şey mi gördün, beğendin?" diye sordu.

"Çok beğendim. Ama senin de görmen lazım. Şu bisikletini koyduğun odayı çocuk odası mı yapsak?"

Telefonun diğer ucundaki suskunluğun içi nelerle doluydu, onu bir tek ben anlardım. O coşkuyu, sevinci, hayreti...

"Hadi canım?" dedi.

"Valla!" dedim.

"Test yaptın mı?"

"Yaptım tabii ki."

"Bir daha yap. Hatta buraya gel, kan testi yapılsın hastanede."

"Yok," dedim, "Sen akşam gelirken birkaç tane al. Hangisine istersen ona bakarsın."

Sonrası tam bir şenlikti.

O sabah içime yerleşen o tarifsiz mutluluk, bu defteri yazmaya başlamama neden olan hastalığın haberini alana dek sürdü. Tam hastalığımın haberini aldığımız günlerde köpeğimiz Kardeşim de hastalandı. Sanki aramızda garip bir bağ vardı onunla. Mesut'u çok seviyordu ama sanki onu yavrusu, beni arkadaşı gibi görüyordu. Mesut ona sarıldıkça o da Mesut'a sarılırdı. Ama beni gördükçe karşıma oturur, gözlerini gözlerime diker, uzun uzun bakardı. Hastalığımı öğrendiğim o günlerde halama gittiğim bir sabah onu kulübesinin önünde hâlsiz hâlsiz yatarken gördüm. "Nesi var?" diye sorduğumda, "Kardeşim çok hasta," dedi Mesut üzüntüyle. Veterinere götürmüş babam ama çok umutlu sözler duymamış ne yazık ki.

"Mesut'u bu ayrılığa hazırlamak gerek ama nasıl olacak bilmiyorum," demişti üzüntüyle.

O anda babama kendi hastalığımı söyleyemeyeceğimi düşünmüştüm. Sanki bunu söylersem ben de onu ikimizin ayrılığına hazırlıyor gibi olacaktım. Susmuştum o gün.

O gün sustum ama Türkân ablam, "Bunu babamdan saklayamayız, ben söylerim," dediğinde babam hiç de endişelendiğimiz, korktuğumuz tepkiyi vermedi. Aksine benim hastalığım mutlak zaferle sonuçlanması gereken bir sefermiş de, babam da bu ordunun komutanıymış gibi bir soğukkanlılıkla durum değerlendirmesi ve iş bölümü yaptı hemen.

"Birlik, sevgi, moral! Bu üçü çok önemli. Dönüş zaten sık hastalanırdı, o yüzden hepiniz bu konuda tecrübelisiniz. Önemli olan Can'ın durumu. Onu, psikolojisini çok iyi korumalıyız. Siz kardeşinizin günlük hayatını kolaylaştırın, o da bütün enerjisini iyileşmek için harcasın. Nezahat, her ağlamaya başladığında on liranı alırım, ona göre. Şikâyet, söylenme, sızlanma, acıma, her türlü olumsuz davranışı yasaklıyorum. Tıp artık ilerledi. Hem bu çok başındaymış daha. Serdar'a hem eş hem hekim olarak güvenim tam. Hadi bakalım. Sadık Bey'in kızları, damatları ve torunları! Göreyim sizi! Ne demiş Gazi Paşa'mız? *Geldikleri gibi giderler!* Geldiği gibi gidecek, o kadar! Nezahat... Eyüp Sultan işleri filan da sana emanet artık... Gülmeyin! Gülün de şimdi gülmeyin. Çok dua edeceğiz. Birbirimize çok bağlanacağız. Ve hiç olmadığımız kadar iyi insanlar olmak için çalışacağız. Anlaşıldı mı? Üzülmek yok. Anlaşıldı mı Mesut? Üzülürsek ne olur? Dönüş'ün hastalığını kovamayız. Tamam mı?"

Mesut kafasını sallamıştı, canım benim.

Babam bir gün olsun, "Benim kızım kanser," demedi ve dedirtmedi ve o günler gerçekten ailemizi daha da kenetleyen, hayatın içinden daha çok neşe aradığımız bir dönem oldu. Hastalığım sırasında yaptığımız Roma seyahatinden bir süre sonra veteriner hekim, Kardeşim'i uyutmamızı önerdi.

Sanırım Kardeşim benden önce giderek bana biraz daha zamanımın ve yolumun olduğunu haber vermek istedi. Babam, Mesut'a üzülmeyi yasaklamıştı ama insanın kalbinin kanamasını durdurmaya kudreti var mı ki? Mesut uzun süre köpeği Kardeşim'in kulübesinin yanında oturdu. Üzerinden babamın müdür paltosunu hiç çıkarmadan o kulübenin yanında yas tuttu.

Ah... Hep acıdan, gidenden bahsediyorum.

Oysa ne güzel, Can'ın gelişinden bahsedecektim. Evet...

Gidenler ve gelenlerle dolu hayatımızın bir başka dönemi oğlumun yola çıkışıyla oldu. Hamileliğim sanırım ömrümün en eğlenceli, en şen kahkahalarını atarak geçirdiğim günleri getirdi bana. Benim yerime Serdar aşerdi. Sanki babamın değil, Kartal abinin torunu oldu. O günlerde ailemizin erkekleri bana bir kraliçe gibi davrandığından, "Acaba doğurmasam da bu işi uzatsam mı?" diye takılırdım Serdar'a.

Can'ın doğduğu sabah neşeli günlerimizin doruğundaydık.

Hastalık haberim ise yeni bir aşağı iniş çizgisiydi.

Ama hayat da bu değil mi zaten?

Bir aşağı, bir yukarı... İnişler, çıkışlar... Bir durmak, bir koşmak... Bir gülüş, bir düşüş...

*

Bunca yıl bir deftere sığar mı? Sığabilir mi? Zor...

Ama bir defterlik bile bir hükmü kalmadan bitip giden onlarca hayata tanık oldukça, hiç yoktan iyidir, diyorum kendime. Az ya da çok, kaydettim. Derleyip topladım bir şeyleri.

Ölüp gitmekten korkmak değildi benimki; hep, yeniden başlamaya bir hevesti.

Ablamın ilk evliliğinde yaşadığı ciddi sıkıntıları anlattığı akşam bizim evde büyük bir akşam yemeği yemiştik. O günlerde kemoterapi alıyordum. Ölmekten korkmuyordum ama kalan zamanı iyi yaşamak konusunda çok kararlıydım.

O zamanlar büyük bir hızla her şeyi, her şeyi anlatma telaşındaydım. Ben kemoterapinin sıkıntılarını yaşarken Derya da işi ve eşiyle yaşadığı zorlukların içinde çırpınıyordu. Erdem'i çok özlüyordu ve onu bir kadına kaptırdığını düşünüyordu. Halama çok kızgındı. Tanıdığı her insanı içimize soktuğu için böyle olduğunu sanıyordu. Oysa halam mahalleye yeni taşınan süslü kadınla arkadaşlığını geliştirmek için bizimle hava atmak istemişti, hepsi bu. Kadına, "Damadımız da bankacı, banka müdürü," demiş. Kadın da birikmiş parasını alıp Erdem'in müdür olduğu şubeye gitmiş. Sonrasında biraz sık gitmiş lakin. Öyle böyle, Erdem'le Derya arasında gündem oluşturacak kadar sızmış aralarına. Derya kabullenemiyordu kocasının kendisine hiç benzemeyen bir kadına ilgi duymasını. Halamı sorumlu tutarak meselenin gerçek sebebinden kaçıyordu. Sonra sonra o da bunu anladı, kızgınlığı azaldı.

Düşünce şekli değişmeye başladı ama bu çok zamanını aldı.

Bizde ailecek yemekte toplandığımız akşam, halamla Derya arasındaki köşe kapmaca oyunu hiçbirimizin gözünden kaçmamıştı. Halam onunla konuşmak istiyordu ama Derya, halamla göz göze bile gelmiyordu. Sonunda Derya'yı tuvaletten çıkarken yakalamış. Derya yanakları pembe pembe geldi yanımıza. Gözlerinin içi ışıldıyordu. Birden rengi ruhsarı yerine gelmişti.

Ablamla ikimiz bir şey söylesin diye sürekli ona bakıyorduk.

Sonunda bize doğru eğilip "Perihan'ın eski kocası gelmiş. Geçen hafta alıp götürmüş kadını. Erdem'le bir ilişkileri yokmuş," dedi.

Ablam gayet sakin, "Yoktu. Biz söylüyorduk ama sana anlatamıyorduk ki," dedi.

"Ama abla, bana kendi ağzıyla söyledi. Gidiyorum dedi."

"Ama gitmedi. Sana öyle söyledi çünkü tek tepki verdiğin şey oydu. Hakikaten buna inanıyor muydun? Hakikaten ama?"

Derya başını eğmişti. Sonra ablama doğru yanaşıp kısık sesle, "Bugün anlattıklarından sonra ben biraz kötü hissettim abla kendimi. Sanırım şu dönemi daha iyi değerlendirmem gerekiyor. Sadece, Erdem'den biraz süre isteyeceğim. Biraz ertelesek mi boşanma davasını?" diye sordu.

Ablamla ikimiz o kadar mutlu olduk ki o an...

"Mutlaka! Mutlaka ertele. Bir de güzel kardeşim, seni kendi mutsuzluklarıyla yalnızlığa sürükleyebilecek yorumlar yapan arkadaşlarından lütfen uzak dur. Biz Dönüş'le ikimiz buradayız. Artık birbirimizden hiçbir şeyi saklamıyoruz, değil mi? Hiçbir sırrımız yok. Biz birbirimiz için varız, birbirimize yeteriz. Değil mi?"

Derya masanın altından elimizi tuttu.

"Yeteriz, yetmez miyiz hiç!" dedi.

O sırada Kartal abi, "Bayanlar baylar, merdivenden kayanlar!" dedi yüksek sesle.

Çocuklar gülüştü. Hele Can, bayılıyordu Kartal eniştesinin komikliklerine. En iyi arkadaşı Mesut'un kucağında gülüp duruyordu. Babamdan sonra Mesut'un bu dünyadaki ikinci en büyük dostu olmuştu. Can tarif edilemez bir sevgiyle düşkündü Mesut'a. Çocuksu ruhunu, hâlini, bedeniyle uyuşturamadığından olsa gerek "Kocaman Mesut" diyordu ona...

Gülüşerek el çırptılar. "Bayanlar baylar, merdivenden kayanlar!" diye tekrar edip duruyorlardı. Kartal abi ciddileşsinler diye öksürdü. Gülce de hayran olduğu prenses ablası Defne'nin yanındaydı. Kartal abi ayağa kalktı ve derin bir nefes aldı.

"Gördüğüm kadarıyla bütün aile bir arada. Güzel... Önemli bir meseleyi sizlerle paylaşmak istiyorum. Ama önce bir durum kontrolü yapayım. Serdar! İzinler alındı mı?"

Serdar, "Evet komutanım, bütün izinler tamam!" dedi.

"Güzel! Defne, belgeler toparlandı mı? Görüşmeler neticelendi mi? Kontrol edildi mi?"

Defne gülerek "Ben tüm kontrolleri yaptım, hepsi, her şey tamam babacım," dedi.

Hepimiz merakla bu konuşmanın nereye varacağını bekliyorduk. Kartal abi tadını çıkara çıkara devam etti.

"Biliyorsunuz, Defne kızım çok zor bir iş başardı. Okumakta güçlük çeken çocuklar için geliştirdiği proje Amerika'nın önemli üniversitelerinden birinden ödül aldı."

Hepimiz alkışladık, Defne gülerek alkışları kabul etti.

"Bu ailede kutlanacak çok şey var. Ama çok çok önemli bir mesele var ki, bunu yedi gün yedi gece kutlamamız gerektiğini düşünüyorum."

Hepimiz birbirimize baktık. Neydi acaba?

"Ben Nesrin annemizi tanıyamadım. Çok isterdim. Allah rahmet eylesin. Ama başka bir anne tanıdım. Muhteşem bir kayınvalidem oldu benim. Yeğenlerini kendi doğurduğu çocukları gibi seviyor. Kızlarının mutluluğu için böylesine uğraşan, ağlayan ve sevinen bir anne pek azdır. Ona ne kadar teşekkür etsek hakkını ödeyemeyiz."

Halam sevinç ve mahcubiyetle Kartal abiye bakıyordu.

"Halacım... Annem, Nezahat Annem, kıymetli kayınvalidem... Biz bu yıl halamızın doğum gününü erken kutlamaya karar verdik. İki gün sonra bütün aile Roma'ya gidiyoruz. Orada iki gün kalıyoruz. Sonra oradan gemiye biniyor ve bir Akdeniz turu yapıyoruz. Ne dersiniz, İtalya'nın fethine hazır mısınız?"

Halamdan daha çok biz mutlu olmuştuk belki de. Halam iki eli yanağında kahkahalar atıyordu. Çığlıklar, alkışlar içinde Derya'ya gözüm takıldı. Benim güzel kardeşim buruk bir tebessümle bakıyordu halama.

Bütün aile bir gemide olmak, bir akşam yemeğinde aynı masada oturmak gibi değildi. Bu gece bizimle olmayan Erdem'in yokluğu ona daha da ağır gelecekti yolculukta. Hissettiğinin, düşündüğünün bu olduğunu tahmin ediyordum. Bir anda programlar, yapılacaklar konuşulmaya başladı. Derya yan çizecekti, anladım.

"Gülce'nin vizesi yok ama..." dedi.

Kartal abi, "Hepsini hallettik, sen merak etme. Babası bu işin içinde yok mu sandın? Bu tatil Nezahat halamıza üç damadının hediyesidir," diye yanıt verdi.

Derya kaşlarını çattı.

"Benden habersiz nasıl oluyor ki?"

Ablam elini tutup "Derya..." dedi uyaran bir tonla.

Derya, kızının kendisine gülerek bakan gözlerini görünce sustu. O sırada Serdar cep telefonu çalınca masadan kalktı. Kartal abi programı anlatıyordu:

"Gülce'yle Can'ın yarıyıl tatilini düşündüğümüz için bu tarihin uygun olduğunda hemfikiriz. Dönüş için de iyi bir değişiklik olacaktır. Serdar da iznini aldı. Ayrıca Defne'nin ödülü de böyle bir kutlamayı hak ediyordu. İstanbul'dan sabah erken yola çıkacağız. Roma'ya indiğimizde saat farkı nedeniyle avantajlı olacağız. Bir saat, bir saattir! Otelimize yerleşiyoruz, sonra halamızı o çok meşhur Alfredo'ya götürüyoruz ve bol parmesan peynirli fettucini'lerimizi yiyoruz. Bavulunuzu çok doldurmayın. Rahat kıyafetler alın. Gemide her türlü olanağımız olacak, rahat ederiz ama

Roma'yı halama karış karış gezdireceğiz. Vatikan'da papayla görüşmeyi ayarlayamadık. Olsun. Bir tur atar çıkarız. Dönüş'ün sağlığı çok önemli. O yüzden hepinizden özel bir ricam var. Lütfen hiçbiriniz grip, nezle, şudur budur olmayın. Yarın sabahtan itibaren C vitaminlerinizi alın. Uçağa binmeden önce hepinize birer burun spreyi vereceğim. Azami dikkat! Hasta olanı, aksıranı kara kaplıya yazarım. Bu seyahatten halam mutlu, Dönüş sağlıklı dönecek. Anlaşıldı mı Can? Tamam mı Mesut?"

Can kıkırdayarak "Tamam," dedi, kolunu Mesut'un omzuna doladı. O mutlu tablo için bütün gücümü kullanıp hayatta kalmayı, sağlıklı olmayı o anda nasıl çok istediğimi ve bunun için güçle dolduğumu anlatmak bugün bile çok zor.

Biz planlar yapıp gülüşürken Serdar girdi içeri.

"Derya, bir bakar mısın, iki dakika dışarı alabilir miyim seni?" dedi.

Derya, "Hayırdır, ne oldu?" diye kalktı yerinden.

Serdar bir şey söylemedi. Az sonra Serdar geri geldi ama Derya yoktu.

"Ne oldu?" diye göz kırptım Serdar'a. *Her şey yolunda* işareti verdi gülerek. Kartal abiye dönüp mırıl mırıl bir şeyler anlatmaya başladı. Kartal abi gülerek omzuna vurdu Serdar'ın.

Meraktan ölüyordum. Gözüm salonun kapısındaydı ama Derya bir türlü gelmiyordu. Yarım saat geçti, bir saat geçti… Gelen giden yoktu.

Babam, "Kalkalım artık masadan," dedi. Ablam ve Defne masayı toplarken Serdar yardım etti onlara. Aklım

Derya'daydı. Ama benden başka kimse merak etmiyor gibiydi sanki. Herkes kendi âlemindeydi.

Babam, halam ve Kartal abi sohbet ediyorlardı. Mesut, Gülce ve Can'la oynuyordu. Mutfağa Serdar'ın yanına gittim.

"Derya nerede?" diye sordum.

"Erdem geldi, aşağıdalar. Konuşmak istedi. Merak etme."

Nasıl merak etmem? En çok bunu merak ederim hem de! Çaylar içildi. Eksik belge var mı yok mu, nasıl halledilecek, nasıl gidilecek... Her şey uzun uzun konuşuldu.

Babamlar kalkmak istedi. Derya hâlâ yoktu ortada. Ama babam farkında bile değildi. Defne, "Gülce'yi biz alalım teyze bu akşam," dedi. Allah Allah, Defne de her şeyden haberdardı sanki. "Tamam canım," dedim. Can da "Mesut'la gideyim ben, ne olur anne, dedemlerle gideyim!" diye tutturdu. Halam zaten dünden hevesli, "Ay, sen hiç merak etme! Ben onu yanımda yatırırım, üstünü örterim. Sabah da bir güzel kahvaltı yaparlar, bozma çocukların keyfini," deyince onlara da, "İyi, peki," dedim. Çok da yorgun hissediyordum kendimi. Hepsi gitti, Serdar kapıyı kapadı. Karı koca, sessiz evde baş başa kaldık. Aklım hâlâ Derya'daydı.

"Yoruldun sen, hadi yatalım güzel aşkım," dedi Serdar.

Yatağa yattığımızda hemen uykuya dalan ilk aşkımı, çocukluk arkadaşımı, kocamı seyrettim bir süre. Ona bakarken teşekkür ettim, dua ettim Allah'a. Teşekkür ettim çünkü sevdiğimle kavuşmuştum. Dua ettim çünkü çok geç buluşmuştuk. Yaşadığımız mutlu akşamlardan daha çok yaşamak için hiç olmadığım kadar güçlü olmak istediğimi söyledim Allah'ıma. "Derya mutlu dönsün, ablam artık hep huzurlu olsun, çocuklarımız bizim yaptığımız hataları yapmasın, iyi insanlarla karşılaşsınlar inşallah," dedim.

Serdar duamı duymuş gibi, "İnşallah aşkım, inşallah güzel olacak her şey," diye mırıldanarak bana sarıldı.

Sabah Serdar işe gitmek üzere evden çıkarken onu yolcu etmek için ben de kalkmak istedim ama izin vermedi. "Yat sen, dinlen biraz. Can da yokken uykunu al," dedi. Beni öpüp çıktı. Serdar gittikten sonra biraz daha uyudum. Uyandığımda yanı başımda kalınca bir zarf duruyordu. Üzerindeki Derya'nın el yazısıydı, tanıdım.

"Ben Gülce'yi almaya gidiyorum. Gelirken taze ekmek alırım, kahvaltı yaparız. Ben gelene kadar oku," yazıyordu. Zarfı açtım. Uzunca bir mektup çıktı içinden. Fakat okudukça anladım ki, bana hitaben bir mektuptan ziyade içini döküp ferahlamak için yazdığı bir metindi elimdeki.

Dönüş'üm...

Bir iki saat önce geldim. Serdar dün gece ben çıkarken anahtarı vermişti. Yanına gelmek için o işe gitsin diye bekleyeyim dedim ama sonra dayanamadım yazmak istedim. Senin o meşhur defterin var ya, eğer bir gün yazmaya devam edersen benim hikâyemi de koyarsın belki diye...

Şaka şaka... Şu anda uyanık olmanı çok isterdim. Çünkü sana anlatmayı çok istiyorum. Hem düşündüm de, bunları yazayım ki, eğer yarın öbür gün yine kafamın dikine gitmeye kalkarsam bunu çıkar, bana okut. Çünkü biliyorsun beni işte. Kendi sesimden başkasınınkini dinlemem.

Şimdi...

Dün akşam Serdar dedi ki, "İki dakika aşağı in, Erdem önemli bir şey konuşmak istiyormuş."

İndim. Baktım, benimki kapının önünde, eli cebinde bekliyor.

"Eve gidelim, orada konuşmamız lazım," dedi. Biraz ürktüm önce ama Serdar beni aşağı yollarken çok rahattı. Kötü bir şey olsa Serdar'ı aramazdı, beni arardı, dedim kendi kendime. Evi de biliyorsun, yarısı toplu yarısı kutulu. Zoruma gidiyor eşyaları toplamak. Ama o evde de kalmak istemiyorum. Sana gelirken de darmadağın bırakmıştım zaten. Hayır, eve niye gidiyoruz ki diye düşündüm. Neyse, üstümde bir hırkayla inmiştim aşağı, bir yere de gidip oturulmaz. Bindim arabaya, gittik.

Evden içeri girdik ama her yer karanlıktı tabii. Kapının önündeki ayakkabı kutularına çarptım. Beni tuttu. Tam elektrik düğmesine uzanıyordum ki, "Açma!" dedi. Ay, dedim, bu bana bir şey mi yapacak yoksa? Hiç de öyle bir adam değildir ama... Korktum bir... Ne yalan söyleyeyim.

"Buraya gel," dedi. Elindeki çakmağı çaktı. Aaa, öbür elinde de bir mum var? Mumu yakıp "Gel yanıma," dedi.

Pencerenin önüne mumlar dizmiş, tek tek yakmaya başladı. Ay, bu beni kesmeyecek, romantik bir durum var, anlaşıldı. Hiç konuşmuyordu ama. Salonda kitapları doldurduğum kutular vardı. Onların önüne iki tane minder atmış. Balkondaki sandalyenin minderlerini.

"Otur şuraya. Otur da konuşalım biraz."

Hiçbir şey demeden oturdum. Değişik bir şey vardı Erdem'de, inan hiç böyle görmemiştim onu. "Sana bir şey dinletmek istiyorum," diye telefonunu çıkardı cebinden. Buna ne oldu böyle, ne dinletecek bana, diye düşünüyorum ama içim kıpır kıpır.

"Tanju Okan bunu 1975'te sahnede söylemiş... Sahne kaydı bu... Dinle," dedi. Zaten dinliyorum, diyecektim, tut kendini Derya, adamın ağzına tıkma lafını, dedim. "Kadınım" çalmaya başladı.

"Eşyalar toplanmış seninle birlikte, anılar saçılmış odaya her yere" filan. Zaten severim o şarkıyı ama evi o hâlde, Erdem'i de karşımda görünce... Bir de akşam bütün aile bir aradayken Gülce boynu bükük görünmüştü gözüme, kendimi çok kötü hissetmiştim. Şarkı çalmaya başlayınca içim nasıl acıdı, nasıl sızladı, anlatamam.

Erdem'i okulda gördüğüm o ilk gün geldi aklıma. Kantinde çay almaya uğraşıyordum. Elindeki çayı bana vermişti. Böyle karşılıksız bir yardım görünce şaşırmıştım. Çok yakışıklıydı. Uzun boylu. Okulun basket takımındaydı. Okuldaki ilk arkadaşımdı o benim. Ders çalışırken bana da kahve getirirdi. Annemi kaybettikten sonra okula döndüğümde günlerce yanımdan ayrılmamıştı. Bütün bunlar geldi aklıma. İnsan tam ayrılırken mi iyi şeyleri anımsıyor hep Dönüş? Oysa Erdem daha dün gece en büyük hayal kırıklığımdı. Ama o şarkıyı dinletip bana bakarken âşık olduğum o basketbolcu çocuk, en iyi arkadaşım, yoldaşım, yolda kaybettiğim için perişan olduğum can parçam duruyordu karşımda. Ben böyle lime lime olmuşken ne yaptı biliyor musun? Elini uzattı. Ah, nasıl özlemişim Erdem'i... Bunu biliyordum ama ona ne kadar kırgın olduğumu hatırladım. Hayatta tutamam bu eli bir daha, dedim. O deli kadının koca dudakları geldi gözümün önüne. Ama elini çekmedi Erdem. Sonra ablamın anlattıklarını, senin yazdıklarını hatırladım. Ya Derya inat etme, dedim ama tutamadım elini. Anladı tutmayacağımı ama çekmedi elini, biliyor musun! Çekmedi vallahi.

Sonra dedi ki, "Günlerdir uyumuyorum. Geçen hafta da uyuyamadım. Arabaya atlayıp dolaşmaya başladım. Radyoda Kadınım şarkısı çalınca aklıma sen geldin. Zaten hep seni düşünüyordum ama şarkının sözleri... O kutular, o boş ev, o hatamızda ısrarcı olma hâlimiz... Derya, sanırım öyle şeylerden hoşlanmadığını düşündüğümden ben sana hiç güzel sözlerle hitap etmedim. Kadınım demedim mesela. Evet, söylemedim ben sana bunu. Tamam, sen güçlü kadınsın, her şeyi halledersin ama sanırım benim söyleme ihtiyacım varmış. Bunu iyi anladım. Söylemek... Söyleyebilmek ne önemliymiş. Sonra katı, soğuk görünsen bile aramızda daha yorgun, asıl örselenmiş olan sendin belki de. Güçlü de olsan elinden çekip, otur dinlen, demem gerektiğini, bunu isteyebileceğini hiç düşünemedim. Çünkü hiç söylemedin. Hiç hissettirmedin. Hiç ihtiyacın yok gibiydi bana. Hatta kimseye. Sen benden, güçlü görünmeyi seven annemden bile daha güçlüydün. Kırılgan yanını sakladığını düşündüm. Bilmemi istemediğini sandım. Ben sana hiç kadınım demedim Derya...

"Beni sevmediğini, şımartmadığını, kıskanmadığını, önemsemediğini düşünüyordum. Sanırım bu yüzden kışkırtmak istedim seni. Kimse bana ilgi duymazken, senin sinir olduğunu anladığım bir kadını gözüne sokmak istedim. Ama beni bile şaşırtan şeyler söyledim, inanmanı istedim. Fakat benim bu hayatta tek kadınım var... O olmadığında yaşananların bir anlamı yokmuş, evet. Hepsini sensiz kalınca anladım. Karışık, bunalımlı bir dönem geçirdim ama galiba ilgini çekmek isterken benim için çok değerli olan her şeyi yıktım. Kolay söylenirmiş gibi geliyor ama öyle değil... Beni affeder misin?" dedi.

Zaten iyice hamur gibi olmuş kalbim kaç zamandır. Kim dokunsa içine içine gömülüyor. O böyle söyleyince, bunca yılın sonunda, evlenirken bile onu bu kadar sevmediğimi düşündüm. Israrla uzattığı eli boynu bükük bir çocuk gibi göründü gözüme. Nasıl kırık, nasıl çaresiz duruyordu bir görsen... Elini tuttum.

"Şu iki gündür kardeşlerimle, ailemizle ilgili okuduklarımı, duyduklarımı bir bilsen... Ben çok üzüldüm evet ama seni de çok üzdüm. Bunun için daha da üzgünüm," dedim.

Elimi nasıl güzel kavradı iki eliyle. Dönüş... Öyle özlemişim ki elini... "Şu hayattaki biricik arkadaşım Deryam... Ne tuhaf şeyler yaşadık biz... Sana anlatmak istediğim o kadar çok şey var ki..." dedi.

Ben de, "Anlat o hâlde, ben senin karın değil de yeni tanıdığın biriymişim gibi anlat. İlk defa sohbet ediyormuşuz gibi anlat," dedim.

Nasıl güzel güldü, ah, nasıl güzel... Ayrılmaya karar vermiş olmasak bu kadar fark eder miyim gülüşünün güzelliğini Dönüş?

Elimi bıraktı. Sonra anlatmaya başladı:

"Başınızı ağrıtmayacaksam eğer... Neden saçların beyazlanmış arkadaş, diye sordunuz madem, anlatayım...

"Bir kızı çok sevdim. Bizim üniversitede mimarlık fakültesinde okuyordu. Tabii onu ilk gördüğümde bilmiyordum kim olduğunu, hangi bölümde okuduğunu. Erkek gibiydi. Saçı bile yoktu neredeyse. Kızların hepsi okula değil de partiye gelir gibi giyinirken, saçları 4 numara tıraşlı o kız, gördüğüm hiçbir kıza benzemiyordu. O kadar kendine güvenliydi ki. Kantinde onu seyrederdim hep. Kimseye ihtiyacı, eyvallahı olmayan o kıza her geçen gün daha çok hayranlık duyuyordum. Bir kadın olduğunun altını çizmiyordu asla ama çok güzeldi. Hatta o yüzden güzeldi. Bir gün çay sırasındaydı. Ben de çayımı almış, kuyruktan yeni çıkmıştım. Elimdeki çayı ona ikram ettim. Hiç ummuyordum ama kabul etti. O gün tanıştık.

Sohbet etmeye başladık. 'Saçını neden bu kadar kısa kestirdin,' dedim. 'Kaza oldu. Yandı. Ben de okula başlayacağım sabah baktım durum çok acıklı, girdim bir erkek berberine böyle oldum işte, kader diyelim,' dedi. Hiç yalanı dolanı yoktu. Düşündüğünü söylerdi. Komikti, akıllıydı. Sonra çok iyi arkadaş olduk. Hayatımda gördüğüm en tuhaf kızdı. Alaturka şarkılar seviyordu. Dünya üzerindeki bütün büyük adamların hayat hikâyesini biliyordu. Onu bir şey okurken ya da elinde bir kitapla görmüyordum. Nasıl olup da bunları bildiğine inanamıyordum. İnanılmaz bir gözlem yeteneği vardı. Sadece baktığı değil, bakmadığı şeyi bile fark ediyor, öyle yorumlar yapıyordu ki, onun yanında geçen zamanın değeri benim için her geçen gün daha da artıyordu.

"Birkaç haftadır arkadaştık. Ablası doğum yapmıştı. Hem bebeği hem annesini göreceği için çok mutluydu o gün. Akşamüzeri okulun merdiveninde gördüm. Kucağında kitapları, dalgın dalgın oturuyordu. Gidip yanına oturdum. Babası ve kardeşi okula gelmiş, sakın hastaneye gitme, demişler. Sonra da Ayvalık'a evlerine dönmüşler. Onların ardından derse girememiş. 'İki saattir oturuyorum böyle,' dedi. 'Niye üzüldün?' diye sordum. 'Anlatabilsem anlatırdım inan, bir sorun var sanki ama beni dışına attılar,' dedi. Ailesinden uzun uzun bahsetti o gün. Kaldığı kız yurduna kadar yürüdük. Anlattığı aile, ev o kadar güzeldi ki... Hiç benim aileme benzemiyordu. Çocukken komşularının oğluna âşık olduğunu, onun basketbol sevdası yüzünden basketbolu çok sevdiğini söyledi bir ara. Ooo, dedim, belki benim de bir şansım olur o hâlde! Güldü. Dünyalar benim oldu. İtiraz etmemişti. Demek ki o da benim hissettiğim şeylere uzak değildi. Ertesi sabah kantinde onu görünce dedim ki, 'Gel bugün okulu kıralım'. Hiç umudum yoktu ama kabul etti. O gün Avrupa yakası sahil şeridini yürüyerek bitirmiş olabiliriz. Sonraki iki üç gün, tam hatırlamıyorum, sınavım mı vardı, yoksa başka bir şey mi, bir türlü denk gelmedi, görüşemedik. Bir süre ortadan kayboldu. Bölümüne gittim. Sınıf arkadaşlarına sordum. Kimse bilmiyordu. Bir hafta geçti. Bir gün bir baktım, bizim fakültenin kapısında yine aynı merdivenlere oturmuş, yine uzaklara bakıyor. Bir şey söylemeden yanına oturdum. Bana baktı ve 'Annem öldü,' dedi. O kadar. Sonra sustu. Ben de onunla sustum. Hava kararana kadar oturduk merdivenlerde, hiç konuşmadık. İstese konuşurdu. Ama biliyordum, o an yanında oturmam bile iyi geliyordu ona.

"Ben artık bir şey söylemem gerektiğini düşünüyordum ki, 'Sana gidelim mi?' dedi. 'Tamam,' dedim. Derse girmedim. Ortaköy'deki küçük evime gittik. Öğrenci evi işte. Bir kanepe, bir de masa vardı salonda. Kanepeye yattı. 'Günlerdir uyumadım, şurada uyusam olur mu?' diye sordu. 'Uyu tabii,' dedim. Üzerine battaniye örttüm. O gece deliksiz uyudu. Sabah uyandım, bir de ne göreyim? Benden önce kalkıp bakkala gitmiş, ekmek peynir almış. Kahvaltı hazırlamış. 'Ben bugün okula gitmeyeceğim. Burada bekleyebilir miyim?' diye sordu bu kez de.

Çok sevindim ama pek belli etmedim. 'Tamam,' dedim. 'Kendi evin gibi rahat et.'

"O gün var ya... Dersler bitmek bilmedi. Bir an önce eve, onun yanına gitmek için saatleri saydım. O bana kahvaltı hazırlamıştı ya, ben de ona güzel bir yemek yapayım dedim. Tavuk aldım. Eve gittiğimde kitap okuyordu. Benim kitaplıkta bulmuş. Annemin eski bir kitabı. Niye bendeydi, bilmiyordum bile.

"'Ablam bu kitabı genç kızlığı boyunca elinden düşürmedi, merak ettim okudum,' dedi. Dokuzuncu Hariciye Koğuşu kitabın adı. 'İnsan genç kızlığı boyunca niye bu kitabı okur ki,' dedim. 'İçine aşk romanı koyarsa okur tabii,' dedi. Ve güldü. O gülünce içime büyük bir mutluluk yayıldı. Yeniden gülecek demek ki, dedim. Sabah hiçbir şey yememişti. 'Sana yemek yapacağım, yiyeceksin,' dedim. 'Tamam,' dedi. Ona bildiğim tek menüyü sundum; tavuk çorbası ve tavuklu pilav. Çok acıkmıştı, çorbayı içti ama pilavı bitiremedi. Sonra bana baktı ve, 'İnsan annesi ölünce bir daha hiç acıkmayacak, yaşayamayacak sanıyor. Ama acıkmışım. Hayat devam ediyor dedikleri şey bu mu?' diye sordu. O kadar gençtik ki, ne diyeceğimi bilemedim. Benden cevap çıkamayacağını anlamış olmalı ki, ayağa kalktı, banyo yapmak istediğini söyledi. Temiz havlum yoktu. 'Seninkini ver, manyak mısın sen,' dedi. Kirli havlumu verdim ben ona. Hiç umursamadan o havluya sarınıp benim yatağıma yattı.

"O güzel, kısa saçlı kıza âşık olduğumu anladım o anda. Havluya sarınmış, omuzları, bacakları açık, yatağımda yatıyordu ve ben sadece o orada yatıyor, benimle vakit geçiriyor, bana güveniyor diye seviniyordum. İnsanın aklına hiç mi haylazlık gelmez? İnan gelmiyordu.

"Sonra dedi ki, 'Anneme son kez baktığımı bilsem daha uzun bakardım. Buraya gelmeden önce annemi son kez göreceğimi bilsem daha çok yanında kalmak isterdim. Son bir yılımda hafta sonları İzmir'e dershaneye gitmez, evde onunla olurdum. Belki buraya bile gelmezdim. O sabah evden çıkarken anneme ebediyen veda ettiğimi bilsem ona söylemeye çekindiğim her şeyi söylerdim. Onun dünyadaki en iyi anne olduğunu söylerdim. Ondan her şey için özür dilerdim. Ama ben annem hep yaşayacak zannettim. Sen annene her şeyi söyledin mi?'

"Ağlamaya başladı. Ne yapacağımı bilemedim, yanına gittim, sarılmak istedim ama izin vermedi. 'Sarılma, izin ver üzüleyim,' dedi. Ben de üzülmesine izin verdim. Ben de onunla üzüldüm ve onunla yeniden hayata karıştım. Bir daha hiç bırakmadım elini, üzüntüsünü, sevincini.

"Sonra o benim hayattaki her şeyim oldu. Her şeyim...

"Ankara'ya anneme götürdüm onu. Annemi anlatmadım ama ona. O benim annemi kendi annesi, ailemi kendi ailesi gibi düşünmüştü muhtemelen. Dilim varmamış, onun fertleri birbirine bağlı aile hikâyesinin karşısında hiç istememiştim kendi kof hikâyemi anlatmayı. Beni yedi yaşında yatılı okula veren annemden, yaşama bakış şeklinden, babamla ikisinin sosyal hayatlarından hiç bahsetmedim. Çok pişmanım, biliyor musun? Keşke anlatsaydım. Keşke ben de içimi dökseydim. Bir aile ne demektir ben hiç bilmiyorum, deseydim. Sen ne şanslısın, neler yaşamışsın, deseydim. Annemle karşılaştığı o gün benim için ne acıdır, o hiç bilmedi. Hep açıklamak istedim ama hiç konuşmak istemezdi bu meseleyi.

"Annemin Ankara'daki evine gittiğimizde ona, 'Hayatımın en büyük ödülü, işte benim Deryam,' diye sundum sevgilimi. Ama sevgilim o evdeki çocuk yaralarımı hiç bilmiyordu. Babamla anlaşmalı bir şekilde yürüyen evliliklerinin göstermelik olduğunu, annemin bir anne olmayı bilmediğini, hatta bunu dert etmediğini de anlamadı elbette. O soğuk öğleden sonrayı keşke silebilseydim. Annemin onu ve ailesini küçümseyerek sorduğu soruları ve yorumlarını yok edebilseydim. Ama benim Deryam hiç unutmadı, hiç silmedi. Sonrasında benim için değil, hep annemi yenmek için çalıştı. Annemin 'Erdem bizden uzak büyüdüğü için kentli olamadı. Hep en iyi okullarda okuttuk oysa. Ama o hep bir taşra ruhu taşıyor. Anladığım kadarıyla da bunu pekiştirecek. Bizim büyük ideallerimiz ona aşılamaz hedefler olarak görünüyor. Öyle ya, keşke her çocuk ailesine uygun seçimler yapabilseydi. Siz birbirimizi sevdik diyorsanız, ne diyebiliriz,' cümleleri hep sürüp gitti içinde.

"Derya'yı annemden, ailemden uzak tutarsam mutlu oluruz diye düşündüm. O kariyerinde yol alırsa, yükselirse, kendini iyi hisseder diye umdum. Onu hep destekledim. Evlendiğimizde bir oda bir salondu evimiz. Ama o kadar mutluyduk ki. Sonra bir daire satın almayı başardık. İki odamız, bir de kızımız vardı artık. Onlar için her şeyi yapmaya hazırdım. Ama ben karımı o ara kaybettim. Ya da ben kayboldum. Yalnız kaldım. O kadar yalnızdım ki, her gece eve gelen o kadın sanki eve gelmiyor, evin önünden geçiyordu. Sonra bir gün, 'Başarımı kıskanıyorsun,' dedi bana... O gün bütün hayatımın bir hiç olduğunu düşündüm. Huzurlu bir hayat istiyordum. Hırslarım yoktu benim. Annem haklıydı, evet. Onların büyük idealler dedikleri şey, bir hastalığa çare bulmak, dünyanın adaletsizliğini değiştirebilmek, bir savaşı sonlandırmak değildi. Siyasi bir güç sahibi olmak, büyük toplulukları, büyük paraları yönetmekti. Oysa düzenli bir işte çalışmak, evime dönmek, kızımın büyüdüğünü görmek, gücüm yettiğince inandığım değerler için çabalamak ve paylaşmak yetiyordu bana. Ama benim Deryam bana, 'Beni kıskanıyorsun,' dedi. Kıskanıyorsun... Hayatımdaki en iyi arkadaşım o gece sanki düşmanım oldu, biliyor musun? Başkası değil, o söylüyordu bunu çünkü...

"Onun en zayıf yanlarını bilirdim. Ama asla oralara dokunmaz, incitmezdim onu... Lakin o bana, 'Benim başarımı kıskanıyorsun,' dedi! Kıskanmak mı? Ona kıskanmanın ne olduğunu göstermek istedim.

"Sonra ne oldu, biliyor musun? Ona kadınım demediğimi düşündüğüm gece anladım ki, o kendisini bir kadın olarak kıskanabileceğimi hiç düşünmemişti.

Sadece başarısını kıskanabileceğimi sanıyordu. Derya anneme mi benziyordu, yoksa karıma bir kadın olduğunu mu anımsatamamıştım ben? Anneme benzese benim Deryam olamazdı ki... Onu kıskandırmak, kışkırtmak için oynadığım oyunun zavallılığını düşünüyordum ki, Serdar aradı. 'Kartal abiyle dışarı çıkıyoruz, seni de alalım,' dedi. O kadar sevindim ki... Haftalar sonra ilk defa arıyordu beni. 'Oğlum bu oyunu uzatacak mısın daha? Şu berbat otele daha fazla para verme,' dedi. Serdar bile benim o kadınla olmadığımı, olamayacağımı biliyordu ama Derya'nın buna inanmasına hem kızıyor hem de memnun oluyordum. Fakat artık yorulmuştum.

"Kartal abi, 'Bu saçmalığa son veriyoruz, hep beraber tatile çıkıyoruz,' dedi. 'Halanın doğum günü bahanemiz. Defne de güzel bir ödül aldı. Oldu mu sana iki bahane. Ama bizim gerçek bir hedefimiz var. Roma'da karınla yeni bir başlangıç yapacaksın. Bana bak Erdem, bunu sana ben söylüyorum; bir aile kurmak, kurduğun aileyi korumak zor, yıkmak kolay. Ama gerçekten sevdiğin, sevebileceğin birini bulmak bir yaştan sonra en zoru. Ben Derya'yla birbirinizi gerçekten çok sevdiğinizi biliyorum. Geçmiş günahlarımı Allah affetsin, sevenler ayrılmasın diye uğraşıyorum. Sağ olsun, Serdar da sağduyunun sesi olup bana destek veriyor. Geliyor musun Roma'ya?' diye sordu. 'Geliyorum,' dedim. 'Gelmez miyim? Ama Derya bana elini bir daha bana verir mi?'

"Serdar da dedi ki, 'Yeter ki sen uzat elini...'

"Ben elimi uzattım, sen tuttun. Gidiyor muyuz Roma'ya?"

İşte böyle dedi Erdem.

"Gidiyoruz," dedim...

Yazarken çoğunu unutmuş, eksik ve hatta kendi yorumumla farklı bile yazmış olabilirim ama Dönüş ben bu sabah çok mutluyum.

Sen sapasağlam ayağa kalktığında daha da mutlu olacağım. Dediğim gibi, bu mektubu hep sakla. Bir daha aynı hataları yaparsam bana hatırlat.

Not: Sana hep çok özenirdim. Yahu ben de yazabiliyorum bir şeyler, değil mi?

Derya

Mektubunu okudum bitirdim, zarfına koydum.

Ve işte şimdi de satırı satırına buraya geçirdim.

O günü çok net hatırlıyorum. Oğluma hamile kaldığımı hissederek uyandığım o sabahki his vardı yine içimde. Güzel olacaktı her şey. Yine yükselişe geçecekti hayat.

Roma'da hep beraber gürültüyle, neşeyle yemek yediğimiz bir akşam ailemi izledim uzun uzun.

Bizim oralarda zeytin ağaçları için güzel bir söz vardır. *Zeytinin var yılı / zeytinin çok yılı* derler. Zeytinin var yılları, ağacın daha az meyve verdiği, zeytincinin, köylünün de olanla, elindekiyle idare ettiği yıllardır. Yok denilmez ama çok da değildir. Hayat öyle böyle idare edilir.

Ama zeytinin çok yılları, ağaçtan zeytinin patır patır döküldüğü, çok kazanılan, çok bereketli, düğünün derneğin yapıldığı, yuvanın kurulup kenara zor gün parası atılabildiği yıllardır.

Ailemizin var yılları, çok yılları bir çırpıda akıp gitti.

Ayvalık'a geri dönmemiz buradaki tüm eski dostlarımızı çok mutlu etmişti. Serdar'la hep hayalini kurduğumuz ama bir türlü yapamadığımız o düğün aslında dönüşümüz şerefine bütün eski eş dost ve bir iki hakiki sevgi duyduğumuz akrabanın bir araya geldiği bir yemekle gerçeğe dönüştü. Kim var kim yok o gece bizimle oradaydı. Çalışırken, alnından ter dökülürken bile giyim kuşamından, jantiliğinden asla ödün vermediği için herkesin Bay Nihat diye seslendiği Lale Lokantası'nın sahibi Nihat amcanın oğulları artık işinin başındaydı ve bizi öyle bir coşkuyla karşıladılar, öyle güzel bir yemek organize ettiler ki… Dönüşümüz bir düğün oldu gerçekten.

Lokantanın şefi Savaş abi, "Şu masalarda onlarca evlilik teklifine tanık oldum ama Allah biliyor ya, gönlümden hep Dönüş'ün mutluluğunu da burada görsek diye geçirirdim. Hepinizi bir arada yeniden burada, çoluklu çocuklu görmek var ya..." dedi ve gözleri dolarak Mesut'a sarıldı. Mesut'un yeniden bizimle olması, babamın yanından hiç ayrılmadan sessiz sessiz gülüşleri sadece bizim değil, sanki bütün Cunda'nın mutluluk nedeniydi. Hakan ve Önem bir yanda, Musa abi ve Dilek karşılarında, hatta Hasan amca ile oğlu bile aynı sevinci, aynı kalpte yaşıyordu sanki.

"Şu paltoyu ne zaman çıkaracaksın Mesut yahu? Yaz demedin, kış demedin, Müdür Babanın paltosundan bir vazgeçmedin," diye takıldı Gökmen abi bir ara. Mesut incecik boynunu koca paltonun içine çekip "Mesut çok üşüyor ama," dedi seyrek dişlerini gösterip gülerek.

"Oğlum, hadi çocukken kara kuruydun, üşüyordun. Şimdi kocaman, şişman bir adam olmuşsun, hâlâ mı üşüyorsun len?" diye üstüne gitti Savaş abi de.

"Vallahi Müdür Babasının yanına gidince bizim delikanlı hem semirmiş hem kalan saçı da kaybetmiş. İstanbul yaramış bizim aslana," dedikten sonra da "Sana börek yaptırayım mı, o sevdiğinden?" diye sordu.

Artık o gece özlediğimiz ne varsa, yedik içtik, çaldık söyledik. Dışarıdan gelen müşteriler de bize katılınca geç saatlere kadar sürdü eğlencemiz. Mesut ellerini çırparak annemin meşhur türküsünü söyledi bir ara. Kendine göre uyduruyordu kelimeleri ama o *arabamın isbiti* yerine *hadaramın bisviti dey dey aman* dedikçe biz daha da coşuyorduk kahkahalar içinde. Sonraki günler zaten babamla ikisinin özlediği ne varsa onunla doldu taştı.

Dilek ve Musa abi, evimize yerleştikten sonra güle güle oturuna gelen ilk misafirlerimiz oldu. Kapıyı açtığımda Musa abinin kucağındaki kutuyu ev hediyesi sandım ama daha büyük bir şey getirmişlerdi. Buradan ayrılırken onlara emanet ettiğim kitapları. Vedalaşırken ağlamamıştım ama kitaplara yeniden kavuştuğumda çok ağladım. Elbette o iniş çıkışlı duygular da dindi ve hayatımız normal, sıradan bir akışa döndü.

Mesut'un gözleri çok iyi görmemeye başlamıştı. Hareketleri daha da yavaşlamıştı. Çok yaşlı bir çocuk gibiydi. Her yerde uyumak istiyor, sabahları çok zor uyanıyordu. Ama uyanık kaldığı her saatte hep gülüyor, hep gülümsüyordu. Onu doktora götürebilmek neredeyse imkânsızdı. İğne korkusu hastanenin önünden bile geçmesine engel oluyordu. "Oğlum gözlük alalım, onların iğneyle işi yok. Gideceğiz, gözüne bakacaklar," diyordu babam ama yok, mümkün değil ikna edemiyordu Mesut'u.

Bir öğleden sonra babamla evden çıkmışlar. Doktorlar sitesinin olduğu arka denize doğru yürüyüş yaparlarken Mesut eski taş değirmenin orada yığılıvermiş yere. Babam yerden kaldırmaya uğraşırken Mesut konuşmaya çalışıyormuş ama ne dediği anlaşılmıyormuş.

"Yavrum, Mesut'um, ne oldun?" derken, bir yandan da bağırarak sesini duyurmaya çalışıyor, yardım istiyormuş babam. Değirmenin hemen yanındaki yeni otelin çalışanı gençlerden Güneş duymuş babamın feryadını. "Sadık amcaya bir şey oldu galiba!" diye fırlamış yerinden. Sonra da oradaki bütün gençler koşmuşlar babamın yanına. Bora'yla Ahmet, Mesut'u kaptıkları gibi otele getirmişler. Güneş de babamı sırtlamış.

"Vallahi ben Sadık amcaya felç geldi sandım Dönüş abla, hiçbir yeri tutmuyordu. Ayakları, kolları sallanıyordu, öyle korktum ki. Sırtımda taşıdım getirdim," diye anlatıyordu. Biz haberi alıp otelin önüne geldiğimizde hepsi hâlâ yaşadıkları şokun etkisindeydi. Resepsiyonda çalışan

Güleç, "Bora abimle Ahmet abim oradan buraya neredeyse on saniyede filan getirdiler Mesut abiyi ama nefes almıyordu. Sadık amca yardım çağırırken vefat etmiş çoktan. Ambulans geldiğinde biz Sadık amcaya bir şey olmasın diye hemen onu gönderdik. Çok kötüydü çünkü," diye anlatıyordu.

Hastaneye gittiğimizde babam artık olanı kabullenmiş, sakinleşmişti. Ağlamıyordu.

"Bugün çok güzel bir gündü oysa. Keyfi çok yerindeydi. Birden ne oldu, anlamadım. Gülümsüyordu ama biliyor musun? Çocuklar kucaklarından indirdiler, yere yatırdılar. Nefes almıyor dediler, kalbi durmuş dediler. Baktım hâlâ gülümsüyor. Güle güle git oğlum, dedim. En azından benim yanımda gitti. Güzel kahvaltı etmişti..." dedi dalgın dalgın.

Doktor, babama bir sakinleştirici iğne yaptığını, korkulacak bir durumu olmadığını söyledi. "Ama Mesut için yapılacak bir şey zaten kalmamıştı," dedi. "Kalp krizi sanıyorum. İnceleme bitsin, hocalar zaten sizinle konuşacaktır."

Babam sürekli benzer cümleleri tekrar ediyordu: "Gülüyordu Mesut. Bir şey söylemek istedi bana ama anlamadım ben. Gözleri kapalı, öyle uyuma taklidi yapar gibi yatıyordu yerde. Güzel gündü bugün. Arka denize yürüyecektik. Yokuşta mı yorulduk acaba?"

Ertesi gün toprağa verdik Mesut'u.

Öyle kalabalık bir cenaze töreni Ayvalık'ta kaç kişiye nasip olmuştur, bilmiyorum. Anneminkinden bile kalabalıktı. Bütün esnaf dükkân kapatıp cenazeye geldi.

Mesut mutlu gitti...

Şimdi yazınca bir an bir ürperdim... Giderken huzurlu, çok acı çekmeden ve son günlerinin tadını çıkararak gitti, kalabalıkla, sevgiyle uğurlandı demek isterken adı ve soyadı yan yana düştü cümlede: Mesut Mutlu...

Bu dünyadan Mesut Mutlu geçti gitti.

Serdar, Mesut'un sıra dışı durumunun, annesinin bir hastalığından kaynaklandığını düşünüyordu. Tiroit hastasıydı muhtemelen ve Mesut da olasılıkla bu nedenle gelişimi yavaş seyreden bir bebekti. Sonra yıllarca bakımsız, sevgisiz kalması daha da yıpratmıştı bedenini ve zihnini.

"Sevgi yoksunluğu, bir çocuğun beden ve zihin gelişimine çok ciddi sekte vurur. Büyüme hormonu salgılamasını yavaşlatır. Biz çok ciddi takip etmeliydik aslında. Büyük ihtimalle hipofiz bezi kaynaklı sorunu onu bugüne getirdi. Büyümesinin durması, gelişmeyen cinsellik ve duraklayan zekâ... Hastaneye götürmeyi bir başarabilseydim..." diyordu Serdar.

Ailede herkes kendi *keşke*'sinin derdindeydi o gece.

"Keşke yokuşu çıkartmasaydım."

"Keşke o kadar yemesine izin vermeseydik."

"Keşke çok önce hastaneye yatırıp bir araştırma yaptırsaydık."

"Keşke ailesinde bir genetik hastalık var mı, bilebilseydik..."

Hiçbirinin *keşke*'si Mesut'u geri getiremezdi artık.

Öyle ya da böyle, ömrünün ilk yarısını değilse de kalan kısmını adı gibi yaşadı. Annem, "Defteri sağdan verilecek bahtiyarlardan olacak o, günahsızlardan çünkü," derdi.

Adıyla yaşasın derler ya... Adıyla yaşadı Mesut.

O yüzden içimin bir yanı onun daha iyi bir yerde olduğuna inandığı için rahat... Ama diğer yanı... İşte orada benim *keşke*'m var...

Keşke Mesut'a paraları yaktığı o sabah öyle davranmasaydım. Benden daha dışarıdan biri olduğu hâlde benden daha çok babama ve bize ait olmayı başaran kalbini kırmasaydım. Keşke onu bizimle geçirdiği o kısacık zamanda ağlatmasaydım. Keşke burada kalması gerektiğine inanıp babamı da inandırmasaydım. Keşke bizden uzak üç dört yıl yaşamasaydı. Keşke babamın yattığı o dolap odada senelerce senelerce yatsaydım, o da yanında uyumadan gecelerce gecelerce Müdür Babasını izleyebilseydi...

Keşke onun gibi, "Yaralı mısın kardeşim, acıdı mı canın? İyi misin? Sen iyi ol kardeşim," diyebilseydim.

Keşke onun gibi ağzımdan bir *kardeşim* çıktığında kelebekler uçurup kuşlar cıvıldatabilseydim.

Keşke onun gibi günahsız olabilseydim...

Benim keşkelerim zift gibi bir yol kalbimde.

Ve biliyorum ki yaşadığımca duracak o yol...

Mesut gitti biz kaldık, şimdilik...

O gün, Mesut'u defnettiğimiz gün yani, hava kararınca, babam, "Mesut'un sandığını şimdi getirin," demişti.

Ablam evin ışıklarını açarken Serdar, Mesut'un yatağının altındaki o çok meşhur Zarf Sandığı'nı çıkarıp getirdi.

Ah o sandık, vay o sandık...

Bunca yıl hiçbirimizin dokunmadığı, kim bilir neleri bizimle yaşamış olan o eski kutunun kapağı açıldı. Kilidinin anahtarını boynundan çıkarmazdı Mesut. Anahtarı kilide soktular ama kilitli bile değildi. Eski kilidin dişini yukarı çekti Serdar, çıt diye açılıverdi sandık...

Babam oturduğu koltuktan kalktı. Sandığın başına geçti.

Hiçbirimiz kıpırdamıyorduk. Babamın Mesut'la vedalaşma töreniydi bu. O nasıl isterse öyle geçmeliydi o dakikalar...

Yüzlerce eskimiş zarfla doluydu rutubet kokan tahta sandık. Babam hepsini yavaş yavaş, büyük bir özenle, canları varmış da incinirlermiş gibi çıkarıyordu. Çıkarıyor, üstlerine bakıyor, kenara bırakıyordu aynı özenle. İçi boş zarfların arasından lastikle bir araya getirilip toparlanmış bir tomar mektup çıktı. Mektupların üzerinde bir kâğıt parçası vardı.

Babam kâğıt parçasını çekip çıkardı. Üzerindeki yazıyı okumak istedi ama okuyamadı. Gözlüğünü arandı. Halam hemen bulup uzattı. Babam yazıyı okudu ve sanki okuduğu şey onu vurmuş gibi kalbini tuttu. Başını kaldırıp bana baktı...

Sonra başını önüne eğdi.

"Ahhh..." dedi sadece.

Oturduğum yerden fırladım. "Ne oldu?" diye çöktüm yanına. Babam yüzüme bakmadan zarf tomarını ve üzerindeki kâğıdı uzattı.

Kâğıtta güçlükle okunan kısa bir not vardı.

Dönüş kardeşim, canım kardeşim.

Nesrin Hocanım, bu mektuplar Dönüş'e gitmeyecek, dedi. Bunlar sana Serdar'dan gelen mektuplar. Hocam, at gitsin, dedi. Ama ben kıyamadım. Sakladım. Biz İzmir'e gidiyoruz. Sana versem, Nesrin Hocama verdiğim sözü bozmuş olurum. Vermesem olmaz. Ben bunları Mesut'a teslim ettim. Allah izin verirse sana ulaşır. Ulaşırsa beni affet. Nesrin Hocam yemin verdirdi. Ulaşmazsa zaten bilmezsin. Allah beni affetsin.

İrfan

Notu okudum. Sonra bir daha okudum. Bir daha okudum...

Babam sanki bütün gücü çekilmiş gibi oturup kalmıştı. Sandığa bakıyordu boş boş. İrfan abinin bir notla beraber Mesut'a teslim ettiği o zarflar Serdar'ın bana yazdığı mektupları saklıyordu. Gençliğim, ilk aşkım, beklediğim yollar, hayallerim, hayal kırıklığım, yalnızlığım, elimde eskimiş, gecikmiş bir tomar zarf olmuş duruyordu işte...

Ah be Nesrin Öğretmen... Ah be annem... Ah canım annem...

Babamın doğumumla, aslında kimden, nasıl dünyaya geldiğimle ilgili tüm gerçeği anlattığı gece, bütün ruhumda ve bedenimde o kadar yer kaplamıştı ki, artık yeni bir acıya yerim yoktu benim. O geceye kadar olanlar, o gece ve o geceden sonra yaşananlar yeterdi.

Serdar'a mektupları uzattım.

Kararlıydım, buna üzülmeyecektim.

Evet, evet, artık yerim kalmamıştı. Ona duyabileceğim kırgınlığın en yüksek seviyesine zaten gelmiş, oradan geri dönmüş, şimdi şimdi normal bir nefes alma ritmine girmişken hayır, hayır, buna üzülmeyecektim. Üstelik belki de o gelmeyen, gelemeyen mektuplar bugünkü hayatımın, sevdiğime kavuşmamın bedeliydi. Onlar orada saklıyken Serdar'ı özlemeyi daha çok sevdim ben.

Can gelip belime sarıldı. Öyle bir sarıldı, öyle bir kucakladı ki beni... Saçlarını okşarken onun bana dolanan o çocuk kollarından daha büyük bir huzur, koruma çemberim olamaz diye düşündüm.

O anda annemi anladım. Doğurduğum bu çocuk, Nesrin annemin hücresini taşımasa da onun torunuydu. Beni büyütürken verdiği sonsuz, korkusuz, aşırı sevgi vardı benim çocuğumun her hücresinde, hafızasında.

Tanıdığı andan itibaren, Mesut'u doğuran anneden eksiksiz sevmişti çocuk kalmış o 21 yaşındaki genci. Beni yaşatmak içinse neler yapmış, nelerden vazgeçmişti? En çok kendi inanmıştı beni doğurduğuna, benim onun için doğduğuma. Ona sarıldığımız o çocuk anlarımızı düşününce, yaptığı ne varsa haklı olduğuna sonuna kadar inandım. Bizden daha büyük bir huzuru, çemberi yoktu ki... İyi olalım istemişti. Çok iyi olalım... Nesrin Hanım üç kızını korkularından, kaygılarından uzak tutmak için çabalamıştı. Ama o kadar çok çabalamıştı ki, sonunda korktuğu ne varsa çekmişti hayatımıza...

Annem beni çok sevmişti. Ben de onu...

Şimdi çok daha iyi anlıyorum, o gecikmiş mektuplar annemle o gece barıştırdı beni...

Can'ı bağrıma bastım. Ben onun o güzelim çocuk kokusunu içime çekerken babam birden gülmeye başladı. Soluksuz, aralıksız, insanı korkuya salan kahkahalar atıyordu. Sandığın içini işaret ediyor ve gözlerinden yaşlar gelerek, delirmişçesine gülüyordu.

Üç kardeş korkuyla birbirimize baktık. Babama bir şey mi oluyordu yoksa? Ablam yavaşça yanına diz çöküp "İyi misin baba?" dedi

O ise hâlâ kahkahalar atıyor, koluyla gözünden akan yaşı, burnunu silerek "Şuna…" diyordu kesik kesik, "Şuna bakın..."

Hepimiz sandığın başına geldik. Merakla babamı bu hâle getiren şeyin ne olduğunu görmek için eğildik.

Gördüğümüz orada olacağına, olabileceğine inandığımız son şey bile değildi...

Sandıktaki zarfların altı para doluydu.

Yanlış mı görüyoruz diye hepimiz daha da eğildik sandığa. Ablam bütün zarfları çıkarıp kenara attı. Evet, hepimizin senelerdir yandığını sandığı o 100.000 dolar o gün o zarfa nasıl deste deste konduysa, üzerindeki şeritlerle öylece duruyordu…

Bütün para onca yıldır oradaydı. O sandıkta...

Bütün o yıllar, halamın evinde geçen zaman, Mesut'un Cunda'da bizden uzakta geçirdiği vakit... Mektuplar, paralar, itiraf notları, pişmanlıklar...

Hepsi o sandıktaydı...

Babam gülüyordu...

Geçmişe başka ne yapılabilir ki? Ancak gülünür...

Gülünür, değil mi?

Çünkü yaşarken çok ağladık.

** DEFNE, BU NOT SANA ÖZEL!*

Şu anda herkes uykuya çekildi. Yarın sabah seni New York'a uğurlamak üzere kalkacağız. Kartal abi dönmeyeceğini sanarak bütün akşam ağladı ama ben döneceğini biliyorum. O da haklı. Geç kavuştuğu bir kızı var ve ona baba diyen prensesini bırakmak istemiyor. Ama ben biliyorum, orada geçireceğin altı ay sana çok iyi gelecek. Şahane şeyler öğreneceksin. Sen buraya aitsin, bizim gibisin, kalamazsın, kökün neredeyse oraya dönersin. Öğrendiklerini burada kim bilir ne kadar güzel uygulayacaksın.

Ayvalık'tan seni uğurlamak üzere yola çıkarken güzel bir hediye hazırlamak istedim. Çok düşündüm. Bugün sana verdiklerim ilk hazırladıklarım. Çikolatalarını yer, kazağını giyer, kitaplarını okursun. Onlar ayrı...

Sana verebileceğim en güzel hediye sanırım bu defter.

İnsan uzaktayken daha iyi düşünür, daha iyi görür, anlar. Bu defterle sana bizi emanet ediyorum. Aile ağacımızın küçük bir dalı değil sana verdiğim. Sen bizden uzakta, ağacımızdan toprağa düşen bir çekirdeği filizlendireceksin.

Seni ne çok sevdiğimi söylememe gerek yok. Bizi özledikçe bu defterden bir sayfa açar okursun.

Hiçbir şey boşuna yaşanmıyormuş. Benim anlamam yıllarımı aldı. Fakat sen çocukken bile hep bizden olgundun sanki. Eminim bizden çok daha kolay ulaşacaksın sonuçlara...

Her şey geçiyor, biraz izi kalıyor...

Derya teyzenden bugüne dek saklamayı başardığım tek şey, Ayvalık'a dönüşümüzden itibaren yazdıklarım oldu. Okuyunca anlayacaksın sana aslında ne emanet ettiğimi... Bu yüzden, yarın uçağa binmeden hemen önce vereceğim sana bu defteri.

Geçmişimiz sana emanet, sen Allah'a, bir tanem.

Güle güle git ve dön...

Dördüncü Bölüm

TURKUAZ YILLAR

Dünya küçük...
Herkes altı adım yakın birbirine
Ve altı kol boyu uzak bir diğerine...
Dünya küçük...
Aynı karından doğmasan da kardeşin bir nefes ötende...

Defne yol boyu hiç uyumadan okuduğu turkuaz defter kucağında, odadaki tek koltuğa oturmuş, altı ayını geçireceği küçük evi inceliyordu.

Bir yatak, bir küçük dolap, bir yuvarlak masa, iki sandalye bir koltuktan ibaret, küçük mutfağı içinde olan bu stüdyo daireyi üniversiteden bir arkadaşı sayesinde bulmuştu. Aynı binada yaşayan bir Türk aracılığıyla haberdar olmuşlar ve hemen tutmuşlardı.

"Aynı binada olmanız çok büyük avantaj. Sana çok yardımcı olurlar. Dünya tatlısı bir çift. Karısı Yunan ama görsen, Türkiye'yi senden benden iyi bilir. Yeni bebekleri oldu. Sen gider gitmez ara, ben geldim diye haber ver. Onlar sana ne gerekiyorsa her konuda yol gösterirler," demişti arkadaşı.

Bir yandan uykusuzluğun, bir yandan da okuduklarının etkisiyle sersem gibiydi. *Önce nereden başlasam? Yiyecek bir şeyler almaya çıkayım, çevreyi bir tanıyayım*, diye düşünürken kapının sesiyle irkildi.

Kapıyı açtığında karşısında güzel bir genç kadın ve kucağında dünya güzeli bir bebek duruyordu.

Kadın gülümseyerek "Hoş geldin Defne, ben Katia. Kaan'ın eşi. Yeni geldin biliyorum ama biz senin için bir şeyler hazırladık. Seni yemeğe ve tanışmaya bekliyoruz. Bugün misafirimiz ol. On dakika içinde suflaki hazır. Bir alt katta, asansörün yanındaki daire, 17E. Geç kalma," dedi ve yanıtını beklemeden asansöre yöneldi. "Hadi hadi, çabuk!" diye Türkçe seslendi asansörün kapısı kapanırken.

Defne beklemediği bu konuksever, sıcak emrivakiye itiraz edilemeyeceğini anladı. Çabucak üzerini değiştirdi, yüzünü yıkadı ve İstanbul'daki arkadaşının Kaan'a gönderdiği hediye paketlerini alarak çıktı dairesinden.

17E'nin kapısına geldiğinde bir süre içeriden yükselen müzik sesini dinledi. İşte yeni hayatı başlıyordu. Müziği dinlerken yemeğin kokusunu da alınca acıktığını anladı. Zile bastı. Gencecik bir adam açtı kapıyı. O rüya gibi bebek bu kez babasını kucağındaydı ve Defne'yi tanımış gibi gülüyordu.

Kaan kapıyı ardına kadar açıp coşkuyla, "Hoş geldin Defne, işte küçük dünyamız, işte biz!" dedi.

O kadar minik ama o kadar güzel bir evdi ki. Bu daire Defne'ninkinden biraz daha farklı, biraz daha büyüktü. Onların mutfağı da küçük yaşam alanının içindeydi ve Katia fırından yemeği çıkarıyordu. Harika bir masa hazırlamışlardı. Kaan bebeklerini mama sandalyesine oturttu. Defne'yi de masaya davet etti. Çok konuşkan, neşeli, hayat dolu bu çifte hemen kanı kaynadı Defne'nin. Fakat ikisi de çok gençti. Nasıl hemen bir çocuk yapmaya cesaret etmişlerdi?

Katia tatlı aksanlı İngilizcesiyle anlatmaya başladı.

Central Park'ta nasıl tanıştıklarını, arkadaşlıklarının nasıl geliştiğini, Yunanca ve Türkçe her ortak kelime bulduklarında kumbaralarına para attıklarını, Kaan'a bir yılbaşı gecesi yemek hazırladığını, o gece dinlettiği Rebet müziklerinin Kaan'ı ağlattığını, karda çıkıp dolaştıklarını, sonra evlendiklerini ve o ortak kelimeler sonucu biriktirdikleri parayla bir beşik aldıklarını...

Defne bayılmıştı Katia'ya ve hikâyelerine. Katia anlatırken Kaan da kızına yemek yediriyor, arada bir karısının unuttuğu detayları hatırlatıyordu. Kocaman New York onları benzerlikleriyle yakınlaştırmıştı ve işte sonunda bir aile olmuşlardı. Anne ve babalarının da artık çok yakın arkadaş olduklarını, hatta yazın hep birlikte Türkiye'de tatil yapacaklarını da öğrendi Defne. İçi tatlı bir mutlulukla doldu.

Ayvalıklı bir aileden geldiğini, Yunan ve Balkan kültürünün izlerinin onların hayatında da çok yer tuttuğunu, yazları Midilli'ye yaptıkları tekne turlarını anlattı o da. Belki yazın Ayvalık'a da gelirlerdi? Ailesi çok mutlu olurdu onları misafir etmekten, bundan emindi.

Karnı doyan güzel bebek mızmızlık etmeye başlayınca uykuya yatırmak için Kaan izin alıp kalktı masadan. Katia, New York'taki yaşamdan söz etti Defne'ye. Onun için bir harita hazırladığını, ertesi gün birlikte çıkabileceklerini, ilk etapta bilmesi gerekenleri ona bizzat göstermekten mutlu olacağını söyleyerek mutfak çekmecesinden bir defter ve el kadar katlanmış bir harita çıkardı. Deftere ihtiyacı olabilecek numaraları ve alışveriş yapabileceği dükkânların isimlerini yazmıştı. Defne'nin içi minnetle doldu.

Altı aylık bu eğitim süreci onu çok heyecanlandırsa da hafif bir korku hissediyordu. Katia'ya kendisini rahatlatan misafirperverliği için teşekkür etti.

Tatlı komşusu gülümseyerek "Özel çocuklar için geliştirdiğin bir eğitim programı varmış. Kaan söyledi. O yüzden kabul edilmişsin bu programa. Senin oturduğun dairede bir arkadaşımız vardı. California'ya gitti bir seneliğine. O taşınmadan birkaç hafta önce siz aradınız. Biz de hemen senin adını verdik. Böylece evi de güzel bir amaçla değerlendirmiş olduk. Fakat Defne… Açıkçası, sen benim genç anne olmama şaşırdın ama ben de senin bu kadar gençken böyle bir program yazabilmene şaşırdım. Takdir ettim daha doğrusu. Umarım buradaki çalışmalarından çok güzel sonuçlar çıkar," dedi.

Karnı doyan bebek uykuya çabucak dalmış olmalıydı ki Kaan kısa bir süre içinde yanlarına geldi.

"Daha tam uykuya dalmadı, her an çığlığı basabilir. Oh, şimdi ben de sohbete dâhil olabilirim," dedi Türkçe.

"Çok da Türkçe olmasın," diyerek kocasının omzuna vurdu Katia.

Kaan güldü. "Zehir gibi öğrendi de işine gelmiyor daha Türkçe konuşmak. Bir de ben Yunancada henüz onun kadar iyi değilim. O yüzden özellikle konuşmak istemiyor," diye açıklama yaptı Defne'ye. Hızla, tabağında kalan, bir türlü yiyemediği yemeğini yedi. Katia yavaşça bebeğin odasına gitti ve eliyle zafer işareti yaptı. Minik kız uyumuştu. Odasının kapısını kapadılar.

Kaan müziğin sesini ayarladı ve telefonundaki müzik listesini yeniledi. Katia tatlı ve kahveleri getirdi. Fincanını eline almıştı ki, odaya yayılan melodi Defne'yi can evinden vurdu. Çok ama çok iyi biliyordu bu melodiyi. Fakat o dakika ona delice ağlama isteği getiren bu Türk müziğini nereden, nasıl olup da bildiğini bir türlü çıkaramıyordu.

Fincanını bırakıp "Bu çalan nedir?" diye sordu Kaan'a Türkçe.

Kaan gülümsedi.

"Buraya geldikten sonra Türkçe müziğe, Türk bestecilerine meftun oldum. Öyle derler değil mi eskiler? Meftun olmak? Eski yeni ne varsa toparlıyorum uzun zamandır. Annemin, anneannemin evinde ne bulduysam bilgisayara aktardım. Onlardan biri bu ama ben de bilemedim, bakayım," dedi.

Kaan küçük dijital müzik belleğini eline aldı ve listeye baktı.

"Esin Engin film müzikleriymiş. *Çalıkuşu* diye geçiyor." Başını kaldırdı ve Defne'nin ağladığını görünce şaşkınlıkla karısına döndü. Katia da durumu anlamaya çalışan, anlayışlı bir sessizlikle Defne'ye bakıyordu.

Defne tabağının yanında duran peçetesini alıp gözlerini sildi.

"Çok üzgünüm," dedi İngilizce ama sonra devam edemeyeceğini anladı. Müzik bitmişti.

"Bir daha çalar mısın Kaan?" dedi burnunu silerek.

Kaan, "Zaten 1 dakika 51 saniye sürüyor. Seni 1 dakikada ağlattıysa tekrara alayım, istediğin kadar dinle. Neden ağladığını sorsak ayıp etmiş olur muyuz?" dedi gülümseyerek.

Defne başını iki yana salladı.

"Hayır, hayır asla..." Sanki Kaan ve Katia onun bir saat değil, bir yıl önce tanıdığı iki insandı. Müzik tekrar tekrar dönmeye başladı. Defne içini çekti birkaç kez.

"Uçakta gelirken teyzemin ailemizi anlattığı bir defteri okudum. Tam uçağa binerken elime tutuşturdu. Annemler üç kız kardeş. Ortanca teyzem çok başında tespit edilen ve başarıyla atlattığı hastalığı sırasında ailesini ve kendi hikâyesini yazmaya başlamış. *Çalıkuşu*, Türk edebiyatının önemli romanlarından biridir. O da bu romana ve televizyon dizisine çok hayranmış. Katia nasıl anlatsam... İzin verir misin Türkçe konuşmama?"

Katia gülümseyerek kırık Türkçesiyle, "Bir defter hikâyesi daha yani. Anlat sen... Ben anlıyorum nasılsa," dedi.

Fakat Defne anlamamıştı. "Bir defter hikâyesi daha? Nasıl yani?"

Kaan, Türkçe girdi açıklamaya.

"Bizim ailemizde de böyle meşhur bir defter vardır. Adı *Unutma, Yaz* defteri. Anneannem hayatını unutmamak için tuttuğu bu deftere böyle bir isim koymuş. Annesi demans hastasıydı. Ben çok severdim onu. Fakat onlar anne kız pek geçinemezlermiş. Anneannem annesiyle o her şeyi unuttuktan sonra çok güzel ama kısa bir dönem yaşamış.

Annesinin ölümünden sonra da doğduğu köyde yaşamaya karar verdi ve oraya döndü. O sırada yazmış hep. Annesi gibi unutmaktan korkmuş. Asla uçak yolculuğu yapamazdı. Ama kızımızın doğumu bütün korkularını devirdi. Buraya geldi torununu görmeye. Torun hediyesi olarak kızımız doğduğunda o da anneme vermiş defteri. Annem de son sayfalarını doldurup kızımız için bize bıraktı."

Defne şaşkınlıkla gülümsedi.

"Aaa... Eski kuşak yaşadıklarını deftere kaydetmeden toparlanamıyor galiba? Aslında doğru bir yöntemle geçmişten kalan sorunları çözüyorlar. Çözülmeyen meseleler hep tekrar eder. Teyzem de defteri okumamı ve kendime çıkış yolları aramam gerekirse onların hayatlarını rehber edinmemi istemiş."

"Evet, evet. İyi ki yazmışlar, yazıyorlar. Şimdi, günler geçtikçe, kızım büyüdükçe daha da değerli benim için o satırlar."

Karısının elini tuttu ve devam etti.

"Biz tesadüflere inanmayız Defne. Katia da, ben de tesadüften çok, hak edilmiş buluşmalara, kesişmelere inanırız. Bize de ailemizden kalan bu oldu. O yüzden... Bütün kalbimle söylüyorum; hoş geldin kardeşim!"

Katia da gülerek "Hoş geldin!" dedi Türkçe. Ama sonra İngilizce devam etti, "Peki sen teyzen o romanı, diziyi seviyordu da bu müzik karşına çıktı diye mi ağladın?"

Defne, Türkçe konuşma isteğini bastırıp Katia için İngilizce anlatması gerektiğini düşündü. Yeni tanıdığı bu insanlara kendisine bir sır gibi emanet edilen defteri nasıl bu kadar rahatlıkla anlatabildiğini o da bilmiyordu ama sanki onca yolu bu hikâyeyi Kaan ve Katia'ya anlatmaya gelmiş gibi kolaylıkla dökülüyordu kelimeler.

"Ortanca teyzem bu deftere bütün hayat hikâyesini yazmış. 30 yaşından sonra anneannem ve dedemin gerçek anne babası olmadığını öğrenmiş. Onu doğuran genç kadın da tıpkı bu romanın kahramanı gibi Anadolu'da öğretmenlik yaparmış ve aynı adı taşıyormuş. Doğumda ölmüş. Orasını tam anlatmamış ama dedem ve anneannem bir şekilde onu kendi çocukları olarak kaydettirmişler nüfuslarına. Herkese de böyle anlatmışlar. Teyzem bunu öğrenince çok üzülmüş. Fakat kardeşlerinden, yani annemden ve küçük teyzemden bunu saklamış. Bu gerçeği yok saymış. Bilirlerse onu sevmezler diye düşünmüş. Bu defteri buraya gelirken bana verdi. Böylece kimseye söylemediği o sırrı bana emanet etti. Fakat neden ağlıyorum, biliyor musunuz?.. Bu müziği duyunca... Ona çok hayrandım. Onun okuduğu kitaplara, dinlediği müziklere bayılırdım. Şimdi burada böyle karşıma çıkınca, inanamadım... Hiçbir sır gizli kalmaz, derler ya... Dünyanın bir ucunda, buradaki ilk günümde sizinle bu masada otururken bu müziği duyunca, bir flaş patladı sanki, birden unuttuğumu sandığım bir günü hatırladım ve..."

Defne'nin boğazı düğümlendi yine. Gözleri doldu yeniden. Katia ve Kaan ses çıkarmadan Defne'nin devam etmesini bekliyorlardı.

"Çocuktum... Bu dizinin tekrarı yayınlanıyordu televizyonda. Oynuyordum ya da resim yapıyordum o sırada.

En küçük teyzem ve annem diziyi izlerken kendi aralarında konuşuyorlardı. Duymadığımı, belki de anlamadığımı sanıyorlardı. Aslında aralarında fısıltıyla konuşmaya başlayana kadar dinlemiyordum galiba. Fısıldayarak kardeşine eğilince benim duymamı istemediği bir şeyi anlattığını fark edip dikkat kesilmiştim. Annem, küçük teyzeme, *Sonra kucaklarında bir çocukla geldiler. Bana kardeşin bu, onu çok seveceksin, dediler. Ben de onu çok sevdim. Sen şimdi onu sevmekten vazgeçer misin? Başım üstüne yemin ver, hiçbir zaman ona söylemeyeceksin*, dedi. Küçük teyzem de ona, *ben o kadar zalim miyim abla, bunu bana nasıl sorarsın*, dedi. O gün birbirlerine yemin ettiler. Çocuk aklım ne üzerine yemin ettiklerini elbette anlamamıştı. Ama o konuşmalarını hafızama atmışım. Uçakta teyzemin yazdıklarını okuyunca çok üzülmüştüm. Annem ve teyzemden bu sırrı saklayacak kadar onları sevmesi beni çok etkilemişti. Ama şimdi burada... Bu müziği duyunca..."

Katia oturduğu yerden kalktı. Defne'nin elini tuttu.

"Müziği duyunca hatırladın ve ne üzerine yemin ettiklerini anladın, değil mi?" dedi Türkçe.

Ağlayarak başını salladı Defne.

"Evet..."

"Üç kız kardeş... Bu kadar seviyordu birbirini ha? Annen ve küçük teyzen bu gerçeği biliyordu yani?" dedi Kaan.

"Evet... Bu masaya oturdum ve o müziği duyduğum anda o güne gidince... Bu nasıl bir şey, bilmiyorum. İlk kez tanıştığım, evlerine ilk kez geldiğim, birkaç saattir tanıdığım insanlarla nasıl bu kadar özel bir şey konuşuyorum, inanın bilmiyorum. Ne olur, hoş görün," dedi Defne peçeteyle yeniden gözlerini silerek.

Katia, Defne'nin omzunu okşadı.

"Öyle değil bu... Bu gece burada bu masada bunu anladıysan belki artık bizim de hikâyemiz. Kim bilir neden duyduk bunu? Kim bilir neden buradasın? Benim bir kardeşim yok. Kaan'ın yok. Senin var mı?"

"Hayır, benim de yok," dedi Defne.

Kaan güldü.

"Demek ki kardeşimiz olmaya geldin. Kardeş olmayı öğrenelim diye geldin," dedi.

"Evet ya, evet..." dedi Katia aynı samimiyetle.

Kapıya bağlı diyafonun sesi duyuldu o anda.

Kaan yerinden kalktı. Kapının yanındaki ahizeyi kaldırdı.

"Evet, evdeyiz, gönderin," dedi.

Katia merakla Kaan'a baktı. Türkçe, "Hayırdır?" dedi.

Defne bir anda gülmeye başladı. Türkçe, İngilizce, Yunanca... Gözyaşı, tesadüf, hepsi bir arada...

"Hayırdır canım. Hayırsızlık olmaz ondan. Habersiz gelmezdi ama... Yemek kaldı mı? Açtır kesin!" dedi.

"Var var," diye yanıt verdi Katia yine Türkçe.

Defne, New York'ta böyle bir başlangıç yapacağını, ilk akşamının böyle geçeceğini düşünemezdi. Sanki İstanbul'da, Üsküdar'da bir arkadaşının evindeydi. Birkaç saat içinde yemek, gözyaşı, aile hikâyeleri derken neredeyse akraba olmuşlardı.

Katia yemeğin kalan kısmını ısınsın diye fırına attı aceleyle.

"Müziği değiştir artık Kaan," dedi temiz tabak çıkarırken.

Kaan dönüp duran, tekrar eden *Çalıkuşu* tema müziğini durdurdu.

"Türkçe çalmaya devam edeyim mi?" diye sordu Katia'ya.

"Çal çal..." dedi Katia fırının başında.

Defne yaşadığı her ana hayret ediyordu.

Kaan gülerek "Türkçe müziğe senden benden daha hâkimdir. Rıza Konyalı ismini ben ilk ondan duydum, sen bile duymamışsındır. Onun büyükleri de Anadolu göçmeni. Türk müziğinin iyisini bilir," dedi.

New York'ta bir gece... Defne için bambaşka bir hayatın ilk saatleri... Yemek masasında çok ağlamış bir çocuk hafifliğiyle oturuyordu. Şarkıyı dinliyordu sıcacık bir huzur içinde.

Katia telaşla masadaki kirli tabakları, bardakları kaldırdı. Temizlerini getirdi. Peçeteleri, çatal bıçakları değiştirdi.

Kaan kapıyı açtı.

"Mösyö... Başımızın üstünde yerin var da, bu saatte hayırdır? Bir aksilik yok değil mi?" diye karşıladı kapıdaki arkadaşını.

"Yok yok... Bir iş teslimatım vardı. Adamı sevmedim. Vermedim. Buraya kadar gelince uğrayıp bebeği seveyim dedim," dedi kapıdaki uzun boylu, genç adam.

"Gel, durma..."

"Ama... Ah... Misafiriniz varmış..."

Katia, "Gel gel, kaynanan sevecek, suflaki yaptım. Kız uyudu çoktan. Yabancı değil, komşumuz, Defne," dedi Türkçe.

Defne ayağa kalktı. Bir çift yeşil göz gördü. Işıklı gözler içtenlikle gülümsedi Defne'ye.

"Merhaba, ben Ömer…"

Defne ile Ömer'in hikâyesi böyle başladı...

Birkaç hafta sonra yeni bir turkuaz defterin ilk sayfası açıldı, Central Park'ta, kuşların konduğu bir bankta ilk satırlar yazıldı.

Babaannem, "Hiçbir yere gidemezsiniz!" dedi anneme. "Eğer bu kapıdan çıkarsan, Defne'yi bir daha göremezsin!"

Annem dimdik duruyordu karşısında. Hiçbir şey söylemiyordu.

"Tek kuruş alamazsın, süründürürüm seni! Sen benim kim olduğumu bilmiyor musun sersem?" diye bağırarak hışımla üstüne atladı. Babaannemi bütün gücümle ittim. Yere düştü. "Bir daha beni asla görmeyeceksin!" dedim. Yerden kalkamadı.

Annemle kapıdan çıktık. Kolunda bir saati vardı sadece. Saati sattık.

O gün bir yemin etmiştim. 11 yaşındaydım. O gün bugün yeminimi tuttum. Rüçhan Hanım beni bir daha göremedi.

Ta ki bu sabaha kadar...